复社文人的

《诗经》学研究

FUSHE WENREN DE SHIJINGXUE YANJIU

受志敏　刘占彦　著

人民出版社

自　序

　　写作这部书的过程，也是我从一个学术门外汉，窥见学术大门的过程。《诗经》这部从本科时就开始阅读的经典，这次拿起来，格外陌生。无数前人呕心沥血的成果，自己要咀英嚼华，我能吸收多少，我是否在暴殄天物，都成为研究道路上的顾虑和畏惧。但是《诗经》及其研究的魅力，吸引着我，敦促着我一字一句地看起来，写起来。所以，虽然有诸多无知，诸多瑕疵，然而总算有了一份不合格的作业。

　　明代的《诗经》研究属于宋学一脉，而多数人的印象是明代学术在心学影响下流于空疏浮泛，在这种学术视野的限制下，明代《诗经》学研究方面的成果积累不够丰赡。然而在明代《诗经》学研究方面尚有很多研究生发点。刘毓庆的《历代诗经著述考》（明代卷）钩稽爬梳历史资料，形成了明代诗经研究的资料汇编，呈现出明代《诗经》学丰富的资料景观。在此基础上，我想对这些《诗经》学著作从微观层面，在具体个案研究的前提下做一个归类整合，力争将明代《诗经》学研究推向深入。

　　复社是晚明时期影响巨大的重要学术团体组织，我在阅读王恩俊博士的《复社研究》一文时，他谈及复社的学术研究，这启发我思考"学术"在古代的体现形式。我直觉的理解就是更多体现为"经学"研究，而这促使我思考：聚集在一起的这些复社文人又有哪些《诗经》学著作，这些著作分别呈现出怎样的特征，又可归入哪些类别，这些就成为我思考的重点。经过梳理文献资料，并将这些资料放置在明代大的时代背景、文化思潮和学术特征下去考察，最终对复社文人的

《诗经》学著作从科举考试类、文学评点类及诗话类三个维度进行深入研究，这就是我写作的学理思路。

　　写作的艰辛是不足道的。而最终形成的这部《复社文人的〈诗经〉学研究》只能算是我学术道路上的一块敲门砖，不求声音响亮，唯愿借此书为弘扬优秀传统文化，阐发中华人文经典，略尽绵薄之力。在此，感谢人民出版社的大力支持，使得此书得以出版。

目录
CONTENTS

绪　论

一、选题的缘由与价值

传统观点认为明代《诗经》研究流于空疏，这就影响了人们对整个明代《诗经》学研究意义的认识，从而势必影响到对明代《诗经》学的研究。而对处于明清易代之际的复社文人的《诗经》研究，更没有人进行过专门研究。

以往人们对复社的研究，多从政治运动角度或从文学方面予以关注，很少专门谈及它的学术研究，更别说专论它的《诗经》学研究了。复社作为中国历史上规模较大、人数众多的文人社团组织，形成于晚明特定的社会文化背景下，与社会各个层面都发生了密切联系，对晚明及后世的政治、经济、思想、文化等各个方面都产生了深远影响。复社在学术上主张"通经致用，兴复古学"，以期学术救国，希望通过标举经典之学与针砭空疏之学，开创文章著述繁盛的辉煌局面。面对明末学术的疏陋，复社文人期望以复古为途径，恢复明代文化的繁荣，尤其在后期，展开了针对空疏学风的学术批判。顾炎武的"经学即理学"的倡导，重新为理学树立了经学依据。复社"不通五经必不能通一经"的治学共识，分主五经又相互交流的治学方法有力地反拨了明末的空疏学风，也影响了清代经学的研习方式。明亡后，复社文人注重立言不朽，一些人以遗民身份，开始了经学著述，由学术批判转为学术实践。

复社的学术思想承前启后，有着划时代的意义。首先，反对阳明心学末流的空疏，重树理学的地位。其次，形成了通经学古的治学思路，对经学著作进行辑补、评注，重视汉儒的注疏之学，重新确立汉学在经学史上的功绩与地位，使明末的学术思想由"空谈心性"的思辨之学转而为"务为有用"的实用之学。复社文人要求回归经典、复兴古学的学术追求，主张摈除晚明以来士人空谈心性、游谈无根、"不穷一经"的空疏学风。复社文人汉宋融通的治经思想，"分主一经"的治学方法，无疑给清人的治学以极大影响。它主张注疏考证的实学之风事实上对清代朴学考据之学有肇启之功。

思想史的研究，由于受重大家而轻文社思路的影响，并没有对复社这一群体的思想与学术予以关注；同时，由于对八股和文社的厌弃，又使得人们对复社的思想和学术没有做过细致深入的研究，从而使得大批复社文人撰写的学术著作被悬置不问，其间自然包括不少《诗经》学著作。明代《诗经》学理应是《诗经》宋学的重要组成部分，复社《诗经》学研究，是明代《诗经》学的组成部分，它对《诗经》宋学向清代《诗经》汉学的过渡，起到了津梁的作用，故复社《诗经》学的研究对整体《诗经》学研究具有重要意义。将复社文人的《诗经》学研究置于明代政治、文化环境下，于明清《诗经》学的关系中去考察它的意义，这是一个很值得研究的课题，也是笔者将其作为研究对象的重要原因。

综上所述，复社文人《诗经》学研究还没有引起学界足够的重视。本书以复社文人的《诗经》学研究为研究对象，结合当时的社会背景，通过对复社文人学术活动及文学观念的考察，阐释其《诗经》学著作，探寻其《诗经》学观点，以期把握明清之际的学术流变脉络，充实明代《诗经》乃至整体《诗经》研究的内容。

创新点及研究贡献。受传统观点的影响，明代的《诗经》学研究一向被目为空疏，无论是经学专著还是单篇论文，对明代《诗经》学的研究还是很不充分的。刘毓庆先生的《从经学到文学——明代〈诗经〉学史论》，使这种情况有了很大程度上的改变，使得近年来的明代《诗经》学研究有了一些进展。但对整个明代《诗经》学的分阶段研究还有可挖掘的空间，比如对晚明这一阶段的《诗经》学研究，目前学界关注还不够，尤其是从社团的角度去专门研究明代《诗经》学的著作至今还没有。由于以往对复社的研究大多聚焦于政治运动或文学方面的成就，所以，对其学术上的成就，尤其是从《诗经》学的角度还没有人做过系统研究。笔者从复社文人社团的角度考察其《诗经》学著作的特征，力图对复社文人的《诗经》学研究做尽可能全面系统的观照，以期填补空白，充实明代乃至整体的《诗经》学研究的内容。

复社作为明代古学一派，其《诗经》学研究在文学类、科举类、诗话类《诗经》学方面都取得很大的成就，而复社处于明末清初时期，使得它的学术研究有着承上启下的重要作用。研究复社文人的《诗经》学对丰富明代《诗经》学及整体的《诗经》学研究都是非常有意义的。

二、复社文人《诗经》学的研究现状

复社处于明清易代之际，它主要的活动时间在晚明时期。单独对复社文人的《诗经》学进行研究的文献并没有，故只能将其置于明代《诗经》学的大背景下去考察其研究现状。

《诗经》学是到后来才有专门史，最初对《诗经》学的评价也只是裹挟在经学史的研究中，且传统观点对明代《诗经》学的评价，负面多于正面。所以下面首先就从经学研究对明代《诗经》学的评价入手来谈其研究现状。

(一) 来自经学研究的负面评价

首先来看来自明清两朝的负面评价。黄宗羲对明代经学的株守朱注、缺乏创获的状况加以批评，曰："有明学术，从前习熟先儒之成说，未尝反身理会，推见至隐，所谓此亦一'述朱'，彼亦一'述朱'耳。"[1] 顾炎武曾以"《大全》出而经说亡"评价明代科举对经学研究的负面影响。[2] 姚际恒曰："抑予谓解诗，汉人失之固，宋人失之妄，明人失之凿。亦为此也，凿而兼妄，未有凿而不妄者也。"[3] 这里姚际恒虽然不独对明代予以评价，也对汉代与宋代进行评价，但对明的贬斥与否定是清晰可见的。皮锡瑞认为宋以后是经学的积衰时代，"论宋、元、明三朝之经学，元不及宋，明又不及元。"[4] 他又谈及《大全》对明代经学的影响："案官修之书，多剿旧说……明所因者，元人遗书，故谫陋为尤甚。此《五经正义》至今不得不钻研，《五经大全》入后遂尽遭唾弃也；元以宋儒之书取士，《礼记》犹存郑注；明并此而去之，使学者全不睹古义，而代以陈澔之空疏固陋，《经义考》所目为兔园册子者。故经学至明为极衰时代。"[5] 江藩《国朝汉学师承记》曰："元明之际，以制义取士，古义几绝，而有明三百年，四方秀艾困于帖括，以讲章为经学，

① （清）黄宗羲：《明儒学案》，北京：中华书局，1985 年，第 178 页。
② （清）顾炎武著，黄汝成集释：《日知录集释》，上海：上海古籍出版社，2006 年，第 1045 页。
③ （清）姚际恒：《诗经通论》，北京：中华书局，1958 年，第 7 页。
④ （清）皮锡瑞：《经学历史》，北京：中华书局，2004 年，第 205 页。
⑤ 《经学历史》，第 210 页。

以类书为博闻，长夜悠悠，视天梦梦，可悲也夫！在当时岂无明达之人、志识之士哉，然皆滞于所习，以求富贵，此所以儒人罕通人，学多鄙俗也。"① 有来自今人的负面评价，如《续修四库全书总目提要》编纂者伦明评明孙应鳌的《四书近语》曰："明人讲章，大都宗朱，然拘迂空泛，少能自抒心得。"②

因上述评价多出自大师硕儒，影响很大，导致现代学者对明代《诗经》学的评价多因袭旧说，对明代学术多呈现负面评价。胡朴安对明代《诗经》学评价曰："大概明人之学，在义理一方面言，不如宋人之精；在考证一方面言，不及汉唐之密。"③ 马宗霍对明代《经学》评价道："《大全》所据者，乃仅元人之遗耳，其去《正义》所据，已不可以道里计，而又不及一年，书即告成，无暇甄择，自亦势所必至。宜朱彝尊亦有'《大全》乃至不全'之讥也。论者谓宋元明三朝之经学，元不及宋，明又不及元，每况愈下，非无故矣。明自永乐后，以《大全》取士，四方秀艾，困于帖括，以讲章为经学，以类书为策府，其上者复高谈性命，蹈于空疏，儒林之名，遂为空疏藏拙之地，故《明史·儒林传序》曰：'有明诸儒，专门经训，授受源流，则二百七十余年间，未闻以此名家者。'黄宗羲曰：'明人讲学，袭语录之糟粕，不以六经为根柢，束书不观，但从事于游谈。'阮元亦曰：'终明之世，学案百出，而经训家法，寂然无闻，盖科举盛而儒术衰，理学昌而经学微，亦其势然也。'"④ 这里，马宗霍受江藩等前代大儒观点之影响清晰可见，对明代经学研究亦多从负面进行否定评价。

（二）来自经学研究的正面评价

对于明代经学研究的成就，当然也有一些正面的评价，但都没能抵过负面评价的声威。如刘师培《国学发微》曰："近儒之学，多赖明人植其基本，若转斥明儒为空疏，夫亦忘本之甚矣。"⑤ 刘师培条分缕析，指出了明代学术可贵之处有十条，并指出明代学术于清代的渊源关系。但他毕竟不如顾炎武

① （清）江藩：《国朝汉学师承记》，北京：中华书局，1983 年，第 4 页。
② 伦明等：《续修四库全书·四书近语提要》（下册），北京：中华书局，1993 年，第 939 页。
③ 胡朴安：《诗经学》，长沙：岳麓书社，2010 年，第 101 页。
④ 马宗霍：《中国经学史》，上海：上海书店出版社，1984 年，第 133—134 页。
⑤ 刘师培：《刘申叔遗书》，南京：江苏古籍出版社，1997 年，第 502 页。

和皮锡瑞等人的名气大，所以他的这些主张并没有引起人们的足够重视。嵇文甫在《晚明思想史论》第七章"古学复兴的曙光"辟专章描述晚明学术特征，他这样评价晚明古学复兴的情况："在不读书的环境中，也潜藏着读书的种子；在师心蔑古的空气中，却透露出古学复兴的曙光。世人但知清代古学昌明是明儒空腹高心的反动，而不知晚明学者已经为清儒做了些准备工作，而向新时代逐步推移了。"① 章权才在《宋明经学史》里对明代经学评价道："明代经学还是有一些闪光点的，在某些领域，还是有成果可言的。谁都知道清代经学研究成绩很大，但从源流上看，清代经学对明代经学显然存在历史继承性，从某种意义上说，没有明代经学营养，就不会有清代经学的发皇。"②这里体现出在一定程度上对明代经学研究的认可。

以往的研究，对复社文人的《诗经》学著作情况关注甚少。章权才谈到明中后期经学研究的新成果体现在《易》《尚书》《春秋》等方面，没有专门提及《诗经》学研究。吴雁南的《中国经学史》对明代经学只讲到了明代理学的式微与王学的兴起及"心学即经学"等内容，在"明末清初的经世致用实学思潮"这一章节里，提到了晚明的归有光和焦竑治学以汉学为宗的治经特点，谈及了顾炎武的"通经致用""经学即理学"的思想和朴学的考据方法。③

经学专著涉及的《诗经》学内容。明代经学研究方面的博士学位论文有台湾地区林庆彰博士的《明代考据学研究》（东吴大学，1984 年），在第九章设专章研究复社文人方以智的考据学，在此章第三节"考订文字音义"一节涉及对《诗经》字音字义的考订。林庆彰还著有《明代经学研究论集》，其经学研究涉及《诗经》学研究的内容，并且有专论个体《诗经》学著作的单篇论文如《朱谋㙔〈诗故〉研究》《何楷〈诗经世本古义〉析论》。

（三）《诗经》学专著对明代《诗经》学研究情况的评价

夏传才《诗经研究史概要》认为明代学风空疏，只在最后提到明末经学

---

① 嵇文甫：《晚明思想史论》，北京：东方出版社，1996 年，第 144 页。
② 章权才：《宋明经学史》，广州：广东人民出版社，1999 年，第 299 页。
③ 吴雁南：《中国经学史》，福州：福建人民出版社，2001 年，第 474—475 页。

研究开创了音韵学和校勘学，高度评价了陈第的《毛诗》古音考。① 洪湛侯的《诗经学史》对明代涉及较多，对辅翼朱学类、科举类等不同的《诗经》学著作进行了分类论述，纵向上又对明代《诗经》学发展流变作了梳理，这些内容对把握明代《诗经》学的总貌很有裨益。尤其是他谈到复社文人陈组绶的《诗经副墨》，将其划入宗朱一派；再就是对复社文人顾梦麟的《诗经说约》评价较高。而对明代进行断代专门研究的要属刘毓庆先生的《从经学到文学——明代〈诗经〉学史论》，刘先生以深厚的功底，全方位地对明代《诗经》学做出重大突破性研究，可以说转变了人们对明代《诗经》学的看法。突破传统观念需要学术勇气，但更需要扎实的学术功夫，从他的厚重的考据学著作《历代诗经著述考》（明代卷）就可以看出，正是因为占有了丰富的资料，才能够以全新的视角对明代《诗经》学予以高屋建瓴的分析。《历代诗经著述考》（明代卷）为后人检索明代的《诗经》学著述情况提供了极大的方便。明代《诗经》学研究的专著还有台湾地区杨晋龙的博士学位论文《明代诗经学》。张洪海的博士学位论文《诗经评点研究》，主要是针对明代的《诗经》评点来谈的。苏州大学陈国安博士的《论清初诗经学》（《苏州大学学报》（哲学社会科学版）2007 年第 6 期）提到了遗民诗人、复社文人陈子龙，指出贺贻孙《诗经》研究的地位和时代特点，他认为贺贻孙受钟惺等说《诗》观点的影响，延续了晚明文学评点说《诗》一脉，将其归为《诗经》研究的文学评点派；他还分析了贺氏的遗民情结，并指出了贺氏的论诗贡献："论诗之史实尝取之于先秦诸子说"，对廓清晚明空谈性理之弊有一定意义。

以上都是从专著的角度谈明代《诗经》学的情况。下面从单篇论文的角度论述明代包括复社的《诗经》学研究情况。单篇论文既有对明代《诗经》学的总体特征的探讨，也有对专人专篇的论述。费振刚、钱华的《明代反传统的诗经研究》，联系明代当时的社会背景与文化思想发展，阐述了中晚明以来《诗经》研究的反传统倾向：即摆脱传统研究《诗经》的套路，如尊诗教、着重于考订训诂等特点，单纯从《诗经》文本出发，体味《诗经》的艺术审美特质，其中对万时华的《诗经偶笺》、贺贻孙的《诗触》从文学角度

---

① 夏传才：《诗经研究概论》，北京：清华大学出版社，2007 年，第 129—130 页。

研究《诗经》予以了简略分析。鲁洪生的《要重视明代诗经学的繁荣》以对刘毓庆《从经学到文学——明代〈诗经〉学史论》一书评析的形式，强调了明代《诗经》学研究的重要性，阐述了明代《诗经》学的特点。张启成的《明代诗经学的新气象》指出了明代《诗经》研究呈现出的特点。中国第六届诗经国际学术研讨会论文集，载有台湾地区龚鹏程的《以诗论诗：文学〈诗经〉学导论》一文，提及贺贻孙及陈组绶的《诗经》学著作属于文学解经一派。陈国安还在《明遗民诗经学著述五家论略》里提到贺贻孙的《诗筏》与《诗触》研究，强调贺氏的遗民情结对其解《诗》的影响——解《诗》时常露出朱明之思。对诗话《诗经》学方面的研究有：龚鹏程在《诗经研究丛刊》（第十辑）里的《清代诗话论〈诗经〉资料辑录》一文里对贺贻孙的诗话《诗筏》中有关《诗经》的内容进行了汇辑。袁济喜在《新编中国文学批评发展史》一书第23章"王夫之与明末清初文论"第四节"明清之际的愤激文学观"里论及贺贻孙的"不平"文学创作论："风雅诸什，自今诵之以为和平，若在作者之旨，其初皆不平也！若使平焉，美刺讽谏何由生，则兴、观、群、怨何由起哉？"① 指出了贺贻孙将"不平"视为诗歌创作的动因。

对复社文人及《诗经》学著作的研究情况。台湾地区蒋秋华的《陈子龙〈诗问略〉初探》，指出陈子龙对朱子的反驳，如反对"变风""变雅"说、反对"淫诗"说；此外他还对《子贡诗说》和《申培诗说》进行辨伪。费振刚、叶爱民的《贺贻孙的〈诗触〉研究》，指出了《诗触》尊序的特点，对子贡《诗传》和申培《诗说》的辨伪情况和文学说《诗》的特点予以辨析。对顾梦麟《诗经说约》的研究，仅见沙先一的《顾梦麟〈诗经说约〉与明代诗经学》与《顾梦麟〈诗经说约〉对〈诗集传〉的补充与纠正》两篇单篇论文。台湾地区只有蒋秋华为顾梦麟《诗经说约》撰写的导言，名为《导言〈诗经说约〉》。

对复社进行专门研究的论著，也会涉及复社文人学术方面的特点，其中有论及复社文人经学研究的内容。如何宗美《明末清初文人结社研究》第四章《复社的思想和学术》（上）从整体上比较全面地论述了复社学术的地位

---

① 袁济喜：《新编中国文学批评发展史》，北京：中国人民大学出版社，2006年，第298页。

和作用，对复社文人的学术特点进行了较为客观精准的分析，有益于从总体上把握复社的学术和思想，但没有从微观角度对复社《诗经》学方面的特征与地位进行研究，因为该著作本身也不是只研究复社的学术和思想，而是对明末清初的文社作统观时才谈及复社的学术。再就是对复社进行专门研究的硕博论文中，在论及复社学术时会谈及复社的古学思想，这一内容与复社的《诗经》学有关联。如王恩俊的博士学位论文《复社研究》，论及了复社文人的学术研究，但不能微观细化到《诗经》学研究的层面；还有曾肖的博士学位论文《复社与文学新探》，也多从文学的角度进行论述，对复社的学术研究涉及不多。

对复社文人及其文学的研究，有陆岩军的博士学位论文《张溥研究》，文中提到了张溥的学术思想，它是复社学术内容的重要组成部分。徐茂雯的硕士学位论文《陈子龙的诗学思想》专门研究了复社领袖陈子龙的文学思想，对研究陈子龙的儒家诗教思想有一定帮助。

综上所述，对复社研究的学者多从它的组织形式、政治特征去关注，而对其学术也多从文学的角度予以关注，对复社《诗经》学方面进行专门系统研究的论著还没有，故以此为论题，笔者拟从微观层面做一些细致深入的探讨，以期探索复社经学研究里的《诗经》学的特点，以补充丰富明代《诗经》学的内容，并探讨其对清代《诗经》文学与朴学研究的影响。

三、研究思路与结构框架

由于研究对象是复社文人的《诗经》学成就，故对复社这一团体的思想特点和学术主张及与明代《诗经》学的关系设专章进行总论，其中论及复社的学风及学术活动对其《诗经》学研究产生的影响，如社刻、选文对《诗经》文学研究的影响。通过资料爬梳，特别借助了刘毓庆先生的《历代诗经著述考》（明代卷）这一重要研究成果，整理出复社文人的《诗经》学著述情况，对复社文人的《诗经》学著作情况进行概括汇总，分析复社文人的《诗经》学在晚明与清初呈现出的总体特征。由于著述众多，且存留、散佚情况不一，在明了这些人的《诗经》学内容及所属体例及基本内容的基础上，对其进行分类。通过分析，将复社的《诗经》学分为科举类《诗经》学研究、文学评析派《诗经》学研究、诗话《诗经》学研究三个大类进行研究。

在进行这样分类的前提下，展开了对每一类别的典型代表篇目的重点研究，通过以点带面，分论与总论相结合的方法进行论述。分论的部分就是通过典型个案的研究来考察该类《诗经》学著作的特点。明代非常重视科举考试，故为科举考试而作的《诗经》学著作在明代可谓为数众多，而复社最初作为为科举考试而结成的社团，科举类《诗经》学著作自然也占了复社文人著作相当的比重，故有必要对此类的《诗经》学著作的特点作一窥探。顾梦麟的《诗经说约》是当时最受欢迎的科举类《诗经》学著作，故列专章以顾梦麟的《诗经说约》为中心，考察复社文人科举类《诗经》学著述的特点，以期探究在明代科举制度下、以追随科考为目的、以官学形式出现的《诗经》学所呈现的面貌特征及其对后世的影响。明代自万历以后，受阳明心学的影响，人们开始注重内省的思维方式，理学研究从伦理走向了心理，再加上受尊情文学思潮的影响，《诗经》学研究转而表现为对《诗经》的情感抒发特点的重视，从而促进了明代《诗经》文学研究的繁兴。到复社成立之后，复社内部对选文的评点促进了文学批评及文学理论的发展，也自然促进了《诗经》的文学研究，在复社内部出现了一些《诗经》的文学研究著作。万时华的《诗经偶笺》文学研究水平较高，刘毓庆先生的《历代诗经著述考》（明代卷）认为："其作可代表明代《诗经》研究之最高水准"[①]，故选取其作为《诗经》文学研究的代表进行考察。而复社文人在明亡后以遗民身份进行《诗经》文学研究的，则以贺贻孙的《诗触》最为著名，故以其为对象进行考察，二者合为一章名为"复社文人文学评析派《诗经》学研究"。从复社的诗话著作里选取出五部，分别是宋征璧的《抱真堂诗话》、徐世溥的《榆溪诗话》、方以智的《通雅·诗说》、贺贻孙的《诗筏》、陈宏绪的《寒夜录》，以此来考察复社文人诗话《诗经》学的特点，以补充完善明代《诗经》学研究。晚明动荡的时代背景下，由于张溥、陈子龙身居复社领袖的重要地位，他们虽然没有专门的诗话著作，但他们的《诗经》学观点却在当时对复社文人有重要的影响。故搜罗散见于他们的诗文集序、论里的诗话，来窥探他们的《诗经》学观点，作为复社文人诗话《诗经》学的重要组成部分，共同构成复社文人的诗话《诗经》学研究一章。这是复社文人《诗经》学核心章节

---

① 刘毓庆：《历代诗经著述考》（明代卷），北京：中华书局，2008 年，第 389 页。

设置的依据。

四、研究方法

首先，笔者用宏观与微观相结合的研究方法。复社虽处于明代末季，但组成复社的文人是在明代这样一个整体的大环境中成长起来的，不可能不受明代社会方方面面的影响，故在每一章的写作中，皆会选取对该种《诗经》学研究影响最大的因素，或是社会政治的，或是思想文化的，结合这些影响因素去具体谈及对该类《诗经》学研究的影响，然后力争将复社的每一个案的《诗经》学研究，置于明代这一宏观背景下予以观照，以期给研究对象一个准确的定位，这是宏观与微观相结合的方法。

其次是运用比较的方法。运用比较的方法可以更好地为复社文人的《诗经》学研究定位。复社是明代的一个文社团体，复社文人的《诗经》学研究是明代《诗经》学研究的一个重要组成部分，属于团体或流派的《诗经》学研究。由于它身处明清易代之际，故深受这一时代特征的影响，所以在研究的过程中尽量将所研究的个案在治经思想、治经方法上与明前期、中期予以比对，归纳总结复社文人在《诗经》研究上对前代的传承、对后世的影响，发掘其自身的特色，指出其时代特征、历史地位及贡献。这是运用比较的方法看这些《诗经》学著作对前代的继承与超越，对后世的影响与意义，从总体上把握复社《诗经》学在明清之际的津梁作用。同时注重考察晚明文化思潮对复社文人的《诗经》学著作的影响、晚明复社《诗经》学著作对时代精神反映的具体表现。

最后，纵向与横向结合的方法。复社这一团体，从形成到运行散见于各处的材料都很零散，即使是专门论述复社的几部著作如《复社纪略》《复社纪事》《社事始末》对复社的成立过程记述得也不是那么明晰，故笔者对这部分内容的论述尽量地采取将对史料梳理后所得的结果予以直接的横向呈现的方法，避免烦琐地追溯其成立的过程，而这种直接呈现必然是以纵向的实际考察为基础方能进行，故而采取纵向研究与横向断面研究相结合的方法。这是针对复社的总体学术研究情况所用的纵向与横向相结合的方法。对所选取的《诗经》学个案研究，则以其为典型，尽量去关注它在横向上所受何种因素的影响，从该《诗经》学著作对当代的影响与受当代各种因素的影响这样的横向考察的角度切入,着重从文本本身去触摸它背后深层的社会原因及作家自身的文学思想、政治态度、学术素养、伦理观念对其《诗经》学著作的影响,并注重考察该《诗经》学著作典型个案对前代的继承及对后世的影响以确定其历史地位,这是对《诗经》学典型个案著述所运用的横向与纵向相结合的方法。

第一章 复社与明代《诗经》学

明末清初各地文社不断兴起，尤其是江南地区社事最盛，这与江南经济的发展、人民的富足、交通的便利、贸易的发达不无关系。商品经济的发展使得人们在互通有无的过程中，相互来往变得频繁，这就为文社的大量出现提供了可能。再加上江南地区向来都有对"文"重视的传统，民间有"布衣韦带之士，皆能摛章染翰"之说①，对科举考试的看重也是文社兴起的一个原因。这就使得像复社一样的文社出现具有一定的人文基础。明末清初影响巨大、成员遍及大半个中国的复社就是在这样的时代背景下建立起来的。

第一节 复社的学风及其对学术的影响

复社从性质上说最初是为应对科举考试、揣摩制艺时文而创立的文社。关于文社兴起的这一原因，《复社纪略》卷一有这样的记载："令甲以科目取人，而制艺始重，士既重于其事，咸思厚自濯磨，以求副功令，因共遵师取友，互相砥砺，多者数十人，少者数人，谓之文社。"② 可见明代文社在最初的时候多是为了切磋制艺之文，以求科甲得中而结成的。复社作为众多文社中的一社，最初与科举考试也是密切相关的，以切磋、评点制艺时文活动为主。随着复社的不断发展壮大，影响惊动朝野，于是引起了朝内阉党余孽的恐慌而不断对其倾轧、弹压，再加上面对晚明风雨飘摇的时代乱象，复社内有气节的士人自然会对朝政时局予以关注，故复社"务为有用"的学术主张

① （明）王鏊：《姑苏志》卷一三《风俗》，（台北）商务印书馆影印文渊阁《四库全书》本。
② 中国历史研究社编：《东林始末·复社纪略》卷一，上海：上海书店出版社，1982年，第174页。

与现实政治紧密关联，也是顺应时代要求的体现。

一、复社的成立及宗旨

复社成立的过程是这样的：首先是张溥与杨彝、顾梦麟于天启四年定应社之约，成立了应社，朱彝尊的《静志居诗话》卷二十一"杨彝"条附录云："张受先（采）云：甲子冬，与天如（张溥）同过唐市，问子常庐，麟士（顾梦麟）馆焉。遂定应社约，叙年子常居长。"① 甲子即天启四年（1624年），而应社又分江南的南应社、江北的北应社和京师的应社。后因吴江县宰熊开元最喜社事，礼贤下士，在其支持下孙淳等在吴江又成立了复社。接着张溥将应社统合于复社之下，时间是崇祯初年。朱彝尊曰："崇祯之初，嘉鱼熊开元宰吴江，进诸生而讲艺，于时孟朴（孙淳）里居，结吴翻扶九、吴允夏去盈、沈应瑞圣符等肇举'复社'。于时云间有'几社'，浙西有'闻社'，江北有'南社'，江西有'则社'，又有历亭'席社'，昆阳'云簪社'，而吴门别有'羽朋社'、'匡社'，武林有'读书社'，山左有'大社'，佥会于吴，统合于'复社'。"② 应社统合于复社，可以看出张溥卓越的组织才能。王应奎《柳南随笔》认为两社合一实张溥之力："赖天如先生调剂其间，而两社始合为一。"③ 这样就形成了明末清初模最大、影响范围最广的文社——复社。复社具有严密的组织形式。按郡设一人做社长，当时《复社纪略》记载的"四配""五狗""十常侍"之称，④ 虽有好事者戏谑的成分，但从中也确实可以看出张溥领导下的复社是有着严密的组织的。总的负责联络之人是孙淳，字孟朴，除联络外，他还负责平时的社刻、时文筛选等工作。《复社纪略》对此有录："当天如之选'国表'也，湖州孙孟朴淳实司邮置，往来传送，寒暑无间；凡天如、介生游踪所及，淳每为前导，一时有孙铺司之目。"⑤ 张溥曾深感于孙淳的联络之功："忘其身，惟取友是急，义不辞难，而千里必应，三年之间，若无孟朴，则其道几废。盖先后大会者三，复社之名动朝野，孟朴

---

① （清）朱彝尊著，黄君坦校点：《静志居诗话》卷二一"杨彝"条，北京：人民文学出版社，1990 年，第 652 页。
② 《静志居诗话》卷二一"孙淳"条，第 649 页。
③ 王应奎：《柳南随笔》卷三，北京：中华书局，1983 年，第 52 页。
④ 《东林始末·复社纪略》卷二，1982 年，第 207 页。
⑤ 《东林始末·复社纪略》卷二，第 208 页。

劳居多。"① 同时张溥还评价孙淳等在日常社事和文选初选方面的功劳:"孟朴与扶九、圣符经管社事,经久不衰。同人诸篇归其家者,岁可十万,孟朴孜孜扬抈,一字不遗。"②

复社最常规的活动就是选文社刻,这一点将在下文复社的学术里论及。复社其他最重要的活动就是组织大型集会,称为社集。其中有三次大型的活动,一次是崇祯二年的尹山大会,这次是借吴江县令熊鱼山对张溥的招待,吸引了各地慕名而来的人士,遂成社集,此次大会标志着复社的正式成立。后两次比较大的社集都是借科举考试时复社成员从各地聚在一起的机会举行的,即崇祯三年庚午乡试的金陵大会和崇祯五年的虎丘大会。

复社虽然最初只是普通士子们应对科举考试的文社,但随着其规模增大、影响日盛,自然会引起朝野上下的重视。《复社纪略》中有对时人景仰娄东二张和争相以入社为荣的情况的记载:"复社声气遍天下,俱以两张为宗,四方称谓不敢以字:天如曰西张,居近西也。于受先曰南张,居近南也。及门弟子,则曰南张先生、西张先生;后则曰两张夫子。"③ 尤其是明末经历了阉党之乱的人们,对党争是十分敏感的,而复社被假以"结党"而遭倾陷似乎是势所必然。而明代的士人关心时政、重视清议与复社受东林之影响、以"振东林之余绪"自诩,决定了它本身就有关心政治的一面。明末风雨飘摇的国家形势,也必然会引起复社士子对朝政的关心,这样它最终卷入政治,以至社事出现了"社局原与朝局相为表里"④ 的情况就显得不足为怪了。再加上对时文的揣摩本身就需要关心政治,注重当朝的声气所主。

复社的宗旨到底是什么呢?它又主张怎样的思想呢?搞清楚这些,对深入理解明末清初的士人心态、学术特点是十分必要的。因为复社是明末清初一个影响巨大的社团,其思想与学术主张在当时很重要。对此,何宗美在《明末清初文人结社研究》一书中曾说:"复社的思想代表了明清之际的主流,忽略这一点,就很难弄清由明入清思想发展的脉络与状态。"⑤

---

① 《静志居诗话》卷二一,第 650 页。

② (明)张溥:《七录斋诗文合集·近稿》卷四《国表四选序》,台北:伟文图书出版社有限公司,1978 年,第 360 页。

③ 《东林始末·复社纪略》卷二,第 207 页。

④ (明)蒋平阶:《东林始末·复社纪事·社事始末》,《学海类编》本,北京:中华书局,1991年,第 25 页。

⑤ 何宗美:《明末清初文人结社研究》,天津:南开大学出版社,2003 年,186 页。

那么，复社到底是一个怎样的文社，我们只有了解了它的思想和宗旨，才能够深入地了解它。何宗美说："只有深入其思想宗旨和精神世界，才算是对它有一个深层的认识。"① 关于复社的宗旨，《社事始末》云："复者，兴复绝学之意也。"② 绝学，即经学也；复社的"兴复古学"也主要是指兴复经学，而"务为有用"则表现出复社"经世致用"的学术诉求。总之，复社是通过复兴古学来寻求救世的良方。当张溥合诸社为一，使各社统于复社名下时，就为之立条规、定课程曰："自世教衰，士子不通经术。但剽耳绘目，几倖获于有司；登明堂不能致君，长郡邑不知泽民，人材日下、吏治日偷，皆由于此。溥不度德、不量力，期与四方多士兴复古学，将使异日者务为有用，因名曰复社。"③ 从以上论述可以看出，张溥是在世教日衰、世风日下、人才不济、士子不通经术而导致吏治日益败坏的情况下提出这一盟约的。而他将当时世风日下、人才名不副实、吏治每况愈下的原因归结为士子不通经术、不重实学，无疑复社的宗旨是寄希望于通过复兴经学，使得士子们能够砥砺品格操行、通经致用、掌握经国之术来挽救晚明时国家衰败的局面。在晚明这个特定的时代，以张溥为代表的复社对古学的复兴，有通过振兴学术来拯救社会的想法。而当时的古学自然是首推经学。可见，从复社名字的由来就可以看出其立社之宗旨在于兴复古学，兴复古学的目的在于有用于将来。复社在成立之初就是以拯救世风、经世致用为指归的。为实现这一宗旨，复社严格社规，谨定社盟，其盟书曰："学不殖将落，毋蹈匪彝，无读非圣书，毋违老成人，毋矜厥长，毋以辩言乱政，毋干进丧乃身，嗣今以往，犯者小用谏，大者摈。剑曰：诺。"④ 由盟规亦可以看出复社尊经重道、砥砺名节的宗旨。吴伟业对张溥成立复社的宗旨也有记载："先生以贡生入京师，纵观郊庙辟雍之盛，喟然叹息曰：'我国家以经义取天下士垂三百载，学者宜思有以表章微言，润色鸿业。今公卿不通六艺；后进小生，剽耳备目，幸弋获于有司。无怪乎椓人持柄，而折枝舐痔，半出于诵法孔子之徒。无他，诗书之道穷，而廉耻之途塞也。新天子即位，临雍讲学，丕变斯民，生当其时者，图仰赞

---

① 《明末清初文人结社研究》，第 186 页。
② 《东林始末·复社纪事·社事始末》，第 3 页。
③ 《东林始末·复社纪略》卷一，第 181 页。
④ 《静志居诗话》卷二一，第 650 页。

万一，庶几尊遗经，砭俗学，俾盛明著作，比隆三代，其在我党乎？'"① 张溥有感于明末经学衰微、士人寡廉鲜耻，出于对丧志之徒表面上诵法孔子却不能真正做到用经学义理来砥砺品性进而修身齐家之人的不满，而欲创复社来尊古经、砭俗学，期望创立一个"比隆三代"的理想社会。张溥对理想社会的设想是复古式的，即回到古代的政治理想，这决定了他的实现方式也必然是以复古为形式，而复社成立的宗旨又是以学术救国为期许，他的学术也必然是以尊经复古为内容。

二、复社文人的苦学之风及其学术著作

复社领袖张溥是士子勤学苦读的典范。《明史》记载："溥幼嗜学，所读书必手抄，抄已朗诵一过，即焚之，又抄，如是者六七始已。右手握管处，指掌成茧。冬日手皲，日沃汤数次。后名读书之斋曰'七录'，以此也。与同里张采共学齐名，号'娄东二张'。"② 张溥刻苦读书，至无分昼夜，在《复社纪略》中也有记载："尝雪夜已就寝复兴，露顶坐而晓"。③

再有身为豫章社成员后加入复社的陈际泰，"家贫，不能从师，又无书，时取旁舍儿书，屏人窃诵……十岁，于外家药笼中见《诗经》，取而疾走。父见之，怒，督往田，则携至田所，踞高阜而哦，遂毕身不忘。"④ 陈子龙亦是勤于著述、读书不倦的典范。崇祯四年春试下第，离京前他与彭宾、夏允彝对张溥表示："今年不成数卷书，不复与子闻！"⑤ 这样的苦学精神，让复社文人著述丰赡。张溥短暂的一生里也同样如此。在其死后，崇祯帝下诏征张溥遗书，"有司先后录上三千余卷，帝悉浏览"。⑥ 这种苦学精神也使社员之间互相砥砺，并最终写出大量的学术著作，其中的《诗经》学著作就有很多。现将其《诗经》学著作分为"今存"和"散佚"两种情况列举如下：

今存的有：陈际泰撰《诗经读》一卷，陈组绶撰《诗经副墨》（不分

---

① （清）吴伟业：《吴梅村全集》卷二四《复社纪事》，上海：上海古籍出版社，1990 年，第 600 页。

② （清）张廷玉等：《明史》卷二八八《文苑传四·张溥》，北京：中华书局，1974 年，第 7404 页。

③ 《东林始末·复社纪略》卷一，第 174 页。

④ 《明史》卷二八八《文苑传四·附艾南英》，第 7403 页。

⑤ （明）陈子龙著，王志英辑校：《陈子龙诗集》附录三《张溥〈壬申文选序〉》，北京：人民文学出版社，2011 年，第 975 页。

⑥ 《明史》卷二八八《文苑传四·张溥》，第 7405 页。

卷），颜茂猷撰《诗经讲宗》一卷，张溥撰《诗经注疏大全合纂》三十四卷
（总论一卷），陈子龙撰《诗问略》一卷、《诗经人物备考》十三卷，徐凤彩
撰《诗经辅注》四卷，顾梦麟撰《诗经说约》二十八卷，贺贻孙撰《诗触》
六卷，万时华撰《诗经偶笺》十三卷，王志长撰《毛诗注疏删翼》二十四
卷，魏冲撰《毛诗阐密》（不分卷），章世纯撰《章大力诗艺》一卷，杨廷麟
撰《诗经讲议鞭影》六卷、《诗经听月》十二卷、《朱订诗经撲一宗旨》八卷
（朱长祚辑），张瑄撰《葩经研朱集》二十八卷。

散佚与未见的：陈宏绪撰《诗经群议》，黄文旦著《二南笺义》二十五
篇，董养河撰《诗经解》，马元调撰《诗说》十卷，黄淳耀撰《诗劄》二卷，
黄圣年撰《诗骚本草通》十二卷，陈元纶撰《白庵谈诗》一卷，黎遂球撰
《诗风》，陆圻撰《诗论》五卷、《诗经吾学》三十卷，孟登撰《诗经广说》，
杨彝撰《皇明诗经文征》，张自烈撰《诗经程墨文变》，徐时勉撰《毛诗注
疏》，易为鼎撰《毛诗说》，朱荃宰撰《毛诗类考》，徐凤彩撰《毛诗博义》。

三、复社文人之间的切磋辩难对学术的促进作用

文社文人间互相切磋有促进学术交流和学术思想转变的作用。早在复社
成立之前，张溥与张采定交，两人读书七录斋中，"时娄文卑靡，两人有志振
起之。"[①] 后两人闻金沙周钟讲学的声名，负笈前往，"三人相得甚欢，辩难
五昼夜，订盟乃别"。[②] 此前的张溥取法樊宗，师刘知幾。这次前往金沙与周
钟切磋学问、会盟定交在学术思想上对张溥有很大影响。吴梅村《复社纪事》
则云："先生归，尽废笈中书，视其传写之踳驳，笺解之纰缪，点定而钩贯
之；于制举义别芟定以行世，颜曰'表经''国表'，昭本志也。"[③] 这些记载
可以看出，复社文人之间的切磋不仅对具体知识上的错误予以点定，他们之
间的交流还对张溥的学术思想产生了方向性的影响，使其"尽弃所学，更尚
经史"[④]。而复社成立之后，复社成员之间的议论商讨更是经常进行。张溥就
谈及他和社友杨廷枢之间议论学问的事："溥自丙寅以迄庚午，出入必与维斗

---

① 《东林始末·复社纪略》卷一，第 174 页。
② 《东林始末·复社纪略》卷一，第 174 页。
③ 《吴梅村全集》卷二四《复社纪事》，第 600 页。
④ 《东林始末·复社纪略》卷一，第 174 页。

俱，明经、贤书二录，亦幸同列名，驰驱江浒，徘徊京国，风雨鸡鸣，议论
不倦。"① 从叙述的语气中，可以感受到社内互相切磋、议论、交流的氛围，
这样的读书治学，已然成为一种让人向往的快事，这种议论无疑对复社成员
的学术和复社学风的促进很有益处。关于文社对学问的促进、品行砥砺的作
用，杜登春在《社事始末》中说："盖社之始，始于一乡，继而一国，继而暨
于天下各立一名，以自标榜，或数千人，或数百人，或课艺于一堂，或征诗
文于千里。齐年者，砥节砺行；后起者，观型取法。一卷之书，家弦户诵；
一师之学，灯续薪传。担簦访友，负笈从游；所见无非正人，所闻无非大道：
洵足美也。"② 这里就指出了结社对社友在揣摩制艺、品鉴文学、砥砺品行、
奖掖后学、濡染学风、弘扬师道、承继学术传统等方面的作用。黄宗羲曾谈
到杭州读书社群体读书时的和乐气氛："月下泛小舟，偶竖一义，论一事，各
持意见不相下；哄声沸水，荡舟沾服，则又哄然而笑。"③ 这种自由的气氛有
利于学术的发展，而这种讨论、辩难的方式又可以使思想在碰撞激荡中产生
新的学术观点。顾梦麟在《诗经说约·序》中就谈到与杨彝一同研读《诗
经》："余少贫废学，逮壮，即同子常讲诵一室，时犹不见所为《大全》、《疏
义》者，顾往往持论比兴，辄与暗合。若句理连断，语事起止，则管豹一文，
犹有微会焉。"《序》中提到与杨彝"讲诵一室"，能让人感受到二人在对
《诗经》的诵读交流中那种"时获我心"的欣然与会心之感。陈子龙就提到
在对《农政全书》增删润饰的过程中，曾与社友徐孚远、宋征璧、徐凤彩等
人商榷。"独学而无友，则孤陋而寡闻"，早已道出了交流切磋对学习学问的
长进是很有裨益的，而文社恰恰是为文人们提供了这样一个交流的场所和机
会。对此，何宗美曾论曰："晚明文人表现出的思想的敏锐性和求实求真的个
性，原因不可尽归于结社这一方面，但也不可否认社群式和诗意化的读书方
式的确使其受益不少。"④ 这种分析还是很符合当时情况的。

　　复社成员以国事为重、与阉党余孽不屈的斗争，对当时及其后的世风都
产生了一定的影响。《复社纪略》中邓宝的跋对复社影响风俗人心方面的积极

　　① 蒋逸雪：《张溥年谱》，济南：齐鲁书社，1982年，第2页。
　　② 《东林始末·复社纪事·社事始末》，第1页。
　　③ （清）黄宗羲：《南雷文定四集》卷二《郑玄子先生述》，《丛书集成初编》本。
　　④ 何宗美：《明末清初文人结社研究》，天津：南开大学出版社，2003年，第143页。

作用评价曰："然其霜雪正气，郁为国光；其于一代之人心风俗深有所感，常收其效于易代之后。"① 明亡之际，复社死节之士谱写着一曲曲慷慨悲歌："或抱石湛渊，或流肠碎首，同时老成俱尽。"② 吴伟业在对复社有气节的文人追述记叙时，笔墨间渗透着悲壮的气息。

复社对社员品行的砥砺甚至影响到了他们的学术追求。明亡以后一些有气节的复社文人，不愿仕清，以遗民身份继续进行着学术活动，通过著书立说来丰富自己的生活，彰显自己存在的价值。这就出现了从事经学研究的复社文人遗民群体，如贺贻孙、顾炎武等。

第二节　复社的学术活动对《诗经》学的影响

一、复社的学术主张

（一）兴复古学

复社在学术上主张复古，基本上是绍述七子、祖述六经。崇祯四年，张溥、陈子龙等人拟举燕台之会时，适逢张溥、吴伟业等新登科第，而陈子龙等尚未及第，陈子龙在《壬申文选凡例》叙曰："辛未之春，余与彝仲……拟立燕台之社，以继七子之迹"③，可以看出复社是绍绪七子古学主张的。对于有所追求的士人，面对崇祯朝新政，"图仰赞万一"④，渴望有所作为，致君泽民，而希图在文学上润色鸿业是当时复社士子的正常选择。明代的文学、学术流派纷呈各异，继前七子后，有唐宋派，后七子之后有性灵派、竟陵派，为什么复社会皈依七子的复古理论呢？这应该和复社人的政治理想有关。唐宋派与理学相联系的学统，必然与学术上的宋学相联系，这是"务为有用"的复社所不取的。性灵派的"独抒性灵，不拘格套"，注重抒发一己之意，从

---

① 《东林始末》，第 257 页。
② 《吴梅村全集》卷二四，第 606 页。
③ 《陈子龙全集·陈忠裕公全集》卷三〇《〈壬申文选〉凡例》，第 910 页。
④ 《吴梅村全集》卷二四《复社纪事》，第 600 页。

而淡化了"致君泽民"的国家使命，亦为复社所不取。而竟陵派追求幽情单绪，也与复社关心社会、主张经世致用的宗旨大异其趣。选择七子的复古理论作为追步的对象，其中的原因之一是，七子的成员大都是参加到当时政治体制内的人，这决定了七子在建构自己的理论、提出以复古为革新的主张时，无疑会考虑到儒家经典作为主流意识形态这个前提，所以他们所赖以建构理论的知识学统自然会来源于儒家的传统统绪，而不会失之过远。这对当时欲以儒家精神来匡世济民的复社成员的想法有着价值取向上的一致性。故复社欲通过兴复古学来寄寓其政治理想，与七子主张复古来反对台阁体的雍容之风，都与儒家诗教传统的关注现实、反映现实这一主张有着内容上的一致性。再有一点，就是孙立先生在《明末清初诗论研究》中所谈到的，前七子的大多数人都是勇于反对宦官刘瑾专权的骨鲠之士，李梦阳下狱，何景明免官，边贡遭贬，许天锡被杀……复社文人追步他们的主张，除了学术的原因，无疑也有看重他们重名节道义的砥砺这一因素的作用。还有一个应该考虑到的因素就是这里面也有乡学与学统的成分，因为后七子的领袖王世贞是太仓人，而张溥亦是太仓人，这样在传统的承继上应该是显得更纯正而容易引起人们的追随。

复社虽然亦主复古，但却与七子有相异之处。张溥在《皇明诗经文征序》中指出他们的文学宗旨是"代圣人立言"，这就决定了其文章"重道"的一面。从他对当时诗文之价值取向"夫后世之诗，托事引情，各言所遇，上不系帝德，下不究人心"① 的不满看，他更强调诗文要用古圣人之德，来教化世人，这亦包含了重弘道的成分在里面。而前七子的代表人物李梦阳在这点上就与之不同。前七子更注重作诗法度上的模仿借鉴，在思想内容上主张抒发自己的情感，而张溥却主张"代圣人立言"，以弘道为己任。复社的文人更强调诗歌反映现实的力量，注重发挥诗的现实干预作用，表现出对自《诗经》以来的儒家传统诗教的重视。陈子龙的诗"本乎志，遇乎时"的主张，比起七子派，更强调诗歌对现实的关注。这一主张与当时处于盛衰之际、鼎革之时的时代有密切关系，此时的他们更注重发挥诗歌干预现实的政治教化作用。这样的诉求导致他们在对复古的表述上，常常是比七子走得更远，最后常常

---

① （明）张溥：《七录斋诗文合集·古文近稿》之卷三，（台北）伟文图书出版社有限公司，1978 年，第 283 页。

落脚到对《诗经》的尊崇上，表现在文学主张上，就是融经史入诗文、主张尊经重道的学术宗旨。在当时重视时代与诗歌的关系并将这种关系最终祖述到《诗经》的还有钱谦益，他主张诗有本："古之为诗者有本焉，国风之好色，小雅之怨诽，离骚之疾痛叫呼，结辖于君臣夫妇朋友之间，而发作于身世逼侧、时命连蹇之会，梦而呓，病而吟，春歌而溺笑，皆是物也。故曰有本。"① 他认为作诗必须于"身世逼侧、时命连蹇"之时才会见出至情至性，写出真诗，而循规蹈矩的常态生活是不能激发出强烈浓厚的感情。这是对诗歌反映现实生活的艺术本质的深刻认识。在对复古主义倡导的形势下，以陈子龙为首的云间诗派，在当时产生了一定的影响，而陈子龙是其中最优秀的诗人。复社成员的诗论，如张溥的主张融经史入古文，对后来钱谦益强调的"儒者之诗"② 及清代诗论的学问化应该是有一定的影响的。

（二）提倡实学

按照传统的观点，儒家经典一直以来被认为深蕴学问经济之道，故振兴政治的目的，常常企图通过振兴儒学来达到。明白了这一点，就可以从更深层的意义上明白复社的复古主张。复社再次兴起的复古之风实际上是对王学末流空疏学风的一个纠正，力图通过倡扬传统的儒家道德规范、兴复古学来挽救晚明衰颓的世风与急转直下的政治形势。从复社成立的宗旨可以看出，它是想通过兴复古学之举来实现救世的愿望。从传统观点来看，读书治经又被认为是修身、砺行的重要途径。有感于明末的士风日下、学风不实，复社主张兴复古学以期达到砥砺品行，重振学风以达到"务为有用"的目的以期服务于当世。顾炎武在《与友人书》中表达了他的经世思想："愚不揣有见于此，故凡文之不关于六经之旨、当世之务者，一切不为。"③ 陈子龙在《〈农政全书〉凡例》一文中，也发出了"有辅世之责者，岂徒托之空言而已哉"的感叹④，表达了作为国家官吏，有辅国之责，不能袖手空谈，而要注重实

① （清）钱谦益：《牧斋有学集》卷一七《周元亮赖古堂合刻序》，上海：上海古籍出版社，1996年，766页。
② （清）钱谦益：《牧斋有学集》卷十九，《顾麟士诗集序》，上海：上海古籍出版社，1996年，第823页。
③ 《日知录集释》卷一八"文须有益于天下"条，第1080页。
④ 《陈子龙全集·陈忠裕公全集》卷三〇《〈农政全书〉凡例》，第913页。

际，使吏治有利于民，并且在他的实际行政中，也表现出了关心民瘼的倾向。陈子龙的实学思想受徐光启影响很大，从两人的交往中可以看出来："往公以大宗伯掌詹，子龙谒之都下，问当世之务。"① 对实学的推崇，使得陈子龙为《农政全书》的付梓做出了积极的努力：徐光启去世两年后，陈子龙从徐光启的孙子尔爵处得到《农书》，并亲手抄录。后呈给大中丞张公，张公叹为"经国之书"，以之示郡大夫方公，于是三人共谋《农书》付梓之事，由此可知，《农政全书》得以刊印，陈子龙实有发现推布之功，并在刊印之前负责全书的增删润饰工作。②

复社的实学主张不仅反映在经世实学上，也反映在考据实学方面。从张溥抄书的学问开始，已显示出《诗经》学汉宋融通的趋向，陈子龙的《诗经人物备考》，也是考据类的著作，而顾炎武花费三十年时间撰写《音学五书》，其中的《诗本音》就是对《诗经》古音的研究，方以智《通雅》一书也包含对《诗经》古音研究的内容，这些都显示出《诗经》研究由宋学向汉学过渡的征兆。可以说，明代复社的考据实学对清代朴学实有肇启之功。

复社作为"声气遍天下"的文社，它的成员中更多是在野的读书人，这使得他们更有时间和精力去研究学术。明亡后，一些复社成员不愿仕清，于是将精力投入到经史研究中去，以遗民的身份进行经学学术研究。这样，复社的成员中遗民所进行的研究本身又构成了清初学术研究的一个组成部分。

复社人在政治上的激进主张与学术的古典追求看上去似乎矛盾，其实它恰恰统一在士子的经世之志上。对政治的关心，正是明末正直而有责任心的士子的必然追求，受从儒术中寻求治国之道的传统价值期待的影响，复社人试图从经学复古中寻求经世的良方。孙立先生对此现象也有诠释："狂飙突进的政治激情与古典主义的文学思潮，看似矛盾，实际上却是时代精神的折射和需要。政权的不稳，世风的污浊，士风的浮靡，在文社首领的思想中并未激起变革的要求，而是更促使他们回到古代的理想之中，力图以文化的'纯净'来挽救也许再也无可挽回的明政权和士风日下的社会。这也许是此期古典主义复兴的一个重要原因。"③

---

① 《陈子龙全集·陈忠裕公全集》卷三〇《〈农政全书〉凡例》，第 913 页。
② 《陈子龙全集·陈忠裕公全集》卷三〇《〈农政全书〉凡例》，第 913 页。
③ 《明末清初诗论》，第 119 页。

二、复社的社刻、选文活动

复社最初是为揣摩科考时文而成立的文社，所以选刻时文在其学术活动中是很重要的事情。复社很重视时文之选，将时文的评议、选刻作为扩大影响、吸引士人入社的一个重要手段。同时，复社文人亦不满于当时趋时的八股文之弊端，力争运用自己的时文选本来挽救当时时文之弊。复社文人对当时科举制义之弊的不满，从张采给艾南英的复信中可以看出来，信中表达了对复社选文的定位："宜共遵尊经笃古之约，力追大雅，以挽颓靡。"① 张溥在《皇明诗经文征序》中表达了时文写作应该融入古经史才是正路的观点："代言之体，从今则陋，从古则文，惟世不知，百年夜行。"② 当时的做法就是在时文中渗透古文，主张融经史入古文而救时文，也就是在制艺中融入古文，以古文为制艺之文，复社的这种做法也有借时文来宣古文的目的。艾南英对张溥所选刻表经的诋毁，恰恰反映出复社选文在当时的影响。艾南英对张溥表经表示不满曰："今必赘经语以就题，复强吾意以就经。况夫专经而不能通其解、业一经而误用其四，而号于人曰尊经，吾恐先圣有知，必以为秽而吐之矣！"③ 艾南英对张溥的指责，恰恰传达出了张溥主张以经学融入时文写作借以倡明经学的复古主张及复社各主一经的经学研究方式。艾南英在诘责中提到了张溥当时的表经刊定之影响已有"一人倡之，人人和之"的效应。由艾南英与复社在选文持论的不同，可以看出他们复古主张的不同。为了证明各自的正确，他们之间进行过激烈的相互辩难，而这种辩难实际上对文学理论的发展又有一定的促进作用。有明一代的诗话著作有 17 部，而在晚明到清初的复社的文人里就有三部诗话著作，即宋征璧的《抱真堂诗话》、徐世溥的《榆溪诗话》、吴伟业的《梅村诗话》。有的著作虽不以诗话命名，但也是从文学批评角度谈论诗歌理论的。陈子龙的《诗论》、方以智的《通雅·诗说》、陈宏绪的《寒夜录》、贺贻孙的《诗筏》都不同程度地谈到了《诗经》学问题。这一现象与复社尊经复古的主张有一定关系。这些著作的集中出现，也应该与复社同其他文社相互辩难中文学观念的相互碰撞、从而使自己的主

---

① 《东林始末·复社纪略》卷一，第 180 页。
② 《七录斋诗文集·近稿》卷之三《皇明诗经文征序》。
③ 《东林始末·复社纪略》卷一，第 178 页。

张理论化有关。复社在文学上主张力追大雅的诉求及以古经文融入时文写作的做法，必然导致对古典的经传从文学的角度予以理解，从这一意义而言，复社这种时文写作的倡导对《诗经》的文学评点又有一定的促进作用。复社这种讲意类文学评点《诗经》的著作有杨廷麟的《诗经讲议鞭影》，文学评析性《诗经》研究作品有万时华的《诗经偶笺》、陈组绶的《诗经副墨》及贺贻孙的《诗触》，这些文学性研究《诗经》著作的出现，无疑与复社当时这样的思维方式有着一定的关系。而复社的这种以文会友、刊刻选文的形式反过来对文学也有一定的促进作用。孙立在《明末清初的诗论》里关注到了这一现象，他认为："文社通过社集而进行的文学活动，对于促进同仁间的文学创作、文学书籍的刊刻和传播也起到了一些好的作用。"① "而社事之盛，影响之大，也吸引了各阶层的人士的参与，促进了当时文学创作的繁荣和各类诗文书籍的流播。"② 这些评价都非常准确地道出了包括复社在内的文社对当时文学创作与传播的作用。

三、复社文人的治经思想与治经方法

（一）反对朱学独尊的学术诉求

到了晚明时期，经学研究上反对朱学独尊的声音开始出现。何良俊在《四友斋丛说》里引杨慎语表达了经学研究不应独主一家，而应百家争鸣："《注疏》所称'先郑'者，郑众也；'后郑'者，郑玄也。观《周礼》之注，则先郑与后郑十异其五。刘向治《春秋》主公羊。刘歆主左氏。故有父子异同之论。由是观之，汉人说经，虽大亲父子，不苟同也。孔子以一贯道，而曾子以忠恕说一贯。曾子受业孔子作《大学》，而子思受业曾子作《中庸》。则知圣贤虽师弟子，亦不苟同也。今言学者撷拾宋人之绪言，不究古昔之妙论，始则尽扫百家而归之宋人。又尽扫宋人而归之朱子。"③ 这段话，指出汉人研习经义，即使是父子、师徒也可以有所不同，对明代学术独尊朱子导致的经学研究缺乏自由、僵化的学风表示不满。在复社内部也出现了同样

---

① 《明末清初诗论研究》，第 82 页。
② 《明末清初诗论研究》，第 84 页。
③ 《四友斋丛说》，第 22—23 页。

的反对朱学独尊的声音。复社文人吴应箕曰："予尝闻之古人矣，古人于经术学问之际，亦何其气决敢任欤！故有并业弟子，传著或异矣。亦有同产季昆，师受则殊。本所自授也，见偶异焉。至指之为大愚，雅称石友也，义不阿焉，而移书侃侃，惟是乎？君父至尊亲也，经论异同，则有间焉。盖至有杀生临刑，卒不敢枉学以从者，何则？诚有所自据也。予尝读书深叹，以为人心所以未亡，圣人之道，所不至澌灭尽者，此非其极验哉！"①吴应箕主张经学研究要有主见，不应该众口一词，虽为父兄，亦可以有不同意见，而内心有见的前提必须要学有根底，胸中有所自据，这样才能真正弘扬圣人之道。这里明显表示出对有明一代独尊朱子、不敢有异议的治学态度的不满。张溥在《诗经注疏大全合纂》的《自序》中曰："毛之传《诗》，间与《序》不合，郑遵毛学，表明毛言，记识其事，特称为《笺》，与《传》刺谬者不少。盖古人之学，不贵苟同，是非两存，俟诸君子，志在明经，无取独申己长也。"②张溥对汉学不盲从、志在明经的肯定，实际上是对明代朱学独尊现象的不满。

正是受反对朱学独尊理念的影响，复社的《诗经》学研究出现了汉宋融通、博采众家、不拘守门户之见的学术风气，为《诗经》学研究由宋学走向汉学奠定了基础。

（二）汉宋融通的治经思想

1. 《诗经》学著作开始以"毛诗"命名

复社文人的《诗经》学著作很多已经以"毛诗"命名，如王志长的《毛诗注疏删翼》、魏冲的《毛诗阐密》、徐时勉的《毛诗注疏》、易为鼎的《毛诗说》、朱荃宰的《毛诗类考》、徐凤彩的《毛诗博义》。《诗经》学著作开始以"毛诗"命名的学术现象本身就显示出了《诗经》汉学复兴的信号。林庆彰曾在《吕柟〈毛诗说序〉研究》一文中表达过这样的观点："从宋以来，研究《诗经》的著作，大多不以'毛诗'为名，以示与汉学有别，吕氏之书是明代较早以'毛诗'为名者，从此之书名，已可看出当时经学发展的动向。

---

① （清）吴应箕著，王云五主编：《楼山堂集三》第17卷《崇祯甲戌房牍序》，《丛书集成初编》本，北京：商务印书馆，1937年，第196页
② 《历代诗经著述考》（明代卷），第381页。

这个动向就是《诗经》由宋学向汉学转变的动向。"① 依据林庆彰这一观点，复社的《诗经》学著作中出现大量以"毛诗"命名的现象，已经昭示出明代《诗经》宋学向汉学发展的信号。

2. 张溥《诗经注疏大全合纂》的学术意义

明代自《大全》颁行以后，重《大全》而废注疏，注疏、《大全》合纂发生在这样的学术背景下，其行为本身可视为学术转变的一个信号。这一点反映出复社的学术较以前而言，开始向汉宋融通的方向发展。重注疏是学术趋向于征实考证的一个前提，这对当时株守朱学的学统而言，无疑具有重要意义。尤其张溥又是复社的领袖，他的学术取舍无疑会影响复社的其他人，而复社后来出现的像陈子龙《诗经人物备考》等考据类著作，也和这种学术导向有关系。《四库全书总目》对《诗经注疏大全合纂》评价曰："溥是书杂取注疏及《大全》合纂成书，差愈于科举之士株守残匮者，然亦抄撮之学，无所考证也。"② 四库馆臣认为其仅仅是抄书而已，评价并不高。其实抄书的功夫是很重要的。钱穆认为清代学术引以为骄傲的考据之学即是从明代的抄书中来："近世盛推清代汉学家尚证据，重归纳，有合于欧西所谓科学方法者。其实此风源于明代，由一种分类抄书法，而运用之渐纯熟，乃得开此广面也。"③ 钱穆认为清代的考据之学无非是明代的分类抄书法运用纯熟之后达到的一种学术境界，可见他对明代的抄书功夫的肯定。顾炎武也对抄书持同样的观点："先生《抄书篇》曰：先祖曰：'著书不如抄书。凡今人之学必不及古人也，今人所见之书之博必不及古人也。小子勉之，惟读书而已！'"④ 嵇文甫先生认为："抄书是考据的一种基本功夫。既要言必有征，就不能不博览，不能不抄书。"⑤ 可见张溥这种为四库馆臣所不齿的"抄撮"之学，其实恰恰有开启清代考据学之功。张溥的治经方法实际上是在特定时代下学术转型的过渡形式，是清代学术繁荣的先声。

---

① 中国诗经研究学会主编：《诗经研究丛刊》（第十四辑），北京：学苑出版社，2008 年，第321 页。

② （清）永瑢等：《四库全书总目》，北京：中华书局，1965 年，第 143 页。

③ 钱穆：《中国近三百年学术》，北京：商务印书馆，1997 年，第 174 页。

④ （清）顾炎武著，黄汝成集释：《日知录集释》卷一八《窃书》，上海：上海古籍出版社，2006 年，第 1074 页。

⑤ 嵇文甫：《晚明思想史论》，北京：东方出版社，1996 年，第 146 页。

（三）分主五经与群经贯通的治经思想

复社的前身应社有"五经应社"之称，最初采取各主一经的治经方法。明代科举应试的阅卷采用分房审阅的方法，如将"五经"分为《诗》《礼》《书》《易》《春秋》各经房，与此相应，应社就采用分主五经的方式来研究经学，应对科举考试。朱彝尊《静志居诗话》："文社始于天启甲子，合吴郡、金沙、橋李仅十有一人：张溥天如，张采来章，杨廷枢维斗，杨彝子常，顾梦麟麟士，朱隗云子，王启荣惠常，周铨简臣，周钟介生，吴倡时来之，钱栴彦林，分主五经文字之选。"① 对于具体谁分主哪一经文字，王应奎《柳南续笔》曰："又常熟杨彝子常、太仓顾梦麟麟士治《诗》，维斗及嘉善钱栴彦林治《书》，介生兄弟治《春秋》，受先及吴门王启荣惠常治《礼记》，天如及长州朱隗云子治《易》，为'五经应社'。"② 虽然是应对科举考试的方式，但这些分主的人都有自己专门的经学著作。这种分主一经，然后五经会合，互相切磋、交流的方法对黄宗羲后来的讲学著书产生了影响，其讲学即以"五经会"命名，亦采取这种一人专主一经、然后会讲的方法。③ 蒋逸雪对这种方式评价甚高："故一人专一经，而月为会讲，各出所长，以相灌输切磨，则五经皆通，而所专之经，更能精深独到，此清代经学所以发达也。"④ 在这种风气的影响下，复社的许多人都不仅擅长一经，而且出现了群经贯通的势头。其中方以智就是这样的大家，《静志居诗话》卷十九对方以智评价曰："先生纷纶五经，融会百氏，插三万轴于架上，罗四七宿于胸中……卓然名家。"⑤ 张溥对杨彝治群经的评价是："子常好聚书，先以经为本，诸经书充户牖，分别治之已。"⑥ 顾梦麟除了《诗经说约》，还有《四十经通考》，贺贻孙有《诗触》《易触》传世，陈际泰有《诗经读》《四书读》，张溥另撰有《春秋三书》，陈宏绪在治经上也提出了"博览"的方法。⑦ 万斯大亦认为：

---

① （清）朱彝尊著，黄君坦校点：《静志居诗话》下册卷二一"孙淳"条，北京：人民文学出版社，1990年，第649页。

② （清）王应奎：《柳南随笔续笔》，北京：中华书局，1983年，第51页。

③ 蒋逸雪：《张溥年谱》，济南：齐鲁书社，1982年，第11页。

④ 蒋逸雪：《张溥年谱》，济南：齐鲁书社，1982年，第11页。

⑤ 《静志居诗话》，第582页。

⑥ 《七录斋诗文合集·近稿》卷之三《皇明诗经文征序》，第285页。

⑦ （清）陈宏绪：《豫章丛书》子部二集《寒夜录》，第179页。

"非通诸经，不能通一经；非悟传注之失，则不能通经；非以经释经，则无由悟传注之失。"① 万斯大的主张反映了五经并治的治经思想。

（四）设经师讲经的设想

张溥曾在《皇明诗经文征序》里提出了像汉代一样的讲经设想："以今右文之世，学始五经，宜设官传授。京师郡邑各置五经说，颁诸经说，进高才秀士，读书问难，毕三年通之。然后辟贤良，立中正，绳其不当者，责以年齿，示之荣辱，则天下治矣。"② 这里既包含他对汉代置博士讲经的向往、建立"比隆三代"的政治期盼，亦显示出对群经贯通的治经方式的推重。张溥还在《皇明诗经文征序》里表达五经应该相通的治经方法："五经一也。《易》言卦理，《书》本唐虞三代，《诗》存六义，《礼记》通周官，《仪礼》、《春秋》明三传，是非不如是者，毋宁不为。"③ 这里表达了张溥通五经为一的治经思想。

第三节　复社文人《诗经》学与明代《诗经》学

《诗经》恰恰是被尊奉为经，才得以完整保存，并为历代文人学者所阐发；《诗经》也因此被赋予更多的政治、思想、文化意义，被视为民族传统文化的重要组成部分。历代传承，积淀了丰富的经学遗产，并不断地发展完善。复社《诗经》学是明代《诗经》学的一个重要组成部分，要想明了复社《诗经》学的研究意义，就要将其置于明末清初这一大的学术文化背景下去考察，就要了解明代政治文化对《诗经》学研究的影响。

一、明代《诗经》学研究的政治文化背景

明太祖以"驱除胡虏"为口号，起兵反对元朝统治，故其在策略上显示

---

① （清）黄宗羲：《南雷文定（二）·前集》卷八《万充宗墓志铭》，北京：商务印书馆，1935年，第123页。

② 《七录斋诗文合集》卷之三《皇明诗经文征序》，第286页。

③ 《七录斋诗文合集·近稿》卷之三《皇明诗经文征序》，第284页。

出迥异于元代之处，就是一反元代重吏轻儒的做法，转而对儒学儒生予以重视。"明太祖起布衣，定天下，当干戈抢攘之时，所至征召耆儒，讲论道德，修明治术，兴起教化，焕乎成一代之宏规。"① 明代政权建立之后，又实行重儒轻吏的政策，一度开设科举来笼络士人，"使中外文臣皆由科举而选，非科举者，毋得与官。"② 通过利诱士子参政的方式来发挥儒学的作用。为了达到思想上的统一，在永乐年间，明成祖又诏颁《四书五经性理大全》，作为科举考试的统一教材。应举之人，无不以《大全》为宗。在《大全》颁布之前，还有人对古注疏予以关注，颁布之后对古注疏就很少光顾了。这是通过科举制度的方式使程朱理学思想国家化而成为官学，最终导致经学在某种程度上由学术沦为思想控制工具。为了推行专制的思想统治来稳固政治统治，明王朝除了用科举利诱士子出仕参政以外，还对宣讲、撰写"异说"的儒者予以严厉打击与制裁，利用强制的形式不准对朱子理学予以任何形式的辨疑、刊误甚至是商榷，以确保政治意识形态的统一性。这种极端的措施，使得明代经学研究与对儒学不太重视的元代相比也有着不可小视的弊端，"元朝国家思想多元化，使得理学各种派别也能存在，'有林大同，亦号通经。时尚未专用朱熹氏学，故家有各经疏义'。"③《诗经大全》是以元代刘瑾的《诗传通释》为底本，而《诗传通释》是以朱熹《诗集传》为宗主，故当《大全》悬为功令后，经学研究就由于统一于朱子理学而显得单一僵化。洪湛侯对朱子理学独尊、《大全》独行带来的影响这样评价道："《诗经大全》既以此书（刘瑾《诗传通释》）为蓝本而全用其书说，又是奉敕编撰、颁行天下的官书，实际上如同汉代'立学官'一样，成为钦定的教科书，科举取士，奉以为则，其影响之深之大，超过元代刘瑾原书，自不待言。明朝统治者尊奉朱子学说，所以明代的'诗经学'，朱熹《诗集传》一派，始终是作为主流派存在的，不过从学术角度衡量，至此已开始走向式微了。"④ 明代的经学研究出现"此亦一述朱，彼亦一述朱"⑤ 万马齐喑的沉寂保守局面，就不足为怪了。故顾炎

---

① 《明史》卷二八二《儒林传》，第 7221 页。

② 《明史》卷七〇《选举志二》，第 1695—1696 页。

③ （清）查继佐：《罪惟录·列传》卷一八，转引自钱茂伟《国家、科举与社会——以明代为中心的考察》，北京：北京图书馆出版社，2004 年，第 31 页。

④ 洪湛侯：《诗经学史》，北京：中华书局，2002 年，第 423 页。

⑤ （清）黄宗羲：《明儒学案》卷一〇《姚江学案·叙录》，北京：中华书局，1985 年，第 178 页。

武云:"八股行而古学弃,《大全》出而经说亡。"① 四库馆臣曰:"有明儒者之经学,其初之不敢放轶者由于此,其后之不免固陋者亦由于此。"② 以上都是就朱子理学成为国家之学及明代科举制度的实行对明代官学经学的影响而言的。

明代科举制度实行八股取士,这对明代末期的社团形成产生了重要的影响。明代科举取士的发达,使得一些为了应举而研习经义、揣摩时文的文人社团大量出现。豫章四君子组织的豫章书社,顾梦麟、杨彝等组织吴地之人建立应社,后张溥与其定交发展为广应社,陈子龙发起的几社,以至后来统合发展成遍及全国十四个省、规模最大、影响颇广的复社。复社在最初恰恰是在膺选时文的过程中吸引了全国各地的士子,如通过《国表》的刊刻颁宣对时文进行选评,并以"兴复古学、务为有用"的口号使读书人结合起来,确实为古学的复兴、经学的研究作出了贡献。

二、明代理学发展流变对经学的影响

梁启超曾把宋、元、明三朝作为一个时间单位去界定"道学"的发展:"可以把宋元明三朝总括为一个单位——公历 1000 至 1600——那个时代有一种新学术系统出现,名曰'道学'。那六百年间,便是'道学'自发成长以至衰落的全时期。"③ 这里梁启超所说的"道学"概念基本上就是现在所说的理学,理学与经学是既有区别又有联系的。理学更重从哲学思辨、意识形态意义上去谈论,经学更重从学术、古学的角度去言说。弄清明代理学的地位及发展脉络对经学发展轨迹的最终把握是非常有意义的。终明一代的学术,从太祖以理学开国,到明成祖颁布《四书五经性理大全》作为科举考试的统一教材,从制度上确立了程朱理学的国家思想地位,使得朱子理学以主流意识形态的地位影响着人们的思想和行为,更主要的是影响着追随科举的士子们的思想和学术追求。因为在中国封建时代,士阶层就是经学学术研究的主体,包括进入政治体制之内的士大夫和在体制之外的读书人。而明代科举制使《大全》悬为功令,对经学的研究模式有很大的影响。可以说明代以科举

---

① 《日知录集释》卷一八"书传会选"条,第 1045 页。
② 《四库全书总目》,第 28 页。
③ 梁启超:《中国近三百年学术史》,北京:东方出版社,1996 年,第 2 页。

制度、八股取士的方式控制了士子的思想，使其趋于保守统一。而学术研究需要自由的因子，这个过于统一的体系必然会限制和禁锢学术的蓬勃发展，并且会越来越显示出体制僵化对学术钳制的负面作用。于是，随着时代发展出现了理学自身的反动——阳明心学，它既是对程朱理学烦琐方法论上的否定，也是对其思想上缺乏自由与活力的一个反拨。梁启超对王阳明的道学在学界及士人中的影响是这样评价的："明朝以八股取士，一般士子，除了永乐皇帝钦定的《性理大全》外，几乎一书不读。学术界本身，本来就像贫血症的人，衰弱得可怜。王阳明是一位豪杰之士，他的学术像打药针一般，令人兴奋，所以能做五百年道学结束，吐很大光芒。"① 它的光芒使人们长期处于麻木状态的思维感受到新思想带来的兴奋，以至明代士子"嘉、隆而后，笃信程朱，不迁异说者，无复几人矣"②。他死后，他的弟子们"能把师门宗旨发挥光大，势力笼盖全国，然而，反对的亦日益加增"③。其实这种反对的声音就包蕴着对学术激活的因子。就这一点而言，阳明心学对经学研究有某种程度的促进作用。阳明心学既然是在程朱理学处于僵化状态下而显示出对理学自身的一种反动，从它的产生看就具有一种思想解放的意义。正是这种思想为明代的学术界注入了活力，让明代的《诗经》学研究呈现出了以下特征：具有创新意识的《诗》学著作不断出现，新的《诗》学观点大量涌现，新的诗学流派开始兴起，《诗经》文学研究开始繁兴。④ 然而也不可否认，正是这种思想导致了明代袖手不读书、游谈无根的空疏学风的产生。随着王学末流或流于空疏，或遁入狂禅，这种学术价值取向与晚明的时代要求已经远远不能相适应，于是王学内部的反动又开始对王学末流予以反思，如顾宪成（王学的第三代）力辟王守仁"无善无恶心之体"⑤ 之说，曰："官辇毂，志不在君父，官封疆，志不在民生，居水边林下，志不在世道，君子无取焉。"⑥ 主张一归于朱学，但是对朱学也不是一味的原封不动的照搬，而主张对其进行改造进而吸取。顾宪成与高攀龙等讲学东林书院，学术上"益覃精研究"，关

---

① 梁启超：《中国近三百年学术史》，第 3 页。
② 《明史》卷二八二《儒林传》，第 7222 页。
③ 《中国近三百年学术史》，第 3 页。
④ 刘毓庆：《阳明"心学"与明代〈诗经〉研究》，《齐鲁学刊》2000 年第 5 期。
⑤ （明）王守仁著，吴光等编校：《王阳明全集》，上海：上海古籍出版社，1992 年，第 117 页。
⑥ 《明史》卷二三一《顾宪成传》，第 6032 页。

心时政，"往往讽议朝政，裁量人物"①，他们的做法已不同于心学派的清谈。而后的刘宗周从"慎独"入手，对于王畿、罗汝芳、王艮诸人所述的王学，痛加针砭。直到后来复社的顾炎武提出"经学即理学"的观点，实际上都是针对王学的空疏，而力争使理学有所依托，这种理学以经学为依据的学术诉求，带动了回归元典的经学研究运动。理学的流变一直影响着明代的经学研究理路，到后来复社文人倡导的复兴古学、通经致用向考据实学的靠拢，实际上恰恰是经学发展自身的一种要求，而复社文人即为这种要求的实践者。

明代古学发展以与官学相对的形式，对明代《诗经》学产生了一定的影响。王学虽然影响很大，却一直也没有取代朱学的官学地位，但它对学术、对士子的心态无疑都有着深远的影响，既有正面的，也有负面的，无论怎样的影响，都恰恰显示出了作为官学之外的学术形态对社会人心的影响。同样，明代经学研究除科举制度影响下的官学形式之外，经学自身发展所遵循的学术规律也对经学的发展起着作用，那就是一直以在野的或者说以民间形式存在的经学古学研究，它使经学研究呈现出别样的特征。

下面就从总的方面论述明代古学的发展流变情况。明代中后期，随着文学上的前后七子复古思想的出现，明代经学古学一脉也出现了。这既有朱学自身屡经阐释，以至可阐发之处不再那么丰富的原因，也与一些研究者认识到空疏学风的危害，力图予以反拨有关系。杨慎贬谪岭南成为政治体制外的人物，于是开始沉潜于学术研究。此间，其著述颇丰，著有《丹铅录》《谭苑醍醐》，其中古音学著作《古音略例》《转注古音略》《古音丛目》《古音猎要》，"实为后来研究古音者所取材"②。他的《丹铅录》等著作，还引发了"正杨""翼杨"之争③，可见在当时引起了古学研究的高潮。此外，研究《诗经》的小学著作还有焦竑的《笔乘》，最先提出反对诗有"叶音"说。后来陈第继承前人的成果著《毛诗古音考》。他们这些研究者，不仅在理论上提倡征实的学问，并积极写作小学著作，为明代空疏的学风注入了一些注重故实的成分，并为后来的顾炎武等研究《说文》，著《音学五书》，开启晚明的朴学之风奠定了不可或缺的重要基础。

---

① 《明史》卷二三一《顾宪成传》，第6032页。
② 《晚明思想史论》，第145页。
③ 《晚明思想史论》，第146—147页。

除了从"小学"的角度关注《诗经》研究，在经学官学之外，古学又是以怎样的角度关注着古老的《诗经》呢？"较之理学，古学思维自非主流，但思想的知识张力对于士人心灵的渗透影响却也不容忽视，自然也有着别样的诗歌表现与诗学思考。"① 这"别样的思考"就包括对《诗经》从文学角度予以关注："《诗》之为诗的定位正是明代古学的一大特色。"② 再加上八股取士带来的经学内部的裂变，王学的思想解放潮流，共同导致了《诗经》文学研究的高潮，这都是与传统视《诗经》为经的研究相悖的反传统研究。复社文人的《诗经》文学研究成绩显著，讲意派有杨廷麟的《诗经讲议鞭影》，评析派有陈组绶的《诗经副墨》、万时华的《诗经偶笺》、贺贻孙的《诗触》。诗话这一文学批评形式在明代很发达，诗话对《诗经》的关注，是独立于官学经学之外的古学经学关注的另一种重要形式。诗话没有传道授业的负担，没有经学解经的严肃与沉重，常常从文学的角度关注《诗经》。复社文人这方面的著作有陈宏绪的《寒夜录》、徐世溥的《榆溪诗话》、方以智的《通雅·诗说》、贺贻孙的《诗筏》、宋征璧的《抱真堂诗话》。明末清初的复社掀起的第三次复古潮就是古学经学的重要组成部分。当王学内部开始对其理学思想拨乱反正的时候，如上述顾宪成、刘宗周等对王学的反拨，作为振起东林遗绪而号称"小东林"的复社文人更是应时代之呼唤，奋起兴复古学。复社继前后七子之后掀起明代的第三次复古高潮，以期以古学收拾人心，振起时代精神，以"务为有用"为指归，试图藉学术以救国。复社所说的古学主要指的就是经学。复社成员大部分都是在野的，在朝的也多是中低级官吏，他们中多数为有气节的文人。作为古学研究的主体，在晚明倡经世之学，主通经致用，如张溥、陈子龙等与主实学的徐光启都有交往，他们都是明末实学思想的推行者。顾炎武提出"舍经学而无理学"的观点，实际上是为纠正明代一归于理学导致的空疏学风的一个反正，以期使经学研究摆脱为申述理学而存在的附庸地位，倡导一种回归元典的研读经典的方法。表现在经学研究上，就是张溥著《诗经注疏大全总纂》，虽被四库目为"抄撮之学"，但却在经学研究上显示出汉宋融通的信号。顾梦麟的《诗经说约》，虽为科举考试教材，但汇采诸家，旁征博引，新见迭出，时有考证，业已显示出《诗经》学

---

① 郭万金：《明代古学思维与诗学逻辑》，《中国文化研究》2008 年冬之卷，第 71 页。
② 《明代古学思维与诗学逻辑》，《中国文化研究》2008 年冬之卷，第 72 页。

的征实之风。陈子龙著《诗经人物备考》，已经是考据实学的开端。顾炎武著《音学五书》，其中《诗本音》就是对《诗经》古音的考证，方以智著《通雅》对古书字音的研究，复社这些考据实学《诗经》学研究，可以说对清代的乾嘉之学有肇启之功。梁启超早就指出："晚明的二十多年，已经开清学的先河。"① 但在这二十多年间他在谈及对明代空疏学风反动的先驱时并没有提到复社文人。嵇文甫在《晚明思想史论》第七章"古学复兴的曙光"一章里对复社人士只提到了方以智，并说他"亦最特出，卓尔不群"，其实方以智作为复社人士，与陈子龙等交往甚密，他的征实学风，不是一种个体现象，实是复社文人陈子龙、张溥、顾炎武等共同倡导下所形成的复社文人征实研究风气的反映。所以说复社文人所进行的《诗经》考据实学的研究，对清代朴学的繁荣有肇启之功。对此，刘师培在《国学发微刘申叔遗书》中论道："近儒之学，多赖明人植其基，若转斥明儒为空疏，夫亦忘本之甚矣。"② 明亡后，复社文人又积极投入反清复明的运动中，失败后，多数文人拒绝仕清，皈依学术，以示自己与清廷的不合作，故清初遗民学者的经学研究也是复社文人《诗经》学研究的重要组成部分。而研究复社文人在那个特殊时代对经学的关注视角和价值期许，不仅可以丰富明代的《诗经》学，而且探求复社在明清交替之际所进行的《诗经》学研究，带给接续的清代《诗经》学以怎样的影响，无疑对清代《诗经》学的源流考辨有着不可忽视的重要意义。

　　总之，从官学的角度来看，科举制度的限定、士子们对名利的趋从使他们的经学研究不得不备受《四书五经性理大全》与朱熹《诗集传》的影响，导致了学术思想与学术视野的受限，最终导致了《诗经》学的衰落，这是从明代理学作为官学、经学为了科举、八股用来取士的形式而言所带来的经学研究的负面影响。但是明代科举考试以外的经学家，当他们或厌倦科举，或科举成名之后进行的《诗经》研究及那些在野的民间的《诗经》研究，一直以古学的形式存在着，表现为涵泳性情的文学研究，其中包括诗话《诗经》学研究，还有以小学为特征的考据实学研究。只是这种古学研究由于没有掌握话语权而不被关注罢了。而晚明的复社文人就是古学研究的一支重要力量。所以将明代经学视为空疏、认为不值得研究的观点是值得商榷的。

――――――――――

① 梁启超：《中国近三百年学术史》，第 1 页。
② 《刘申叔遗书》，第 502 页。

第二章 复社文人文学评析派《诗经》学研究

第一节 复社文人《诗经》文学性研究产生的社会背景

明代以理学立国的思想，使得朱子理学成为主流意识形态。到明代正德年间产生的阳明心学，可以说是对理学从内部的一种反动，它力图改变独尊朱子理学导致的学术上的僵化保守状态，引起了人们的广泛响应。"嘉靖以来，独守程朱，不迁异说者无复几人矣。"① 这可以看出阳明心学对士子影响之大。袁震宇、刘明今在《明代文学批评史》第一章"绪论"中指出心学对明代文学批评的影响："受心学的影响，文学批评也侧重于内心的探究。这不仅表现在心学一派的文学批评中，也表现在与心学无干，甚至对心学持批评态度的人的文学批评中，显示出其时代共有的特征。"② 王阳明的"致良知""心即理""吾性自足，不假外求"等主张，因其对士人心态的调适作用，吸引了大批的读书人，而其怀疑精神也影响着士人对经典的解读："夫学贵得之心，求之于心而非也，虽其言之出于孔不敢以为是也。"③ 这就导致解经既不究于义理、更不拘牵于考证，而是主张向内求，于是以"臆"解经遂成风气，如王守仁的《诗经臆说》，到后来戴君恩的《读风臆评》。《四库全书总目》评价心学曰："自明正德、嘉靖以后，其学各抒心得，及其弊也肆。"④ 而"其学各抒心得"恰恰道出晚明时期经学阐释的重个体感悟、重自我心得、不像汉儒因拘牵文义的影响而陷于烦琐、不像宋儒因追求道德义理的高韬而

---

① 《明史》卷二八二《儒林传》，第 7222 页。
② 袁震宇、刘明今：《明代文学批评史》，上海：上海古籍出版社，1991 年，第 2 页。
③ 《王阳明全集·传习录中·答罗整菴少宰书》，第 76 页。
④ 《四库全书总目》，第 20 页。

近于枯槁的特征。明人对经义的研究更多的是与性灵相关，是自己读诗的偶得、体会，然而，恰恰是这种不经意的点评，因为渗透着诗评者的真实情感，才最接近《诗经》的本义。而这种评价正是"《诗》之为诗"的解读方法，是对《诗经》的文学评价。刘毓庆先生认为《诗经》的文学研究才是最接近其本质的研究："《诗经》是一部文学典籍，考证所得是其筋骨，义理所得是其血肉，只有文学的研究，才能真正获得《诗经》活泼泼的灵魂。而明人所抓的正是《诗经》的灵魂。他们中间虽然没有出来像郑玄、朱熹那样的《诗》学大家，但他们却以群体的力量改变了《诗经》学原初的经学研究方向，开创了《诗经》文学批评的新航线。"① 刘毓庆先生对明代《诗经》文学研究的价值与意义的评价是很中肯的。

明代评点文学的成熟影响着明代的《诗经》评点性的文学研究。明代的评点文学从形态上已发展得很成熟，在明代，几乎没有什么不可以评点②，并且明代素来的"六经皆文"的观念影响着人们对《诗经》的文学解读，"但私谓六经无不美之文，无不朴之美。匡衡说《诗》可解人颐，而史称他说诗深美。深美云者，温柔敦厚，俱赴其中。"③ 今人郭绍虞先生在《中国文学批评史》的"明末之文学批评"一章中说："明人于文，确是专攻。任何书籍，都用文学眼光读之。所以以唐诗的手法读《诗经》，而诗之味趣更长。以史汉的笔路读《尚书》，而书之文法愈出。"④ 这些都是对"六经皆文"的衍说，正是这种"六经皆文"的观念使得六经也可以成为评点的对象。既然六经之文皆美，那么评价它何以美也就是很正常的事情，这就使得评点者不仅对通俗文学作品用评点的方式促进它在社会上流行，对经典的评点也呈现出文学评析的特点，同时也推进了经典文学的传播。

明代中后期，从嘉靖中叶以至崇祯末年的一百多年间，商品经济愈来愈发达，尤其是江南一带，城市和集镇极度繁荣，经济的发展也促进了学校与文化事业的繁荣。明代学校较前朝为盛，显示出统治者对文教的重视，而经

---

① 刘毓庆：《从经学到文学——明代〈诗经〉学史论》，北京：商务印书馆，2003 年，第 5 页。
② 关于明代诗文评点的详细资料可参看刘毓庆先生《从经学到文学——明代〈诗经〉学史论》一书中"诗文评点及诗话发展与《诗经》研究的转向"一节的相关内容。
③ （明）谭元春著，陈杏珍点校：《谭元春集·黄叶轩诗义序》，上海：上海古籍出版社，1998 年，第 639 页。
④ 郭绍虞：《中国文学批评史》，天津：百花文艺出版社，1999 年，第 263 页。

济的发展让各州府县也重视发展教育，并且使得市民个体也以读书为荣，国家的学校除南京外，北京还有国子监。随着江南经济的发展，崇学之风更盛，对文化教育更为重视，"人皆知教子读书""田野小民生理裁足，皆知以教子孙读书为事"①，这是与江南的重文传统、重利用科举来光耀门第的观念分不开的，最终导致对教育重视这一结果的产生。而教育水平的整体提高又客观上促进了与教育发展相联系的文化事业的发展，其中之一就是私刻、官刻印刷业的极大发展，吴、越、闽、蜀为全国重要的四个刻书之地。所刻之书种类繁多，既有传统的经史方面的，也有当时的通俗文艺如戏曲、小说类的，当然也包括八股程墨制艺之类，而所有这些刊刻都取决于不同层面的大量读者群的存在。士人在商品经济的影响下，在市民世俗观念的影响下，一改以往的清高、以言利为耻的做法，而是产生了将自己的文化产品转化为利益的想法，他们在将自己的作品付梓刊刻时，受利益驱动，为了提高自己作品的身价，就会请名人加以评点，而刊刻的书坊为了让刊刻的书籍能畅销，也常请人为所刻之书做点评，这样就促进了文学评点之学的发展。而当时的钟惺、凌濛初的《诗经》评点本就都有两种刻本，可见当时这种趋利的追求也在一定程度上促进了《诗经》文学评点之学的发展。

　　尊情求真的时代思潮对《诗经》的文学研究也产生了一定影响。传统的《诗经》研究受儒家诗教观的影响，过分强调伦理教化、政治纲常，虽看到了《诗经》"发乎情"的特点，但更强调它的"止乎礼义"，所以对《诗经》从"情"的角度研究是需要打破传统的勇气的。随着商品经济的兴起，出现了大批的市民阶层，他们受从事商品活动的影响，在思想上重创新、反因循，故对新思潮、新思想、新事物接受更快。他们重世俗享受，不仅包括物质的，也包含精神享受的世俗化。所有这些都影响着整个社会文化价值取向的变化，他们对两性之情的看重、对礼教的鄙夷无疑对人们正视自己内心情感的需求有着很大的触动作用。反映到文学上，就是表现爱情主题的作品多了；反映到文学批评上，就是出现了一种重情的文学思潮，这使人们在程朱理学束缚下的心灵恢复了曾经被麻痹的知觉，苏醒了心灵对情感体验。故"只有到了明代，当倾向于内心探求的文学批评风气，与求真的勇气相鼓荡时，才使

----

① 《嘉靖上海县志》卷一《风俗第三》；《崇祯松江府志》卷七《风俗·习尚》，《天一阁藏明代方志选刊》，上海：上海古籍书店，1981 年影印本。

得评点这一批评文体终于突破了传统的明代的诗坛局限，打入到了传统说经的阵营。因此，在这种情形下，《诗经》评点的出现，与这一求真而内省的文学批评性质相关"①。明代的诗坛，从前七子反对雍容的台阁体开始，就是主情的，七子领袖李梦阳强调作诗要"情以发之"②，虽然以强调模拟、看重技巧为人所诟病，但他更重视文学之为文学的情性的一面，而反对朱子理学的"载道"至上的文学观，这与明代整体大环境下的尊情理论有一定的关系。性灵派更是强调不拘格套、抒写性灵，主张"情在理中"、崇情抑理，反对以理抑情。竟陵派接续了公安派"真诗"的主张，而更强调作家主体性情的表现，主张抒发作者的幽情单绪，而实现这一创作目的的方法他们认为是从古人的审美经验、写诗技巧中去求"真诗"，于是提出了"求古人之真诗""求古人精神所在"③ 的诗学主张，而对古人的诗从审美的角度、写作技巧的角度去探求的做法，对将《诗经》视为文学之典范予以揣摩的研究方法也会产生一定的影响。王学左派李贽的"童心说"更是以情为本，而冯梦龙主张立情教，并要以情教发名教之伪。他重情真，整理民间的山歌，认为这些山歌"绝假纯真"，由于不屑于假而充满真情，并将山歌中的言情之作《挂枝儿》与《国风》中的《郑风》同看作是言情之作，显示出了尊情求真的勇气与识见。汤显祖认为："世总为情，情生诗歌，而行于神。天下之声音笑貌、大小生死，不出乎是。因以憺荡人意，欢乐舞蹈，悲壮哀感，鬼神风雨鸟兽，摇动草木，洞裂金石。其诗之传者，神情合至，或一至焉；一无所至，而必曰传，亦世所不许也。"④ 这些都是明代典型的尊情理论，而这样的识见影响着明末的文坛与批评风气。受这样的时代文化思潮影响，人们对《诗经》的解读自然会从诗言情的角度予以关注，从而对其文学特点予以阐释。

明代科举八股取士导致了明代经学的内部裂变，促进了《诗经》的文学性研究。诗在唐代繁兴有许多原因，而唐代以诗赋取士不得不说是吸引读书人读诗作赋而导致唐代诗歌兴盛的一个重要原因，而明以八股取士，《明史·选举志二》曰：

① 张洪海：《〈诗经〉评点研究》，复旦大学2008年博士学位论文，第21页。
② （明）李梦阳：《李空同全集》卷四八《潜蛇山人记》，明万历浙江思山堂本。
③ （明）钟惺、谭元春：《诗归序》，武汉：湖北人民出版社，1985年，第3页。
④ 吴文治主编：《明诗话全编·而伯麻姑游诗序》，南京：江苏古籍出版社，1997年，第5399页。

科目者，沿唐、宋之旧而稍变其试士之法，专取四子书及《易》、《书》、《诗》、《春秋》、《礼记》五经命题试士，盖太祖与刘基所定。其文略仿宋经义，然代古人语气为之，体用排偶，谓之"八股"，通谓之"制义"。①

八股文甚至被有些人列为像唐之诗、宋之词一样，作为明代文学的代表样式。当时就有许多八股文的评点本供士子们揣摩风气、借鉴形式，这类书被称为房稿。明代的坊刻发达，刻家为营利常常选刻这类房稿，而明代的复社与艾南英之间的论争确有为文尊唐宋还是尊汉魏的观点不同之争，但是复社的《国表》刻选天下争读，影响了艾南英的房稿刊刻的收入也可能是导致论争的一个原因。因为八股文要"代古人语气为之"，故为适应科举考试而出现的《诗经》评点，不得不揣摩圣贤的语气、体悟圣贤的情怀。《诗经》的许多篇章，尤其是《国风》一类篇章，其中多为里巷歌谣、各言其情之作，为揣摩它们所言之情，不得不从"发乎情"的角度进行细致揣摩。这就为《诗经》的研究接近作者的内心去寻求所发为何情成为必然，再加上明代末期重情的文学批评观念的影响，这就为从文学的角度，还"《诗》"为"诗"提供了可能；而八股文又要求体用排偶，为文要有文采，这必然导致《诗经》评点时对诗的谋篇布局、写作技巧、表达效果进行分析，而这种分析本身就是对《诗经》的文学分析。明代的统治者一定没有想到，他们所推崇的八股取士恰恰使得明代经学从内部发生裂变成为必然。在这样的时代背景下，《诗经》的解释从传统的经学解读模式到反传统的经学——文学解读模式的演化成为势所必然。刘毓庆先生对此做出过准确的分析："经学由经义注疏发展到八股制艺，科举由八股制艺完全取代诗赋，这实际上是要'经学'取代'文学'，而'始作俑者'万万也没有想到，当'经学'蛮横无理地占有了'文学'之后，'文学'却以巨大的力量化解了经学，使经学变成了文学的肥料，同时也使《诗经》研究走上了文学研究的道路。"② 确实如此，明代科举考试以《大全》《诗集传》为准绳，使得读书应考者废弃古注疏不读，这自然使得《诗经》汉学无法繁兴，而一切都以《集传》为圭臬的解经方式，也用不

---

① 《明史》卷七〇《选举志二》，第 1693 页。
② 《从经学到文学——明代〈诗经〉学史论》，第 248 页。

着对经义有多少发明。八股文对文体形式上的写作要求，使得顺应科举的经学研究要在揣摩古人语气，在《诗经》篇章分析技巧上多用功夫，这就为《诗经》的文学研究洞开方便之门，也是经学在制度影响下最终产生的自身内部裂变。

　　在上述环境的影响下，出现了《诗经》文学研究的高潮，产生了大量《诗经》文学研究著作，如孙鑛的《批评诗经》，魏浣初的《诗经脉》，杨廷麟的《诗经讲议鞭影》，戴君恩的《读风臆评》，钟惺的《批点〈诗经〉》，万时华的《诗经偶笺》，贺贻孙的《诗触》，陈组绶的《诗经副墨》，等等。现在以文学评析派《诗经》研究著作《诗经偶笺》和《诗触》为代表，考察复社文人文学评析派《诗经》研究在微观上呈现出的特点。

第二节　万时华《诗经偶笺》研究

一、万时华与《诗经偶笺》

（一）万时华的生平

　　《大清一统志》卷二百三十九载："万时华，字茂先，南昌人。性至孝，以文名海内。学使侯峒曾称为真儒，祀之学官。著有《溉园集》。"据《四库全书总目》知万时华所著的《诗经偶笺》十三卷，为江西巡抚采进本，书成于崇祯癸酉（1634）。

　　谭元春在《万茂先诗序》中评价万时华："人称其至性深淳，笃实而有光，深思好学，不知倦怠，古今高深之文，聚为一区，而性灵渊然以洁，浩然以赜。"① 又评价其诗曰："夫茂先之诗，如钟鼓声中报晴，如大江海中扁舟泛泛，又如冠进贤不俗之人，又如数十百人持斧开山，声振州郡，而其实则幽人山行也，此岂吾辈声调所有哉？"② 并且在谭元春写给别人的诗序中经

---

　　① 《谭元春集·万茂先诗序》，第 623 页。
　　② 《谭元春集·万茂先诗序》，第 624 页。

常提到万时华，如在《序操缦草》提到："予入豫章，万子茂先、陈子士业，皆言熊氏伯甘长于乐府、五言古。已而伯甘来，把其诗……"① 从中可以看出他们之间的交游十分频繁。谭元春对万时华的人品学问都是很推崇的。万时华曾结豫章社，与复社的贺贻孙、陈宏绪、徐世溥友善。徐世溥为其《诗经偶笺》作序，可知二人有交谊。贺贻孙《诗筏》里记载他们书信往来评诗论文之事。②

（二）《诗经偶笺》的体例

《四库全书总目》对《诗经偶笺》评价曰："大旨宗孟子以意逆志之说，而扫除训诂之胶固，颇足破腐儒之陋。"③ 四库馆臣准确地道出了万时华解《诗》能打破腐儒拘牵文义的特点。万时华在《诗经偶笺·自引》里曰："业诗闲居，偶有所见，随手识之，义类不能深也。跧伏既久，忽复成书，题之曰'偶笺'。"④《自引》说明了这些偶得的义类都是自己平时的识见，是对自己读《诗》真实心得的一种记录，故重己见而轻考证。《诗经偶笺》不录经文，除偶尔略事训诂外，基本上都是对《诗经》的情感、诗旨的体悟、文学手法的品评。末尾常引钟惺的观点。此外，《诗》解的释文中还引到朱熹、苏辙、张叔翘、徐光启、徐巨源、程颢、刘瑾、杨慎、苏洵、徐儆弦、张栻等人的观点与解释。总之，《诗经偶笺》重个体感悟、轻名物考证，是一部多从反传统的文学角度解读《诗经》的著作。

二、《诗经偶笺》之反传统研究——文学研究的特色

万时华的《诗经偶笺》不录经文，《诗》解也都少长篇大论，虽也常有

----

① 《谭元春集·序操缦草》，第 625 页。

② 贺贻孙《诗筏》曾载："记余曾与同辈赋《爱妾换马》诗，都无警句。有示以钟伯敬诗云：'功名伏骥足，志节略蛾眉。不贵此时意，难于无后思。封疆方有事，闺阁亦何为？君向承平日，明珠买侍儿。'慧舌灵腕，叹为绝唱。复有以王元美诗相示者，觉才思更迈。王诗云：'只解驰驱易，宁言离别难。兰膏啼玉箸，桃雨汗金鞍。物喜酬新主，人悲恋故欢。横行渡辽海，那问翦刀寒。'遂以此二诗，糊名邮送万茂先定其甲乙。茂先尝进钟、谭，退王、李，见此竟以王第一。乃知前辈各有得力，不可随人轩轻也。"见郭绍虞、富寿逊《清诗话续编》，上海：上海古籍出版社，1983 年，第 198 页。

③ 《四库全书总目》，第 143 页。

④ （明）万时华：《诗经偶笺》，济南：齐鲁书社，1997 年，《四库全书存目丛书》第 70 册，第142 下页。

章法的分析，却重在一己之体悟的阐发，这与竟陵派崇尚简奥的文学观不无关系。阳明心学的"心即理、致良知"之学带来的影响是让人们开始重视向内求，注重审视自己的内心，重情感的体悟；晚明哲学领域的王学末流对经典的颠覆，使圣贤之道下移而通俗化进而世俗化，"百姓日用即道"，这让人们对经典不再仰视，而是开始以新的视角、反传统的精神来研究这部长期以来被奉为"经"的《诗》。所谓反传统的研究，是针对传统的将《诗经》视为"经"的研究而言的，"反传统的《诗经》研究，是指摆脱传统研究《诗经》的套路，如尊诗教，着重于考订训诂等，而单纯从文本出发，体味它的艺术审美特质。"① 主要内容也就是指《诗经》的文学研究。

（一）破除腐儒的拘文牵义

万时华很看重涵泳读诗的方法，主张玩味诗意事理，这就和腐儒的拘文牵义、讲究一字必有来处、必有隐喻的读诗法不同。在《大雅·召旻》的诗解中他引朱熹语曰："朱子常云：看诗不须着意去解，只平平地涵泳自好。因举'池泉'四句吟咏者久之，此真善读诗，今人尚冤杀此老。"② 徐世溥在给《诗经偶笺》所作的《序》中表达了对当时人们学《诗》态度的不满："徒取为文辞，求富贵，至于遗声节，废吟叹……攻者极众，治之益专，而《诗》益亡。求详名物若《笺》者尚不可得，况厥情旨乎？"③ 这里可以看出当时人们学《诗》"取为文辞"只是为应对科举，对于静心涵泳、玩味这种读诗方法不屑一顾。而旧儒支解离析诗意又不知凡几，故万时华在《大雅·抑》中又强调涵泳的读诗法："旧说沿习于支解处，殊不得其要领，试将本文含永数过，分肌劈理，固自井然。"④ 可见，万氏对涵泳之法的重视，这也正是他抓住《诗》的文学特征，不同于腐儒解《诗》的拘文牵义之处。在《诗经偶笺》的释文中，万氏经常用到"玩"字，如对《邶风·终风》"终风且暴，顾我则笑"一句中"则"字的分析："玩一'则'字，分明话语不投机，一团冷笑光景。"⑤ 在《王风·君子于役》中曰："各末二句复提唱'君子于

---

① 费振刚、钱华：《明代反传统的〈诗经〉研究》，《学术研究》1993 年第 6 期。
② 《诗经偶笺》，《四库全书存目丛书》第 70 册，第 286 下页。
③ 《诗经偶笺》，《四库全书存目丛书》第 70 册，第 141 下页。
④ 《诗经偶笺》，《四库全书存目丛书》第 70 册，第 271 上页。
⑤ 《诗经偶笺》，《四库全书存目丛书》第 70 册，第 155 下页。

役'，大有意味，可玩。"① 对《载驰》一诗分析曰："大夫跋涉，我心则忧，玩'则'字分明大夫未至，已悬知其必来矣。"② 通过对"则"字的把玩品味，可以清楚地辨明诗中表达的时间关系。万时华重视涵泳与玩味的读诗法注定他解《诗》必然是强调不迂腐、不拘泥、不穿凿的"活看"的方法，将读《诗》与读史相区分的方法。

为破除腐儒解《诗》的拘文牵义，万时华强调解《诗》要活，不能呆看。受竟陵派"诗，活物也"观念的影响，万氏解《诗》特别强调须活看，不拘牵文义，不以文害辞，主张从诗表达的意思所在着眼，方能不固不陋。《四库全书总目》对《诗经偶笺》评价曰："大旨宗孟子以意逆志之说，而扫除训诂之胶固，颇足破腐儒之陋。"③ 此评价对万氏"活看"的说诗法评价可谓准确。万氏在《小雅·棠棣》中表达了读诗要看它意思所在的观点："大凡道理甚圆，读书者直须看其意思所在，此难为呆人道也。"④ 这是万氏解《诗》的基本指导思想。

万氏特别注意从句意与全篇关系的角度去谈《诗》，批驳腐儒解诗之陋。即使是圣人之言，也要看于诗意恰当与否，断不盲从，体现出勇于求真的精神。如对《大雅·蒸民》首四句之解：

> 首四句泛言民，生同出于天理，故有好德之情。以下则详山甫之德为可好，而结之以"德輶如毛"一章，说"爱莫助之"，分明与首章"好是懿德"相应，赞扬既毕，末二章乃插入本事以终之，如是而已。世人不悟，因孟子引用为性善之证⑤，而此处亦用性善之意，谬误可笑。即如此说，下面全无关照，已属牵强，且此处既以性善立说，是言人人皆善，发明山甫之同于凡民，而五、六章又深言山甫之异于凡民，岂不两相悖谬之甚。⑥

---

① 《诗经偶笺》，《四库全书存目丛书》第 70 册，第 166 下页。
② 《诗经偶笺》，《四库全书存目丛书》第 70 册，第 162 下页。
③ 《四库全书总目》，第 143 页。
④ 《诗经偶笺》，《四库全书存目丛书》第 70 册，第 179 下页。
⑤ 李学勤主编：《孟子注疏》（十三经注疏标点本），北京：北京大学出版社，1999 年，第 301 页。《孟子·告子上》在讲"性本善"时引诗："《诗》曰：'天生蒸民，有物有则。民之秉彝，好是懿德。'孔子曰：'为此《诗》者，其知道乎！故有物必有则，民之秉彝也，故好是懿德'。"
⑥ 《诗经偶笺》，《四库全书存目丛书》第 70 册，第 279 下页。

从这段释文中可以看出万时华下面的解《诗》思想：第一，对诗句究竟表达何意，要依据诗本身的意义，注意从前后"关照"中去理解，不能断章取义地引用他人观点。第二，不因为圣人曾引用诗的首四句作为"性本善"的证据，就认定此处必指"性本善"而言；不因为他人以孟子的理解来解此诗，就盲从他人，而是强调要结合诗的结构、诗要表达的主要意思去判断诗意确切所指。万时华在这里对首四句的理解更合理些，因为这首诗本来是写仲山甫与众不同的才能与德行（即德业），并不是在讨论"性本善"问题。万时华从诗的上下文分析中判断这里指民有好德之情，而仲山甫是有懿德之人，是深受大家爱戴之人。若从性善上说去，就显得牵强穿凿了。

万氏分析《小雅·出车》时，对"薄伐西戎"一句也是从"活看"的角度分析的："薄伐西戎，只是拟议之词，室家居千里之外，思维猜度，无所不至，此正是诗家妙笔，若作实说，呆绝、痴绝。"① 唯其是思妇想象拟议之词，故可心游万仞，有游目骋怀之可能，万氏对想象这一思维特征解析得很准确。万氏认为不能将"薄伐西戎"理解为军队真的又去攻打西戎，而应视为室家想象之辞，若是忽略了室家想象这一特点而作实去理解，则是呆人、痴人解诗，了无情味。

万氏还反对将诗旨强与道学、道义、道理相联系，主张依据诗的本意去理解其意思所在。他对《齐风·鸡鸣》的分析清晰地显示出这一倾向：

> 或曰美贤妃也，或曰陈古而刺今也，此俱不必强求，但说诗者须就其声响意象之间，摹写其彷徨不安、惊疑不定之意。当其中夜深宫，时时恐鸡鸣，时时恐东方明，无闻自闻，无见自见……汲汲皇皇语意可想，至于鸡声之不可为蝇，东方明之不可为月，君未视朝群工决无遂归之理，一穿凿便呆。②

万氏曾在《诗经偶笺·自引》中指出："《诗》虽埒诸五经而旨与他经异……今之君子知《诗》之为经，不知《诗》之为诗，一蔽也。"③ 可见，万氏特别强调"《诗》之为诗"的解法，这在他对《齐风·鸡鸣》的诗旨分析中可以

---

① 《诗经偶笺》，《四库全书存目丛书》第 70 册，第 201 上下页。
② 《诗经偶笺》，《四库全书存目丛书》第 70 册，第 172 下页。
③ 《诗经偶笺》，《四库全书存目丛书》第 70 册，第 143 上页。

看出来。他解《诗》强调抓住重点，看主要意思所在，但求合诗之本意，不
主解《诗》时牵强附会地寻求比兴之义、不主事事处处皆去牵合道学的理解，
如他认为"美贤妃""陈古刺今"之解就失之拘泥、穿凿，有强求道义之嫌，
而"君未视朝群工决无遂归之理"则是从闻见道理上去解诗，是说理，非解
诗，故使诗失去了诗味。万氏对此诗要表达的含义不像汉儒理解的那样——
非美即刺——给诗定一个套子，而是非常注重对诗本身的形象摹写传达出来
的彷徨不安、惊疑不定的情状，进行细微的体悟与理解。这就多了文学与审
美的感悟，少了道学与政治教化的气息，展示出了《诗》的文学的魅力。

　　再看他对《邶风·柏舟》中"不能奋飞"之解，也是反对从道学角度理
解的：

　　　　"不能奋飞"，只缘上"如匪浣衣"来，如云"坐此愁城苦海中不能
　　　伸翅飞去耳"。此自愁人苦语，旧云"其如我从一而终，义不能奋飞何"，
　　　转回护，转滞，转谬。①

对"不能奋飞"的理解，万氏反对从"从一而终"的角度去理解，认为这样
显得牵强附会、穿凿固陋。他主张要结合上下文的诗境去理解诗旨，他在释
文中的分析"坐此愁城苦海中不能伸翅飞去耳"，很切合诗本意，即陷于深切
的痛楚而不能自拔、不能摆脱之意。

　　他对《卫风·氓》"女也不爽，士贰其行"的理解，反对"守正"之说：

　　　　"女也不爽，士贰其行"，即今之"痴心女子负心汉"之谓，"不爽"
　　　莫作"守正"话头。②

万氏不主从道学家角度对"不爽"作"守正"之解，认为这样处处不离纲
常，教化意味太浓，而只是泛指女子无错，男子负心而已，这样的理解不像
旧解那么牵强附会。还是在《卫风·氓》中，"子无良媒，谲之也，全认真不
得，此语置'非我愆期'之下，'将子无怒'之上，无限温存、无限慰藉。
朱子云：'责所无以难其事'，尚是道学先生谓闺阁事耳。"③ 万氏认为朱熹的

------

① 《诗经偶笺》，《四库全书存目丛书》第 70 册，第 154 下页。
② 《诗经偶笺》，《四库全书存目丛书》第 70 册，第 164 上下页。
③ 《诗经偶笺》，《四库全书存目丛书》第 70 册，第 164 上页。

理解像是在讲道，而万氏则是从恋爱人的声口、语气、心理去揣摩分析的，自然比朱子的道理分析要来得活泼、亲切、更合诗境、更贴近人物的心理。接着他又说，对此诗中"'女之耽兮'四句，若话到真正道理上去，便隔千山"①。万氏在这里非常细腻地体会出此女子并非是想给谁讲道理，无非是感慨万千、无可奈何、穷愁无限、抱怨无门之词。若化为讲道理之解，不仅与她当时的心情有违，也不符合当时的诗境，也会使被弃女子当时痛苦之强烈浓重的程度减弱，并且会让人产生痛苦到无暇顾及自身了，何以还有闲情给别人讲道理的疑问。万氏的分析理解更符合诗中人物的心理活动特征。

万氏破除腐儒拘牵还表现为他主张"诗非史"的解《诗》思想。从汉代以来，就已经建立起完整的以历史解《诗》的体系，并以主流形式影响着说《诗》者。万氏明确地提出"诗非史"的观点，可以看出他与汉学截然不同的解《诗》思想，也可以看出他的《诗》解恰恰是把握了诗具有托言、虚构、倒叙等各种特点，认识到这些艺术技巧在诗中具体运用的情况，这显示出万氏对诗的本质特征已能深入地认识把握。关于"诗"与"史"不同的特点，诗有自身的言说方式，万氏曾引用徐光启的观点做过论述，引录如下：

> 不知诗人作诗，不比史官作史，史家编年叙事，不容错乱。若诗人之旨，一章自为一义，或顺时述事，或错举成文，或预道将来，或追称往事，或更端别叙，或重言后说，或因枝振叶，或沿波讨源，换章则换事，换韵则换意，变化错综，如春山夏云，顷刻异态，不可拿捏，初非拘拘以时月为先后也。②

在这一解《诗》思想的指导下，万氏对诗所表现出的各种手法进行了"《诗》之为诗"的解读。万氏认为对诗中采用的铺张扬厉手法，不必字字求真。这一点从他对《小雅·出车》末章的分析中可以看出，他已经明确意识到解《诗》与读史的路径不同：

> 执讯获丑，有谓于襄而归，不当有讯可执、丑可获者。诗多铺张扬厉之语，正不须字字求真。今人作诗，亦往往如此。③

---

① 《诗经偶笺》，《四库全书存目丛书》第70册，第164上页。
② 《诗经偶笺》，《四库全书存目丛书》第70册，第235上页。
③ 《诗经偶笺》，《四库全书存目丛书》第70册，第201下页。

万氏看出诗的末章是借"执讯获丑"来为南仲的凯旋烘托气氛，衬托其英武豪迈而已，是否真的"执讯获丑"并不重要。万氏其实是强调从作诗的笔法、技法的角度去分析，反对将诗当作历史，句句拘牵，言必有实事，事必作实的解读方法。否则会拘牵思想，甚至会显得穿凿呆滞。万氏的这种理解是很符合解诗的路径的。

万氏能够很好地理解诗中运用托言的形式来表情达意的艺术技巧。以他对《周南·汉广》的分析为例："'秣马'如所谓执鞭云耳，皆托词。"① 这一分析很准确，用想象之托词，表达爱慕之深切。若理解为真的执鞭秣马，就显得迂腐可笑了。在《小雅·白驹》中，万氏也对诗托言的形式作了分析："欲留其人，而计及于白驹；欲留白驹，而计及于执维，总非实事。若着实认真，此触客之道，岂留宾之礼？'朝夕'本非'永淹'，延于欲去之时，则片刻而千秋矣，'永'字字法妙品。"② 万氏认为"留驹""执维"只是待客殷勤、诚挚之至的一种托言罢了，非实事，不能理解为真的留下客人所乘之马、系住马的缰绳。万氏的理解极确切，体会出了主人渴望留客的内心深挚、热切的情感及借托言来表达这种情感的方式。

万氏常常结合诗境，强调"活看"，主张理解诗意时，不能处处作"实事"看。对《小雅·采薇》中"岂不日戒，一月三捷"，他结合具体诗境，用"活看"的方法，从"诗非史"的角度予以理解：

> 曰"三捷"勉之以克敌之勇，曰"日戒"教之以敬戒之志。旧说以战守分，全属梦话。"一月三捷"，原非实事，此不过遣役戍边而已，丈夫气吞胡虏、常有北空老上王庭、直捣黄龙府、与诸君痛饮之意。然善兵者临事而惧，好谋而成，处女脱兔，用本相须，"日戒"正是其不敢定居而期"三捷"处，是安得以"三捷"为战，"日戒"为守？③

万氏认为"一月三捷"不是实事，是用以鼓舞士气、增强斗志、振奋人心、激发豪情的；"日戒"是教战士以不轻敌、不懈怠的，于谨慎中见耐性、于奋勉中见敬诚，并精辟地分析了"三捷"之战果能否最终获得，有赖于"日

---

① 《诗经偶笺》，《四库全书存目丛书》第 70 册，第 148 下页。
② 《诗经偶笺》，《四库全书存目丛书》第 70 册，第 209 上页。
③ 《诗经偶笺》，《四库全书存目丛书》第 70 册，第 200 上页。

戒"的过程是否完善。这种结合诗境"活看"的理解非常符合诗的原意,对主战、守的旧说驳斥很有力。若将"一月三捷"理解为战争的实况,确有拘文牵义、刻板呆滞之嫌,不怪万氏以为"全属梦话"。以上分析,反映出万氏解《诗》能够破除腐儒的拘牵固陋之处。

(二) 对《诗经》的文学性解读

万氏在解诗的过程中贯穿"以意逆志"的解诗方法,这种解诗,正像徐世溥作的序中所言,往往"得诗人之情"。

1. "以意逆志"——"得诗人之情"

万时华在《诗经偶笺·自引》里曰:"孟子之论说《诗》,以意逆志。夫千载之上,千载之下,何从逆之?大都日光所止,晶晶着纸上,古人妙理相遭无故之中,作诗者之志或偶而灵,读诗者之意或偶而动。天下之不可力取而偶或遇之者,惟物之精微者为然,若是,余虽不能见其里,岂庄周所谓旦暮遇之者耶?"① 万氏认为古之诗人妙理相遭而为诗,流传至今,古今时异也,然妙理一也。今之读诗者以己之偶动之灵心与悟性解诗之精微就是"以意逆志",凭借这灵心、悟性,方可接近千载之上古人的心灵与情感,倾听他们的吟唱。徐世溥在给万时华《诗经偶笺》作的《序》中曰:"余尤爱其委蛇详达,往往得诗人之情。"② 这一评价对万氏善于体悟古人于《诗》中所体现的情之妙致的特点,可谓评析精准、一语中的。

万氏运用"以意逆志"方法解《诗》的具体表现就是,他常用"同情"的理解,还原诗境之美。万时华在解诗时,常常会运用揣摩作者所思所想,贴近诗中人物心灵、情感的方法,对诗中的情景作"同情的理解",用优美的意境、贴切形象的语言来再现诗境,让人感受诗之美。在《小雅·白驹》中万氏对此种分析方式概括曰:"此诗作于既去之后,读者须从音响字句间摹写其绸缪缱绻无可奈何之意。"③ 从"音响字句间摹写",就是还原到当时场景、情境中去体悟诗之情感的读诗之法。

"同情的理解"常表现为还原诗的背景,借以理解诗中的情感。对《小

---

① 《诗经偶笺》,《四库全书存目丛书》第70册,第144上下页。
② 《诗经偶笺》,《四库全书存目丛书》第70册,第141下页。
③ 《诗经偶笺》,《四库全书存目丛书》第70册,第209上页。

雅·都人士》一诗，万氏就结合诗的背景来理解"都人士"的形象和诗人对"都人士"的情感：

> 诗人从离乱之后，经行都邑，流想当年，似及见都人士之盛者，或厉王流彘，文物荒凉，诗人怆而赋之，亦非文武成康之际也。诗中各章散散叙去，各章首唱"彼都人士"一句，章末志其不见之感，无限悲凉，无限怅意，总是昔日目中景，今日意中事，低回欲绝，正如洛阳父老想复见汉官威仪，唐父老说开元天宝遗事，侯景先所谓："我残年向尽，见此盛衰，不胜哀戚也。"①

万氏将诗还原于离乱的背景之下，本诗的背景虽不能确定就是在"厉王流彘"或其他什么时间，但"亦非文武成康之际也"的盛世是肯定的。诗中的人物就是在这样的背景下，回想当年的盛世景象，对比今之离乱境况，故不胜凄楚，有杜甫《江南逢李龟年》之感。经万氏进行这样的背景还原，就能使人更深切地理解诗中的情感了。这里姑且不论这种背景本身正确与否，万氏用这种解诗法达到了使人更好地领悟诗中人物情感的效果，所以这种还原诗境的解法是很可取的。再看对《小雅·何人斯》的理解：

> 且暴苏二人当时同心共事，今日光初滥末，又与人不同，以此相责，正如握西泰之镜，魑魅莫逃；饮上池之水，肺肝患见。谗构排陷之罪不待言显矣。读者须于意中探取其痛心刻骨之情，又于言下领会其绵里藏针之妙，徒曰责人忠厚，尚得其皮毛，未领其旨趣也。②

"于意中探取其痛心刻骨之情"，就是要对"暴苏二人当时同心共事"之背景有所了解，才能更深刻地理解苏公的痛楚伤情之处，正是因为曾经同心相印，才使得后来暴公的"谗构排陷"更让人痛心疾首。万氏恰恰是还原了当时的背景，才能更好地领悟诗中的情感。当然诗是否确指暴苏二公现在并没有确定的说法，旧说如此，万氏也只能在这样的"前理解"下去还原诗的背景并理解诗意。

万氏常设身为诗人自身，深入诗境，体会其谋篇布局，对诗作"同情的

---

① 《诗经偶笺》，《四库全书存目丛书》第 70 册，第 242 上页。
② 《诗经偶笺》，《四库全书存目丛书》第 70 册，第 224 下页。

理解",体会诗中的情感。如对《邶风·二子乘舟》一诗的分析:

> 诗若直说遇害,即一言已竟,岂不索然。今但想其去时光景,设为忧疑之言,则含情无限,寥寥数语,恰有千万言不能书者。泛泛其景,描写渡河之时,形影与波光相上下,以见顾影可怜之意。而此舟一逝,即其影不可复见矣。但曰"中心养养",曰"不瑕有害",终不显言其死。人至极伤心,转不忍言耳。①

万氏将自己设身为诗人,分析回溯诗人何以这样布局,细致地体会此诗妙绝感人的原因:这样布局谋篇,能极写出二子的楚楚可怜,不一语道破反而有无限情致;诗人是将自己设身情境之中,进行身临其境的想象,体会此情此景的悲凉动人之处。万氏补充想象当时渡河之时的细微光景,想象中再附想象——舟逝后连影亦不复见的凄凉光景,给人不胜悲凉凄楚之感;最后两句又从常情常理道出此委婉之手法,不仅是一种创作时运用的艺术手法,实在是情到深处而不忍直言的情理所致的结果,可见,充满真情的诗作会达到自然天成、让人浑然不觉的艺术境界。万氏对《邶风·简兮》人物情感分析道:

> 日之方中,岂幽隐而不可见乎?在前上处,岂疏远而不御乎?执龠秉翟……舞阑酒罢悠然有美人之思,则依稀乎神农虞夏之怀屈大夫之夫君,太息不足言矣。西方之人兮若远若近,无限深情,此人以极畅快之语写极抑郁之情,足以长歌为恸哭者。若一入生不逢时等语,大杀风景。②

万氏这里是将自己设身为诗人,体会那段"以极畅快之语写极抑郁之情,足以长歌为恸哭者"的西方之人的情感世界,理解极准确,的确有后文所说的有"自誉处即自嘲处"的戏谑,没有生不逢时的苦相。再看对《小雅·无羊》的分析:

> 至于牧人之何蓑笠,负糇粮,取薪蒸,搏禽兽,从容自得宛见,其追随于淡烟衰草之中,出入于峻坂丛林之内,盖谓牧人之善牧者固非,

---

① 《诗经偶笺》,《四库全书存目丛书》第70册,第159下页至160上页。
② 《诗经偶笺》,《四库全书存目丛书》第70册,第158上页。

专就牧人摹写闲适者亦非，映带牛羊，意境殊绝。下之麀胘毕升，又正
其映带关生最妙处耳。①

万氏此番理解，只有从作者立言的角度去分析诗的意思所在，才能够如此准
确地把握诗旨。万氏认为此诗是歌咏羊群的咏物诗，故他不主张诗为写"牧
人之善牧"，亦不主诗是写牧人之"闲适"，认为诗中所写牧人的一切从容、
自适的神态，动作的娴熟，都是为了烘托、映带所咏之物"羊群"这一形象。

万氏设身为诗人的解诗法，会对诗的语气有更准确的把握。如对《大
雅·云汉》"宁丁我躬"的理解："'宁丁我躬'，言不先不后，适当此时，我
必有以致之，是自责语，不可作怨望语。"②结合当时大旱的情景，求雨的急
切心情，宣王须反躬自省，而不是怨天尤人，才最符合诗境，所以万氏设身
于当时的情景下，认为"宁丁我躬"是"自责语"，非"怨望语"，这一理解
是非常恰切的。

万氏还常常设身为诗中的人物去体会诗的情感。如对《考槃》一诗的
理解：

> 考槃之乐亦自人观之，硕人不自知也。硕人胸中自具一天地也。直
> 觉此一涧中，山高泉香，云霞舒卷，日月光华，无限旷洒，故曰"宽"。
> 至"独寐而寤"，寤而言，言而又歌而又宿，无往不独，无往不乐，则魂
> 清梦稳，几不知世之有魏晋，无论轩绂矣，"永"字有若将终身意。"弗
> 谖"，泉石之盟也；"弗过"，烟霞之癖也；但得醉中趣，勿为醒者传，
> "弗告"之意也。③

万氏这里强调理解硕人时要从自娱自乐自在之意处拟议其所思所想方可，不
能流露出不得志、不得已之意，要体会出硕人是陶醉于这一片烟霞泉石山水
日月构成的美景之中了；对硕人的不自知要有恰当的把握，若流露出有意向
别人展示、炫耀的自得之意，则心中必还系于世事而失却了"胸中自具的天
地"，非真隐者之至乐，胸中则不再清明澄澈，而有沽名钓誉之嫌了。唯其
"不自知"而自得其乐才是其动人处。万氏只有将自己设身为硕人，调动自己

---

① 《诗经偶笺》，《四库全书存目丛书》第 70 册，第 211 上下页。
② 《诗经偶笺》，《四库全书存目丛书》第 70 册，第 276 上页。
③ 《诗经偶笺》，《四库全书存目丛书》第 70 册，第 163 下页。

潜在的情感经验，揣摩硕人所思所想，对硕人的心理才能体味得如此细致入微，真切动人。他的分析简直是为我们描绘了一幅"山高泉香、云霞舒卷、日月光华、无限旷洒"的清幽恬适的归隐图，让人不禁产生飘然归隐之意。对《小雅·杕杜》的分析，万氏也是设身为诗中的人物：

> 车敝马羸，总是闺中忖度至情，而多为恤，备极思境，所包者广大，全以为疾病饥渴死亡之忧，何尝不是？但并此不说，却有无限凄楚。且卜且筮，正是多恤中彷徨辗转事所必至，曰"不远"犹是疑词，曰"迩止"则决矣。三四章将归而望，望极而疑信疏忽，皆意中往来之情，顷刻间事也。①

万氏化身为思妇，体会其在闺中思远人的内心活动变化：担忧征人的饥渴生死，望归情之切而归人却不至，寄望于卜、求助于筮。对卜筮的结果既信又疑的矛盾心态，恰恰是因为忧思难忘、思念不已所致。万氏对思妇内心一日而九转之思念、无法释怀的心理体会，皆是化身为思妇、调动自身的情感经验并将其诉诸说诗的笔端，准确地传达出对诗意的理解。对《郑风·狡童》里的女子的矛盾情感，万氏亦设身为诗中的女子，准确地体会其当时的心情："若忿若憾，若谑若真，情之至也，以为绝意者，非；以为婉意以求合者，亦非。"② 万氏的理解可谓深味恋爱中人的缠绵不忍断绝，由对方忘己而生怨、怨而又不能忘，终归又恨又爱、不可名状的情感特点与心理特征。对《周南·芣苢》的分析，亦是如此：

> 此一幅太平仕女图也，平平淡淡叙述数语，千古景象如见，追摹不尽，此等乐处，妇人不知，正在其不知处妙，知则浅矣。世俗衰薄，《苌楚》、《苦华》不足信，《蟋蟀》之"无荒"已瞿然有忧生之嗟，《车邻》之"并坐"，亦岌岌乎有不能终日之意矣。③

这里万氏将自己设身为诗中采《芣苢》的女子，方能体会到那千古乐处，体会出诗的自然的、不假雕饰的原生态之美。其时和平淳厚，其人质朴率真，

---

① 《诗经偶笺》，《四库全书存目丛书》第70册，第201下页至202上页。
② 《诗经偶笺》，《四库全书存目丛书》第70册，第171上下页。
③ 《诗经偶笺》，《四库全书存目丛书》第70册，第148上页。

其诗平淡自然，而这自然之态恰恰是源于"妇人不知"，故不矫饰、不造作。后世的《苌楚》《苕华》由于"世俗衰薄"，人心凌夷，所写之苦情已不免有矫饰的成分，故"不足信"矣。而《蟋蟀》《车邻》所表达出的及时行乐的思想，或由于"忧生"而有"蹙然"之感，或因"不可终日"而生惶惑之意。而这里的采芣苢的女子，唯其"不知"而融融其乐的自然天成之美，才是无意于感人而恰是最感人处。但需要说明的是，万氏对《车邻》"岌岌乎不能终日"的诗意理解有些牵强。

从万氏对上述三首诗的分析，可以感受到他运用设身为诗中的人物、还原人物的情感的解诗之法，对诗中的情感理解得非常准确。

万氏还会通过再创作的方式填补诗中的空白，探求诗外之意、万时华在解诗时，常常采用再创造之法，或将原来诗境的细节补出，或用想象填补诗中的空白，寻求诗的象外之意、言外之旨。他在《诗经偶笺·自引》里云："《诗》虽埒诸五经，而旨与他经异，或近之而远，或浅之而深，或隐之而显，或笑而叹，或正而反，今之君子知《诗》之为经，不知《诗》之为诗，一蔽也。"[①] 基于这样的解《经》思想，万氏在解《诗》时常常还隐为显，释浅以深，运用合理的想象及再创作的手法填补空白、探求诗的言外之意。

对《小雅·都人士》第四章"彼都人士，垂带而厉；彼君子女，卷发如虿。我不见兮，言之迈兮"与末章"匪伊垂之，带则有余；匪伊卷之，发则于旟。我不见兮，云何盰矣"的分析，就加上了自己对细节的想象：

> 四章再以其带与发想象而美之，末章又即带、发上咏叹一番，"匪伊垂之，匪伊卷之"，盛世景色，风华件件，绰有余地，只觉从风之带，如云之发，飘洒优裕意思婉婉流露，此等处文心诗景，天工人巧俱绝，汉魏而下文人断不能道支字也。[②]

诗本文中并没有提及风对都人士衣服带子的吹动这些细节描写，万氏则加上自己对这类细节的想象进行再创作，想象"带"在风中飘扬来衬托"都人士"的飘逸倜傥；诗本文中也并没有提到"如云卷发"的比喻，只说"卷发如虿"，而万氏想象"尹吉"有"如云之发"。经他如此点染描摹，就使得

---

① 《诗经偶笺》，《四库全书存目丛书》第 70 册，第 143 上页。
② 《诗经偶笺》，《四库全书存目丛书》第 70 册，第 242 下页。

"都人士"与"尹吉"的形象更具体、更形象地呈现在读者面前了。他的这番想象恰到好处地刻画出了人物的风神,有利于更好地理解原诗的人物形象。

对《郑风·有女同车》的首章"有女同车,颜如舜华。将翱将翔,佩玉琼琚。彼美孟姜,洵美且都"的理解,万氏就加上想象还原当时的情境,增补了必要的细节去解读原诗,他对"将翱将翔"句解释道:

> 翱翔车中,衣服迎风飘举之貌,《神女赋》"宛若游龙乘云翔",又曰:"竦轻躯以鹤立,若将飞而未翔。"①

诗本文中并没有提到衣服"迎风飘举之貌",万氏的想象与补充再现了人物的外貌与风神。同是对此诗,万氏还以他深刻的分析,凸显出人物"彼美孟姜""洵美且都"的内在气质:

> 孟姜世族贵女也,美质之佳丽也。都,饰之娴雅也,冶容艳质,多出于膏腴甲族,熏浓含浸之下,彼山姬野妇,虽美而不都,虽有舜华之颜,琼琚之佩,所谓俾作妇人,鼠披荷华,举止羞涩,恶能娴雅乎?②

万氏的分析突出了孟姜作为世族贵女的娴雅雍容的气质,这气质不是靠外在的华丽衣着、富贵佩饰所能代替的,不是出身于山野之人所能具备的。强调"都"的特征,非止于容貌,更在神态、气质,他这种对人物的分析确实很准确,而对人物进行如此深刻的理解,需要通过对衣饰的掩盖下的气质神态进行恰当的想象。

在《卫风·芄兰》中对"容兮遂兮,垂带悸兮"之"悸",朱熹《集传》解为"带下垂之貌",并无突出"带"的动感状态。万氏则想象出少年行动时"带"的"若惊"之状,使人有如见之感:"悸字大有义味,服之不称,带动若惊,亦像有惶恐不安之意。"③ 万氏将人物的服饰、动作与人物的神态结合起来并加上自己的想象进行理解,正是这种想象,让诗中少年处事不稳重的轻狂之态跃然纸上。

万氏还常常用形象的语言将诗中的情境予以描摹,让人产生摹状如见之

---

① 《诗经偶笺》,《四库全书存目丛书》第 70 册,第 171 上页。
② 《诗经偶笺》,《四库全书存目丛书》第 70 册,第 171 上页。
③ 《诗经偶笺》,《四库全书存目丛书》第 70 册,第 164 下页至 165 上页。

感，这种描摹无异于一次再创作。如对《卫风·竹竿》末二章卫女想象中的归卫情景进行描摹的文字，活画出了卫女拟想中的情境：

> 末二章则思不能已，恍然左见泉源，右见淇水，置身于桧楫松舟之间，巧笑媚于清波，珮声曳于河岸矣，思境留连，置身如梦。旧讲加"安得"二字便差。①

首先万氏以具象、细节的方式补出卫女思归时内心活动的情景：卫女仿佛置身于桧楫松舟之间，巧笑媚于清波，珮声曳于河岸，欢快畅然之情如在目前。这一情景细节的补出，让人对卫女之思的理解更细微具体。万氏对"安得"二字的理解也非常准确，卫女情感上思归，而道义上又不得归，无以解思，思之切而"恍然"卫国之景、之事宛在眼前，幻也？真也？一时难辨，而"安得"二字则说明卫女一直处于现实的焦灼中、处于清醒的意识状态下，或是已由想象回到现实之中而处于理性控制之下，这就与末二章的"巧笑"这些想象中的欢快意境不合，故万氏不取。可见，万时华强调紧扣诗境去理解诗中的情感，注意运用再创作的方法填补当时的细节，再现诗中的情境，这对人物内心活动的理解都是非常必要的。对《召南·何彼襛矣》中"曷不肃雝"二句的理解亦是如此：

> "曷不肃雝"二句，人在此都费踌躇，自缘眼孔不灵，以死人看活书耳，看来呆诵。王姬肃雝，不如此二语更觉意象缥缈，企慕深长，宛然当日塞路环立，企踵舒眸、相顾赞叹光景。②

"当日塞路环立，企踵舒眸、相顾赞叹光景"，诗中并无此情此景，全是万氏对诗中所描写场景的细节的想象之词，却正合诗意。再看对《邶风·燕燕》的分别场面的分析：

> 戴妫之归，以桓弑也，当时子母存亡，家国废兴之故，刺刺伤心，哀猿之肠已断矣。两人一去异国，讵相见期。此时执手流连，情凄意折，去后行踪渐隐，目断征车，抆泪孤愁、归途萧索，至今千古如见。至末缕缕戴妫生平许多好处，人到别时，情思难割，向来言语、行事定一一

---

① 《诗经偶笺》，《四库全书存目丛书》第70册，第164下页。
② 《诗经偶笺》，《四库全书存目丛书》第70册，第153上页。

> 如在目前，况说到先君，便两人半生情事，都在此中，且又觉子母存亡、家国废兴之由，种种牵动，又不止相爱以德，其言可念矣。①

原诗中并无"征车""归途"这些具体的细节描写，这些全在万氏的再造想象中，让人仿佛看到背影愈去愈远、渐至模糊的景象。送时二人、归途只影，愁思满怀，唯有拭泪而已，对情境的细节进行如此的想象补充，就使送别的凄凉萧瑟之情景宛然可见，简直是绝美的文学欣赏文字。想象庄姜在与戴妫分别时，怀想戴妫的诸种好处的心理分析揣度，亦符合当时人物的心境。

这些地方都可见出万氏善于从文学角度解诗，或运用细节的补充，或进行再造想象、或运用再创作的方式，还原诗境，理解人物内心的情感。万氏可谓真善赏《诗》者。

万氏还常常将《诗经》与后世诗放到同一发生发展脉络中，并用后世诗解《诗》。万时华经常将《诗经》中的诗句与后世诗相联系，或引用后世诗、以其内涵意境来解释《诗经》，或者谈《诗经》对后世的题材、方法之影响以强调《诗经》的渊薮作用。

以后世诗的内涵、意境来解释《诗经》的，如《汝坟》中"既见君子，不我遐弃"，对"不我遐弃"进行解释：

> "不我遐弃者"，两地相违，事有难测，一或不戒，无相见期，既见君子，都无此虑，喜"河边之骨不悬春梦"，非怨"箧中之扇长委秋风"也。②

这里用后世诗"可怜无定河边骨，犹是春闺梦里人"恰当地解释了诗中的思妇为远行征役的丈夫而担忧的心情；并引班婕妤《团扇》的中"常恐秋节至，凉风夺炎热。弃捐箧笥中，恩情中道绝"与《汝坟》进行比较，意在说明《汝坟》一诗中的思妇并非像《团扇》中的女主人一样担心失宠，而只是心系远行征人的生死安危。再如对《邶风·柏舟》中"耿耿不寐，如有隐忧。微我无酒，以敖以游"的理解，借后世诗来比对说明：

> "耿耿"四句一气说来，"耿耿"欲寐不寐，将后来夏簟、冬缸、梨

---

① 《诗经偶笺》，《四库全书存目丛书》第70册，第154下页至155上页。
② 《诗经偶笺》，《四库全书存目丛书》第70册，第149上页。

花、春院、明月、秋砧一语包却。①

万氏借后世诗说明诗中弃妇无法入眠，心中有不舍与思念，也有惆怅与幽怨。他还借后世诗与《东山》的征人东归之际喜极而泣的心情进行比照理解：

> 东归极快活事，悲却在此时，可思可患。才说起便悲，"曰"字更有味。少陵诗"喜心反倒极，呜咽泪沾巾"，后山诗"住远犹相忘，归近不可忍。"人情类然。②

万氏借杜甫与陈师道的两首诗，把征人欲归未归时那种由于思归心切导致喜极而悲、悲喜交加、愈是快到归期反而愈一刻也等不得的急切心情，很恰当地传达出来，使人更好地领会征人此时此刻的内心所思所想。在《王风·兔爰》中对"逢此百罹，尚寐无吪"中的"无吪"，他借后世诗解道：

> 无吪，不动而死也，无觉无聪，不知而不闻也，"安得中山千日酒，酩然直到太平时"，正是此意。③

这里引南宋人刘克庄《千家诗》中的王中的《干戈》诗"安得中山千日酒，酩然直到太平时"，来表现诗人面对衰世却无力改变的社会现实：清醒只能让人痛苦，不若借酒浇愁、只愿昏昏睡去的无可奈何的心情。对《王风·君子于役》里的"日之夕矣"的解释："'日之夕矣'，犹唐人云'月明花落又黄昏'，有无限感叹。"④万氏这里借用唐诗，同景类比，再现思妇在黄昏时分，内心思念远人，不知其归期的无比凄楚、无限哀愁的心理状态。再有《鄘风·君子偕老》中对"胡然而天"解道："'胡然而天'，全是诧异声吻，如云'恍惚天仙帝女下临人世，不知何处得来。'《子虚赋》'眇眇忽忽，若神仙之仿佛'，正此意然。"⑤借《子虚赋》中的缥缈虚幻之景的描写来比照齐姜外表美艳绝伦，让人有恍若天仙下凡之感的情状。对《唐风·葛生》中的思妇在"夏日、冬夜"里绵绵不尽的思念之情，万氏借江淹与陶潜的诗分析道："夏日、冬夜，思境最难排遣，惟此二时，江淹'夏簟清兮昼不暮，冬缸

---

① 《诗经偶笺》，《四库全书存目丛书》第70册，第154上页。
② 《诗经偶笺》，《四库全书存目丛书》第70册，第192上下页。
③ 《诗经偶笺》，《四库全书存目丛书》第70册，第167下页。
④ 《诗经偶笺》，《四库全书存目丛书》第70册，第166下页。
⑤ 《诗经偶笺》，《四库全书存目丛书》第70册，第160下页。

凝矣夜何长',陶诗《造夕诗》'鸡鸣及晨愿乌迁',同此意。有谓思到沉痛时,日便如夏,夜便如冬。"① 借江淹与陶潜营造的诗境,浓化了《葛生》里思妇无法排遣的哀痛感伤的思夫之情。

总之,万时华用后世诗与《诗经》中情景一致的诗句来作类比分析,或再现场景,或深化情感,或还原诗境,让人产生强烈的艺术共鸣。

万氏对《诗经》怀有一种古典主义情怀。所谓对《诗经》的古典主义情怀,包含下面两层含义:一就是认为《诗经》是后世无法企及的文学的高峰,人们只能模仿它,无法超越它。再就是它为后世诗歌提供了题材、成为后世命意取材的源头。

先谈视《诗经》为后世诗题材、写法之鼻祖的情况。以《葛覃》为例:

> 首二章赋治葛已竟其事,若无末章,则意义浅短,气象寂寥矣。他却从治葛上说到归宁,归宁中仍带说衣服,合而复离,远而复近,后人作体物诗赋,大都题外生意,殆本于此。诗中如此等处,不独人伦之准则,抑亦词家之鼻祖也。②

万氏认为《葛覃》不仅是从道德伦理为后世提供了可供参定的准则,在对体物诗赋的"题外生意"的写法方面,也为后世创提供了可供借鉴的典范,故可谓词家之鼻祖。对《甘棠》的分析也可以看出这一点:

> 然通章为思召伯之德,而不道出思德字,并爱树而不知何以爱,至此勿伐勿败勿拜字意愈浅,爱意欲深,至勿拜是何等奇警情语,至此已开却诗家许多门户。③

万氏指出《甘棠》的温柔敦厚、终不说破的温婉含蓄的手法成为后世取法的样本,开启了诗家写诗的门户。

再就是以《诗经》为最高典范。将《诗经》奉为最高典范的思想在《小雅·白驹》的释文中可见一斑:"至末章则人已去而情难尽,思愈深而调欲苦,生刍一束,其人如玉,此时藿苗无所用,絷维无所施,直是目断行晖,

---

① 《诗经偶笺》,《四库全书存目丛书》第70册,第179下页。
② 《诗经偶笺》,《四库全书存目丛书》第70册,第146上页。
③ 《诗经偶笺》,《四库全书存目丛书》第70册,第150下页。

宛然丰采在望。至心伤意折，人不可置，仅欲其音传；迹不可羁，更欲其心照。'无金玉尔音'处，即'无遐心'处，然读至此，真所谓如怨如慕，如泣如诉，'渭城朝雨'之曲，小山'丛桂之歌'不足言也。"① 这里表现出万氏对《白驹》感人肺腑的送别场景的描写极其推崇，认为此诗比后世王维、淮南小山两人所作的送别诗、招隐诗都高妙，表现出对《诗经》尊崇的古典美学思想。对《大雅·卷阿》的分析也可以看出这一点：

> 三复之可想盛世气象，亦可见大臣风度，大臣告君，涉一庶僚谏诤语气不得。后世忠不足而言有余，如贾谊于汉文，为痛哭流涕之说，忧国诚深，然其言太过，无优游不迫之意。帝退而观天下之势，不至于此，则一不加信，然后知古人之不可及矣。②

《卷阿》一诗旧说是成王出游卷阿，召康公歌颂周王礼贤求士之盛况，万氏认为诗不言谏诤而谏诤之意自在，因为忠之深而言称意，故称美也能起到谏诤的作用。而后世谏诤之文言过其实，反而让君上因不以为然，故不以为意。他认为后世谏诤闻名如贾谊者，尚不如《诗经》在表达谏诤之意时，更娴雅自得，自然贴切，不露痕迹。贾谊的痛哭流涕反让君上觉得有夸饰之嫌，退观天下形势不至如此严峻反而会滋生出不信任之感。故万氏认为《诗经》可被奉为"主文谲谏"的谏诤文学的典范之作。

受古典主义思想的影响，在《诗经偶笺》中这样的分析很多，究其原因，其中既有传统的影响，如将《诗》奉为"经"而推崇膜拜的一面，也一定程度上受明代复古思潮的影响而产生对古典主义的崇拜。另一方面，又有将《诗》视为文学去理解的因素在发挥作用。因为只有在将《诗经》视为"诗"这一前提下，才使得将其与后世诗放到一脉相承的框架中予以看待成为可能。封建文人本身思想上具有传统的一面，故受传统的影响而产生古典主义情怀是情理中的事；而作为优秀的诗人，他们对《诗经》的理解自然会有文学的体认。万氏的《诗经偶笺》反传统的文学研究是其《诗经》研究更主要的一面，是他《诗经》研究的主要成就。

---

① 《诗经偶笺》，《四库全书存目丛书》第 70 册，第 209 下页。
② 《诗经偶笺》，《四库全书存目丛书》第 70 册，第 264 下页。

2. 运用古代文学批评术语范畴解《诗》

　　中国古代从东汉末年就出现了对人物进行品藻的现象，所谓人物品藻主要是指对人呈现出的整体精神风貌予以评定，到后来魏晋南北朝时更是盛行这种品藻，《世说新语》中的《容止》里关于这方面的记载很多。如对嵇康的形貌的品评："嵇康身长七尺八寸，风姿特秀。见者叹曰：'萧萧肃肃，爽朗清举。'或云'肃肃如松下风，高而徐引'，山公曰：'嵇叔夜之为人也，岩岩若孤松之独立；其醉也，傀俄若玉山之将崩。'"① 对王羲之的神态情韵品评曰："时人目王右军，'飘如游云，矫若惊龙'。"② 叹王恭形貌云："濯濯如春日柳。"③ 这些人物品藻甚至影响到了美学的、文学的、艺术的批评，宗白华先生曾感叹说："中国美学竟是出发于'人物品藻'之美学。美的概念、范畴、形容词，发源于人格美的评赏。"④ 后来这种以自然物作喻来品题人物的方式也就用到文艺的品评中去了，"范诗清便宛转，如流风回雪。丘诗点缀映媚，似落花依草"⑤ 等品评即是。受这种传统的美学风范的熏陶，万时华在评价《小雅·出车》的结构时也运用了这样的批评语言范式："此诗前三章如秋霜之肃，后三章如春风之和。"⑥ 这一总体评价让人形象地感知到了诗的前后基调不同的特点。万氏在说《诗》时主要用到了"滋味""神品""妙""奇""趣"等文学批评范畴，下面择其要予以分析。

　　中国古代文学批评的术语范畴里，"滋味"说是一个非常重要的批评范畴。在刘勰《文心雕龙·明诗》中就已出现："至于张衡怨篇，诗典可味。"⑦到钟嵘的《诗品序》则正式提出了"滋味"说："五言居文词之要，是众作之有滋味者也，故云会于流俗。"⑧

　　万氏在说诗时，不时以"滋味"说诗，"便觉有味""味长""味短"等概念常常在释文中出现。下面以具体例子说明。对《大雅·假乐》中的"威

---

　　① （南朝·宋）刘义庆撰，（南朝·梁）刘孝标注：《世说新语笺疏》，北京：中华书局，1980年，第505页。
　　② 《世说新语笺疏》，第516页。
　　③ 《世说新语笺疏》，第519页。
　　④ 宗白华：《美学散步》，上海：上海人民出版社，2005年，第358页。
　　⑤ （南朝·宋）钟嵘著，周振甫译注：《诗品译注》，北京：中华书局，1998年，第74—75页。
　　⑥ 《诗经偶笺》，《四库全书存目丛书》第70册，第200下页。
　　⑦ 周振甫：《文心雕龙今译》，北京：中华书局，2007年，第58页。
　　⑧ （南朝·梁）钟嵘著，周振甫译注：《诗品译注》，北京：中华书局，1998年，第19页。

仪抑抑，德音秩秩；无怨无恶，率由群匹。受福无疆，四方之纲"分析道：

> 凡国家制治，必赖多贤之助，"率由"二字甚有味，凡人情相拂则怨生，意相反则恶生，意气不合便委任不专，便有姑舍尔所学而从我之意，率由一心付托，不以中制，所谓奉社稷以从。宓子贱治单父。鲁君曰："今而后单父非余之有也，君之有也。"陈平受金数万，行间于楚，不问其出入，如此才是"率由"。如此岂有不受"无疆之福"，为"四方之纲"者乎？①

对《大雅·召旻》分析道：

> "维昔之富"四句，旧为昔时之富不若今时之疚，作一句反觉味短。②

对《周南·汉广》分析道：

> 后二章末四句反复申咏，嗟叹之不足故长言之，词旨俱绝，可想，若说"如此其不可求，故愿为秣马"，反索然无味。③

对《采绿》一诗分析道：

> 此诗与《卷耳》、《载驰》同例，通诗皆闺妇思境，采物不盈，事以思夺也；手方采绿，忽念发之曲局，归而膏沐，此中想头、暗暗转动处，大可味。④

又对《小雅·巷伯》中"萋兮斐兮，成是贝景"，"哆兮侈兮，成是南箕"之"成"字分析道："两'成'字可味，全是他造出来，正是谗人罪案。"⑤，又分析《伯兮》道："'谁适为容'之'适'字酸甚。"⑥ 这些地方都是运用"滋味"说的范畴去评析《诗经》中的句子，往往能于细微处传神，引起人的通感。

---

① 《诗经偶笺》，《四库全书存目丛书》第70册，第261下页。
② 《诗经偶笺》，《四库全书存目丛书》第70册，第286上页。
③ 《诗经偶笺》，《四库全书存目丛书》第70册，第148下页。
④ 《诗经偶笺》，《四库全书存目丛书》第70册，第242下页。
⑤ 《诗经偶笺》，《四库全书存目丛书》第70册，第225下页。
⑥ 《诗经偶笺》，《四库全书存目丛书》第70册，第165上页。

关于"奇"的范畴，钟嵘在《诗品》中评价曹植诗云："其源出于国风，骨气奇高，辞采华茂。"① 关于"骨"的范畴，刘勰在"风骨论"里曾提出"风骨"的概念②，钟嵘评刘桢诗曰："真骨凌霜，高风跨俗。"③ 关于"神品"的范畴，刘勰在《文心雕龙》创作论里谈到"神思"的概念，"文之思也，其神远矣。故寂然凝虑，思接千载……悄焉动容，视通万里……故思理为妙，神与物游。"④ "夫神思方运，万涂竞萌，规矩虚位，刻镂无形"⑤。关于"趣"的范畴，最典型的是严羽"诗有别趣，非关理也"的理论。万氏在说《诗》时，常常用到"神品""妙品"等范畴，有时也用到"趣"与"骨"等概念，显示出他对《诗经》文学美的赞叹。现对此类分析列举如下：

关于字法"妙品"、章法"神品"的赞叹：

"王舒"六句一气滚下，王师之行，疾则失之轻遽，缓则失之散漫，便自损却威严，今"匪绍匪游"，而"徐方"无不"绎骚"，无不震惊，有如雷霆之作于上，而若是震惊数句反复形容，急趁而下，正极言其惊恐之状，又非徒叠言以成章已也，"绎骚"者，王师所至，联络骚动，不敢安居，字法妙品。⑥

何国未尝"斩"而曰"卒"曰"既"，极危之词，字法妙品。⑦

"阋墙"是兄弟极恶境界，一遇外侮，真心便不觉发见，此即是大舜不宿怨不藏怒境界，然极狠极戾之人亦有之，作诗至此，章法神品。⑧

"本实先拨"之时，王自不知，诗人虑之，而忽以"殷鉴"一语显出，"殷鉴"精神血脉尽收注于此，若无此语，全不见诗人作诗之意，真章法之神品也。⑨

运用"奇""趣""骨"等范畴来点评诗的有下面一些。对《小雅·大

---

① 《诗品译注》，第37页。
② 《文心雕龙今译》，第262页。
③ 《诗品译注》，第37页。
④ 《文心雕龙今译》，第248页。
⑤ 《文心雕龙今译》，第250页。
⑥ 《诗经偶笺》，《四库全书存目丛书》第70册，第284上页。
⑦ 《诗经偶笺》，《四库全书存目丛书》第70册，第212下页。
⑧ 《诗经偶笺》，《四库全书存目丛书》第70册，第197上页。
⑨ 《诗经偶笺》，《四库全书存目丛书》第70册，第269下页。

东》的评价中两次用到"奇"的范畴：

> 此诗自"不以其长"以上，叙述东国见困之情已尽矣。以后历数天象，直从望之处说到怨之处，从不能助东人处，说到反助西人处，想头甚奇，出语似谑，颠倒淋漓，变幻鼓舞，总是穷极呼天常态，生出许多波耳。不必明解，不必深求，以文字观之，亦天下之至奇也。①

这里指出《大东》构思与用语之奇，而这种"奇"某种程度上可以产生"陌生化"的效果，是典型的文学创作的手法。

在《邶风·泉水》中提到"诗趣"的范畴：

> "出宿"二章中间许多曲折反复，吟咏情致，宛然个中领悟，更可得诗理诗趣。要知笔下意中妙写情事，原非实语。②

这里指出了诗中运用了虚实相生的手法，诗中所写并非全是实事，却恰合诗理，别有诗趣。

《大雅·蒸民》中提到"骨"的范畴："'德业'二字诗人作诗骨子。"③"骨子"这里应含有"诗眼"之类的含义。

刘毓庆先生在《从经学到文学——明代〈诗经〉学史论》一书中曾这样评价孙鑛在《诗经》学史上的意义："孙氏《批评诗经》对于《诗经》研究的意义，并不在于他对具体诗篇的分析与诗义的探讨上，而在于他开辟了《诗经》研究的新视野，将新的视角和方法引进了《诗经》研究领域，开创了一代新风气。"④而这新方法之一就是"第一次将魏晋以来诗歌批评领域中具有浓郁的艺术滋味的术语，大量引入《诗经》批评，使《诗经》研究面貌焕然一新"⑤。刘毓庆所谈的内容说明了下面一点：仅有文学研究的思想是不足以进行卓有成效的《诗经》文学研究的，只有从方法论上、研究范式上寻求到行之有效的方法，才可能将《诗经》的文学研究带进一个崭新的天地，孙鑛就是这种研究的开风气之先者。而毫无疑问，万时华就是在这样的研究

---

① 《诗经偶笺》，《四库全书存目丛书》第 70 册，第 226 下页至 227 上页。
② 《诗经偶笺》，《四库全书存目丛书》第 70 册，第 158 下页。
③ 《诗经偶笺》，《四库全书存目丛书》第 70 册，第 279 下页。
④ 刘毓庆：《从文学到经学——明代〈诗经〉学史论》，北京：商务印书馆，2003 年，第 304 页。
⑤ 《从文学到经学——明代〈诗经〉学史论》，第 306 页。

范式下将《诗经》的文学研究推向高峰的研究者。而且，万时华不仅在运用古代的诗歌批评术语评点《诗经》方面显示出他精准的品位，并对《诗经》的技法技巧等艺术方面的特点进行了更为精当、准确、全面的分析。

　　3. 注重《诗经》艺术技巧的分析

　　在《诗经》艺术技巧的分析方面，万氏很注重题外之意——闲笔手法的分析。万氏在对《豳风·七月》第二章闲笔手法分析道：

> 　　"春日"数语，情景工妙，至今如置人于桑荫迟日之中，此与《葛覃》、《黄鸟》俱千古诗家绝调。"懿筐"亦是诗人点缀妙语，说深筐便呆。玩"执懿筐"、"遵微行"，便可想其旁求博采之勤，玩"祁祁"句即可想其贵家大族，里妇村姑，无不毕行之景。……"女心"二句，盩女闲情，诗人妙诣，章法神品。①

　　筐本无所谓"懿"，然而一经背在美丽的女子身上，连普通的盛桑叶的筐子也因姑娘的美丽而变得有了生命、有了灵动、有了美感，说深筐就直白无味。万氏的分析为我们描绘出了一幅春女采桑图。而"女心伤悲"二句像这首欢快的曲子里一个小插曲，在欢快忙碌的气氛中点染出女子淡淡的闲愁，祥和的气氛中泛起一点波澜，热闹中掺杂几许哀伤，故不得不让人叹为"妙诣""章法神品"了。为了说明这种写法的妙处，万时华又引了徐光启的说法来加以强调：

> 　　徐玄扈曰：女心伤悲，不过因治蚕模拟一时情事，如此后人于体物叙事题，往往题外生意，以为警策，盖祖述于此。即此二语，非远非近，欲离愈合，如鹤唳高堂，遗音不绝；如曼声长歌，余弄未尽。读者于此领略，便想见古人风韵，飘飘有凌云之气，若公子聚乎国中，贵姬力于蚕事，此言外之意，了与诗旨无干。若用此意入讲，粘皮带骨，便将古人深情远调埋没湮沉，殊可叹也。②

徐光启这段解析，从理论上分析了"题外生意"这种"闲笔"的写法对后世体物叙事类题材作品的影响：这种追求题外生意的艺术手法为后人所祖述，

---

　　① 《诗经偶笺》，《四库全书存目丛书》第70册，第189下页至190上页。
　　② 《诗经偶笺》，《四库全书存目丛书》第70册，第191上页。

并成为后人追步古人风韵的具体表现，此法能使诗文生色、气韵悠长、行文不呆板。徐光启认为若将时讲挖掘出的所谓"言外之意"入讲，则会显得牵强附会，破坏诗的深情远调而大煞风景。这些分析表现出了徐光启对诗的解释不主与政治教化随意牵合，而注重抓住诗的文学性特征如艺术技巧等方面去进行分析的解诗指归。万氏援引徐光启这段精彩的分析表达了自己同样的审美趣味与评诗标准。万时华运用这种题外生意的方法对《小雅·无羊》的精彩之处进行了如下分析：

> 咏物之诗，题面本狭，只就本事发挥，则淡无意味。末章点缀已尽，忽生一牧人之梦，以致其颂祷之意。……若离若合，文字之妙，不可殚言，然要知梦本托言，"众维鱼"、"旐维旟"，亦只是恍惚变幻之景，即"丰年"、"室家"亦只以其意言之，若沾滞作何解则大愚矣。①

万氏将《无羊》定为咏物诗，认为咏物诗题材范围本来就狭窄，若仅就物论物，则诗歌易流于枯索无味。本诗在咏物之余，宕开一笔生出牧人之梦，似真如幻，点缀生色，使诗顿生波澜，颇有意味。梦是自由的，可以使一切美好的心愿寄望于梦中，故他认为对梦不能呆看、不必坐实，否则就会失之于愚。梦不必实做，梦中之事更不必拘拘，借梦境的描写来展现题外生意的闲笔的艺术形式，便使原诗生出许多活泼之意、增添无限情趣。

万氏对《大雅·崧高》分析道："首章本美申伯却及甫侯，如今人做古文词，每借一人作点缀生色耳。"② 万氏指出此诗借写他人来烘托主要人物的写法，这种侧面描写的写法比平铺直叙地描写主要人物要显得有变化、不呆板，这种写法同样是宕开一笔以使诗气韵活泼、诗歌生色的体现。对《大雅·韩奕》的第四章韩奕娶韩姞一章，旧讲总要强调确定此章确切的时间顺序是在"出祖"之前还是之后。对此，万时华做了精辟的分析：

> 四章时讲多于此强排时次，谓娶妻当在"出祖"之前，特以亲迎而归，故置之此。此俱多费无用心肠。诗本非编年叙事，何必乃尔。"迎止"五句韩侯亲迎之盛，"诸娣"四句言韩姞来嫁之盛。着此一段快事，

---

① 《诗经偶笺》，《四库全书存目丛书》第70册，第211下页。
② 《诗经偶笺》，《四库全书存目丛书》第70册，第278上页。

文章生色。①

由这段释文可以看出，万氏认为诗人作诗不同于史家写编年史，必须按时间次第，诗中的时间本可颠倒错乱，顺序的前后亦不必太拘拘，重要的是要从所写内容的表达效果上去分析。万氏认为加入"亲迎"这一内容，无非是作为快事，产生使文章生色的艺术效果。至于它的时间在"出祖"之前还是之后，他认为不必像考察历史一样拘拘，否则会陷入"呆看"的地步。万氏所谓的"快事"应该是有英雄美人之意，可让韩奕这一人物显得更风流倜傥，用这种闲笔的手法衬托出人物的风采、精神。万氏的这种理解就是对诗纯然的文学性理解。万氏虽然没有明确地说此处是题外生意的布局结构，但他的"着此一段快事"的说法，应该是有将此作为宕开一笔去写之意，故可以将其视为闲笔去理解。

万氏还运用这种方法对《豳风·东山》的二、三章及末章分别进行了分析：

> 二章室庐将近，家中委悉一一上心，无端忽生此一段，情极真，文极幻。蜾蠃等语要得想象光景。②

蜾蠃等想象光景文极幻，恰是远行近乡、久客归家时思深情至的真实表现，看似无端，却有极合情理的成分在；看似闲笔，却于闲笔中饱蕴深情。

> 三章"鹤鸣"四句述室家之望、征夫适至光景，"有敦"四句述方归之时，征夫感动光景，军士自感鹤鸣，谅妇此时必叹于室，鹤鸣妇叹，有何干涉，正在不干涉中干涉，妙！瓜苦栗薪，离人乍返，顾盼庭除，不觉抚物生叹，夫妻相见不说相见之乐，却从"瓜苦栗薪"写出，忻幸寄讽，深远无限。可想乐天诗"想得家中夜深坐，还应说着远行人"，妇叹之旨也；唐诗"始怜幽竹山窗下，不改清阴待我归"，瓜苦之旨也。③

夫妻久别将聚，若直接写如何相思期盼，易流于呆板，而寄情于"鹤鸣妇叹"的想象之中，别有一番滋味；夫妻久别相见，不胜欣喜之情，若直接写出便

---

① 《诗经偶笺》，《四库全书存目丛书》第70册，第281上下页。
② 《诗经偶笺》，《四库全书存目丛书》第70册，第192下页。
③ 《诗经偶笺》，《四库全书存目丛书》第70册，第192下页。

枯索无味，聚焦于"瓜苦栗薪"这一小小的细节上，以特写的形式，含蓄蕴藉地表达出二人内心的无限深情。"鹤鸣妇叹""瓜苦栗薪"看似闲笔，实则神来之笔。

> 诗若直叙新婚之乐，则光景易尽，惟将旧者一点，意味无穷。此真结局妙境，有镜花水月形容不出的模样，若复以"我征聿至"时情景述之，则索然矣。①

万氏认为征人归家之后，不应以"我征聿至"时情景直接接续，宕开一笔回忆新婚时情景的写法更有种朦胧含蓄之美，甚至带有某种新奇神秘意味、期盼憧憬的况味在里边。写新婚又并不直叙当时新婚情景，只将当时典型情境以特写镜头的形式再现而已，万氏认为这种写法"意味无穷"，有"镜花水月形容不出"之美。

可见万氏已深谙题外生意、闲笔写出这一文学技巧，"无端忽生""有何干涉""惟将旧者一点"，都是这种题外生意、宕开一笔、闲笔手法的具体表达。从万氏的分析品评中发现，原诗经他一点拨，便生出许多蕴藉深厚之味来，从而使原诗更见风致。

万氏对《诗》艺术技巧的把握还表现在他对诗中的情景关系的准确分析。他常对情与景构成的意境有着准确的体悟与把握，分析细致入微，动人心魄。如对《小雅·采薇》末章（"昔我往矣"章）的分析："昔见杨柳，景则和而心则惨；今见雨雪，心虽乐而景复悲，总见其往来俱有关情至处。"② 这里虽未明确提出"乐景哀情、乐情哀景"的批评范畴，但从他的分析中可以看出他已深谙此意。可见，万氏对诗中情景关系理解之深刻与准确，令人叹服。他对《小雅·出车》的情景分析道："末三章则以景物点缀情事，忧喜之致，宛然言下。观于黍稷雨雪，而道路之风物可想；观于草虫阜螽，而闺阁之幽思可想；观于春日中人禽草木，而归来之精彩可想。不独盛世之风，抑亦词坛鼓吹矣。"③ 万氏为我们指出了景物为点缀情感而设，情感因景物映带而生的情景交融之美，并指出了景物对于烘托物候环境的作用。万氏在《小雅·

---

① 《诗经偶笺》，《四库全书存目丛书》第70册，第193上页。
② 《诗经偶笺》，《四库全书存目丛书》第70册，第200下页。
③ 《诗经偶笺》，《四库全书存目丛书》第70册，第200下页。

四月》一诗的分析中，表达了对"景物及兴"的关系不能牵合而应"活看"的观点："'四月'二句以暑之难去兴乱之难堪，'秋日'二句以肃杀无物兴乱离无处可归，'冬日'二句以物寒而风疾，其气相似，兴'民谷'而'我害'，其情独不相似。余意此虽兴体，正不须如此牵合，人情忧乱之极，觉触目生悲，已有'莫赤匪狐'、'莫黑匪乌'之意。夏则烁石流金，宇宙燔灼；秋则木黄草萎，宇宙萧条；冬则日惨风悲，宇宙凄厉，总是伤心之景。虽还他兴体，亦不须刻舟而求剑也。"① 万氏以情景关系说诗，不主将兴体说得如旧解那样——对应、刻板牵合。他认为在情景关系、托物与兴体的关系上，要把握一个情与景合、景受情统摄的艺术原则。故他认为人若在忧时念乱之情的统摄下，无论春秋冬夏，心中无非悲苦之情，目中无非凄凉之景，触目生悲，举步维艰。万氏主张从情与景的总体关系上去把握诗，把握兴体，不必割剥细究。他这种从情景关系的角度去把握诗意、理解兴体的做法还是很符合艺术规律的。

　　万氏对"诗中有画"诗境很是推崇，故常常运用"诗中有画"的方法分析《诗经》中的描写。他的分析语言，经常会出现"俱从笔端画出""如画""摹状如见"一类的字眼，如对《小雅·无羊》的分析："通诗或言牛羊众多之群数，或言牛羊众多之形象，降阿饮池，或寝或讹，并牛羊动止情性，俱从笔端画出。"② 他将诗还原为美丽的图画，加上他恰到好处的点拨，确实有让人生如欣赏一幅美丽的放牧图之感。现在从中选出此类分析，列举如下：

　　如对《何人斯》中的暴公形象的分析、苏公心态的描摹：

　　　　惟欲其一来为快，若作瞻望，若作疑忖，便觉谗人愧汗惭颜，羞涩难前之景，与其云雨反覆、鬼魅出入之状，俱一一画出。③

这里指暴公的神态、行状如画出，苏公之瞻望、疑忖亦若画出一般，万氏这一分析极形象。

　　对《小雅·出车》末章分析道：

　　　　末章方说室家怀远，万想千思，南仲忽然而归，光景如梦，此等处

---

① 《诗经偶笺》，《四库全书存目丛书》第 70 册，第 227 下页至 228 上页。
② 《诗经偶笺》，《四库全书存目丛书》第 70 册，第 211 上页。
③ 《诗经偶笺》，《四库全书存目丛书》第 70 册，第 224 上页。

真诗中有画。"春日"四句叙缀清艳，色色动人，以"春日"为主。①

万氏能品味出诗人将南仲忽归之际，室家惊喜之余，恍然似真若梦的神态活画出来妙处，并且强调"春日"四句所描绘出的融融景色，是以春日笼罩下的祥和美好为主基调的。这一番分析如同在人眼前铺展开一幅美丽的春景图。

《大雅·桑柔》第六章云"如彼溯风，亦孔之僾。民有肃心，荓云不逮，好是稼穑，力民代食。稼穑维宝，代食维好。"万氏对此章结合诗境理解道：

> 六章言王不用贤，贤者亦不乐为用。"如彼溯风"，形容忧乱之意，深至如画，此句诗人自谓，玩下"民有"字自见。"维宝"以贵贱相形言，"维好"以安危相形言，全是发忧世热肠。若一味发农家快活光景，于诗又河汉矣。②

万氏对"如彼溯风"所描写出念乱之人内心的忧乱难耐之意，用"深至如画"一语去描摹，使人宛见一般，的确形象，并能结合诗境看出诗人之所以以贱为宝，以躬耕农亩作为人生最大的乐事，实是面对乱世的无可奈何之语，非真正乐于田间地头的农家生活。如此的分析还有如下的例子：

> 四章"之纲"句本上文来，凡纲举则纪自张，故曰"之纲之纪"。上备言子孙之贤，可谓知所重矣，此章忽入燕臣，就从此生出群臣之媚，就从群臣说出"不解于位、民之攸墍"，善颂善祷之中，曲寓规讽之意，宛然一幅喜起真图，从笔端画出。③

万氏将臣子的善颂善祷、曲寓规讽的神情意态形容为一幅喜起真图，形象地再现了当时的情景。

> "遹求厥宁，遹观厥成"二句，一气不断，视民如伤，两言摹状如见，可谓传神之语，总见文王心在安民，则崇不得不伐，丰不得不迁，所谓迁丰之由也。④

---

① 《诗经偶笺》，《四库全书存目丛书》第70册，第201下页。
② 《诗经偶笺》，《四库全书存目丛书》第70册，第274上页。
③ 《诗经偶笺》，《四库全书存目丛书》第70册，第261下页。
④ 《诗经偶笺》，《四库全书存目丛书》第70册，第256下页至257上页。

万氏认为"遹求厥宁，遹观厥成"二句对文王安民的决心描写刻画，如在目前，将诗中的情景常用图画的视觉形象予以再现，"摹状如见"，"可谓传神之语"。

以上分析可以看出万氏对《诗经》中传神描写的体悟细致入微，这也首先取决于他对《诗经》是从文学研究的角度去把握分析、评论品鉴，才可能进行这样的观照，才能对《诗经》在人物的神态、动作描写、情景的摹写方面有如此精彩的分析。

（三）万时华传统解《诗》的一面

1. 推崇温柔敦厚的风格

"温柔敦厚"是传统的儒家诗教。它最早是在《礼记·经解》中出现的："孔子曰：'入其国，其教可知也，其为人也温柔敦厚，诗教也。'"① 孔颖达《疏义》又对其进行了解释："'温柔敦厚诗教者也'，温，谓颜色温润；柔，谓性情和柔。《诗》依委讽谏，不指切事情。故云，温柔敦厚，是诗教也。"②《礼记·经解》中似乎是在说诗教的效果，孔《疏》中又有些指诗主文谲谏的表现方法。总之，温柔敦厚以儒家诗教的主流意识形态，一直影响着中国古代文学的美学追求。万氏作为传统的封建文人，受这样的诗教的影响是非常自然的。其实，温柔敦厚所规定的含蓄蕴藉的特征也是民族传统的美学风格，历来亦属于文学的范畴，只是过分地强调"发乎情，止乎礼义"，让其常含几分拘谨与道学气息。而万氏在他的《诗》解中常常强调的"言外之意"、意在言外，其实恰恰是就它的美学风格的范畴而言的。

万氏在解释《齐风·鸡鸣》时，引徐光启的诗说云："徐玄扈曰：风人之致多是借有为机，倚无为用，说处不是诗，诗在不说处，譬如车轮之转，非毂非轴，妙在于空；又如鼓响于桴，声不在木；火传于薪，光不在烬。若将意思一句说尽，味如嚼蜡，又如箭尽力坠，气势索然矣。读诗者'鸳绣金针'在此数语正索解，人亦不得耳。附录于此。"③ 这里可以看出万氏对意犹未尽

① 李学勤主编：《礼记正义经解》（十三经注疏标点本），北京：北京大学出版社，1999年，第1368页。
② 《礼记正义经解》，第1368页。
③ 《诗经偶笺》，《四库全书存目丛书》第70册，第172下页至173上页。

的含蓄意味的推崇。《诗经偶笺》有关这方面的分析很多，现分类列举如下：

在《黍离》一诗中，对不"一语道破"的含蓄美的分析：

> 通诗不见一宗周字，亦不见一宗庙宫室字，只就黍稷生感，不须一语道破，如此自有无限感慨，且于"谓我心忧"、"谓我何求"处，俱有含蓄。①

万氏指出了《黍离》通篇没有一处提到宗周的句子，也没有提到宗庙宫室的破败景象，即没有点破主旨之处，通篇只是就黍稷起兴写景而已，如此产生的含蓄的艺术效果反而让人心中生发无限感慨。"谓我心忧""谓我何求"并未点出忧何、求何，笔墨含蓄，情寓景中，无限感慨之情低回不已，给人意犹未尽之感。

意在言外、立言隐跃处：

> 七章低回之意，欲言不言，欲尽不尽，俱于句中见之，说个召公，便见任贤；说今也日蹙国百里，便见不任贤，不必补出，但引而不发，末遂说不尚有旧，意自显然。若先说出，反淡，且"不尚有旧"，只说有旧而不用，意又在言外，古人立言，其隐跃如此。②

此处分析了诗人对周处末世、日蹙国百里、不用贤人的乱世景象，不明言，只寥寥数语，便深蕴其意。且"不用贤"亦不明示，只从"日蹙国百里"中想见，最后点出"不尚有旧"，即不用贤人之意，意在言外，立言巧妙。

对《大雅·荡》兴托深婉、绝妙天地的感慨：

> 诗本赋体，而卒无一语及当世，盖有讽谏之义。"文王曰咨，咨女殷商"，每章唱起，已令人三复爽然，而末复终之曰："殷鉴不远，在夏后之世"，此等文字，兴托深婉，已到绝妙天地。③

《荡》作为讽谏之诗，主文谲谏，不明言谏周，无一语及当世。但言夏为殷鉴，实际暗含商为周鉴，只不明言而已，兴托深婉，已深具讽谏之意，此种写法让万氏赞叹："已到绝妙天地。"

---

① 《诗经偶笺》，《四库全书存目丛书》第 70 册，第 166 上页。
② 《诗经偶笺》，《四库全书存目丛书》第 70 册，第 286 下页。
③ 《诗经偶笺》，《四库全书存目丛书》第 70 册，第 269 上页。

对言外之意的体味：

> 此诗只说勤劳而安于命，而夫人之不妒，众妾之感恩，已自可见，
> 若要讲如何不妒，如何感恩，殊难措词，亦不雅。昔人谓易在画中，诗
> 在言外，言外之旨，此类可见，若将言外之意，强入言内，其去温柔敦
> 厚之义，奚啻千里？①

《小星》旧解认为是讲夫人不妒、众妾感恩的诗。现在多解作小官吏出差赶
路，怨恨自己劳苦之意。万时华虽然在诗意上没有突破旧说，但是，所讲的
解诗之法强调温柔敦厚之美，主张诗在言外、无言之处亦有深意的美学风尚。
万氏认为若直写夫人如何不妒、众妾如何感恩，不仅难以措词为章，且会因
直露而让人觉得不雅。这些分析理解可谓深谙诗中三昧。

只可意会，着一语不得：

> "今夕何夕"四字，喜甚，有喜慰惊疑、恍然如梦之意，"如此良人
> 何"，欢乐有尽，喜幸无量，唐人所谓"东方渐高奈乐何"。此语只可意
> 会，著一语讲不得。妇语夫，夫妇相语，夫语妇，皆诗人述词也。②

万氏此处区分了"说诗语"与"诗语"的不同，所谓"妇语夫，夫妇相语，
夫语妇"，皆是诗人的解说陈述之词，不谙此中风情。他认为诗有可意会不可
言传的妙悟境界，无限含蓄深厚意思，只可意会，不得言传。对"今夕何夕"
"如此良人何"的诗意理解精微准确，认为"著一语讲不得"，下一语说
不得。

> 不曰忧而曰隐忧，不曰隐忧而曰如有隐忧，人到伤心之极，转觉下一语
> 不得。饮痛自知，含酸无状，句法妙品。只说微我无酒，又不说非酒能解，
> 更可思。③

万氏认为喜甚之情、忧极之情，都是情到深处、情之极致，此种情景，
只能是甘苦自品，饮痛自知，"下一语不得"。

再如对《小弁》"怨而不怒，显而若微"的美学效果的分析：

---

① 《诗经偶笺》，《四库全书存目丛书》第70册，第152上页。
② 《诗经偶笺》，《四库全书存目丛书》第70册，第178下页。
③ 《诗经偶笺》，《四库全书存目丛书》第70册，第154上页。

通诗万转千回，镵心刻骨，总之，诉情处少，说忧处多。盖处家庭
父子之变，更无别路，维有哀伤痛割而已。然中间曲喻宛譬，尽态极妍，
悲痛迫切之词，含酸饮痛之言，疑怖忖度之吻，无所不具，终未尝作一
决绝语，怨而不怒，显而若微。徐子先谓："其文不在《东山》、《棠棣》
之下。"固定论也。①

万氏对《小弁》处家庭父子之变，无限哀愁无处发泄，虽伤极悲甚，然终不
肯露一决绝语，终不因怨迁怒的写法很推崇，万氏极为肯定这种"哀而不伤、
怨而不怒"的温柔敦厚的美学境界，引徐子先语认为其文可与《东山》《棠
棣》相比肩。可见，万氏对此诗"温柔敦厚"的艺术风格评价之高。

在《鄘风·硕人》的释文中对"诗在言外"的美学风格很是赞赏：

庄姜亦独言服饰容貌而不言其德，若曰："只此亦他人所无，况其德
乎？"此所谓诗在言外者也。②

万氏认为《硕人》之诗，但写其容貌服饰之美，未言及其德行之美，而容貌
服饰之美已是他人所不备，德行之美自不待言，这样写德行之美已跃然纸上，
这就是"借有为机，倚无为用"写法的妙用。

同中辨异是需要很高的鉴赏能力的，单一个"温柔敦厚"的美学风格，
万氏就能从这许多角度去把握。同中有异的细微辨别，可以看出万氏对《诗
经》的文学品读鉴赏水平之高、情感体验之丰富细腻，亦可以看出万氏对诗
的诸种表达技巧的纯熟程度。他的文学性解读《诗经》水平的确代表了明代
的最高水平。

2. 借解《诗》言经世之志

万时华在解诗的过程中，常借对诗意的阐发来抒发自己对社会政治、对
人生事理的观点态度，尤其是在《诗》解中常常流露出经世之志。这也与作
者的文学性解经的思想不无关系，因为文学是用来抒情言志的，作者借解诗
来浇自己心中之块垒也是很正常的。

万氏常借解《诗》来言说政治。对《大雅·蒸民》的"既明且哲，以保

① 《诗经偶笺》，《四库全书存目丛书》第70册，第221下页。
② 《诗经偶笺》，《四库全书存目丛书》第70册，第163下页。

其身；夙夜非解，以事一人"的分析，可以看出他忠直爱国的政治思想：

> "保身"正以尽职，大臣之身，关系甚重，世人妄以全身远害认作保
> 身，又以杀身成仁认作致身。山甫之"保身"正其"致身"实际处，看
> 得自家身子万分崇隆、万分珍惜，不肯污以尸素之名、不忠之实。必置
> 之于伊周稷契之间，必宝之为社稷宗庙之用，与国同休，正是真能保处，
> 故继之曰："夙夜非解，以事一人。"①

这段分析看出万氏对所谓"保身"就是全身远害、无所事事持否定态度，亦
不主张一味只守清白而于政事一无裨益的做法，更不主张杀身成仁为"致身"
之道。他认为大臣要在执政尽职中保身，在复杂的官场上做到尽人臣之责，
表现出他对大臣的职责与才能的理解与要求，以此推断他应该是对明代臣子
那种"平时袖手谈心性，临危一死报君王"、实际并无致君泽民之术的为臣之
道不敢苟同。

在对《大雅·桑柔》的分析中，他借后世历史表达了自己对当时"士"
的气度与才能的看法：

> 三章承上言国步将蔑，亦可嗟哉，何天之不我养而使我无所止息，
> 不知何所往也。"君子实维"四句，意指厉王与诸用事小人，故借君子说
> 起。然君子处乱世，或以忧国之心过激，除奸之术未工，用壮太过，如
> 陈蕃、王允之于东汉，司马君实辈之于元祐诸人，竟亦有之，诗人此语
> 真经世之识也。②

万时华"真经世语也"的分析，虽是言说东汉与北宋的君子，又何尝不是以
经世之心言说当世之君子？明代的士人"气矜"过盛、"戾气"充斥，明代
嘉靖年间的"议大礼"、万历年间的"争国本"，似乎都显示出士人在维护传
统的"道"时的竞心不已与不知变通，显得过激过壮。而除奸寡术方面，就
连张溥这样在复社里很有组织才能的人，当他被选作翰林院庶吉士时，也因
不谙官场之道而得罪了不少人，不得不以葬亲为名归居乡里，最后只落得个
"读书好秀才"之名。而明代的党争中你死我活的斗争，和阉党的险恶有关，

---

① 《诗经偶笺》，《四库全书存目丛书》第70册，第280下页。
② 《诗经偶笺》，《四库全书存目丛书》第70册，第273下页。

和经生的寡术有关，无疑也和士子们的"竞心""过激""用壮太过"不无关系。生当明季的万时华，经历了明代的世变，无非是借说《诗》，借东汉、北宋之事来表达自己对当世士子的看法与要求、对小人的狡诈的憎恨与不齿、对时局的忧愤与无奈，否则何以会说到"除奸之术未工、用壮太过"？奸臣代有，何以举党争激烈的汉、宋的"除奸"与"用壮"呢？由万时华的解《诗》我们再次看到了他对"士"的"胸怀"与"治术"提出的要求，因为这是士实现自己报国之志的前提条件。晚明复杂的政治环境，动荡的社会形势，使他对这一问题有着深刻认识，只是借解《诗》表达出来而已。

在《大雅·板》中，对当时朝廷小人当道的分析，亦有影射时事之意：

> 盖衰世乱亡之阶，邪人盘踞必先以议论荧惑人心，是非已乱，乃纲纪法度从之。汉唐宋三季之政，及于今日，固莫不然，三代而上可知也。①

这段分析反映出万氏对古今社会中小人以谣言惑众、祸乱社会、扰乱国纪纲常，最终使国家破亡的深刻认识。而"及于今日，固莫不然"的态度表露，显示出作者对社会现实、国家政局的关心与正直敢言的勇气，亦可看出万氏对小人的憎恨之情，对当时小人权奸当道的影射，对晚明时局政治的关注。

对《王风·兔爰》的分析，可以看出万氏对国家政治的关心、对人才作用的重视：

> 国家气运全在人才消长，朝廷威德全在刑赏得失。党锢而汉亡，清流而唐亡，党人之碑设而宋南渡。大都刑赏不差，则人才不尽，人才不尽，则士大夫之正气与国家元气尚相维持。千古兴亡，一一不爽，"兔爰"而"雉罹"，文武之泽遂斩然矣。②

万氏借汉宋党争及唐朝清议事实，来影射明代的党争激烈、清议盛行会伤了国家的元气，朝廷重用宦官把持朝政，则士大夫必被轻视，这样人才尽弃而国家气息绵惙则势在必然。应该说万氏于晚明衰颓的国势中隐隐感受到了明王朝行将灭亡的命运，不便明言，只能借说《诗》浇胸中之块垒，于《诗》

---

① 《诗经偶笺》，《四库全书存目丛书》第 70 册，第 267 上页。
② 《诗经偶笺》，《四库全书存目丛书》第 70 册，第 167 下页。

说中见其经世之志。

> 国家危亡必非一朝一夕，故君臣上下，怡然处堂，只缘不思。其中贤人君子必有先见而抱杞忧者，无奈我以为非，人以为是，铜蛇（应为驼）荆棘之叹，千古皆然。①

历来的清醒者、持先见者必在众人的非议中遭受孤独与冷遇，只缘人皆"不思"，而思者之"思"在众人皆醉的情况下必被视为"非"。"千古皆然"一句，已透出万氏关心世事政治的热肠，更透出几许无奈的感叹意味。

万氏还常常借解《诗》对人生事理进行分析。这一点从万氏对《齐风·鸡鸣》的分析中可以看出："人将晓更倦而思睡，虫飞薨薨时下一'甘'字，亦妙。"② 天将晓欲起床时最困倦嗜睡，故有索性睡去不起之意，即"甘"字蕴含之意，这里结合生活经验、常情事理对诗中情境的理解可谓准确入微。

万氏在《曹风·下泉》里对"忾我寤叹，念彼京周"里"寤叹"的解释传达着他自己的人生经验，也是对普遍人生事理的一种理解："人之忧者，夜甚于昼，夜而寤则百感生矣。"③ 人忧思不已、难以自抑时，便会夜不能寐，此时更觉长夜绵绵难以打发，不若白日有人可以交流、可做事聊以排忧。这是万氏用事理解诗，也在诗中表达事理的解读方法。

万氏还运用传统的解《诗》方法，借历史来说《诗》。下面举例如下：

> 古者宫室既成，则举落祭，祭毕而燕，故曰落成之燕。"于京斯依"，指京师已成，都邑可依息也。跄跄翔举之貌，济济修饰之貌，登依处兼同姓、异姓，为下文君宗张本。鲍彪因此时物力未丰，自应如此，亦无训俭质意，但后人不可不思其俭质耳。君宗俱就燕上见，凡创业君臣与守成异，承平既成，堂壁森严，君臣之分不患不明，特患堂远廉高，九阍万里，上德下情，不相谙悉。故《湛露》、《蓼萧》燕饮之设，主于导和。创业之君，与其臣披榛斩棘，沐扶风，栉灵雨，奚啻家人父子？上下之情，不患不通，特患分义未明，粗率简易，如汉初饮酒争功，醉或妄呼，拔剑击柱，故燕饮之设，主于辨分。周之《诗》一则曰"嘉宾式

---

① 《诗经偶笺》，《四库全书存目丛书》第70册，第176上页。
② 《诗经偶笺》，《四库全书存目丛书》第70册，第172下页。
③ 《诗经偶笺》，《四库全书存目丛书》第70册，第188上页。

燕"，一则曰"不醉无归"，而此独言君宗，各有所重也。①

万氏借汉初君尊臣卑之分未定之时，大臣拔剑击柱、妄呼刘邦姓氏、饮酒争功不休的历史来解说《公刘》之诗，《公刘》正处于创业之时，君臣上下之间关系近密，人情不患不通，只患名分不明。并拿《湛露》《蓼萧》二诗的作诗目的进行比较，二诗已是承平之时，君臣名分已定，宴饮之设，主于导和，意在沟通君臣情感。这里，万氏通过诗与诗的比较，并借助历史来说明诗的重点旨趣所在。

借后世史解《诗》之处还有《民劳》的第三章中的"敬慎威仪，以近有德"，万时华结合后世的历史解释这两句话的作用："'敬慎'二句，亲近有德正是远奸妙着，如陈丞相平吕安刘，必先交欢太尉，狄梁公欲除武氏而广收贤才以自辅，正是此意。"② 借西汉和唐代历史事实来解释"敬慎威仪，以近有德"二句的诗意，就让诗的意思因具体化而有所依托。

3. 以民俗说诗的特点

民俗学解经的高潮是在 20 世纪二三十年代，随着文化人类学学术传播的兴起，人们开始从民俗角度研究文学。在《诗经》研究方面，比较突出的就是闻一多的《诗经》民俗学研究，如《说鱼》等阐释。民俗学作为新名词是在 20 世纪提出的，而作为一种解《诗》的思想，应该说早在朱熹时就表现出了这一解《诗》倾向。比较明显的做法就是，朱熹在十五《国风》的总论里，或在《诗》解完结之后的补充内容里常渗透着对该地域的风土民情的深刻理解，并且这种风土人情的介绍对理解诗篇很有帮助。如在《唐风》前的总论里对唐地风土民情的分析："其地土瘠民贫，勤俭质朴，忧深思远，有尧之遗风焉。"③ 而这样的民俗风情的揭示对《蟋蟀》《山有枢》等诗篇诗意的理解很有帮助。如在《秦风·无衣》的诗解后有这样的风土民情的分析："秦人之俗，大抵尚气概，先勇力，忘生轻死，故其见于诗如此。然本其初而论之，岐丰之地，文王用之以兴二南之化，如彼其忠且厚也。秦人用之未几，而一变其俗至于如此，则已悍然有招八州而朝同列之气，何哉？雍州土厚水

---

① 《诗经偶笺》，《四库全书存目丛书》第 70 册，第 263 上页。
② 《诗经偶笺》，《四库全书存目丛书》第 70 册，第 266 下页至 267 上页。
③ （宋）朱熹：《诗集传》，南京：凤凰出版社，2007 年，第 78 页。

深，其民厚重质直，无郑、卫骄惰淫靡之习。以善导之，则易以兴起而笃于仁义；以猛趋之，则其强毅果敢之资，亦足以强兵力农而成富强之业，非山东诸国所及也。"① 朱熹关于秦地地理特征对其民众性格影响方面的分析，无疑就是从民俗地理角度进行的解读。这些分析，就会使人对《无衣》中所展现出的舍生忘死、同仇敌忾的气概理解得更深入。在《陈风》的总论里交代了周武王大女嫁于周陶王之子满，封地陈，而"大姬妇人尊贵，好乐巫觋歌舞之事，其民化之"②。这样的背景补充，就让人容易理解《陈风》里为什么有那么多写歌舞的诗篇，如《宛丘》《东门之枌》《东门之池》。朱熹《诗集传》在《魏风》总论里曰："魏，国名，本舜禹故都，在《禹贡》冀州雷首之北析城之西，南枕河曲，北涉汾水。其地狭隘，而民贫俗俭，盖有圣贤之遗风焉。"③ 这些有关民俗的背景阐释，对《葛屦》等诗篇的理解很有启发作用。

万氏在解《诗》时也注重从民俗的视角对诗予以解析。他在对《周南》《召南》"二南"诗的气象、风格迥异的原因的分析时就认为由于两地的民风不同所致。列举如下：

> "二南"诗当作两项看。岐周人被成周之化，其民忘，故事多熙皞而平，《桃夭》、《芣苢》之类是也；南国新变淫靡之风，其心悔，故诗多湔洗而露，《江汉》、《行露》之类是也。《召南》之不同于《周南》者亦然，一采之都内，一采之列国故也。④

万氏认为《周南》和《召南》体现出的诗风的不同，是由于所处地域不同，所受王泽教化亦不同，故其民风不同，其歌诗自然不同。

由对《齐风·还》的解释，亦可看出万氏试图用民俗说《诗》的倾向：

> 苏秦谓临淄之民，无不吹竽鼓瑟、击筑弹琴、斗鸡走犬、六博、蹴鞠，家敦而富，志高而扬。读此与《卢令》二诗，自见其交相称誉处，正是未知鹿死谁手之意，争之至也。⑤

① 《诗集传》，第 91 页。
② 《诗集传》，第 93 页。
③ 《诗集传》，第 73 页。
④ 《诗经偶笺》，《四库全书存目丛书》第 70 册，第 148 下页。
⑤ 《诗经偶笺》，《四库全书存目丛书》第 70 册，第 173 上页。

万氏引苏秦之语阐释齐地的民俗，使《还》诗中相互赞誉的内容，反而有了"正是未知鹿死谁手之意，争之至也"的不服的情绪在，这种理解恰与齐地的好斗风俗相合，颇具新意，于诗意甚当。

对《秦风·小戎》一诗的理解，也是紧扣秦地的民俗风土进行分析的：

> 秦起戎落之间，襄公初政，遂能修其兵甲，致其果毅，一时车精马良，器械工利，有战胜攻取之气，且其制度精巧、处置周密，一妇人能言之，虽宿将旧卒不过于此。秦之兴，尚武功而士女乐战。汉之亡，重名节而女妇争死，风之所被，其感如此。①

秦地处戎狄之间，决定了秦俗尚武，秦的统治者好战而乐修战守之具，"上有所好，下必甚焉"，风被妇人，故秦地妇女亦能言战、乐战如此，若移至他国"宿将旧卒不过于此"，表现出对秦国乐战善战民俗之赞赏，指出了民俗风化的重要。万氏从秦的风俗角度分析此诗，颇有见地。再看结合秦俗对《晨风》思想情感的分析：

> 雍州无郑卫浮靡之习，故其民多深厚之思，《晨风》之歌是也，"如何如何"，无限忖度；"忘我实多"，无限怨报，却无限含蓄，然不须说向富贵上去。②

雍州之地，其民厚质，无郑卫淫靡之习，故不会轻易见富贵而弃贫贱，所以万氏认为"忘我"句"不须向富贵上说去"，这是针对秦地民俗民风而言的。而秦民处雍州之地，多"深厚之思"，故"忘我实多"于一唱三叹中却止于此而已，可谓"一切尽在不言中"，"无限含蓄"，万氏分析极是。

再看对《秦风·权舆》的分析：

> 秦尚首功，简弃贤臣，《夏屋》（即《权舆》）之诗，即坑儒焚书之渐也，此诗与冯谖铗歌相似，"夏屋"、"四簋"，即"车"、"鱼"之意。③

万氏认为此诗诗旨与冯谖的"出无车""食无鱼"之叹意相近。秦尚军功、

---

① 《诗经偶笺》，《四库全书存目丛书》第70册，第181上页。
② 《诗经偶笺》，《四库全书存目丛书》第70册，第182下页。
③ 《诗经偶笺》，《四库全书存目丛书》第70册，第183下页。

轻文臣即释文中所言"秦尚首功",故弃贤臣不用,万氏认为不尚贤臣导致后来的焚书坑儒。这里所引秦俗无误,但用秦俗与此诗的理解进行嫁接得出的结论有些牵强。此诗应该是一首"没落贵族回想当年生活而自伤的诗"①,与用贤无关。

再有结合北地地域特征分析《桧风·匪风》中的"谁能烹鱼?溉之釜鬵。谁将西归?怀之好音",其理解为:"北方鱼少,'烹鱼'、'西归'者,极可喜之事,故欲有以致其无已之思耳。"②鱼在北地为稀有之物,用稀有之物待西归之人,用所待之厚来表明对西方思之之甚。此处分析细致入微,准确恰当。

《鄘风·相鼠》可以说是《诗经》中表达比较直露的诗篇,万氏对这种诗风的变化从国政民俗的角度给予了解释:"文公为政,国俗丕变,人以惭悔振厉,故其词激。"③可以这样来看待万氏的分析:《诗经》中"词激"的作品不是主流,故《相鼠》引起了万氏的思考,而他结合当时的政治民风予以了解释,应该说有一定道理,也反映出万氏善于思考、善于发现问题的一面。

4. 一般讲义性分析

万氏也像其他讲义派《诗经》学著作一样对诗的谋篇、分章、立言、用字作一些分析解说,其中也多涉及文学性的分析。例如对《周南·汝坟》立言的分析:"'伐枚伐肄'只是感时兴慨,不重亲执其劳。然平平说来,初不纪时而时序自见其久,诗人之善立言如此。"④万氏认为"伐枚伐肄"自然景物的变化表明了物候节令的变化,反映出思妇思念之悠远绵长,虽不明白点出征人行役之久,恰是诗人善立言处。对谋篇分章的分析,如《唐风·葛生》:"前三章感物而自悲其无所依,后二章则思而极望之词,近于伤矣。'谁与独处'四字而意则两转,《易》亦有之:'匪寇婚媾'。独旦,犹独夜也,古诗'长夜漫漫何时旦'。"⑤这是借《易》中的结构来类比理解《葛生》的结构,虽短短四字且意有两转。对《召南·草虫》分析道:"'亦既'三句是

---

① 程俊英、蒋见元:《诗经注析》,北京:中华书局,2008 年,第 360 页。
② 《诗经偶笺》,《四库全书存目丛书》第 70 册,第 186 下页。
③ 《诗经偶笺》,《四库全书存目丛书》第 70 册,第 162 上页。
④ 《诗经偶笺》,《四库全书存目丛书》第 70 册,第 148 下页至 149 上页。
⑤ 《诗经偶笺》,《四库全书存目丛书》第 70 册,第 179 下页。

拟议之词，'则'字有义，说'既见'方才乐，今犹未见——忧不可已也。"① 短短几句分析，将此诗用字与谋篇上的特征一一道出。其他对用字分析的地方："亦泛其流，'亦'字含愁无限。中流泛泛，漂泊可怜。"② 对《君子于役》分析道："诗意因诗而触物，非感物而兴思也。不知其期，计时也；何至哉，计地也；不日不月，数往日也；曷其有佸，伤来日也。'鸡栖于埘'三句触此，二意生来，但若合若离，不可有所专属耳。"③ 诸如此类，即使是平常的谋篇分章的分析，也都渗透着文学品味的意味。

此外，万时华对赋比兴也有阐发，由于没有什么新意，故不作赘述。与传统解经者一样，万氏亦在言语间表现出重《雅》《颂》轻《风》，重"正风""正雅"、轻"变风""变雅"的倾向。他在《诗经偶笺·自引》中引谭友夏言："读《诗》不能使《国风》《雅》《颂》同趣，且觉《雅》、《颂》更于《国风》有味。"④ 认为《雅》《颂》比《国风》更有味，表现出了重《雅》《颂》轻《国风》的倾向。"平王微弱，降而为《风》，幽王流彘，厉王灭戏，反得列于《雅》者，何也？幽厉暴虐，犹及于诸侯，故为《雅》；平王政教止于畿内，故为《风》。""周之所以王，积《风》而为《雅》，周之所以东，《雅》降而为《风》。"⑤ "降而为《风》""反得列于《雅》"的表述，看出万氏有重《雅》《颂》轻《风》的思想。他还在思想上认为"二南"高于其他十三《国风》。这从他对《召南·草虫》中的分析中可以看出来："夫行妇叹，情也。虫飞蕨拳，女以春怀，亦情也。今古闺思，何必不然？然试取诗词诵一过，觉自有哀而不伤、发情止礼义之意，合《葛生》、《晨风》诸什观之，气韵天渊，便可知文王之化。"⑥ 他能够承认思人怀春就如同花发虫飞一样是天经地义、理所当然的，这本是对情予以充分的肯定，是很值得赞叹的。但他在强调《召南》与其他列国之《风》所表现出的气韵不同，是因为《召南》之思是被文王之化，这又含有道学气息了，这也恰恰是和他重"二南"而轻列国之《风》的思想是有关系的。这些地方，都是万氏受传统

---

① 《诗经偶笺》，《四库全书存目丛书》第70册，第150上页。
② 《诗经偶笺》，《四库全书存目丛书》第70册，第154上页。
③ 《诗经偶笺》，《四库全书存目丛书》第70册，第166下页。
④ 《诗经偶笺》，《四库全书存目丛书》第70册，第143上下页。
⑤ 《诗经偶笺》，《四库全书存目丛书》第70册，第166上页。
⑥ 《诗经偶笺》，《四库全书存目丛书》第70册，第150上页。

经学观念的影响在说《诗》中的具体表现。作为传统文人，这些都是在所难免的。总之，万时华的文学解《诗》是其主要成就，并且代表了明代文学解《诗》的最高成就。

第三节   贺贻孙《诗触》研究

一、贺贻孙与《诗触》

（一）贺贻孙的生平与著述

贺贻孙（1605—1688），字子翼，九岁能文，称神童。弱冠随父任西安，下帏发愤，每出一艺，即为名宿推重，比之唐荆川、顾泾阳。时江右社事方盛，与万茂先、陈士业、徐巨源、曾尧臣诸名宿结社豫章。社选诸刻，皆推为领袖。侯广成按试吉州，一见其文，击节叹服，谓之曰："吉阳营垒虽焕然，大将旗还当属子！"① 其取重当时如此。国变后，高韬不出。顺治辛卯，学使樊公缵前慕名，特列贡榜。报骑入门，拒不纳。又六年，御史笪公重光，按部郡至郡，欲具疏，以博学鸿词特荐。书且至，贻孙愀然曰："吾逃世而不能逃名，名之累人实甚，吾将变名而逃焉。"② 乃剪发衣缁，结茅深山，以敦品著述自砺。贺氏生前只刻有《诗筏》和《骚筏》两部诗论，《四库全书》收其著作三种入存目，其中包括《诗触》（经部诗类）、《激书》（子部杂家类）和《水田居士文集》（集部别集类）。《激书》在《豫章丛书·子部二》里有收录，书后有胡思敬的跋，《诗筏》在《清诗话续编》里有收录。直到道光二十六年（1846），贺贻孙的五世侄孙贺陶臣、贺鸣盛父子开始整补残缺，以敕书楼名义尽刻贺贻孙幸存的著作，到同治九年（1870）刊成《水田居全集》，包括《易触》七卷，《诗触》六卷，《文集》五卷，《激书》二卷，

---

① 陶福履、胡思敬编：《豫章丛书子部二·激书》附录三《同治永新县志贺贻孙传》，南昌：江西教育出版社，2002年，第333页。

② 陶福履、胡思敬编：《豫章丛书子部二·激书》附录三《同治永新县志贺贻孙传》，南昌：江西教育出版社，2002年，第334页。

《存诗》三卷,《诗筏》和《骚筏》各一卷,合计七种二十五卷。

（二）《诗触》的体例

《诗触》共6卷,未注明著书时间,但从贺贻孙引万时华《诗经偶笺》可知,它成书时间应晚于万时华的《诗经偶笺》,而《诗经偶笺》作于崇祯癸酉（1634）,贺氏之《诗触》当在此后,而据杨晋龙先生考证应成书于顺治八年后①。由其《跋》可知,《诗触》初刻于咸丰二年（1852）,在此之前有抄本传世,《四库提要》著录有四卷本,今不可见。《诗触》的释文采取总说与分说相结合的方式,总说即在《风》《雅》《颂》每一部分开始前,先对《风》《雅》《颂》及其他自己认为重要的问题,做总的阐述,在每一《国风》前阐述自己对该《国风》的《诗》学观点。分说即对每篇诗进行具体解说。在对每篇《诗经》作品解释时按照先录诗本文,然后列诗《序》首句,接着再援引列举诸家释文的顺序。其中对名物训诂进行集释时,择善而从,有时只罗列众家,不下一按语。此外,他还对经义进行逐章甚至逐句的分析阐发,间以分析诗写法上的妙处,对写法技巧、布局谋篇、用字之妙不时点出,并常对同题材的诗、与后世诗之间的关系进行比较分析,或从题材上,或从写法上进行品评,显示出《诗》“可与汉唐以后诗人触类旁通”②的说《诗》思想,并显示出《诗》学观点上的古典主义倾向,即对《诗经》的尊崇,认为后世诗无法企及《诗经》的高度。

《诗触》有专论二十六篇,在论中集中表达贺氏对宏观的理论性问题的看法,也会讨论一些在当时看来很重要的问题。其中《国风论》四篇,《二雅论》二篇,周鲁商《颂》各一篇。《国风论》中,除《周南》、《召南》合论,《邶风》《鄘风》合论,其他都单独作论,共计十三篇。在《小雅》前列有《二雅论》,这部分还包含《南陔六诗论》二篇,讨论逸诗及《序》的作者问题,还有《中兴变雅论》一篇,最后讨论“思无邪”问题,可称其为《思无邪论》。这种结构方式的好处是可以将一些有关总体分析的内容或若干重要的问题置于专论中讨论,否则,若在每篇具体的《诗》说中去渗透这些内容,既难以展开,也显得与每一具体诗篇有割裂之感,故以设专论的形式

---

① 《从经学到文学——明代〈诗经〉学史论》,第20页。
② 《诗触·凡例》,第486下页。

来解决这些问题。这就使得该书在同类的说《诗》著作中显得有一定的理论性。这可能和贺氏不仅是诗文家，也是诗文评家有关。著有《诗筏》这样的诗话著作，说明贺贻孙平时就善于思考文学批评与文学理论的问题，表现在《诗触》的撰写上，就是善于针对这些宏观的、理论性的问题阐明自己的思考。并且有些问题在当时及后世都是很重要的值得讨论的问题，如伪《诗传》问题的辨析、《国风》入乐与否等。这些专论部分的内容，可以说增强了全书的理论体系性。

　　《诗触》引用其他著作的情况。《诗触》在名物训诂或阐发经义时常引用的著作主要有以下诸书：《尚书》《左传》《春秋》《尔雅》《稗雅》《周礼》《礼记》《孟子》《字说》《字汇》《孔疏》《大全》《本草》等，引用经学家孔颖达、陆玑、严粲、王安石、吕祖谦、朱熹、谢枋得、苏辙、梅诞生、范浚、马端临等人的《诗》说，在经义的阐发上与篇章的分析上尤以引用钟惺、万时华、徐巨源等为多。所引诸书的内容与自己所笺释的内容都录于诗本文之后，低书一格，"但备博览而已"①。所笺释的内容在观点上则"斟酌毛朱，标以己见"②。他在《凡例》中云："考亭疑毛郑并疑古《序》，故《国风》所指'淫奔'多失《诗》旨，若其所训《雅》、《颂》则圆转不滞，优于毛郑，虽《诗》与《序》意相背，然正可互相发明。考亭固阴为古《序》功臣而不自觉，每为拈出。"③ 由此可见，他在《雅》《颂》的训释上多尊朱子。

　　贺贻孙解《诗》的总体思想在《诗触·凡例》中有论及："偶为儿子说诗，以为可与汉唐以后诗人触类旁通，故名曰《诗触》。"④ 这说明贺氏是将《诗经》视为与汉唐以后的诗歌一脉相承，也就是持"《诗》之为诗"的说《诗》观点。关于这一点，在《风》的总论中，他也表达了类似的观点，就是将《诗经》与后世的乐府、南北曲视为一样，"夫《诗》之为乐，犹汉魏之乐府，宋之词、元之南北曲也"⑤，将《诗》作为入乐的诗歌。这里虽然是从入乐与不入乐的角度谈《诗》，但是，视《诗经》为"诗"而非"经"的主张于此可见。这也与当时同为复社成员的万时华观点相一致，主张"知

① 贺贻孙：《诗触》，《续修四库全书》本，济南：齐鲁书社，1997年，第486页下。
② 贺贻孙：《诗触》，第486上页。
③ 贺贻孙：《诗触》，第486上页。
④ 《诗触·凡例》，第486下页。
⑤ 《诗触·国风论一》，第488上页。

《诗》之为诗"，而且，在释文中，贺贻孙也不时引万时华的观点来对自己的《诗》解予以发明。总之，从文学角度解《诗》是贺贻孙解读《诗经》的主导倾向。

二、《诗触》文学性解《诗》的特点

贺氏在《诗触·国风论二》中说："盖尝论知乐之为乐而不知《诗》之为乐者，不可与言乐。知《诗》之为经而不知《诗》之为诗者，不可与言经。"① 这里可以看出贺贻孙不仅是将《诗》视为经，而且也是将《诗》视为"诗"去解读的，这也正是晚明《诗经》文学研究的继续发展。

（一）将自己的情感移情于诗中的情境去解诗

贺氏在对诗进行分析时常调动自己的人生体验，移情于诗中的人物身上，从而引起强烈的情感共鸣。如对《小雅·小弁》次章的分析："次章写忧也。周道之上，草生蒙茸。万茂先云此意即唐人所谓'愁心似春草，时向玉阶生'。如捣者，心烦意乱若或捣之也，'捣'字言忧最切，非身历者不知。沉忧之人，似寐不寐，虽在梦中犹长叹也。忧能伤人，未老而老，'维忧用老'，犹言'用忧以老也'，'用'字倒下，健甚。忧之伤人也，不独令人老，抑能令人病，故曰'疢如疾首'，病之难忍者，莫如头痛，'疢如疾首'则病甚矣，只此六句，从来说忧者无此刻画。"② 贺氏想象出周道的蒙茸春草，绵延不已似诗人的愁情，贺氏提示人们用自己亲身经历的痛苦烦忧的情感体验去理解诗人"忧心如捣"的心情，设身处地，移情于当时的场景，进行细腻的情感体验，从而更好地理解诗人内心深处的感情。贺氏常能非常准确地体会诗中表达的情感的细微之处，从他对《小旻之什·蓼莪》中"无父何怙？无母何恃？出则衔恤，入则靡至"的分析可以看出："'衔恤靡至'，非亲历者不知此言之痛。生人之常，非出即入，今其出也抱忧与俱；其入也，置身无所。则无时而非可哀之事矣。既入矣，而曰'靡至'，此句尤可思。"③ 这里可以说贺氏将诗中人物那种失亲之后，寻寻觅觅仿佛亲在的精神恍惚之情分

① 《诗触》，第 488 上页。
② 《诗触》，第 603 下页。
③ 《诗触》，第 608 上页至 608 下页。

析得极确切，虽身在室中却心神难安，心灵无依，情感无归，对此时精神上的失落、伤痛、孤独甚至无助，分析得细致入微，作者这种"移情"的分析极能够调动具有相似感情经历之人，运用移情的方法对诗进行深入的分析理解，体会此情此景，从而更好地把握诗旨。贺氏接着对最后两章分析道："末二章见孝子触目皆悲，故睹'南山'、遇'飘风'无不关其亲殁之感者。'民莫不穀'以终养者言之，'我独何害'，'我独不卒'，恸极而无可控告之词也。"① 对于逝去亲人思念之深，常常会睹物思人，甚至所睹之物未必与逝去的亲人有多少联系，但由于思念之情太迫切，持久而深彻，以至无物不让人触目联想、感物怀人，念及已故的亲人。这种感情也只有亲历者才能体会得更深刻，贺氏正是将自己在生活中的人生体验移情到对诗的理解之中，才让人产生情感上的激荡与感动。贺氏对《召南·草虫》的情感脉络把握很准确："三诗全为未见起叹，'既见既觏'总是空中立想，遥拟见后之乐，乃以深'未见之忧'也。"② 这种准确的把握源于贺氏设身为诗中的人物，深入诗中人物的内心世界，方可对诗中的思妇的所思所想有如此准确的把握。这里对诗的分析，从形式上看是在对谋篇布局进行分析，实际上却是运用移情的方法化身为诗中的思妇去体会她内心深处细微的情感变化，这样才能读出诗的妙处。贺氏运用移情的方法对《郑风·东门之墠》中的"室迩人远"一句所蕴含的深致分析得非常贴切入微："'室迩人远'，疑怨之词耳，然看得此人孤高静穆尽自不俗，大凡爱其人而不见，不难推而举之最高之境：虽寻常境物，入有情者之目，无非韵致。即如门外有墠，墠外有阪，阪上有草，所思之人宛在其中，遥而指之曰'此室迩而人远'者也，不独爱之，且重之矣。"③ 在这里贺氏运用移情的方式对诗中描绘的情境进行了再造想象，想象所思之人在阪上草中，悠然渺渺，可望不可即，很好地将"室迩人远"的美好境界用更细腻的情感体验、更形象的情景描摹出来，并指出"寻常之物"之所以有了"韵致"，皆因有"情"为之着色。"虽寻常景物，入有情者之目，无非韵致"的分析与"非汝之为美，美人之贻"的情境有异曲同工之妙。

贺氏运用移情的方法品味《诗经》，还表现在对诗的辞气的准确把握上。

---

① 《诗触》，第 608 下页。
② 《诗触》，第 498 下页。
③ 《诗触》，第 533 上页。

贺氏对《唐风·蟋蟀》分析道："'无已太康'一句，意转而语不转，脉愈紧而气愈舒，此古诗不传之妙。"① 对《唐风·山有枢》分析如下："此诗悲韵促节，殆不忍读。"② 贺氏这里对诗歌内蕴的情感把握极准。接着又道："各末二句哀音缭绕，大似《蒿里》、《薤露》诸曲，盖以劳生之人强乐生之事，又以忧生之想，迫为达生之语，宜其寄意凄婉，刺人心脾也。"③ 对《山有枢》之中人物性格特征、情感变化影响下的诗呈现出的情感基调、诗歌的辞气把握极准确。对《小雅·白华》一诗，贺氏从诗中人物称谓的变化把握其情感辞气的变化："啸歌本以舒怀，而忧念之极，反足伤怀。然则长歌当泣，而当其情至之时则又甚于泣也。前曰'之子'，此曰'硕人'，以后或称'硕人'，或专称'子'，若疏之，若尊之，又若亲之，幽怨之辞，固不伦也。"④ 贺氏对诗中人物申后的幽怨矛盾的心态出称谓的变化中体味极准确。

（二）用比较的方法说诗

贺贻孙对《诗经》文学解读的特点之一就是运用比较的方法说诗，包括对《诗经》作品之间进行比较，如对题材相同的诗歌进行比较、对诗的背景、诗的相似的写作方法进行比较。贺氏还从多个角度将《诗经》与后世诗进行比较。

先谈对《诗经》中同一题材诗的比较。贺氏在对《王风·君子于役》进行解析时，与同是怀征人的《杕杜》《采薇》进行了比较："《采薇》、《杕杜》诸篇所以悯劳臣者至矣，又从为之念其室家、计其归期，若是其周也。今行役至于不知其期，天子不能代为之悯而使其家人自悯焉，盖燕劳礼废而优恤之意薄矣。"⑤ 贺氏认为诗的作者地位身份的不同，会导致诗本身传达出的含义也不同。《杕杜》《采薇》是上代为作，而《君子于役》是思妇自作。上代为作，体现了上对下的体恤优悯之意，而思妇自作则优恤之意薄。又将《君子于役》与《东山》相比较："行者思家所最难堪者雨景，故《东山》之诗四章各以'零雨其濛'一句为凄凉；家人望远所最无聊者暮景，故此诗二

---

① 《诗触》，第543下页。
② 《诗触》，第544上页。
③ 《诗触》，第544下页。
④ 《诗触》，第628下页。
⑤ 《诗触》，第525下页。

章各以'日之夕矣'四字为慨叹。"① 这两处分析，可以说都是抓住诗写景的突出特点，直指人心灵深处的隐忧，对行役者所思、念远者所想作出了最为精准的情感透视。《谷风》与《氓》都是弃妇诗，贺氏对二者的诗旨进行比较："《谷风》怨而婉，此诗（《氓》）悢而婉，其旨微异耳。"② 指出二诗诗旨上的细微差异。对《氓》作为叙事诗的特点，作者还将它的结构与戏剧作比较，"且其列叙事情，如首章幽约，次章私奔，三章自叹，四章被斥，五章反目，六章悲往，明是一本分出传奇，曲、白、关目悉备，如此丑事，却费风人极力描写，色色逼真，所谓'化工'，非'画工'也。"③ 作者受"淫诗"说的影响，认为《氓》是淫女自悔之词，将被弃女子的不幸遭遇目为"丑事"自然是有失恰当，但贺氏同时也看出了该诗的叙事特征，体悟到其描写极尽逼真之能事，并用评价作品艺术美最高境界的范畴"化工"对其予以评价。对相同题材的作品，运用诗中具体的诗句诗意予以互相参证，以诗解诗，以使人更好地涵泳诗意，在比较中体会诗境。如对《谷风》与《氓》中的语句进行比较："'三岁为妇'四句即《谷风》'何有何无，黾勉求之'意也，'言既遂矣，至于暴矣'即《谷风》'以我御穷，有洸有溃'意也。'不思其反'即不思其初，犹言'何不回思'也，承上文'言笑信誓'来谓尔，'何不回思'当初'言笑信誓'之情乎，即《谷风》'不念昔者，伊余来墍'意也。"④ 贺氏还对题材内容接近而所表达的情感有细微区别的诗篇进行比较区分。《秦风·车邻》每章末二句"今者不乐"与《山枢》中蕴含的情感相近，贺氏对二者的细微差别之处进行比较分析："'今者不乐'二句宛然有争时之意，虽与《山枢》结句略同，然彼悲而伤，此悲而壮。"⑤ 贺氏这一分析很准确地把握住了诗的情感基调，注意到了二者相近基础上的细微差别。这一比较是建立在对《山枢》的"忧生"之嗟与《车邻》的"及时行乐"的情感准确把握的基础上的。这些地方都可以看出贺氏有较深的文学素养，才能体味出这些情感表达上的细微差别。

对《诗经》里作品的背景与后世历史进行类比，以深化对诗意的理解。

---

① 《诗触》，第 525 下页。

② 《诗触》，第 521 下页。

③ 《诗触》，第 521 下页。

④ 《诗触》，第 522 上页。

⑤ 《诗触》，第 549 上页。

《黍离》作于东迁日久，人们早已无黍离之慨、镐京之志之时，而"独一行役大夫彷徨其间，然知者但讶其'心忧'，不知者尚谓其'有求'"①。足见当时的人们已无黍离之悲、宗庙宫室之痛，为使人对《黍离》之悲的背景有更好的理解，贺氏将当时人的这种心态与后世历史做了比较："如晋人渡江，但图苟安；宋人都杭，遂忘汴洛。"② 以后世历史背景为参照类比，就很容易理解《黍离》之"心忧"不为人解的原因何在了，反而更突出了诗人"心忧"的孤独与沉痛。同样《载驰》与《泉水》虽都是写卫女思归的诗作，但由于形势不同，故情感亦有别。贺氏对此分析道："此诗（《载驰》）与《泉水》不同，《泉水》有怀于卫，不过思归常情而已；此则控于大邦，发愿甚大，非常之情，恐常礼义不足以止之。故《泉水》之出、宿、饮、饯不过空中写景，远望当归，原非实事。此篇驱马悠悠，全是愤懑遑迫、跄踉赴难途中实景。"③《载驰》是作于宗国既灭的非常之时，故思归与《泉水》的平常之思不同，在写法上也自然不同，《泉水》为托言，《载驰》是绘实事实景。这种比较使人对二诗的理解更深刻了。

对《诗经》不同篇章中出现的相同或相似的写作技巧进行比较，使人体会到其中细微的区别，从而更准确地把握诗意。"全诗（《君子偕老》）是一篇美人赋，只'子之不淑'四字稍露刺意耳，与《猗嗟》篇全首赞叹，只'展我甥兮'四字寄讽同意。"④ 贺氏对二者以美为刺、主文谲谏的相同写法进行了比较。对《卷耳》的想象之辞与《泉水》《柏舟》托言的写法相比较："然则所谓'陟山'者犹《泉水》所谓'驾言出游，以写我忧'耳，彼《泉水》岂必果出游哉？所谓'酌罍酌觥'犹《柏舟》所谓'微我无酒，以敖以游'耳，彼《柏舟》岂必真饮酒哉？"⑤《卷耳》的登山、饮酒、马病都是托言，《泉水》的"驾言出游"与《柏舟》的"微我无酒"也都是托言的写法，即诗人假托想象之词来寄托自己情思的写法。贺氏看出了这一点，并将它们放到一起进行归类分析比较，恰恰是把握住了诗所呈现出来的虚构、想象等文学特点。

---

① 《诗触》，第 525 上页。
② 《诗触》，第 525 上页。
③ 《诗触》，第 518 上下页。
④ 《诗触》，第 515 上页。
⑤ 《诗触》，第 494 下页。

　　贺氏还注意到了《风》《雅》《颂》由于体不同而呈现出的不同特征，并对其进行比较。贺氏认为《风》《雅》不同体，故各有所属。对出于同一地的诗，而有的诗列于《雅》，有的诗列于《风》，贺氏将其原因归结为"《雅》与《风》不同体"，如认为："《抑》诗者大雅之体，而《宾之初筵》小雅之体也，《风》从其体，故《雅》不可混为《风》也。"① 对同属《风》诗，而以诗所作之地作为区分标准的问题，贺氏亦谈了自己的看法。"若夫《木瓜》以美齐桓也，而不列于齐《风》，以《木瓜》作于卫，卫之国史藏焉，风从其地，故诗言齐桓，风则《卫风》也。"② 对于不出于其地，却归为其地之诗的情况，贺氏的根据是"审诗有其音"，"然《载驰》、《竹竿》、《泉水》此三诗者不作于卫地，而各见于卫之三国，则又何也？彼卫女也，能为卫音，古人作诗，声以依永，律以合声，虽他国之诗，谱而歌之皆卫乐也，风从其音，故此三诗亦曰卫风也"③。由此可见，作者对诗的区分是以"作诗有其体焉，采诗有其地焉，审诗有其音焉"④ 为标准的。这一见解是很有见地的。

　　贺氏将《诗经》与后世诗进行比较时，往往视《诗经》的写法为典范，体现出了古典主义情怀。所谓诗歌的古典主义情怀，即在《诗经》与后世诗比较的过程中，将《诗经》视为后世诗歌无法企及的最高典范。这种分析在贺氏的释文中俯拾即是。在对《陟岵》一诗的分析中："'父曰嗟'以下四句有蕴结语，有怜爱语，有叮咛语，有慰藉语，全诗低徊婉转，似只代父母作思子诗，代兄作思弟诗而已，绝不说思父母兄，较他人所作思父母兄语更为凄凉。王维'遥知兄弟登高处，遍插茱萸少一人'，从'兄曰嗟予弟行役'七字脱出，只有蕴结一层，尚少怜爱、叮咛、慰藉三层意，然在唐人诗中已踞最胜矣"⑤。这里可以看出贺氏认为王维《九月九日忆山东兄弟》中的"遥知兄弟登高处，遍插茱萸少一人"在构思写法上脱胎于《陟岵》的"兄曰嗟予弟行役"，但王诗不如《陟岵》之诗含义更丰厚，而王诗已是唐诗中的上好作品了。可见，贺氏是将《诗经》奉为诗歌之祖的，视《诗经》为最高典范而为后世无法企及，这表现出了他的诗歌古典主义情怀。对《豳风·七月》

---

① 《诗触》，第519下页。
② 《诗触》，第519下页。
③ 《诗触》，第519下页。
④ 《诗触》，第519下页。
⑤ 《诗触》，第541上页。

的分析亦可见出这一点："想见当时门内尊卑大小，肃然雍然，是田家一幅家庆图，觉潘岳赋所云'寿觞举，慈颜和，浮杯乐引，丝竹骈罗，席长筵，列孙子，陆摘紫房，水挂赪鲤'等语有此兴味，无此真朴。"①《东山》"步步有景，节节生情，真是千古绝调。汉魏诗人皆在下风矣。"②贺氏认为潘岳的《闲居赋》虽具兴味，但不如《七月》表达出的情感更天然质朴、率真淳厚；认为《东山》是"千古绝调"，汉魏以下诗人的同类作品与之相较，都得居于下风。这些地方都表现出了贺氏浓厚的古典主义情怀。下面列举诸如此类的分析，可作体会：

> 第六章四"如"字与第三章五"如"字相隔相应，章法甚妙。若在今人则以一气为波澜矣。③

> 诵"我心写兮，燕笑语兮"二句，太平天子和蔼气象恍然如游春日，方知唐人以"九天阊阖，万国衣冠"等语描写太平，终是铺张声口耳。④

> 中兴关系俱在此章。前后但言田狩，独于中间点出，人详我略手法便妙。若今人为之，不知将会同盛事如何夸耀，如唐人早朝应制诗，铺张门面，但取热闹而已。⑤

> 六章则由堂而及于寝矣，自此以下皆祷辞也。乃占我梦，祷者设为梦语，笔意空幻，与前数章映带联络，妙在无端。若无此数段，便似后代宫殿通用丽语，不见古人文字波澜矣。⑥

贺氏认为《天保》的"五如"字映带之间可见波澜，比今人的直截一气章法要妙；他认为《蓼萧》中描写太平盛世、君臣和乐，熨帖感人，唐人不及也；《车攻》第四章对诸侯来朝的描写，笔法独特不俗，不露痕迹，于描写田狩时含蓄蕴藉地表达出了中兴气象，认为这比唐人的早朝诗只讲热闹、铺张门面、夸饰铺排的写法要高妙；从《斯干》可以看出古人虽是咏宫殿落成这样的应制诗，也要借梦境翻出空幻的笔意，注意与前后的映带联络关系，结构上妙

---

① 《诗触》，第 563 下页。
② 《诗触》，第 565 下页。
③ 《诗触》，第 578 上页。
④ 《诗触》，第 583 上页。
⑤ 《诗触》，第 587 下页。
⑥ 《诗触》，第 592 上页。

合无痕，体现出语言的活泼有生气、手法上的波澜起伏，贺氏认为后世的咏宫殿诗总爱陷入俗套，只是通章堆砌一些颂赞宫殿的华词丽语，在行文上显得单一呆板，不如《斯干》文字能够波澜起伏、映带生情。所有这些地方都可以看出贺氏的古典主义情怀。

贺氏的比较说诗还表现为经常借后世诗来解释《诗经》中的诗句，更深入地阐发《诗经》里诗篇所表达的诗旨。对《小雅·角弓》中的"绰绰有裕""交相为瘉"，贺氏用后世诗予以解释曰："煮豆诗云'相煎何太急'，《斗粟谣》云'二人不相容'，知此二语，可绎'绰绰有裕'、'交相为瘉'之义矣。"① 引大家熟知的《煮豆诗》与《斗粟谣》，让人对兄弟之间手足相残的情状理解得更深入。对《小雅·小明》一诗，用汉诗解释道："'兴言出宿'写忧思甚微，当与汉人诗'出户独彷徨，引领还入房'二语互观，一则昼不能安于外而欲归内，一则夜不能卧于室而欲宿外，其辗转无聊之状则一也。"② 贺氏援引《古诗十九首》中《明月何皎皎》的意境与此诗相参比，使人对诗中辗转无聊的心情有了更深的理解。《小雅·蓼莪》一诗言对父母的感激报答之情，借唐人诗解道："哀哀父母，言德已浅矣，言报抑又浅矣，故但曰'欲报欲报'者，无可报也。无论承欢聚顺服劳奉养不足言报，即摩顶放踵而顶踵亦父母之有，岂所以为报乎？至于无可为报而德不足以言之矣，无所拟似，庶几罔极之昊天耳。昊天之覆育生成，岂万汇所能报哉？唐人诗云'谁言寸草心，报得三春晖'亦是此意，此等语意须从他父母殁后思之，方见其恸。"③ 用唐诗"寸草心"无以报"三春晖"来说明《蓼莪》之诗中子无以报父母之恩德，而在父母殁后，这种"无以报"的感慨更为浓郁强烈。《小雅·四月》："首二三章自伤也。夏则苦暑，秋则苦病，冬则苦风。此三时者，本无美恶，但得意者触景皆喜，失意者触景皆悲耳。宋玉悲秋云'皇天平分此四时兮，窃独悲此凛秋'，曰'平分'则天意无美恶，曰'独悲'则人情有欢怨，可与此三诗相发明。"④ 引宋玉诗更准确地点明了天行有常，节令物候，四时变化，上天本是平等地赐给世间每一个人，无所谓悲喜，而"独悲

---

① 《诗触》，第 625 上页。
② 《诗触》，第 612 下页。
③ 《诗触》，第 608 下页。
④ 《诗触》，第 610 下页。

凛秋"缘于"人情有欢怨"。同样,《四月》中的主人公只因失意,故"触景皆悲耳",而天时本无美恶,皆在人情系之,方生变化。《唐风·葛生》:"末二句忧其死亡无日,但获同穴犹同衾耳。"[①] 为深入理解这一愿望,贺氏又引后世诗来进行互参:"'紫玉坟前连理树,韩凭墓上鸳鸯鸟',千古有情,同此结愿。"[②] 引诗的内容与《葛生》互相发明,不禁让人悲凉顿生。贺氏还会同时引几首诗从多个层面去解诗。对《唐风·绸缪》之解即如此:对"如此良人何"的理解,"子瞻赋云'如此良夜何',其意尚浅,此云'如此良人何',其情乃深。太白诗云'东方渐高奈乐何',为欢已尽,此云'如此邂逅何',其乐正浓。但将老杜'今夕复何夕,共此灯烛光。夜阑更秉烛,相对如梦寐'合参之,方知此诗之妙。"[③] 引多首诗与此诗比较,从多个层面于细微区别中揭示出"如此良人何"所蕴含的深层含义。

贺氏还很注意从后世诗与《诗经》表意的细微差别中看《诗经》用语之妙。如将《邶风·柏舟》与唐人诗及曹操诗进行比较:"'微我无酒',语意深婉,遂觉唐人'酒无通夜力'为浅。若曹孟德云'何以解忧,惟有杜康',杜康果可以解忧乎?如此等人皆平生未从隐忧中涉历者耳。"[④] 贺氏认为唐诗及曹操《短歌行》之表达不若《柏舟》之表达更深切感人,并认为后世诗皆未经历过《柏舟》所表达的内心的深痛隐忧,故认为酒可解忧,而《柏舟》之深痛哀愁是不能借酒聊以驱除的,这是对其细微情感表达所作的区别。将《小雅·白驹》与后世诗进行比较:"四章则果不可留矣,系、维既无所用,公侯亦不可待,惟秣以束刍而深美其人之如玉。……至于目断心伤,但欲惠我好音,眷恋缱绻伤于渭城之曲,迫于小山之词矣。"[⑤] 贺氏认为,惜别之意比"渭城朝雨"更浓郁,留客之情比淮南小山《招隐士》之情还要迫切,借后世诗渲染了《白驹》殷切留客、诚挚惜别之意。

贺贻孙还常常借后世诗再现《诗经》作品中的情境。贺氏在对《豳风·东山》的分析中,有好几处就是借后世诗来再现诗境,如:"首章濛濛微雨亦久雨也,此景最闷,既东归矣又曰西悲,妙处可想而不可言。少陵云'反畏

---

① 《诗触》,第547上页。
② 《诗触》,第547上页。
③ 《诗触》,第545上下页。
④ 《诗触》,第504上下页。
⑤ 《诗触》,第590下页。

消息来'，又曰'喜心反倒极'，诗中兼此二意。"① 借用杜诗释《东山》"东归西悲"之意，似含有更觉《东山》言简意赅、诗意丰富之意。引用杜诗对《东山》中即将东归的士卒那种既喜又悲、既乐又怕、若梦若真的心态进行深入细致的发明，烘托出了征人归乡之际悲喜交加的心情与气氛。对《东山》中征人归乡后看到的园庐荒废景象，贺氏借汉人与杜诗来予以发明："汉人《从军行》云：'兔从狗窦入，雉从梁上飞。中庭生旅谷，井上生旅葵。'老杜云'（久）行见空巷，日夜（应为"瘦"）气惨凄。但对狐与狸，竖毛怒我啼。'仿佛似之。"② 汉人之诗与杜诗的引用，对原诗中东征归来之人所见的荒凉景象有再现之功，诗中这些破败荒凉的景物交相叠映，加深了对原诗情境的理解。再如对《汉广》一诗的情境的理解："但'汉广'四句乃深情流连之语，非绝望之语也。"③ 并认为今人将"秣马"理解为"既不可求，庶几秣马得近之，则纤艳太甚"④，贺氏认为这样理解就失之过实，不若欧阳修"此即愿为执鞭，亦所欣慕之意"⑤ 的理解更恰当。贺氏之解不沾滞，是视诗为活物的解法。其实对整首诗，贺氏在分析时都是很注意结合诗的本义、诗在当时可能的情况去理解。贺氏举屈子之例来解释"汉之广矣，不可永思；江之永矣，不可方思"：正是因为"汉有游女，不可求思"，故见为"广"、见为"永"，只不过是托言罢了。他还引屈子《涉江》篇"惟郢路之辽远兮，江与夏之不可涉"来作类比说明，以帮助理解诗境：并不是郢路真的辽远、江夏真不可涉，"在屈子无聊中见为不可涉耳"⑥，实际上无非是屈原高洁志向不被理解的托言罢了。从贺氏对托言的理解可以看出，贺氏主张解诗不能太拘牵，不能句句凿实，而要结合诗的意境，从整体意思上去理解，将"汉广""秣马"解为一种托言的表达方式，恰恰是从文学的角度解诗，是贺氏"知《诗》之为诗"在《诗触》中的具体体现。

贺氏还经常关注后世诗从题材方法上取法《诗经》之处。他很注重分析后世诗如何从《诗经》中汲取营养，包括题材方面的，也包括写作技巧方面

① 《诗触》，第565下页。
② 《诗触》，第566上页。
③ 《诗触》，第497上页。
④ 《诗触》，第497上页。
⑤ 《诗触》，第497上页。
⑥ 《诗触》，第496下页。

的。"《三百篇》中每有与后人诗造意同而工拙迥异者，如《小弁》'维忧用老'，汉人云'维忧令人老'，少一'人'字，换一'用'字，便深一层；此处（《谷风》）'弃予如遗'，汉人云'弃我如遗迹'，又觉汉人多一'迹'字，意致更为无穷，则句法长短限之也。"① 在比较中品鉴用字的妙处，并能认识到汉诗与《诗经》相较，有意致无穷之处，还指出这是由于诗受句式长短、形式的变化的影响，这种文学进步观在复古思潮浓厚的明代也实属难得。贺氏这样的分析认识虽不多，却也看出了他在主张诗歌古典主义的同时，也交织着文学进化史观。

贺氏在对《小雅·北山》的分析中指出：《北山》本刺劳役不均，而全诗于劳处不甚用力，独于逸处着力描写，贺氏拈出《楚辞》的同样手法与之比较，以阐明写法上的渊源关系：

> 《楚辞·卜居》篇亦将忠佞二意演为十六句，亦于"忠"处不甚费力，独于"佞"字一边深文巧诋，穷极工妙，以写其骚怨，与此篇笔意仿佛相似，深心者自辨之。②

这里指出《诗经》对《楚辞》写法上的影响，启发人留心这种写法上的传承之处。

> "汉有游女"而"不可求遂"，见为广，见为永耳。使可求焉，"谁谓河广，一苇杭之"矣。汉人诗云："河汉清且浅，相去复几许。盈盈一水间，脉脉不得语。"即此意也，古诗妙境如蛛丝马迹，草蛇灰线，若断若续，若离若合，此类是也。③

贺氏指出了《汉广》对《古诗十九首》命意取材的影响。"河汉清且浅，相去复几许。盈盈一水间，脉脉不得语"的诗意恰是从"汉之广矣，不可永思；江之永矣，不可方思"中脱出，并高度评价了这种写法的艺术之美为"古诗妙境"，表现出对《汉广》所营造出的意境之美、手法之妙的赞叹。

---

① 《诗触》，第 607 下页。
② 《诗触》，第 611 下页。
③ 《诗触》，第 496 下页。

(三) 对《诗》的虚构特征的认识

贺氏解诗读诗不主故实，反对穿凿，强调看诗的总体意思。他在《诗筏》中云："不知诗人托寄之语，十之二三耳，既云托寄，岂使人知？若字字穿凿，篇篇扭捏，则是诗谜，非诗也。"① 基于这样的理论认识，贺氏读诗强调须区分实事与虚景。"《卷耳》之'陟冈'，虚景也，而解者泥为实事；《载驰》之'驱马'，实景也，而解者偏言假托。训诂家颠倒如此，可笑。"② 实际上，贺氏已经看出诗作为文学是可以有虚构、想象的成分的。这种认识一以贯之于他的《诗》解之中，成为贺氏从文学角度解读《诗经》的一项重要内容。

贺氏对"托言"的手法有着深刻的理解，在解《诗》中也时常提及。《鄘风·载驰》中贺氏曰："'陟丘'是追止时途中停骖光景，'采蝱'则托言也。蝱可疗郁，既不得归则'陟丘'、'采蝱'聊以疗郁耳。"③ 能看出"采蝱聊郁"应是"微我无酒"之类，皆托言而借以解脱忧思而终无法解脱之意。对《卷耳》一诗的分析，最能看出作者对托言手法的理解：

> 说《诗》之家拘文牵义莫甚于此篇，谓以后妃之尊，手持竹器，亲采苍耳，已不经矣。又况乘马命仆登山饮酒，或冈或砠，倭㿲倭觥，人马俱疲，游宴方休，此愚俗妇人稍知自好者所不为，而开国圣母为之乎？此诗不过宫中之人以后妃思念君子之诚，曲为模拟，无端而采，无端而置，无端而登山，无端而饮酒，无端而马病，无端而仆痛，皆必无之事，凭空设想。既言欲采卷耳矣，复言置彼周行，则是原未尝采也，怀人而已。原未尝采，抑何从置？聊从"嗟我怀人"者想象之焉尔。……朱子"托言"二字深得诗趣。若从训诂所云后妃自作此诗于羑，巡狩之日，登此不遂又复登彼，以此说诗，其不见诮于孟氏也几希。④

这里贺氏受《小序》拘牵，受《周南》所咏非周公即后妃的旧讲的套路的影

---

① 郭绍虞编选，富寿荪点校，《清诗话续编·诗筏》，上海：上海古籍出版社，1983 年，第 144 页。

② 《诗触》，第 519 上页。

③ 《诗触》，第 518 下页。

④ 《诗触》，第 494 下页至 495 上页。

响，对诗旨的概括仍不脱后妃之思，而不是将其归结为妇人思念行役之人，但他认为诗中所写之事都是为了表达思念的想象之辞，认为必本无之事，肯定朱子所云的"托言"的手法，并且对腐儒不能认识到这一点而将诗中"托言"理解为实事的拘牵穿凿的解法予以否定。贺氏所说的"原未从采，抑何从置？皆怀人者想象之焉耳"，已触及了文学的虚构问题，虽然贺氏并没有提出这样的术语，但他已经能够意识到这种诗学思维的存在。这一点再次反映出他敏锐的文学感悟力。也正是在这样的读《诗》思想支配下，他能抓住《诗》之文学想象的魅力、文学虚构的特点去把握诗，把"《诗》"当"诗"来读。对于想象在诗中的运用，贺氏对《君子偕老》里庄姜的着装描写有精彩的分析："三章展衣之内则亵衣矣，以绉絺为衣又加绁绊焉，诗人何从见之？然不如是不足以形容其纤媚。"① 这里贺氏看出诗人是通过充分的想象对庄姜的着装进行铺排来展示其服饰的雍容华贵，借以烘托其形貌的美丽、神态的妖媚，接着作者又借杜甫的描写，指出了诗歌虚构的魅力："背后何所见？足下何所着？……此其背后足下安能备睹？然不如是不足以形容其妖冶也。"② 这些地方都反映出贺氏主张解《诗》时，不主处处凿实拘泥，强调把握住诗作为文学是可以有合理想象的成分的特点去理解诗。诸如此类的分析还有如下的例子可供参看：

> 诗（《竹竿》）中皆凭空设想，忽而至卫，忽而垂钓，忽见泉源，忽对淇水，忽而巧笑，与波光相媚，忽而佩声，与舟楫相闻，思力所结，恍若梦寐。妙甚！妙甚！曰"远莫致之"矣，又曰"在左在右"，可见原来未尝游也。③

贺氏对《竹竿》一诗中诗人通过想象、借虚写来传情达意的表现手法体会得很深入，抓住了想象中的事可以不受地域的限制、刹由此至彼的特点，创造出了恍若梦境的情景。正是抓住了诗的想象虚构的特点，故能对诗做出这样准确的分析。这些都是对诗从文学美的角度进行分析的典型范例。在《东山》一诗中，贺氏又对"逆揣"这种想象虚构的手法进行了分析：

---

① 《诗触》，第 515 下页。
② 《诗触》，第 515 下页。
③ 《诗触》，第 522 上页。

> 三章"鹳鸣则妇叹"矣，此逆揣之词。鹳鸣必雨，故行者苦而思者叹也。鹳鸣在途，妇安得闻？妇叹于室，我何从知？正在此等不相涉处想见其妙。①

贺氏这里所说的"逆揣"其实就是方玉润所强调的"对面着笔"的方法，二者的分析只是名称术语不同罢了，其实都是指调动想象、进行虚写的方法。"不相涉处想见其妙"可以从两重意思去理解：第一重意思指出了想象的妙处。"不相涉"恰恰是表现了想象的魅力，它可以不受现实的拘牵，"精骛八极，心游万仞"②，对千里之外的事情进行想象，使"鹳鸣在途，妇可得闻"，"妇叹于室，亦可以知"，这正是想象的妙处；第二重意思恰恰是指这种从"对面着笔"的写法（贺氏虽未点出，但已体味到），可以传递微婉蕴藉之情，看似了不相涉，其实正是诗的关节处，这种构思使诗具有活泼灵动、曲折温婉之美，产生了妙笔生花的效果。

贺氏还能体会到想象中之想象的写法。如对《小雅·出车》第五章的分析：

> 五章复代为室家感怀之语，盖其体悉慰劳也至矣。"薄伐西戎"，盖室家想望无聊遥拟之词，若谓"南仲何不归乎"？或者以彼赫赫威名既成北征之功，复御西伐之命耳。此虽诗家冷趣，却似代为南仲增声价，妙甚！③

这里贺氏代为室家感怀之语需要想象，而室家对南仲的思念则更是"想望无聊遥拟"之词，即想象之辞也。这里实际是点出了以室家揣想的角度作为侧面描写，对南仲人物形象的塑造起到了烘托作用，只是并未提到侧面描写这一手法罢了。而"冷趣"恰恰说明不是浓墨重彩的正面描写，而是以闲笔写来，却在闲冷中增色不少。

（四）细节与闲趣的分析

1. 对细节的分析

贺氏常常通过对诗中动作、心理、情状等细节的分析，来展现诗的美妙

---

① 《诗触》，第566上页。
② （晋）陆机著，张少康集释：《文赋集释》，北京：人民文学出版社，2002年，第36页。
③ 《诗触》，第580上页。

动人之处。贺氏在解《诗》时有对诗中动作细节的分析。《小雅·沔水》：
"'载起载行'言忧思之甚，寝处不安而或起或行也，此句描写忧态，工
甚。"① 这里经贺氏对诗中人物动作细节的分析，眼前仿佛浮现出一个寝食难
安的忧思者形象。有对《诗》中心理状态的细节分析："(《节南山》) 八章极
言小人诪张之状以见君子所以穷蹙也。当其怒也，无故而戈矛；及其喜也，
无故而酬酢，写出小人情状，极为刻画，其传神尤在'如相酬矣'一句，包
藏无限杀机。盖小人之怒易测，而喜中之怒难测；戈矛可避，而酬酢中之戈
矛难避。"② 此处可谓对小人的喜怒无常的心理及其在"喜中"蕴藏杀机、阴
险难辨的特点剖析得细致入微、精准恰当。有对人物情状的细节分析："噂沓
背憎，刻画最工。噂，聚谈也；沓，重复也。谗者相聚，谄曲繁絮，貌悦背
毁，小人情状彼此皆然。"③ 此处对小人表面取悦、背后诋毁的情状分析可谓
入木三分。有对场景烘托的细节分析。如在《大雅·绵》里对人们营造宫室
的场景分析："陾陾，盛土之人众也；薨薨，投土之声众也；登登，杵声应
也；冯冯，墙声坚也；'陾陾'写其状，'薨薨'、'登登'、'冯冯'写其声，
不言筑墙而筑墙之事宛然目前，如闻如见矣。削屡者在脱版之后，削其重凸
也。墙脆则声轻，墙坚则声重，今其声'冯冯'焉，则筑者用力之厚可知矣。
此句犹诗人精于察物之语。"④ 此等描写不唯诗人"精于察物之语"，亦贺氏
善于体物之处也。贺氏调动自己生活实践中的经验，不仅点出了人们建造宫
室的热烈场景，甚至连工之用力、墙之坚固一并尽收眼底、包揽笔下，可谓
善于于细微处分析诗章。

2. 对闲笔写作技巧的分析

贺氏认为闲笔往往是诗的传神之处。他在《诗筏》中云："写生家每从闲
冷处传神，所谓'颊上加三毛'也。然须从面目颧颊上先着精彩，然后三毛
可加。近见诗家正意寥寥，专事闲语，譬如人无面目颧颊，但见三毛，不知
果为何物！"⑤ 闲冷的笔法如写生家"颊上加三毛"使人物传神的手法一样，
唯其闲冷，才能在不经意中调动读者的神经，引发读者的注意，"神"即呼之

---

① 《诗触》，第 589 下页。
② 《诗触》，第 595 上页。
③ 《诗触》，第 598 下页。
④ 《诗触》，第 634 下页。
⑤ 《清诗话续编·诗筏》，第 137 页。

欲出，故曰"从闲冷处传神"。贺氏对《小雅·出车》的第六章分析道：

　　　　六章因北归而举"春日"数语，点缀生色，甚有闲趣。①

这里的所谓闲趣，其实包括下面的含义：第一，诗的节奏由先前"维其棘矣"的战事的紧张危急状态、"仆夫况瘁"的战争的艰苦劳顿状况，转为战争结束、凯旋之节奏舒缓、环境平和的状态，诗中所写春日的美好，仓庚的鸣叫，采蘩姑娘的快乐融融，都是为营造一种欢快、恬然的情境来衬托南仲的功成归来。贺氏所说之"闲趣"就是指这种手法上的烘云托月与诗的节奏由疾到徐的变化。第二，采蘩之事，既可实有，也可虚拟，要之是为了烘托大将南仲这一人物而设的闲笔，并不见得实有其事，点缀而已。春光明媚，花草繁茂，禽鸟好音，无非是营造快乐祥和的氛围与环境罢了，也都是为点缀南仲这一人物而设，故曰"闲趣"，这正是闲笔的妙用。

　　贺氏对《芣苢》的分析，也表达了对这种闲冷之笔的欣赏："妇人自乐有子，此何与于后妃？正在闲冷之中想出大和景象，如一幅游春图，淡淡数笔而已。"②贺氏认为不直接说天下大和而从对女子闲适的游春之景的描绘中，自脱出和乐景象，是一种从侧面写来不露正意的写法，而正意已然寓于其中。贺氏将"采芣苢"与"大和景象"联系起来，略有牵强之感，但对这种写法的分析理解也颇具意味，能给人以某种启发。再看他对《豳风·七月》的分析："'春日载阳，有鸣仓庚'二句，诗情闲冷，如见女子在桑荫下，日暖莺和，景色动人。懿，美也，筐而言懿，亦诗人点缀语。执懿筐，遵微行，求柔桑，想见女子性情，旁求博择，唯恐不广，唯恐不好之意。'迟迟'言春日之长也，'迟迟'字着在桑女上，便觉冷妙，若以言农夫则无味矣。首章末句言田畯之喜，此言桑女之悲，悲喜无端，妙不可言。'采蘩'与'公子同归'何涉？诗人之言，离合断续，不可思议。言治葛而忽及归宁父母，言蚕桑而忽及公子同归，俱于不相涉处映带生情，此法惟汉魏人知之，若云女子将嫁，故及时蚕桑以为衾具，则同痴人说梦矣。"③贺氏主张从对诗的整体感知上着眼，强调诗中的人物要与境合。如认为"女子"与"懿筐"相谐，可以相互

---

　　① 《诗触》，第580上页。
　　② 《诗触》，第496上页。
　　③ 《诗触》，第563上页。

映带生情，"迟迟"言春日温暖而昼长，诗中有画，与桑女一起构成一幅美丽的画图，若言农夫则人物与诗境不相合矣。再就是贺氏认为对"女子之悲"与"公子同归"的关系都不要坐实去理解，无非诗人离合断续、变化无端、妙不可言、映带生情的写法而已，若要理解为女子将嫁而"及时蚕桑以为奁具"，则必陷于高叟之固，与诗境不合。贺氏很推崇以上所分析的闲冷的美学境界，而这种境界的产生恰恰在于诗人使用了闲笔的点缀，贺氏对此的分析体会极确切。

对细节与闲笔的分析，是重在从写法、技巧的角度去分析诗，需要分析者自身有一定的创作体会与创作经验才能分析得如此精当。而贺氏从小被目为神童，诗文写作的天分决定了他对诗的技巧分析如此精辟准确。

（五）以"厚"的美学范畴说诗

贺氏在《诗筏》中曰："'厚'之一言，可蔽《风》、《雅》。"① 他对"厚"的美学境界很推崇，并将它一以贯之在《诗触》中。贺氏在《诗触》里谈及天籁之音："今夫风蓬蓬而起，不知其来，不知其止，而天籁之音作焉。使徒于山林之隈崖，大木百围之窍穴，而求所为似鼻似口者而曰风也，风岂在是哉？知《风》之所以为《风》，而《雅》之所以为《雅》，《颂》之所以为《颂》者，夫亦愈可相推而论矣"。② 贺氏这里所看重的"天籁之音"应该是本色、自然、富有真情之作，这样的"天籁之音"即具有"厚"的美学特征。

1. 推崇不怨之怨、不刺之刺的笔法

贺氏所指的"厚"的美学范畴，有儒家诗教的温柔敦厚之意，在《诗》解中常表现为"不怨之怨"与"不刺之刺"。在对《载驱》一诗的分析中，他明确提出"不刺之刺"的手法，"'簟笰朱鞹，四骊垂辔'，是何妆束？'鲁道有荡'，是何通衢？'行人彭彭儦儦'，是何耳目？诗中一概铺叙，不刺似刺，刺似不刺，不言似言，言似不言，所以谓风人也。"③ 在对《桧风·隰有苌楚》的分析中亦可以看出对"不怨之怨"这一美学风尚的推崇："有生之

---

① 《清诗话续编·诗筏》，第 136 页。
② 《诗触》，第 489 上页。
③ 《诗触》，第 538 下页。

所以可乐者，以其有知有家有室耳；生于愁苦，则曾无知无室无家者之不若也。然诗意含蓄，不言疾君，亦不言伤己，但举苌楚一再欣羡，而哀怨烦苦之思，已自不忍见闻矣。"① 不言怨怒，不言自伤，只说羡慕苌楚之无知无识，而己之有知有识反不若苌楚之无知无识，不言自伤而自伤之意自见。由释文可以看出贺氏对这种不怨之怨的含蓄风格的欣赏。对《君子偕老》一诗结尾"邦之媛也"一句，贺氏分析道："四字意味悠长，朱注有'无德有色'之语，虽诗人所不言，然其意已足，亦不必言矣。"② 贺氏认为诗中所用为反讽的手法，终不直言，亦不说破，但所蕴蓄的含蓄之意已在其中，唯其不注破，故更具婉讽之效果。

2. 善于体味委婉蕴藉的言外之意

贺氏在《诗筏》中对司空图的"韵外之致"很是推崇，认为诗要有言外之意，要含蓄委婉，蕴藉风流，表现在说《诗》上，就是他对蕴藉风流之诗格外推崇。他曾在《诗筏》中明确提出"诗以蕴藉为主"③ 的主张。在对《黍离》的分析中亦可以看出："此诗妙在感慨无端，不露正意。'靡靡摇摇'，'如醉如噎'，描写愁人无聊之状如将见之。"④ 不露正意，即不露"宗周"之意，正是其蕴藉委婉处。接着分析周人自东迁之后人们早已"无复宗庙宫室之痛"，故诗人在《黍离》中不能直言自己所忧何事，"但呼苍天而诉之耳，'此何人哉'四字悠然情深，盖心知致乱之人而不欲斥言也。"⑤ 指出这种"不斥言"但感慨无限的蕴藉之美。贺氏在《东山》中分析"独宿"的言外之旨曰："在三军之中而曰'独宿'，言外之情可思；'亦在'二字，自幸生全，出于望外，语婉而深。"⑥ 虽处三军之中，然与家乡远隔万水千山，夜深人静之时、思亲难耐之际，内心的孤独寂寞无处言说，故曰"独宿"；清晨醒来，发现自己还完好地活着，也许在睡梦中都常有面对危险、死亡的恐惧，故"亦在"中包含几多"尚存"的庆幸。贺氏对这些言外之意的体味可谓细腻而准确。而"夏日冬夜，言其长也，思者无时不思，然在长昼永夜，

① 《诗触》，第 557 下页。
② 《诗触》，第 515 下页。
③ 《清诗话续编·诗筏》，第 135 页。
④ 《诗触》，第 525 上页。
⑤ 《诗触》，第 525 上页。
⑥ 《诗触》，第 565 下页。

倍增无聊，举夏冬日夜则春秋可知。只此六字不言及思，而思中苦境已备矣"①。贺氏对《葛生》中不直言思念，而思念的苦境无处不在、无时不在的写法很推崇，读出了无言之外的有言，对思妇思念之苦情可谓体察入微。总之，贺氏对这种感慨无端、不露痕迹、委婉蕴藉的诗作的欣赏，与他对"厚"的美学范畴的推崇有很大的关系。

3. 对浅、淡的美学风格的推崇

"厚"与浅、淡之类概念本是对立的，但贺氏却认为它们是可以统一起来的。他非常欣赏淡而有味、浅处见深的作品。他在《诗筏》一书中云："陶元亮诗淡而不厌。何以不厌？厚为之也。诗固有浓而薄，淡而厚者矣。"② 由此可知，"淡"要以"厚"为养料方可有味，从这一点去理解，浅可深，淡即厚矣。

"'苟无饥渴'，浅而有味，闺阁中人不能深知栉风沐雨之劳，所念者饥渴而已。此句不言思而思已切矣"③，这里意在说明那些深切的思念无非寄寓于寻常细微之处、日常琐事之中，故云"浅而有味"。其实这里平常细琐之中正蕴含无限真情，也正因为怀人者心中有真情，才能于极细微处传达自己的思念。《召南·甘棠》的释文曰："爱其人故及其树，乃不言爱其人而言爱树，其意自深，非若今人称功颂德、铺张扬厉，其意反浅也。"④ 这里贺氏很称赏这种"美召伯"而不直言之的笔法，可以看出他对《凡例》中所主张的"不直言之，而曲言之"的写法的推崇，即不主张铺张扬厉、大事渲染的写法，只平常道来便好。在《小雅·棠棣》中论浅深之意曰："'阋墙'非兄弟之良者也，及至外侮之来，则舍小忿而争大义矣。""妙在将'良朋'二字抬高朋友一层，将'阋墙'一事放低兄弟一层。又妙将死丧大故渐说到患难，又渐说到外侮、他人，由浅入深，语愈深而意反浅。此由深入浅，语愈浅而意愈深。"⑤ 即使是兄弟关系不良者，等到外侮来临、死丧变故发生之时，都会比良朋更可依赖，良朋只能浩叹，兄弟会为之赴难。这些浅显的道理一经说出，便有种发人深省的力量，这一切叙说都缘于深谙"凡今之人，莫如兄弟"之

---

① 《诗触》，第547上页。
② 《清诗话续编·诗筏》，第137页。
③ 《诗触》，第525下页。
④ 《诗触》，第499上页。
⑤ 《诗触》，第575下页。

诗旨，有语浅意深之妙。

4. 对无言之言境界的推崇

《诗触·国风论二》中对"有言之言"与"无言之言"进行了分析："孔子所谓可以兴可以观可以群可以怨，迩之事父，远之事君者，《诗》之为诗而有言之诗所以为无言之诗也。今观《三百篇》中或远言之而近，或微言之而彰，或曲言之而直，或浅言之而深，或在彼言之而在此。所谓远言之、微言之、曲言之、浅言之、在彼言之者，有言之言也；远而近、微而彰、曲而直、浅而深、在彼言之而在此，则非有言之言而无言之言也。……惟其无言，故言不可胜穷矣。"① 在这段论述中，贺氏表达了对"无言之言"境界的推崇。他在对《硕人》与《君子偕老》的分析中谈及了"无言之言"的妙处："全诗（《硕人》）层层夸诩赞叹，而庄姜之可悯与诗人所以悯之之意不言而喻。《君子偕老》篇亦但将宣姜夸诩赞叹，而宣姜之可丑与诗人所以丑之之意不言而喻。若谓他人之失宠不足悯也，以如此之人而失宠则深可悯也。他人之渎伦不足丑也，以如此之人而渎伦则深可丑也。其最赏心处乃其极伤心处耳。"② 贺氏在《卢令》中曰："《三百篇》不在字句而在无字无句也。"③ 这些地方都反映出贺氏对无言之言的艺术之美的赞叹。贺氏对《小雅·棠棣》中的无字处皆能分析出有字来："急难之事，即良朋有气谊者，尚付之'浩叹'，势利之交可知矣。"④ 诗中只提到"良朋"，未及"势利之交"，贺氏则深入一层想见之。对《猗嗟》的分析亦可以看出对不必说出的妙处的体悟："'展我甥兮'，虽属微词，然不必凿破，凿则呆矣；'以御乱兮'，言外之意，亦不必说出，大凡诗人妙处在不可说，其可说者皆非诗也。"⑤ 贺氏认为《猗嗟》诗中赞叹语之外的微讽意味，诗人愈是不直接说出，愈是显示出立言之妙。以上这些分析都反映出贺氏对"无言之言"、言有尽而意无穷的境界的推崇。

（六）注意章句的分析

贺氏也与其他说《诗》者一样，会对《诗经》的章句、句法、用字、谋

---

① 《诗触·国风论二》，第488下页。
② 《诗触》，第521上页。
③ 《诗触》，第538上页。
④ 《诗触》，第575下页。
⑤ 《诗触》，第539上页。

篇布局予以分析，所有这些分析也多是从文学的角度去进行观照的。对章句的分析，有对全诗的串讲分析，如对《小雅·渐渐之石》的逐章分析：

> 首章前二句言其险也，次二句言其远也。渐渐高石，非攀援不可登也，况所历之途，山尽则水断之，水穷则山隔之，山川相间又悠远而不可极乎。此武人东征所以戴星栉沐而"不遑朝"也。"不遑朝"语意最苦，朝且不遑，何暇寝食启处乎？次章即前篇之意而深言之，卒者，山巅之末，险而可畏，又甚于高矣。没则深菁悬峒，杳眇无际，又甚于劳矣。"不遑出"谓但见其入不见其出，又甚于"不遑朝矣"，末章又举征途之极苦者言之，盖征途遇雨已苦矣，况履险陟远又值积雨滂沱，其苦更倍也，"不遑他"谓但知有征役而不遑及他也。凡行役之诗，多念其父母妻子，如《鸨羽》、《扬之水》诸篇是也。此则不言父母妻子，但备写其险远之状而已。险远劳苦如此，身且不保，遑及其他。以为我之父母妻子皆他也，盖伤心愈深矣。①

贺氏对行役之劳苦进行了逐章分析，既有对诗的结构关系的分析，也有对诗意理解的阐释，层层深入，并与同题材的《鸨羽》《扬之水》进行比较，以言其劳苦之甚，自身不保的情况下更无暇顾及父母妻子。这种对章句的逐章分析既让人明了诗的前后勾连、逐层深入的结构关系，又点明了诗中的言外之意，能使人更深入地理解诗意。

《小雅·北山》为叹劳役不均之诗，在通篇的章句分析中，贺氏紧扣诗意，进行了点拨分析：

> 二、三章叹独劳也，不言独劳而言独贤，寓意深婉。"嘉我未老，鲜我方将，膂力方刚，经营四方"，又将独贤意而畅言之，诗意本言劳役不均，而诗词似夸似喜，其怨叹伤嗟之情皆以感恩知己之语出之，占地甚高，立意甚厚。四、五、六章又递相比勘，以见不均之意。言虽重，辞虽复，而终无一语怨王，此所谓可以怨也。然其妙尤在将"劳佚"二意演为十二句，于"劳"字一边不甚形容，独于"佚"处极力刻画，似赞似羡，以志不平。如"燕燕居息"，燕而又燕，安之甚也；"偃息在床"，高卧而废人事，

---

① 《诗触》，第 629 下页。

又甚于居息矣；"不知叫号"，深居不闻人语，无复知世间有愁苦叫号之声，又甚于在床矣。"栖迟偃仰"，疲于佚也，盖佚者之疲于佚，亦犹劳者之疲于劳，终日饱食熟寐，恹恹困人，如病如痴，故栖迟游衍。或偃或仰，使其筋骨脉络鼓舞摇荡，以舒其惰窳之气也，又甚于"不知叫号"矣。"湛乐饮酒"则歌舞沉湎逍遥醉乡，又甚于栖迟偃仰矣，出入讽议则不独居己于事外也，且以事外而弹射事中之是非，盖优闲之人无处栖心，故其一出一入惟以讽议他人为事，则又甚于"湛乐饮酒"矣。①

这段关于章句的分析，既有对含蓄蕴藉风格的分析，又有对用字之妙的分析，还有整体谋篇布局的分析，细致精当，层层递进，将劳逸判然之情状一一拈出再现，将言外之意予以揭示。经过这样对章句的分析，对诗意的把握就更深入了。

贺氏还常用片语只言对诗中最紧要处予以点拨。如《豳风·鸱鸮》一诗，贺氏按此诗为周公所作，"盖是时不利孺子之言流布国中，举朝之人亦有从而疑公者，风雨飘摇盖指是辈，故此句乃一篇之警策，与首章'鸱鸮'四句暗相呼应，不可略也。"② 按诗为周公作，盖从《尚书·金縢》，而《尚书·金縢》已被证为伪作，故诗中所指何人何事，不能确定。但贺氏对诗的结构把握还是很有启发性的。

再有，对长诗《七月》和《绵》的谋篇布局的分析，只寥寥几句，却深中肯綮：

篇中皆以月纪事，或略言之，或详言之，或重复言之，或颠倒错综言之，或隐言之者，蚕月条桑是也，或更端言之者，"一之日，二之日，四之日"是也，其点缀变化之妙如鱼龙出没，不可端倪。③

言大王未毕，蓦渡文王，蛛丝马迹，妙在无痕。中间暗补王季，草蛇灰线，妙在不露。岐周渐盛，生齿渐繁，他人累言不尽者，此则罕誉而喻，但从木拔道通轻轻写出，其辞简而意已尽。……蹶生者，勃然奋出，正与首章初生意映带生情，且以终"瓜瓞"之喻，殊觉隽冷有味。④

---

① 《诗触》，第 611 上下页。
② 《诗触》，第 564 下页。
③ 《诗触》，第 563 上页。
④ 《诗触》，第 635 上页。

杨柳即采薇之时，雨雪即暮止之时，首尾暗相呼应。①

此处对长诗《七月》的谋篇布局也是从寥寥几句，却将叙事之法、技法之妙轻轻拈出，点评精当；对《绵》用笔精微处，结构高妙处，一经分析，让人心生会意，颇受启发；《采薇》中只此一句评点即让人感觉出行役的时间之久与诗人别具匠心的结构安排之妙。

贺氏对诗中不为人注意的隐微之处的精当分析，往往能提起人的注意，引发"陌生化"的感觉，牵引人的情思去体会立言之妙。如对《东山》的分析："'制彼裳衣'二句悲中暗喜，情景可掬。语意未竟，无端忽及'蜎蜎者蠋'，与上文全不相蒙，若合若离，若远若近，如云隔山腰，石断水波，其妙难言。"② 正是当"曰归"的消息乍来之时，往日风餐露宿的辛酸不由得浮现在脑海里，故曰"蜎蜎者蠋"，似乎与上文"全不相蒙"，实际乃情之必然，故方曰"若合若离""石断水波""其妙难言"。贺氏这些分析，能启发人思考诗语妙在何处，若不经这样的分析，这些地方常常会在阅读中滑过去，不视为问题，也没觉出有什么妙处。

三、对《诗经》学史上焦点问题的观点

（一）对《序》的态度

1. 尊《序》的首句

贺贻孙尊《序》发端一语，认为续《序》是汉儒附会而不予重视。在《凡例》中他清晰地表明了这一点："是编虽从《序》说，然以古《序》发端一语为正，自发端一语外，皆汉儒续增，原非古《序》，盖毛、卫辈所得于师说者，与《序》旨离合各半，毛《传》、郑《笺》亦递有得失，余故斟酌从之。"③ 接着又在《南陔六诗论一》中说："南陔六诗至秦而亡，今所存者古《序》发端一语而已，自古《序》外，汉儒未尝赘焉。以是知六诗之《序》独古也，《诗》三百一十有一篇存者三百五篇，汉儒皆于古《序》之外引而

---

① 《诗触》，第 579 上页。
② 《诗触》，第 565 下页。
③ 《诗触·凡例》，第 486 上页。

伸之，往往牵合附会，有害诗意，盖自二毛以来及于卫宏，皆以讲师所说递相传授，各汇所闻，补缀于古《序》之后，延习既久，皆称为西河所授，不能复辨其非矣。不知古人作《序》，语短而意长，辞质而旨奥。"① 关于贺氏尊《序》首句这一点，要与明代的学术大环境相结合去理解。明代的科举考试将《大全》悬为功令，朱子理学被奉为官学，士子皓首穷经为功名，读书人于《诗经》学，也不过是研习朱子的《集传》与《大全》而已，废弃古注疏不读，《小序》、毛郑亦皆在废弃不读之列。而贺氏《凡例》所云"毛《传》、郑《笺》亦递有得失，余故斟酌从之"，并主"尊《序》发端一语"，其实已经具有汉、宋融通的倾向，故其意义不可小觑。它实际上反映了当时学术风气的转变问题。对贺氏尊《小序》首句的意义，费振刚先生认为这"无疑是对宋学末流的有力反动，是汉学复兴的一个表征"②。费先生对这种学术风气的变化把握及评价是极有见地的。在贺氏之前的郝敬所著《毛诗原解》，"大指在驳朱《传》改序之非，于《小序》又惟以卷首一句为据。"③ 成书于万历乙卯年间的沈守正所著的《诗经说通》，"其说颇以朱《传》废《序》为非。"④ 张次仲《待轩诗记》"大抵用苏辙之例。以《小序》首句为据"⑤。万历朝人陆化熙《诗通》自《序》云："朱注所不满人意者，止因忽于所谓微言托言，致变风刺淫之语概认为淫，变雅近美之刺即判为美耳。故《传》中于郑、卫之诗，多存《小序》。"⑥ 这说明陆化熙对朱熹的"淫诗"说、美刺的观点都表示怀疑，对《序》的态度则是多存《小序》。这些信息汇辑起来更能说明，"尊序"、反对朱《传》不是一个偶然个体现象，而是代表着一种学术风气的转变。

有时贺氏也承认续《序》有合理之处。他曾在《小雅·小弁》的释文中曰："及诵《小弁》之篇，知续《序》之有不可废者。"⑦ 在《小雅·六月》中又云："凡诸续《序》义隘而偏，辞滞而拙，殊不似先秦人语。独此《序》与《东山》篇续语则辞义俱达，若皆如此，即以为子夏所作，谁敢疑之？大

① 《诗触》，第 571 上页。
② 费振刚：《贺贻孙〈诗触〉研究》，《第 2 届诗经国际学术研讨会论文集》，第 456—457 页。
③ 《四库全书总目》，第 140 页。
④ 《四库全书总目》，第 140 页。
⑤ 《四库全书总目》，第 130 页。
⑥ 《四库全书总目》，第 141 页。
⑦ 《诗触》，第 603 上页。

约续《序》非尽无其本，因汉之讲师谬为附益，遂真伪混淆耳。"① 贺氏认为《东山》和《六月》之续《序》从辞气、内容上均似子夏所为，从而断定续《序》亦非尽无本矣，但他也未能举出其他可资依赖的证据，只是从辞气上加以判定罢了。

2. 尊《序》导致对《诗》的附会解释

贺氏的尊《序》有时会导致他在理解诗意时的牵强附会。对《将仲子》一诗，朱子以为"淫奔"之诗，是看出了它写爱情的一面，但斥为"淫奔"，又显示出其作为道学家卫道的一面。姚际恒《诗经通论》同意"淫诗"说，因"此诗言郑事多不合"②，并且认为："此虽为淫，然女子为此婉转之辞以谢男子，而以父母、诸兄及人言为可畏，大有廉耻，又岂得为淫者哉？"③ 现在多解为情歌，是反映礼教和爱情的冲突下，女子婉拒男子之诗。而贺氏受《序》"刺庄公"的拘牵，认为"'树杞'、'树桑'、'树檀'指大叔也，'折我树杞'谓蔡仲谏而欲去之也。事关骨肉，姑为隐语以示意耳。父母暗指姜氏，诸兄谓公族，人言国人之言也"。④ 将这首爱情诗进行如此牵强附会的理解，不免让人发笑。对《齐风·鸡鸣》一诗，《序》曰："思贤臣也。"续《序》曰："齐哀公荒淫怠慢，故陈贤妃警诫之道焉。"由于作者一味拘牵《序》对诗之主旨的规定，于是产生"岂有君未视朝而群臣遽归者"的疑问，认为诗中"会且归矣"是"故设不必然之想"⑤，这里对诗旨的理解亦有些牵强附会，其实此诗题旨还是按方玉润的理解更为合理："此正士大夫之家，鸡鸣待旦，贤妇关心，常恐早朝迟误有累慎德。不惟人憎夫子，且及其妇，故尤为关心，时存警畏，不敢留于逸欲也。"⑥《秦风·晨风》的题旨，朱熹认为是妇人思夫之诗，此本合诗意，但贺氏认为："虽亦有致，然非《序》意矣。"贺氏认为其违背《序》意而不取。

3. 斥《子贡诗传》为伪作

贺氏《邶风鄘风论》里谈到怀疑《子贡诗传》为伪作问题。他首先举季

---

① 《诗触》，第585上页。

② （清）姚际恒：《诗经通论》，北京：中华书局，1958年，第101页。

③ （清）姚际恒：《诗经通论》，北京：中华书局，1958年，第101页。

④ 《诗触》，第529下页。

⑤ 《诗触》，第536上页。

⑥ （清）方玉润著，李先耕点校：《诗经原始》，北京：中华书局，1986年，第229页。

札观乐说明《邶》《鄘》二风是卫诗："季札在鲁，请观周乐，工为之歌邶鄘，曰：美哉，渊乎忧而不困者也，吾闻卫康叔武公之德如是，其《卫风》乎？以是知邶鄘之皆为卫诗。"① 接着又批评以己意探求圣人之意的附会做法："其说非自《毛传》始也，后之疑《毛传》者，并古《序》而疑之，谓邶鄘既言卫事，何不并称《卫风》也？思其说而不得，遂以己意深求圣人曰：此夫子作《春秋》微词，所以惩兼并、志首恶耳。"② 接着就对那些明知此类探求圣人之意的做法为非却推波助澜之人进行批评："于是有黠者心知其非而欲有以胜之，乃伪为《子贡传》以敌子夏，复为《申公说》以敌《毛传》，遂称管叔为邶侯，霍叔为鄘侯，取二国之诗传会武庚时事，凡自《柏舟》以下皆曰此为三叔而作也。盖尝考之史传，武王克殷已封三叔于管、蔡、霍三国矣。《左传》曰：管蔡郕霍，文之昭也。《汉书》云：邶以封武庚，三叔监之，无所谓邶侯鄘侯者，其说牵合谬妄，无足深辨。所可笑者，端木、西河皆圣门可与言《诗》者，何以所学互相矛盾，且申公之业，私淑西河，何以叛西河而宗端木？自汉迄今，止传卜《序》，而子贡之《传》无闻焉，何以秦火以后至万历末季，而钟鼎篆书始焕然出自西蜀？况申公为鲁诗之祖，鲁诗亡于西晋久矣，唐宋以来，诗义林立，未闻有举及申说者，何以千百年后与端木之《传》一时并出，巧相符合乃尔哉？呜呼！西河一《序》自汉以来，家弦户诵，已非一日，后之学者犹不能无疑焉，况当诗学荒芜之日，而托为端木申公之言以簧鼓天下，其罪可胜言哉？"③ 首先，这段话以《汉书》为据，指出邶侯鄘侯之说有悖史实，又以子贡、子夏皆从夫子学诗，不该持论相悖；又以申公从子夏一派，何以放弃子夏之学而从子贡；又以鲁诗早已亡于西晋，何以与《子贡诗传》在千年之后又突然出现，以上述这些内容为依据，批驳子贡《诗传》为伪书。在这一时期，尊奉《子贡诗传》的还大有人在，贺氏的这些分析应是有感而发。其间，人们也有对此持怀疑态度的，但都没有很确切的证据。直到清初，毛奇龄撰写《诗传诗说驳议》对此进行了翔实的考辨。贺氏在子贡《诗传》和申公《诗说》的辨伪上，应该是走到了他们的前面。

---

① 《诗触·邶风鄘风论》，第503上页。
② 《诗触·邶风鄘风论》，第503上页。
③ 《诗触·邶风鄘风论》，第503上下页。

（二）对美刺问题的态度

贺氏在《诗触》中很注意美刺之辩，他从"不刺之刺"的角度曾提出《三百篇》皆刺诗的观点。贺氏认为"刺"就是通过讽谏的方法刺激人进行自省，并不是后来人们所主的讥笑、嘲讽之意。朱熹否定风诗"下刺上"的说法，贺氏对此批驳甚力。"且文公既虑轻浮险薄之足以害教，而不思男女淫奔之足以乱俗，是犹医者恶钩吻之伤人而欲易以鸟喙也，可乎哉？至于《有狐》、《氓蚩》诸篇明明刺淫，而文公以为此淫人自为也。文公之意始终以刺之一语为轻浮险薄云耳。则夫风人之作固已蕴藉深厚，初未尝言淫者为何人，但使闻之者足以戒，而言之者无罪，夫何轻浮险薄之有？若必谓淫人自为之也，嗟乎，宣淫何事也，虽秽如宣姜、文姜、夏姬，未有自言其秽，即今平康勾栏之曲，亦未必其人自为之也。藉令有之，删诗之圣人，胡存此以辱风雅也哉？"① 贺氏反对朱熹认为刺诗"轻浮险薄"而有害于教化的说法，他认为朱熹所主的"淫诗"说比"刺诗"更为轻浮险薄、有伤教化，并且贺氏不主"淫诗"说，认为即使有淫诗，也早已被夫子删削不致有辱风雅。

贺氏花很长的篇幅论说的"不刺之刺"，实际是在谈诗的教化作用，今列举如下：

> 且文公所疑《小序》之说为以下刺上，轻浮险薄有伤温柔敦厚之旨者，是文公犹未深于刺之义也，夫文公知刺之为刺矣，抑知不刺之为刺哉？以不刺为刺者，主文而谲谏，言微而旨远，彼之所谓"轻浮险薄"者，我之所谓"温柔敦厚"也。姑置《雅》、《颂》而言《风》。《风》之中有刺今人者不刺今人而美古人，如《大车》，刺周大夫也，但言昔之大夫威能止奔而已。……有刺此人者不刺此人而美他人，如《伐檀》，刺贪也，言"不素飧者"之不贪，而贪者可勿问矣。……刺乱者不刺乱而刺致乱之形，如《清人》，刺郑文公也，则舍文公而叹军士之逍遥，谓军士之逍遥，文公为之也。刺致乱者亦不刺致乱而刺所乱之人，如《叔于田》刺郑武公也，则舍武公而夸叔段之服马饮酒，谓叔段之服马饮酒，武公骄之也。……凡若此类，指固不胜屈也，盖古之君子不忍绝人于善，

---

① 《诗触》，第489下页至490上页。

而又不能遽禁其不善，是故教化之所不能及则刑赏以励之，刑赏之不能励则廉耻以防之，廉耻之所不能防则是非以明之，是非之所不能明则讽谏以动之，微其词，隐其旨，吐而若茹，惜而若恨，惊而若疑，使他人见之闻之不知其为谁，而夫人见之闻之与后之类夫人者见之闻之，则泚然汗下，踧踖屏营而不能自容，非温柔敦厚之至，其孰能之哉？故有同一诗，歌于前为美，歌于后为刺者矣。①

其实朱熹的不主"刺诗"的说法，与他的理学体系的构建有关。他的思想体系作为封建社会的主流意识形态，时时要维护他的道学思想，尊尊亲亲君君臣臣是他的理论体系里最重要的纲纪，是天理，他要维护这个上下尊卑的等级秩序，不主张人们去打破它。而"下刺上"的说法在朱熹看来有碍于这一秩序的建立，故为其所不取。而贺贻孙生当明清鼎革之际，思以文学救世的思想不能说不存在，何况复社复兴古学的目的就是要创造一个"比隆三代"的理想社会。作为复社的一员，受此影响，他希望通过文学甚至治《诗》能唤起那些风痹不知痛痒的人们的意识。所以，很强调诗的美刺、教化作用。而他自幼有"神童"之称，有着很好的文学素养，这使得他很自然看出《诗》中的文学之美并予以分析。而作为传统的文人，他自然也会受到来自社会的影响，又不得不受《诗》之为"经"的种种影响，所以他尊《小序》首句，有时甚至到了牵强附会的程度，其中一个原因就是他能认识到《序》是用诗者之意，他很重视《诗》之用。在对《小雅·蓼莪》分析中提到了这一点，诗《序》认为是"刺幽王也"，贺氏说："刺幽王非作诗者本意，特《序》者从旁而抚时增思、感伤流连则以为孝子伤心之语，皆可以刺幽王也。"② 从这段释文中可以看出贺氏能够看出《序》是用诗者之意、非作诗者之意。而他对《序》的重视，恰恰从某种程度上反映出他对用诗的重视，对发挥诗的作用的重视。而他的"故有同一诗，歌于前为美，歌于后为刺者矣"③ 的说法更是从用诗的角度、就用诗的场合而言的。对诗的美刺的判定取决于时间的先后，作于后世的就是刺诗，这一点可从对《谷风》的分析中看出来："此朋友相怨之诗，作于幽王之世，则为刺幽王矣，盖风俗厚薄在于一

---

① 《诗触·国风论四》，第490—491页。
② 《诗触》，第608上页。
③ 《诗触·国风论四》，第491下页。

人，故曰'故旧不移则民不偷。'"① 从《鱼藻》的释文也可以看出这一点："序曰：刺幽王也。续《序》言万物失其性。王居镐京，将不能以自乐，故思古之武王焉。此诗朱子谓'诸侯美天子之诗'。而《序》言刺王也。盖幽王时，万物失其性，故举《鱼藻》之得性者为讽；幽王在镐京将不能自乐，故举武王在镐时之恺乐饮酒为讽，以诸侯美天子之诗而作于幽王时，则刺也。"② 从用诗的角度言诗，贺氏还主张对于同样题材内容的诗，若作者不同，美刺之意也不同，"凡征役愁苦之情出于征夫自言，皆刺诗也。使上之人以此恤之，则《出车》、《采薇》之篇矣。"③ 贺氏认为若是上作诗即是代为体恤下，视为美诗；若是诗人自作以抒哀怨愁苦之情，则为刺诗。这种绝对以时间先后来定诗的美刺或以作者不同来定美刺有时不免失之穿凿拘牵。与用诗内容相关，下面要谈的《国风》入乐的问题也是从这一角度而言的。

（三）对国风入乐问题的看法

贺贻孙认为《诗》都是入乐的。他在《诗触·凡例》中说："夫《三百篇》之诗皆乐章也。"④ 并对此解释道："古之为诗者，声以依永，歌以永言，律以和声，而乐作焉。"⑤ 认为不独《雅》《颂》"二南"是入乐的，十三《国风》都是入乐的。作者对此观点的证明主要是从采诗、用诗的角度来进行阐发："古人作诗不可入乐则不作也。夫十三国之诗，虽出民间之言，而岂皆民间之用哉？采之诸侯则诸侯用之矣，献之天子则天子用之矣。"⑥ 然后又借季札观乐的史实证明十三《国风》不是徒诗。"季札在鲁请观周乐，工为之歌《雅》、《颂》、'二南'与十三国之《风》，是时周乐皆在于鲁，故季札聘鲁，请而观之，使徒诗而不可以入乐，则何以皆谓之周乐。既非周乐矣，鲁安得而备之，鲁之工安得而歌之？"⑦ 作者引用季札观乐的先秦史实，有力地证明了十三《国风》是入乐的，不是徒诗。并认为"《诗》之为乐，犹汉魏之乐

---

① 《诗触》，第 607 下页。
② 《诗触》，第 623 下页。
③ 《诗触》，第 629 下页。
④ 《诗触·国风论一》，第 487 上页。
⑤ 《诗触·国风论一》，第 487 上页。
⑥ 《诗触·国风论一》，第 487 上页。
⑦ 《诗触·国风论一》，第 487 下页。

府宋之词元之南北曲也"①。接着他又引用先秦历史分析道:"昔者师乙谓子贡曰:'正直而静廉而谦者宜歌《风》',使徒诗不可以入乐,则将与村歌童谣与人之诵役者之讴等耳,何人不可以歌而必'正直而静廉而谦者'宜之哉?'"② 这里从先秦文献中所载的对歌《风》者的性情品质特征的分析,可推知《国风》在当时是入乐的。因为诗教是当时贵族教育的一项重要内容,诗的温柔敦厚被认为对人的性情起着很重要的作用,故当时人们很重视诗教的作用,而诗是与乐合一的,并且诗教与乐教共同服务于礼教。贺氏认为《风》《雅》《颂》的区分仍然是从用诗的不同所作的区分:"特其所用异宜,《雅》、《颂》用之朝廷祭祀燕享,《国风》兼用之燕享房中,至于民间之乐,间亦有之。乐有大小,而其不能无诗,一也。"③ 总之,诗都是入乐的。

贺氏还对"淫诗说"等其他一些敏感问题,表明了自己的态度,反对朱熹"淫诗"说的观点。对此,他从区分"郑声"与"郑诗"的角度作了辨析,这也是人们反对朱熹"淫诗说"常用的观点:"夫子尝谓郑声淫矣,但所谓郑声淫者,谓其声音淫滥如江河之水泛泛然无所底止,故曰'郑声好滥淫志',非谓郑卫诸诗所言皆男女淫奔之事也。"④ 其实,朱熹主"淫诗"说,恰恰反映出他读出《诗经》书写爱情的本质特点,只是斥爱情诗为"淫诗"有卫道之嫌。而贺氏对朱熹判定的所谓"淫诗"的诗旨,都遵从《序》说,并反对朱子曰:"如《将仲子》刺庄公也,而疑踰墙为私约;《子衿》刺学校废弛也,而疑'佻达'为风情;《有女同车》刺忽也,而疑舜华为妖冶。诸如此类,不可胜举。"⑤ 可以说贺氏的此类理解并不准确,这与他强调诗之用、重视强化《诗》的教化讽谏作用有一定关系。

再有就是对孔子是否"删诗"这一争论不休的问题,贺氏也表达了自己的看法。贺氏主孔子"删诗说"。他在反对"淫诗说"时,也以此作为一条依据:"删诗之圣人胡存此以辱风雅也哉?"⑥ 即认为即使有"淫诗",也早让夫子删去了。所删之余皆非淫诗也,这就说明他主"删诗说"。在《小明》

① 《诗触·国风论一》,第488上页。
② 《诗触·国风论一》,第488上页。
③ 《诗触·国风论一》,第488上页。
④ 《诗触·国风论三》,第489下页。
⑤ 《诗触·国风论三》,第489下页。
⑥ 《诗触》,第490上页。

一诗的释文中，他认为："其曰《小明》者，所以别于《大雅》之《大明》尔，亦犹《小旻》之别于《召旻》，无深意也。"①又引苏辙观点曰："《小旻》、《小宛》、《小弁》、《小明》四诗以'小'名篇，别其为《小雅》也，然《大雅宛》、《弁》独缺焉。'意者孔子删之矣。"②孔子删诗与否，一直是个争论不休的问题，今都以孔子曾整理《诗经》，而未曾删诗。贺氏对此引用他人成果并能出以己见，亦可以看出他治学上勤于学习、善于思考的一面。

①　《诗触》，第612下页。
②　《诗触》，第612下页。

第三章　复社文人科举类《诗经》学研究

——以顾梦麟《诗经说约》为中心的考察

　　顾梦麟（1585—1653），字麟士，号中庵，世称织帘先生，太仓双凤里人，崇祯副贡。著有《四书说约》，《诗经说约》二十八卷，《四书十一经通考》，《织帘居诗文集》，《中庵琐录》一卷，《韵珠》四卷，《双凤里志》八卷。对《诗经说约》，朱彝尊的《经义考》有著录。顾梦麟为人不喜请托干谒，沉静冲淡。诗文雅驯，他的诗歌被钱谦益目为"儒者之诗"①。而他之所以能为儒者之诗，和他有很深的经学根底是有关系的。钱谦益认为顾氏之学兼采汉宋，有独得之处："麟士于有宋诸儒之学，沉研钻极，已深知六经之旨归，而毛、郑之诗，专门名家，故其所得者为尤粹。"②

　　顾梦麟的《诗经说约》究竟是在明代什么样的学术背景下写就的，这样的学术背景注定了他怎样的学术追求，他又在什么样的指导思想下写成这部书，当时的学术氛围对他的研究产生了怎样的影响，他自身的学术素养与学术理念又使得他怎样突破时代的束缚去彰显自己的学术追求，他的《诗经说约》于后世的意义何在，这就是本章要研究的主要内容。只有弄清了这些问题，才能够给他的《诗经说约》在《诗经》学史上一个正确的定位，才能够准确地评价他的著述的意义所在。而所有这些问题的解决，需要首先还原顾梦麟《诗经说约》写定时的学术背景。

---

　　① （清）钱谦益：《牧斋有学集·顾麟士诗集序》卷一九，上海：上海古籍出版社，1996年，第823页。
　　② （清）钱谦益：《牧斋有学集·顾麟士诗集序》卷一九，上海：上海古籍出版社，1996年，第823页。

第一节　顾梦麟《诗经说约》成书的学术背景

一、儒学的国家化对《诗经》学的影响

朱元璋取得政权以后，在政治上实行集权政治，废丞相，置内阁，为大权独揽提供了可能，政治上的中央集权必然要求思想意识形态上的整齐划一。最终，朱明统治者确定将程朱理学作为统治人民的思想工具。朱元璋采用朱子理学作为官学也是有一个渐进的过程的，他也是由最初的杂采众家，到渐渐尊崇儒术的。《明史·解缙传》有载："一日，帝（明太祖）在大庖西室，谕缙：'朕与尔义则君臣，恩犹父子，当知无不言。'缙即日上封事万言，略曰：'……臣见陛下好观《说苑》、《韵府》杂书，与所谓《道德经》、《心经》者，臣窃谓其非所宜。《说苑》出于刘向，多战国纵横之论；《韵府》出元之阴氏，抄辑秽芜，略无可采。陛下若喜其便于检阅，则愿集一二志士儒英，臣请得执笔随其后。上溯唐、虞、夏、商、周、孔，下及关、闽、廉、洛，根实精明，随事类别，勒成一经，上接经史，岂非太平制作之一端欤！"①解缙深得明太祖信任，故他的这番话其实对明太祖的影响很大，这些影响为太祖确定儒学为正统，也为后来朱子理学的独尊打下了基础。

朱明王朝在取代元朝以后，一改元朝的做法，转而礼遇儒生。儒学必须通过儒者来传播、弘扬，儒生是将儒学进行最终转化的过渡人物或中间力量。儒者地位在元代十分低下，社会上有"九儒十丐"的说法。虽然儒学在元代也受重视，如元代的朱学成为官学，"定为国是"，科举考试一以朱子的《四书集注》及朱子对五经的传注为标准，但最终还是由于学术主体的不受重视而使得儒学的发展缺乏内在的主导力量。《明史·儒林传序》曰："明太祖起布衣，定天下，当干戈抢攘之时，所至征召耆儒，讲论道德，修明治术，兴起教化，焕乎成一代之宏规。"② 而朱学自身在有利于统治者统治方面，也有

---

① 《明史》卷一四七《解缙传》，第 4115—4116 页。
② 《明史》卷二八二《儒林传》，第 7221 页。

着其他学派无法比拟的优越性。统治者对朱学的需要，朱学自身对这种需要
的满足，二者相结合，使得朱子理学在明代的统治地位开始以合理的方式确
立下来，并使得儒者对朱学的阐发有了更为现实的意义。明初的文人又多是
在朱学的熏陶下成长起来的一代士人，正如《明史·儒林传序》所说，"明初
诸儒，皆朱子门人之支流余裔"①，而这些儒者在明朝建立发展的过程中，对
朱子理学最终成为国家的统治思想、成为主流意识形态，起到了承前启后的
衔接作用。他们对朱学的推崇自然会影响到明太祖的思想。朱元璋后来渐渐
以朱学为独尊，曾下诏"一宗朱子之书，令学者非五经孔孟之书不读，非濂、
洛、关、闽之学不讲"②。

　　为了巩固集权专制统治，朱明统治者利用朱子理学对人们的思想进行控
制禁锢，并且通过政策制度的形式保障对思想禁锢的实施。规定凡讲述程朱
以外之学及怀疑诽谤朱学的都要严加制裁。据载："永乐三年，饶州府儒士朱
友季著《书传》，专攻周、程、张、朱，献之朝，上命行人押回原籍，杖遣
之，焚其书。""成化二十年五月，无锡处士陈公懋删改四书朱子集注进呈，
命毁之，仍命有司治罪。"③　"嘉靖八年二月，太仆寺丞陈云章上所注诸书，
及《大学疑》、《中庸疑》、《夜思录》各一。上曰：'诸书姑收，其《学庸
疑》、《夜思录》即毁之，有踵之者罪不赦。'"④　朱明统治者通过严刑酷法来
保障思想上独尊朱子，学术上株守朱学。终有明一代，朱学始终处于官学的
地位，即便是心学盛行时期，也没能改变朱学的官学地位。这种独尊朱学的
局面必然导致学术缺乏自由，限制了创造的欲望，学术气氛沉闷死寂，最终
导致学术的僵化萎缩、空疏不实。

二、明代科举制度对《诗经》学研究的负面影响

　　朱元璋以布衣取天下，朱棣以燕王代皇帝，应该说他们都对自己的统治
有某种担心的成分在，都希望永葆自己独尊的地位，并希图用思想上的统治
使得他们的统治获得长治久安。而儒学的君君臣臣父父子子重等级、别尊卑

① 《明史》卷二八二《儒林传》，第 7222 页。
② （明）何乔远：《名山藏·儒林记》，转引自章权才《宋明经学史》第 276 页。
③ （明）沈德符：《万历野获编》卷二五《献书被斥篇》，北京：中华书局，1997 年，第 633 页。
④ 《万历野获编》卷二五《献书被斥篇》，第 634 页。

的思想理念，无疑成为他们巩固自己统治的最理想的学说，故自洪武到永乐年间，朱明统治者由力倡儒学到最终以程朱理学为独尊。到了永乐十二年（1414），明成祖朱棣为了以制度的形式保障朱学独尊的地位，颁布了"四书""五经""性理"三部《大全》。在《大全》的《御序》里他表明了借儒学来为其统治服务的目的。明成祖朱棣曾对这一目的直陈不讳：《大全》的颁布"非惟备览于经，实欲颁布于天下，俾人皆由于正路而学不惑于他歧，家孔孟而户程朱，必获真儒之用"。他想通过《大全》的颁行，"使人获睹经书之全，探见圣贤之蕴，由是穷理以明道，立诚以达本，修之于身，行之于家，用之于国而达之天下。使家不异政，国不殊俗，大回淳古之风，以绍先王之统，以成熙雍之治"①。这里所说的通过确立经学（实际上主要是朱子之学）为国家之学，让人在修齐治平的理想招引下追步科举考试、服务明王朝，并最终实现"家不异政，国不殊俗"的思想上的一统。而思想上的这种统一，对于统治者长治久安的统治是十分有利的。于是"乃者命编修'五经'、'四书'，集诸家传注而为《大全》，凡有发明经义者取之，悖于经义者去之"②。其实，这里所言的"发明"与"悖于"的判定，都是以朱子之学为最后的标准。而"不惑于他歧"实际上就是株守朱学，不能变通，更不容有异端思想产生。这样强制手段、利禄功名的引诱二者相结合，将学术与思想牢牢控制在朱学的范围内。而自由的空气才是学术繁荣的前提条件，明代这种将朱学奉为国家之学并以制度的形式保障其实行的方式，使得学术丧失了生机与活力，最终不免趋于保守与僵化。历代的统治者对经学的态度总是按照自己的需求进行取舍，对《大全》的何去何取亦体现着朱明统治者的价值取向。纵观《大全》都是以朱学为授受源流的，意味着统治阶级是取朱学来构建自己的思想统治体系。《大全》的编纂成功，意味着朱学统治地位的确立，朱学保守的特色可以说决定了明代中期以前经学研究的保守沉寂的学术风气。

故当《四书五经性理大全》颁布后，它不仅是以制度的形式规定了朱学的权威，并且是运用士子对功名的追求来笼络知识分子、控制知识分子的思想，修齐治平的追求让儒者愿意参加到政治体制中去从而趋步科举考试，而明代统治者又通过强化科举考试为官的权重，规定非科举出身不得为官，来

---

① 《明太宗实录》卷一六八。
② 《明太宗实录》卷一六八。

驱使士人以科举考试为正途。由于科举考试以《五经四书》《性理大全》的经解为考试的统一标准，不得对经义有发明议论，这就必然限制了应考者的思想自由，他们只能株守朱学，皓首穷经，却于经学鲜有发明。对此，《明史·儒林传序》评价道："有明诸儒，衍伊、洛之绪言，探性命之旨奥，锱铢或爽，遂启歧趋，袭谬承讹，指归弥远。至专门经训授受源流，则二百七十余年间，未闻以此名家者。经学非汉、唐之精专，性理袭宋、元之糟粕，论者谓科举盛而儒术微"①。从此，科举与治学分为两事，"自科举之学兴，而学与仕为二事，故以得第为士之终，而以服官为学之始。"② 对《大全》独尊朱学限制了学术自由带来的负面影响，侯外庐先生这样评价道："《大全》的编纂、颁行，标志着朱学统治的终于确立。朱学的成书编集在《大全》之中。朱学的理学思想被奉为'一道德而同风俗'的理论指导，八股取士，代圣贤立言，必须以《大全》为依据。读书人的头脑被《大全》所禁锢，在朱学以外要有所探讨、涉猎，就被斥为'杂览'而非'正学'。《大全》的颁行，其意义犹之汉武帝的'罢黜百家，独尊儒术。'③ 四库馆臣对《大全》评价道："明永乐间胡广等奉诏撰《四书大全》，阴据倪士毅旧本，潦草成书，而又不善于剽窃，庞杂割裂，痕迹显然。虽有明二百余年，悬为功令，然讲章一派，从此而开，庸陋相仍，遂以朱子之书，专为时文而设，而经义于是遂荒。"④ 顾炎武对《大全》的编纂批评道："当日儒臣奉旨修《四书五经大全》，颁餐钱，给笔札，书成之日，赐金迁秩，所费于国家者不知凡几。将谓此书既成，可以章一代教学之功，启百世儒林之绪，而仅取已成之书抄誊一过，上欺朝廷，下诳士子，唐宋之时有是事乎？岂非骨鲠之臣已空于建文之代，而制义初行，一时人士尽弃宋、元以来所传之实学，上下相蒙，以饕禄利，而莫之问也？呜呼！经学之废，实自此始。后之君子欲扫而更之，亦难乎其为力矣。"⑤ 何良俊通过对明太祖与明成祖对明代科举的不同态度的比较，表达了对明代后世科举带来的弊端的不满，他说："太祖时，士子经义皆用注疏，而

---

① 《明史》卷二八二《儒林传序》，第 7222 页。
② （明）归有光：《震川集》卷九《送王汝康会试序》，（台北）商务印书馆 1986 年影印文渊阁《四库全书》本。
③ 侯外庐等：《宋明理学史》，北京：人民出版社，1984 年，第 53 页。
④ 《四库全书总目》，第 308 页。
⑤ 《日知录集释》卷一八"四书五经大全"条，第 1043 页。

参以程朱传注。成祖既修《五经四书大全》之后，遂悉去汉儒之说，而专以程朱传注为主。夫汉儒去圣未远，学有专经，其传授岂无所据？况圣人之言广大渊微，岂后世之人单辞片语之所能尽。故不若但训诂其辞而由人体认，如佛家所谓误入。盖体认之功深，则其得之于心也固；得之于心固，则其施之于用也必不苟。自程朱之说出，将圣人之言死死说定，学者但据此略加敷衍，凑成八股，便取科第，而不知孔孟之书为何物矣。以此取士，而欲得天下之真才，其可得乎？"①　"今言学者拾宋人之绪言，不究古昔之妙论。始则尽扫百家而归之宋人，又尽扫宋人而归之朱子。"② 何良俊切中肯綮地指出了科举取士、《大全》颁行对经学研究的危害。在未颁行《大全》之前，科举取士有时也参以古注疏，所以应试的士子也会学习朱子以外的一些其他的传注；而到了以《大全》为考试的指定用书后，一切以《大全》为准绳，就不再参以其他注疏。而《大全》中的《诗经大全》全袭元代刘瑾的《诗经通释》，顾炎武在《日知录》中说："《诗经大全》则全袭元人刘瑾《诗传通释》，而改其中'愚按'二字为'安成刘氏曰'"。而刘瑾的《诗传通释》又是宗朱一派。这样应试的士子们为了达到科举及第的目的，不得不揣摩主考官的出题意图与个人好尚，不免会颠倒经与传的关系，以至"驱经从传"的现象出现就不足为奇了。

顾梦麟就是在明代这样的学术背景下写就了《诗经说约》。黄宗羲对《诗经说约》是这样评价的："数百年以来，推明其义者，《大全》以外，蔡虚斋之《蒙引》，陈子峰之《浅说》，林次崖之《存疑》，其书独传，以其牛毛茧丝，于朱子之所有者无余蕴；所无者无傿入也。然各自成书，意或骈拇，辞或枝指。又百年而麟士先生者出，融会诸书，削其繁芜，抉其隐伏，名之曰《说约》，自《说约》出，而诸书俱废。博士倚席而讲，诸生帖坐而听者，皆先生之说也。当是时，海内有文名之士，皆思立功于时艺，张天如（张溥）以注疏，杨维斗以王、唐，艾千子以欧、曾，仅风尚一时，惟先生之传久而不衰。"③ 黄宗羲指出了顾梦麟《诗经说约》在当时受欢迎的原因，是他能够汇通各家有益之说，阐发其隐含之意，帮助人们对经义进行理解。

---

① （明）何良俊：《四友斋丛说》卷三，北京：中华书局，1959 年，第 22 页。
② 《四友斋丛说》卷三，第 22—23 页。
③ （清）黄宗羲：《南雷文定后集》卷二《顾麟士先生墓志铭》，《丛书集成初编》本，第 24 页。

《诗经说约》作为"经生宝库",即便"垂髫粉子,亦知杨顾"① 的这样一部《诗经》学著作,它究竟按照怎样的体例编纂,又有怎样的治《诗》思想呢? 下文予以分析探讨。

第二节　《诗经说约》的著书目的、体例及治《诗》思想

一、《诗经说约》的著书目的与编纂体例

(一)《诗经说约》的著书目的

顾梦麟的《诗经说约》是为了科举考试而编写的应考教材。这一点从下面的记载可以看出来:"先生(杨廷枢)倡'应社'于吴中,评骘五经文字,张溥天如、朱隗云子主《易》,杨彝子常、顾梦麟麟士主《诗》,周铨简臣、周钟介生主《春秋》,张采受先、王启荣惠常主《礼记》,而先生(张溥)与嘉善钱枬彦林主《书》,后与复社、几社合。"② 应社是为揣摩科考而结成的文社,当时的科举考试实行五经分房考试,在应社的分工中,杨彝和顾梦麟分主《诗经》的阐释。可见,正是为了科举考试的目的,他们才编写了《诗经说约》。二人的《诗经说约》成书以后,影响很广泛,"自《说约》出,而诸书俱废。博士倚席而讲,诸生帖坐而听者,皆先生之说也。"③ 以至"垂髫粉子,亦知杨顾"。顾梦麟在《自序》中也清楚地表达了自己著书的目的,顾氏认为《诗经大全》与《四书大全》比较,"然《四书大全》之为数繁,繁则虽费料拣,已厌众观。《诗大全》略矣"④,有感于《诗大全》的简略,顾氏才编写《诗经说约》予以增补详赡。又鉴于"注疏最近古,其言冗长,不

---

① (清)黄宗羲:《南雷文定后集》卷二《顾麟士先生墓志铭》,《丛书集成初编》本,第 24 页。
② (清)朱彝尊著,黄君坦校点:《静志居诗话》下册卷二一"杨廷枢"条,北京:人民文学出版社,1990 年,第 641 页。
③ 《南雷文定后集》卷二,第 24 页。
④ 顾梦麟:《诗经说约·序》,上海:上海古籍出版社,2002 年,《续修四库全书》第 60 册,第 220 上页。

便童习"①，故顾氏想编纂一部《诗经》学著作，使其"庶几便稽览"②，"而求之海内，卒无其书，良由俗家既沿塾本，高明者又好论精微，不乐此屑屑诠解之事，故阙如也。"③ 而对书名何以称"说约"，顾氏《自序》中云："凡说之约不约由理之定不定言之，非以辞也。不见世之排斥紫阳、谯诃《集传》者乎？纵有当同文之世，持异说安之；不者，乃骑墙以为此之一说，彼又一说也，徒营耳目。此既称量划一，无所纷纶。隆万以降，世皆骛新学，于一篇或重一章数句，或重一字，不循条理，专事牵合，文体丧矣。一言正之曰：'有韵而后有诗，有诗而后有文，虽纵之横之冲之撞之无非诗，无非文也。'则提缀穿捕割裂之习，且尽废以为约，固说莫约斯者。"④ 对"说约"之名《续修四库全书》云："言约取其说之善者也。"⑤ 可见，他是在省察当时的《诗经》学著作没有很适合科举的用书，而欲编一部比古注疏更通俗好懂的、"称量划一"之作，才苦心经营而成是编的。

（二）《诗经说约》的编纂体例

顾梦麟的《诗经说约》写定于崇祯壬午（1642）年，共二十八卷，前有顾梦麟《自序》，阐发著书目的及著书方式。其中《国风》十卷，《小雅》八卷，《大雅》六卷，《颂》四卷。这部书内容上属于科考教材之列，体例上属汇辑类《诗经》学著作。对该书的体例及汇辑特征，《续修四库全书》曰："每篇首列经文，次摘采诸家之说，融汇训释，以归于至善。又次则附以己见，后训诂文字，或订正音读，或诠释诗旨，大抵皆以朱子《集传》为宗，而折衷于毛郑诸家之说。核其所取，虽仅采《集传》及《大全》合纂成书，然别择调和，颇具苦心，故其持论，类皆和平，能无区分门户之见，且又时时自出新论。"⑥ 这一点从他的《序》中也可以看出来："此当求初本，又合《传》、《笺》、《疏》及宋、元以来诸说家于紫阳学撰一者附丽焉。旁见侧出，令广所开发，其晷象、节候、疆域、谱系、礼乐、器物、卉木、禽虫，小注

---

① 《诗经说约·序》，《续修四库全书》第 60 册，第 219 上页。
② 《诗经说约·序》，《续修四库全书》第 60 册，第 220 下页。
③ 《诗经说约·序》，《续修四库全书》第 60 册，第 220 下页。
④ 《诗经说约·序》，《续修四库全书》第 60 册，第 223 上下页。
⑤ 《续修四库全书·经部·诗类》，北京：中华书局，1993 年，第 327 页。
⑥ 《续修四库全书·经部·诗类》，北京：中华书局，1993 年，第 327 页。

未具者，则采之《尚书》、《左氏传》、《国语》、'三礼'、《尔雅》诸编益拓其证据，庶几便稽览，而求之海内，卒无其书，良由俗家既沿塾本，高明者又好论精微，不乐此屑屑诠解之事，故阙如也。"① 他为汇辑此编，所采用的《诗经》学著作有：朱熹的《诗集传》，列于诸家之首，全文录述，还有散见于各篇的对《朱子语类》《诗序辩说》内容的援引；其次就是采用《诗经大全》之说。其他属汉学方面的著述有：《毛诗传笺》《郑笺》《孔疏》。宋学方面的有：欧阳修的《诗本义》，苏辙的《诗集传》，严粲的《诗缉》，吕祖谦的《吕氏家塾读诗记》，还有元代朱公迁的《诗经疏义》。对《诗集传》，顾氏常常通过朱熹在治《诗》过程中观点的前后变化来强调《诗集传》的正确，更主要的是从上述这些《诗》解著述里剔出能用来证明自己观点的材料。值得一提的是，他对当代的《诗经》学著作，予以积极借鉴，注意汲取其中的新观点。对此，由他对何楷《诗经世本古义》的借鉴可以见出，在《陈风·东门之池》的《诗》解中曰："何玄子先生近著世本古义也，然是书麟在壬午中夏始获见，辑本已至十七，刻本至八矣，故自九卷以下始稍增入，十八卷以下始得纂入。"② 于此可见他对当时的《诗经》学著作成果的积极汲取。还有对徐光启的《毛诗六帖讲意》的引用，对他的《诗经》的韵读及作文技法、诗旨阐发等方面内容多有借鉴；对冯应京的《六家诗名物疏》，顾氏常引此书上的名物疏证来补充朱熹及他著之不足；对丰坊的《鲁诗世学》，顾氏在分析《诗经》用韵时多有参考；还引用陆聚冈的《诗经讲义》的《诗》解内容。全书奉朱熹《集传》为准绳，尤其是对诗旨的阐发，都依从朱熹《集传》，他自己也说："麟此编无一敢与紫阳戾。"③

二、《诗经说约》的治《诗》思想

洪湛侯的《诗经学史》将顾梦麟的《诗经说约》定为辅翼《诗集传》一派。对明代朱熹学派的《诗经》学著作，洪湛侯评价不高，但对顾氏的《诗经说约》却刮目相看。他这样评价顾梦麟的著作："顾氏的《诗经说约》，确

---

① 《诗经说约·序》，《续修四库全书》第 60 册，第 220 上下页。
② 《诗经说约》，《续修四库全书》第 60 册，第 409 上页。
③ 《诗经说约》，《续修四库全书》第 60 册，第 433 上页。

较同时诸家为善，谓为明代朱学之鲁殿灵光，其庶几乎！"① 洪湛侯将顾梦麟的《诗经说约》比作"明代朱学之鲁殿灵光"，对其价值评判可谓相当高了。沙先一先生曾在其论文《顾梦麟〈诗经说约〉对朱熹〈诗集传〉的补充与纠正》中这样评价顾氏的《诗经说约》："顾梦麟的《诗经说约》在明代《诗经》学研究中较有影响，值得探讨的问题非止一二。"② 沙先生在这篇文章中就《诗经说约》对《诗集传》的补充与订正方面作了一些论述。现在，本节拟对顾氏的治《诗》思想作些探讨，以明了其治《诗》思想与明代所处的时代的关系，并最终确定它在明代《诗经》学研究中的地位。

顾梦麟的《诗经说约》是为科考而编写的《诗》解著作。朱彝尊在《经义考》中引吴周瑾语："是书亦举子兔园册也，然于经义颇有发明。"③ 虽界定了此书为科举考试服务的性质，但对其经义发明方面还是予以肯定的。《诗经说约》在编纂体例上不以一家之言为主，而是汇辑诸家之说，"大旨以诸家诗说，卷帙浩繁，难于披寻，因采择诸说，辑为一编，名曰'说约'。言约取其说之善者也。"④ 如果说选家选诗选文选取哪些、舍弃哪些本身能够反映出编选者的审美态度及诗学主张，同样，作为汇辑类的《诗》解著作，顾氏所汇辑的内容选取哪家、舍弃哪家，同样是取决于他的治《诗》思想。反过来说，通过他所汇辑厘定的《诗》解内容也能反映出他的治诗思想。既然是兔园之册、场屋之书，自然有服务科考的一些特征；而作为汇辑类的《诗》解著作，顾氏所持的观点除了从他所援引、汇辑的内容中看出来，还以"麟按"的方式予以直接阐释，故"麟按"的按语会更集中、更直接地反映出他的治《诗》思想。而作为科考类《诗经》学著作，它首先要服务于科举考试的目的。

（一）服务于科举的著书宗旨

明代的科举考试以八股取士，《明史·选举志二》云："科目者，沿唐宋

---

① 洪湛侯：《诗经学史》，北京：中华书局，2002 年，第 426 页。

② 沙先一：《顾梦麟〈诗经说约〉对朱熹〈诗集传〉的补充与纠正》，《古籍研究》2002 年第 2 期。

③ （清）朱彝尊著，林庆彰、杨晋龙等编审：《点校补正经义考》第四册，（台北）"中央研究院"、中国文哲研究所筹备处，1997 年，第 265 页。

④ 《续修四库全书·经部·诗类》，第 327 页。

之旧,而稍变其试士之法,专取四子书及《易》、《书》、《诗》、《春秋》、《礼记》五经命题试士。盖太祖与刘基所定。其文略仿宋经义,然代古人语气为之,体用排偶,谓之八股。通谓之制义。"① 又曰:"诸生应试之文,通谓之举业。四书义一道,二百字以上;经义一道,三百字以上。取书旨明晰而已,不尚华采也。"② 明代的八股取士是以制度的形式确定下来的。八股文又被称为时文、制艺、制义,当时书坊常专门搜集八股范文的房稿来刊刻,以供举子们研习,坊刻因此常能收到很好的效益,可见当时科举之盛。八股文规定文章由破题、承题、起讲、入手、起股、中股、后股、束股八部分组成。这就要求对文章的结构严格把握,而在《诗》解中强调段落转折、分截,能让士子们在写八股文时有所借鉴,故顾梦麟在《诗经说约》中常常用大量篇幅对此项内容进行详细分析。

基于八股文写作的要求,顾氏在解读《诗经说约》时,很注重分析《诗》的段落转折。而诗的段落转折有时与韵脚等紧密相连,所以顾氏在该书中非常看重对诗的分截、对韵脚的辨析。他认为《诗》不同于他书,意思的转换与韵脚常常密切相关,诗的正确分截也与正确理解诗意紧密相关,而正确的分截又会对科考八股文写作在结构上有可资借鉴的作用。他曾在《大雅·行苇》一章的《诗》说中,引庆源辅氏之语对《诗》的分截方法予以说明:"先儒分章之法,皆由不知比兴之体、音韵之节故也。"③ 顾氏接着说:"今人于《诗》不知段落转折者,其失亦同,故编中犹详于此。"④ 顾氏认为诗的分截、段落的转折虽然和意义相关,但在形式上往往表现为比兴手法的使用与音韵的变化,所以顾氏在书中对比兴之体与音韵的变化常有详细的分析。他对每一章的韵脚都予以注明,除参照朱子《集传》,还不时参定他书,如参照徐光启的《毛诗六帖讲意》与丰坊的《鲁诗世学》等书。

在《六月》中对"比物四骊,闲之维则"一章的分截进行分析,他认为《集传》的以"比物四骊"一句来对"闲之维则"一句,会与"维此六月,既成我服"有断开割裂之感,使"维此六月"二句有另外补充之意,因此认

---

① 《明史·选举志二》卷七一,第 6 册,第 1693 页。
② 《明史·选举志一》卷六九,第 6 册,第 1689 页。
③ 《诗经说约》,《续修四库全书》第 60 册,第 707 下页。
④ 《诗经说约》,《续修四库全书》第 60 册,第 707 下页。

为"王氏间架较胜也"。① 王氏《诗》解曰："'比物四骊，闲之维则'者，既言'四牡骙骙'矣，又追本其'比物而闲之'之事以美之也。'维此六月，既成我服'者，既言'载是常服'矣，又追本其成服之时以美之也。"② 王氏认为下文的"我服既成"直贯至"佐天子"自作一截说。应该说，王氏对诗意和结构的分析还是比较合理的，所以顾氏引之来说明诗的结构，甚至不惜舍弃了朱子的说法，可见他对此类分析的重视。接着他又总结这种分段方法："则又此篇六章分段概然，亦凡为八句之诗者，分段概然可类推云。"③ 他这类总结性的分段指导可以示士子以分段之法，有很强的可操作性，便于士子揣摩科考。

对《采芑》首章的分截分析道："首章与二章各十二句，凡四韵，以三句为一连，六句为一截，又一体也。"④ 接着，又指出这种体式常用于什么样的文体之中："古今人于谏祭之篇多有为之者。上六句以三句兴三句，易明也。其下六句亦以'方叔率止'至'翼翼'自作一连说，'路车有奭'至'（钩膺）鞗革'，又作一连说，勿混。"⑤ 顾梦麟就是根据韵意转换来给诗进行分截。顾氏在解《诗》时十分注意诗的韵和意之间的转折关系，对此常详细地做出分析，并批评许多人之所以对诗意的理解有误，"多缘不看韵脚"。

顾氏又结合比兴的起止与韵脚的变换对《采芑》的分截进行了如下分析："《采芑》此章（'鴥彼飞隼'章）亦断以六句为一截，三句为一连，谓兴独至末者，妄也。但后六句'鼓'自与'旅'叶，'渊'自与'阗'叶，韵脚又一变换耳。'隼之飞而戾天'以兴'其车三千'，'亦集爰止'兴'师干之试'，亦自可神会。……但后六句又是承此而详言之。故注曰'如下文所云'。既有下文，则前六句为上文，亦无疑矣。是注以兴师众之盛断，指'三千'句；而进退有节断，指'师干'句，'如下文所云'，则以该后六句，俱为无疑。读者无自生葛藤可也。"⑥ 顾氏不嫌烦琐对诗的分截进行如此详细的分析，可见他对此项内容的重视，其原因主要是为了满足科考的需要。接着又指出：

---

① 《诗经说约》，《续修四库全书》第 60 册，第 496 下页。
② 《诗经说约》，《续修四库全书》第 60 册，第 496 上页。
③ 《诗经说约》，《续修四库全书》第 60 册，第 496 下页。
④ 《诗经说约》，《续修四库全书》第 60 册，第 501 下页。
⑤ 《诗经说约》，《续修四库全书》第 60 册，第 501 下页。
⑥ 《诗经说约》，《续修四库全书》第 60 册，第 503 上页。

"此章（'蠢尔蛮邦'章）亦在六句截。"① 又将《采芑》与《周南·葛覃》的分截进行比较曰："《周南·葛覃》前二章亦三句一连，后一章又变为二句一连，但章各六句耳，然体与此篇颇得仿佛。"② 这种比较能够让人尽可能把握分截的规律，并使得此项分截的方法训练在前后的联系中不断得到巩固。对《鄘风·定之方中》篇，他分析道："此章（'升彼虚矣'章）注虽有'望景观卜'之说，不可分为四项作主，驱经从传，自戾语气。盖诗皆以两句为一连，四句为一截，而此篇各以上四句为一截，下三句又一截，判然分明，乱之则非也。"③ 顾氏曾在上文中指出了章有八句、诗四句为一截的分截方法，而对《鄘风·定之方中》章有七句的情况，他认为应当上四句为一截，下三句为一截。顾氏前面所讲的"两句为一连，四句为一截"的分法，主要是根据诗用韵的特点来分的。但这种分法有时也会显得绝对，对诗意的理解显得有机械、割裂之感。这也正是招致他人否定之处，如王夫之的《姜斋诗话》就批评顾氏云："近有吴中顾梦麟者，以帖括塾师之识说诗，遇转则割裂，别立一意。不以诗解诗，而以学究之陋解诗，令古人雅度微言，不相比附。陋于学诗，其弊必至于此。"④ 王夫之对顾氏的评价之所以持否定的态度，主要是不满于顾氏为科考服务的讲《诗》宗旨，对诗的分截失之机械割裂的做法。但是有一点需要指出的是，顾氏强调对诗意的把握应与对其他文体的意思把握不同，表明他看到了诗作为韵文的特点，对诗意的把握注重结合诗的韵脚转换去理解。这其实是把握住诗这种文体形式上的本质特点，应该予以肯定，而不能一概以"割裂"诗意而斥之为"学究之陋"。其实这恰恰是顾氏将《诗》视为"诗"、突破学究传统解经之陋的一个表现。当然也不否认，过于机械地拘牵于诗的几句一连、几句一转的规律，有时反而破坏了对诗意的理解。

顾氏解《诗》还非常重视对诗句从语气上进行揣摩。这种解《诗》方法也是与科考的要求密切相关的。由于八股文要求要"代古人语气为之"，故顾氏在《诗经说约》中非常注意对《诗》的语气进行揣摩分析。无论是援引他

---

① 《诗经说约》，《续修四库全书》第 60 册，第 504 上页。
② 《诗经说约》，《续修四库全书》第 60 册，第 504 上页。
③ 《诗经说约》，《续修四库全书》第 60 册，第 306 下页。
④ （清）王夫之著，舒芜校点：《姜斋诗话》，北京：人民文学出版社，1961 年，第 142 页。

人的观点，还是自己对《诗》的分析，都很注意语气与诗意必须相合。即便是《诗》的解释之言，不仅强调要意思相合，也要求语气与诗本意相贴。在《小雅·北山》中《集传》对"四牡彭彭，王事傍傍"中"彭彭"解释为"彭彭然，不得息也"，对"傍傍"解释为"傍傍然，不得已也"。① 对这一解释，顾梦麟作了这样的分析："'彭彭然不得息也，傍傍然不得已也'，《集传》二句亦本《毛传》。然毛氏因隶'四牡彭彭，王事傍傍'二句之下，故可云'彭彭然不得息也，傍傍然不得已也'，今为总注而但增二'也'字，即系'赋也'之下，两'然'字处既不作点，以两'也'字句又近秃，与'毁毁然痛也'亦同一，未皇简点之失。"② 顾氏对朱熹的注解分析细微到对语助词的运用上。这看似琐屑无益，却恰恰与当时对时文语气揣摩已成习惯这一事实紧密相关。长期受这种习气濡染，在思维上自然会关注《诗》解语气的衔接连贯问题，如所使用的语助词与诗的语气关系、上下文是否连贯等问题都会受到关注。故在今天看来似乎是细致到琐屑的地步，而在当时恰恰是《诗》解内容中的重要的一项。在揣摩朱注语气是否贴切方面，顾氏也常引他人的解释来予以参证，如在《陈风·泽陂》的《诗》解中引《六帖》中张叔翘语指出朱子的理解语气上不够贴切："思美人而不得见则忧伤之心将如之何？是以寤寐无为，而涕泗为之滂沱也。注似与诗文气不贴。"③ 顾氏认为此诗"叔翘说最是"④。张叔翘认为朱熹的注解与诗的语气不够契合贴切，顾氏认为张说为胜。为准确揣摩诗的语气，顾氏甚至不从朱子之解，可见，顾氏对《诗》解的语气揣摩是何等重视。但有时这种揣摩也会失之拘泥。如对《小雅·出车》的分析，他引《诗经通解》的分析曰："（'喓喓草虫'章）末二句乃王者想象出一时妇人思念之情，直说其又伐西戎而未归耳。注中'岂既却猃狁而旋师以伐昆夷也与'之云者，乃朱子疑意，作文不可用出。朱子见通篇皆为猃狁而发，至此章语室家之思乃及西戎，故云云。'岂'者且然而未必之辞，'与'者不敢质言之谓也。此乃朱子解诗之词，非室家口气。"⑤《诗经通解》认为此章是以室家口气写出的，而朱子注中的解诗语气是朱子代

---

① 《诗经说约》，《续修四库全书》第 60 册，第 582 下页。
② 《诗经说约》，《续修四库全书》第 60 册，第 582 下页。
③ 《诗经说约》，《续修四库全书》第 60 册，第 413 上页。
④ 《诗经说约》，《续修四库全书》第 60 册，第 413 上页。
⑤ 《诗经说约》，《续修四库全书》第 60 册，第 476 上下页。

为室家之思的疑问、揣摩之语，不是室家自语之词，故强调"作文不可用出"，也就是说在揣摩诗中语气作文而描摹室家口气时，不能掺入朱子语气。其实这章正是室家语气，只不过是朱子代为室家猜想之语气，然而理解为室家口气也不妨。这里为了强调服务于八股文写作的需求，显得有些拘泥。

为了服务于科举考试，顾氏在解《诗》时，还常常借解《诗》教人悟作文之法，这决定了他对与作文之法相关的解经内容很重视，有时甚至不惜长篇引载。如在《大雅·皇矣》中的《诗》解中，他不惜篇幅，引用徐光启的《毛诗六帖讲意》即是此种援引的典型例子，现列举如下：

> 《六帖》观"因心"句可见圣人但知天命而已，可让则让，不邀其名；可受则受，不避其迹。无意、无必、忘尔忘我。其于天显之爱，鞠子之哀，分毫无损，推而论之，尧、舜、禹之授受，其意亦只如是。
>
> 泰伯之让，仰体天心，实让也；使王季以形迹自疑，逊而不居，上逆天命，中坠先业，下违兄意，此为"因心"乎？此为不"因心"乎？惟一心相与，流通无间，故任而不让，受而不辞。
>
> 张叔翘曰：按王季之友爱其兄者，不拘拘于行迹间，故曰"因心"、"笃庆"、"锡光"，正所以成其"因心"之爱也，诗人立言有深意，人罕知之。
>
> 又曰：此诗三王各叙一段语，惟此叙王季处，上章接大王说下，与上文相联，下文又先插入文王以起后二段意，如此则血脉联贯，不极匝不突兀。此诗人行文妙处。
>
> 王季上承大王，下开文武，虽有其勤之绩，故无事实之可称。诗人颂述，但称其德而已。然只如此数语，岂不寂寥？诗人却从大王说到泰伯之让，直说到比于文王，施于孙子。他人枯淡处，他都翻出许多波浪，生出许多关节，如椽之笔也。此等处可悟作文之法。①

其实，作者用这么长的篇幅引徐光启的论述，就是为了让人"悟作文之法"。这段引用的文字中，前半部分可以帮助人揣摩圣贤的心理、气度以有益于作文时语气的揣摩，以便"代古人语气为之"；后边讲到诗的结构安排上如何血脉连贯，以显得不突兀，给作文结构以借鉴。这段引文还指出了诗在行文上

---

① 《诗经说约》，《续修四库全书》第 60 册，第 679 下页至 680 上页。

的妙处，亦可以给行文以借鉴，如怎样写才能显得不寂寥、不枯淡，有生气、有波浪。这段对《皇矣》的分析可以给人很多作文的启示。常读这样的分析性文字，自然会对士子在作文时于结构的把握与语气的揣摩有一定的帮助。

（二）诗旨上的宗朱倾向——"无一敢与紫阳戾"

前面已提到，洪湛侯在《诗经学史》中将顾梦麟的《诗经说约》定为辅翼朱熹一派，认为其"大抵皆以朱熹《集传》为宗。对毛、郑以及其他诸家之说，亦折衷别择，间有所采"①。顾梦麟在《豳风·七月》的释文中言："麟此编无一敢与紫阳戾，但以声韵论转折。"② 他在《诗经说约》的《序》里也曾谈到："又合传、笺、疏及宋、元以来诸说家于紫阳学揆一者附丽焉。"这里表明了自己所援引选取的内容的共同特点都是对朱熹的学说有所阐发的，表现出对朱子之学的尊崇与依从的态度。顾氏曾经对《集传》的名物训诂及字音、音韵方面表达了一些不同于朱熹的意见，有时甚至会以不客气的口气指出朱子之误，如"未皇简点之失"③，"自戾语气"④，"极是朱子草率处"⑤。那么，他为什么又说自己的《诗》解"无一敢与紫阳戾"呢？其实从科举教材的角度去理解这句话更容易明白。顾氏这样说无异于在讲自己的《诗》解是符合当时的"考试大纲"的，因为科举考试要以《大全》为标准，而《大全》又是遵从朱子的。故这里有宣明自己的《诗》解无违于科考宗旨之意。"无一敢与紫阳戾"的编纂思想的另一层面的意思，更多地是体现在其对诗旨的总体理解上，与朱熹的《诗集传》是绝对一致的。顾氏也会引毛《传》、郑《笺》的内容来解《诗》，但所引篇幅占总体比例较小，引孔《疏》次数很多，据沙先一考证，有365次之多。⑥ 但这些引述多是为阐发名物疏证服务的，在诗旨理解上很少采用毛《传》、郑《笺》、孔《疏》的观点。可以看出，顾氏在对诗旨的理解上，尤其是对诗旨的总体内容把握上，都是遵从朱熹的理解，尤其当朱熹的观点与《小序》相违逆时，顾氏更是于《集传》以外的经

---

① 《诗经学史》，第425页。
② 《诗经说约》，《续修四库全书》第60册，第433上页。
③ 《诗经说约》，《续修四库全书》第60册，第582下页。
④ 《诗经说约》，《续修四库全书》第60册，第306下页。
⑤ 《诗经说约》，《续修四库全书》第60册，第434下页。
⑥ 《顾梦麟〈诗经说约〉对朱熹〈诗集传〉的补充与纠正》，《古籍研究》2002年第2期。

义阐发不及一言，甚至常常不再援引其他《诗》解观点，而释文往往只录朱熹《集传》。即使引他人的《诗》解，也只在名物训诂上做些解释，而对于其他诸书对诗旨是如何理解的，顾氏都不予录入，这表现了他在诗旨理解上的绝对宗朱倾向。

顾氏在诗旨理解上"无一敢与紫阳戾"，在《诗》解中的表现之一就是回护朱注。对《山有枢》的末章"子有酒食，何不日鼓瑟，且以喜乐，且以永日？"朱熹解释曰："人多忧，则觉日短，饮食作乐，可以永长此日也。"[1]朱熹的注解"人多忧，则觉日短"引起张叔翘的驳斥，而顾梦麟则认为："亦不必拘，或只略去'人多忧'二句，只说后边的内容自无不可也。"[2] 但终不肯说"人多忧，则觉日短"之不妥。其实，人在忧愁的时候有度日如年之感，但觉日长，必无日短之理，这是每一个有这样生活经验的人都会有的感觉，但顾梦麟对朱熹此解却予以回护。

更为明显的对朱子之解的回护是，当《小序》与朱熹之解相左时，顾氏则必从朱子。朱熹的《诗》解时与《小序》不合，当朱熹对诗旨的理解与诗《序》不同时，顾氏总是遵从朱熹而对《小序》及他人的诗旨理解不予采纳。比如，对《邶风·终风》，诗《序》及毛《传》、郑《笺》、孔《疏》，都认为诗旨是庄姜受州吁侮慢侵暴之意。顾氏只引朱熹《诗集传》曰："庄公之为人狂荡暴疾，庄姜盖不忍斥言之，但故以终风且暴为比。"[3] 可见，顾氏对诗旨的理解是根据朱熹之解认为"终风且暴"之人是"卫庄公"，诗旨是"庄姜不见答于庄公"，对"州吁"只字不提。当然，顾氏在这里遵从朱熹之解，对诗旨的理解是正确的。

朱熹的"淫诗"说，也是诗学史上的焦点话题。顾氏在《诗》解中对"淫奔"问题不置一词。《将仲子》一诗，《序》曰："刺庄公也。不胜其母以害其弟。弟叔失道而公弗制，祭仲谏而公弗听，小不忍以致大乱焉。"朱熹的《诗序辩妄》道："事见《春秋传》，然莆田郑氏谓此实淫奔之诗，无与于庄公、叔段之事，《序》盖失之，而说者又从而巧为之说，以实其事，误亦甚

---

① 《诗经说约》，《续修四库全书》第 60 册，第 381 上页。
② 《诗经说约》，《续修四库全书》第 60 册，第 381 上页。
③ 《诗经说约》，《续修四库全书》第 60 册，第 273 上页。

矣。今从其（郑樵）说。"① 在这里，可以看出朱熹与《小序》主张截然不同，顾氏对此诗的解释除了照录朱熹的注解，仅引吕《记》的"五家为邻，五邻为里，皆有地域沟树"补充了注解，而对诗旨究竟为何避而不谈，对是否"淫奔"之诗也不置一词，表现出对朱子的默认。其实朱子认为《将仲子》不是写郑的共叔段兄弟之事，这一理解是正确的；朱子认定此诗为"淫奔"之诗，说明他看出了此诗书写爱情的内容，而他又斥责对爱情的追求为"淫奔"，显示出封建卫道者保守的一面。而顾氏对诗旨究竟为何，却未直接表达自己的意见，只能从他只选辑朱子的观点这一做法看出他的观点。再如《邶风·静女》一诗，《小序》曰："刺时也。卫君无道，夫人无德。"② 朱子认为"此《序》全然不似诗意"。③ 顾氏在对这首诗解释时，除全录朱子《集传》解释外，对"彤管"的解释断不用孔《疏》的"女史彤管"之类，而是引严粲《诗缉》中曹氏的"彤漆之管，盖乐器之属"这一很概括的说法。④ 而对其他角度的诗旨的解释，一概不录，表现了全从朱子之意。对《王风·采葛》一诗，现在一般被理解为怀人之作。现在辑录今人的观点予以说明：蒋见元、程俊英《诗经注析》认为"这是一首思念情人的诗。这位情人可能是一位采集植物的姑娘，因为采葛织夏布，采蒿供祭祀，采艾以疗疾。"⑤ 王守谦、金秀珍的《诗经评注》认为诗的主旨是："《王风·采葛》是一首劳动人民优秀的恋歌。诗歌是写一个男子怀念正在采葛、采萧、采艾的情人。"⑥ 高亨也基本持这一观点，他的《诗经今注》的理解是："这是一首劳动人民的恋歌，它写男子对于采葛、采萧、采艾的女子，怀着无限的热爱。"⑦ 而方玉润则将其理解为怀良友之作："夫良友情亲，如同夫妇，一朝远别，不胜相思，此正交情浓厚处，故有三月、三秋、三岁之感也。"⑧ 方玉润还对朱熹将这首诗视为淫奔之作指责道："此诗明明千古怀友佳章，自《集传》以为淫奔

---

① （宋）朱熹：《朱子全书·诗集传·诗序辨说》，上海：上海古籍出版社，合肥：安徽教育出版社，2002年，第370页。

② 《朱子全书·诗集传·诗序辨说》，第364页。

③ 《朱子全书·诗集传·诗序辨说》，第364页。

④ 《诗经说约》，《续修四库全书》第60册，第293上页。

⑤ 蒋见元、程俊英：《诗经注析》，北京：中华书局，1997年，第211页。

⑥ 王守谦、金秀珍：《诗经评注》，长春：东北师范大学出版社，1989年，第192页。

⑦ 高亨：《诗经今注》，上海：上海古籍出版社，1980年，第103页。

⑧ （清）方玉润撰，李先耕点校：《诗经原始》，北京：中华书局，1986年，第199页。

者所托，遂使天下后世士夫君子皆不敢有寄怀作也。不知此老何以好为刻薄之言若是!"① 将《采葛》理解为怀人之作，无疑是正确的，而思念恋人当然亦在怀人之属。对《采葛》的诗旨，《小序》认为是"惧谗也。"② 朱熹在《诗序辨说》中曰："此淫奔之诗，其篇与《大车》相属，其事与采唐、采葑、采麦相似，其与郑《子衿》正同，《序》说误矣。"③ 顾氏对此诗的理解，除照录朱熹的注解全文外，又引《大全》如下："《大全》东莱吕氏曰：'葛，为絺绤；萧，供祭祀；艾，疗病。特训释三物。见采之由不于此取义也。'"④ 那么，"见采之由不于此取义"，又该于何取义呢？那就是于朱子所说的"采葛所以为絺绤，盖淫奔者托以行也"，也就是说"采葛为絺绤"，是为了"淫奔"之目的。顾氏对朱熹所斥的"淫奔"不置一词，在解《诗》时只是全文照录朱熹的注解，表现出了对朱子《诗》旨理解的遵从。而朱子这里"采葛为絺绤"，是为"淫奔"之目的的理解并不恰当，但顾氏还是一味遵从，不予辨析，这是他遵从朱子的错误之处。《丘中有麻》一诗，朱熹的理解与《序》不同。《序》云："丘中有麻，思贤也。庄王不明，贤人放逐，国人思之而作是诗也。"⑤ 朱子《诗序辨说》曰："此淫奔者之词，其篇上属《大车》，而语意不庄，非望贤之意，《序》亦误矣。"⑥ 对此诗之解，顾氏仅录朱注，于"淫诗"及《序》意皆不及一言。《郑风·褰裳》之《小序》曰："思见正也。狂童恣行，国人思大国之正己也。"朱熹《诗序辨说》曰："此《序》之诗，盖本于子大叔、韩宣子之言，而不察其断章取义之意耳。"⑦ 朱子不取《序》说。顾氏在解《诗》时也只引了朱熹的《集传》，其他一概无引。对《郑风·丰》，朱子《诗序辨说》曰："此淫奔之诗，《序》说误矣。"⑧ 对诗旨的理解，顾氏亦仅录朱熹《集传》而已，其他诸说不录，既不直接表明自己的观点，对"淫诗"问题也不表明自己的态度，表现出了对朱子理解的遵从。

---

① 《诗经原始》，第 199 页。
② 《朱子全书·诗集传·诗序辨说》，第 369 页。
③ 《朱子全书·诗集传·诗序辨说》，第 369 页。
④ 《诗经说约》，《续修四库全书》第 60 册，第 339 上页。
⑤ 《朱子全书·诗集传·诗序辨说》，第 369 页。
⑥ 《朱子全书·诗集传·诗序辨说》，第 369 页。
⑦ 《朱子全书·诗集传·诗序辨说》，第 372 页。
⑧ 《朱子全书·诗集传·诗序辨说》，第 372 页。

对《诗经》中的一些篇目，凡朱熹认为难以明了时，他会标注"诗意不明"之意。对这种情况，顾氏往往也同样标注诗意不明。《小雅·鼓钟》一诗《序》曰："刺幽王也"①，朱熹《诗序辨说》云："此诗文不明，故《序》不敢质其事，但随例为刺幽王耳，实皆未可知也。"② 顾氏在此诗的诗旨上同样是遵从朱熹的意见，故云："《鼓钟》此诗之义，有不可知者，今姑释其训诂、名物，而略以王氏、苏氏之说解之，未敢信其必然也。"③

由上边列举顾氏对诸诗的诗旨理解可以看出，当朱熹《集传》与《小序》意见不一致时，顾氏在解《诗》时往往显示出强烈的宗朱倾向。具体表现为解《诗》时，除引录朱熹的《集传》诗解的全文外，对他人关于诗旨方面的解释一概不录，引用也只是引一些名物训诂方面的内容，表现出了诗旨上的"无一敢与紫阳戾"、必从朱熹之解的倾向。这种遵从有时正确地反映了诗旨，有时则与诗旨相悖。这种解《诗》倾向与受当时科举考试的拘牵有关，故在当时显得很普遍。如同样做法的有当时的陈组绶，在他的《诗经副墨·凡例》"绎传"条曰："诸说虽精，或于制义未当者，我从朱。"④ 对朱熹的诗解观点一味遵从，于此可见。

顾氏在对诗旨理解遵从朱熹的观点方面，还有一个现象值得注意，就是对于朱熹自身观点发生变化时，顾氏采取怎样的态度？如当《诗集传》与《诗序辨说》的观点相违戾时，顾梦麟往往遵从《诗序辨说》的观点。对《兔爰》一章的分析可以看出来。《序》曰："闵周也。桓王失信，诸侯背叛，构怨连祸，王师伤败，君子不乐其身焉。"⑤《诗序辨说》云："'君子不乐其生'一句得之，余皆衍说。其指桓王，盖据《春秋传》郑伯不朝，王以诸侯伐郑，郑伯御之，王卒大败，祝聘射王中肩之事。然未有以见此诗之为是而作也。"⑥ 朱熹《诗集传》对《王风·兔爰》一诗进行解释时曰："周室衰微，诸侯背叛，君子不乐其生而作此诗。"对这一解释，顾梦麟引朱子《诗序辨说》认为诗旨"本只取'君子不乐其生'一句，'诸侯背叛'四字偶沿《序》

---

① 《朱子全书·诗集传·诗序辨说》，第 387 页。
② 《朱子全书·诗集传·诗序辨说》，第 387 页。
③ 《诗经说约》，《续修四库全书》第 60 册，第 578 下页。
④ （明）陈组绶：《诗经副墨》，济南：齐鲁书社，1997 年，《四库全书存目丛书》第 71 册，第 5 页。
⑤ 《朱子全书·诗集传·诗序辨说》，第 369 页。
⑥ 《朱子全书·诗集传·诗序辨说》，第 369 页。

语，不可以用。"① 可见，当《诗集传》与《诗序辨说》相矛盾时，顾氏取
《诗序辨说》的观点，认为"余皆衍说"《诗集传》中"诸侯背叛"是偶尔延
续《序》的说法，不予采纳。对《君子阳阳》一诗，顾氏先附《序》说：
"君子阳阳，闵周也，君子遭乱，相招为禄仕，全身远害而已。"② 接着又解
释云："朱子初解亦从之，故《集传》又为两存之说，然必以前说为定，固不
待言也。"③ 这里"必以前说为定"是指朱子《集传》中的下面的理解即：
"此诗疑亦前篇妇人所作。盖其夫既归，不以行役为劳，而安于贫贱以自乐，
其家人又识其意而深叹美之，皆可谓贤矣。岂非先王之泽哉？"朱子紧接着又
云："或曰：《序》说亦通，宜更详之"。这就有两存的说法了。顾氏明确指
出对《集传》的这种诗旨两存说中，取上述的前一种说法，即遵从朱熹《诗
序辨说》所主的说法，而不主《诗集传》的后一种"《序》说亦通"的说法。
可见，当朱子《集传》与《诗序辨说》的说法有出入时，顾梦麟常常遵从
《诗序辨说》的说法。

　　总之，"无一敢与紫阳戾"的编纂思想，更多地体现在诗旨理解上强烈的
宗朱倾向。明代是以经学的宋学为主导的时期，《诗》解家对义理的阐述比名
物的训诂看得更为重要，很多人不屑于进行名物训诂。顾梦麟在诗旨义理的
阐释上，不敢违逆紫阳，这在明代而言，也就是在解《诗》的大方向上遵从
了朱子，故他所说的自己解《诗》"无一敢与紫阳戾"，也正是从这个意义上
说的。再有，科举考试的束缚，让这一为科举而编写的《诗》解书籍不能背
离朱子阐发的诗旨理解，这在当时是正常而普遍的现象。

（三）对《诗》的文学性阐释

　　嘉靖以来阳明心学对士人的心理产生了极大的影响，王阳明主张的"致
良知""心即理"之学让士人更注重内省的工夫。李泽厚认为宋明理学从张载
到朱熹再到王阳明，"如果从理学全程说，却是从自然到伦理到心理，是理学
的成形、烂熟到瓦解，倒正是趋向近代的一种必然运动。"④ 这种由伦理到心

---

① 《诗经说约》，《续修四库全书》第 60 册，第 338 上页。
② 《诗经说约》，《续修四库全书》第 60 册，第 334 下页。
③ 《诗经说约》，《续修四库全书》第 60 册，第 334 下页。
④ 李泽厚：《中国古代思想史论》，北京：人民出版社，1985 年，第 246 页。

理的转化对文学的影响就是使得个体在强调向内求的过程中，对《诗》内在的情感的体认更为准确，"体悟圣人情怀，探索诗中妙趣"①，有助于感悟"《诗》之为诗"的特点。这些在顾梦麟的《诗》解中也时有体现。明代评点文学的兴盛，也深深地影响着《诗经》的文学性研究，万历以来出现了《诗经》文学研究的高潮，也影响着说《诗》主体的思想倾向。前面已经论述了复社的万时华进行的"《诗》之为诗"的研究，贺贻孙将《诗经》与后世诗歌相比较、相触发的解读方法，都是此时《诗经》文学性研究繁兴的具体表现。顾梦麟在这样的文学解《诗》风潮的影响下，也很注重《诗》的文学性解读。顾氏还结合科举考试的要求及自己读《诗》的"微会"②，阐发了对比兴的深刻理解，表现出了敏锐的文学感悟能力。在明代诗学批评兴盛、文学辨体意识愈发强烈的背景下，顾氏对"诗不同于他文"的特质也有着自己独到的理解。总之，顾氏在准确领会诗意、赋比兴之阐发、"诗不同于他文"的特点上都有自己的认识，体现出了他对《诗经》文学性的深刻认识。

在解《诗》的方法上，顾梦麟推崇"最是活语"的解法。顾氏在谈到对《秦风·黄鸟》中"如可赎兮，人百其身"这句诗的理解时，他分析道："《集传》'皆愿百其身以易之'，如言'化一身而为百'之意，最是活语。"③然后，他又列举了其他几种解《诗》的句子与《集传》之解进行比较。郑《笺》云："谓一身百死犹为之。"④ 子由云："欲以百人赎其一身。"⑤ 吕氏《读诗记》引朱氏云："若可以他人赎之，人虽有百身，亦皆愿赎之矣。"⑥ 顾梦麟认为这些理解"俱板，不可从"⑦，而"不可从"的原因就是这些理解都显得刻板，不是"活语"。顾氏所强调的"活语"即人们宁愿"化一身而为百"的强烈愿望，它所包蕴的表达效果，就是准确地表达了人们对"三良"从死的极度惋惜之情。其实，"人一身百死"是不可能的，"百人赎其一身"也带有现实的惨烈性，而一个"化"字确实表达出了人们渴望救赎"三良"的心情，"化一身而百"的表达似乎又带有一种浪漫神秘的力量主宰的意味。

---

① 刘毓庆：《阳明心学与明代〈诗经〉研究》，《齐鲁学刊》2000年第5期。
② 《诗经说约·序》，《续修四库全书》第60册，第222下页。
③ 《诗经说约》，《续修四库全书》第60册，第399下页。
④ 《诗经说约》，《续修四库全书》第60册，第399下页。
⑤ 《诗经说约》，《续修四库全书》第60册，第399下页。
⑥ 《诗经说约》，《续修四库全书》第60册，第399下页。
⑦ 《诗经说约》，《续修四库全书》第60册，第399下页。

"三良"从葬最终将是不可改变的事实，这就让一切良好的愿望只能处在寄于"化"也止于"化"的层面，只能保持在虚拟、企望的层面，所以这样的理解"最是活语"。顾氏能够深入到人物的内心世界，故能深刻地理解诗意，品味出"活语"的妙处。顾氏还主张解《诗》不可太拘泥，如在《小雅·伐木》篇中曰："乡礼之盛，虽必用太牢，簋盛黍稷，或近于公食，然'肥羜'、'八簋'俱偶举一端，不必太执滞，且语气皆主于自谦。不然，照下文天子亦有'无酒议酤'之时，岂其然也？故虽'八簋十二簋'之说，亦不必深辨，皆取大段可耳。"① 顾氏主张读诗不必"执滞"，"不必深辨"，也就是在说读诗要以读诗之法，不能把诗中所写都当成实事，表达出对诗的理解不能按照解读历史的方法而是要按诗歌自身的诗学逻辑去理解诗意的观点。

这种主张活看、不"执滞"的读诗方法，反映出了顾氏对诗的文学性本质的认识，而对诗的可想象、可夸张、可托言的特点的认识，更是显示出对诗的文学性特质的准确把握。

顾氏在解《诗》时，往往能够体悟诗意的细微精妙之处，显示出敏锐细腻的文学感受能力。顾氏先引朱熹对《秦风·晨风》的理解，认为其诗意与"《庶廖》之歌同意，盖秦俗也"②。而顾梦麟却说"不可因《庶廖》语入富贵忘贫贱意"③。与朱子相较，顾梦麟对诗旨的把握其实更准确。因为诗中只是写女子思念丈夫，并没有表现出因富贵而忘贫贱之意，所以，他主张说《诗》时，不能掺入这一层意思。虽然朱子以秦俗判断这首诗可能与"《庶廖》之歌同意"，顾梦麟还是不主张这样理解，而是立足于从《诗》本身之意去理解。并且将《晨风》与后世诗《庶廖》之歌进行比较，就是将《诗》视为"诗"而不是当作"经"的一种表现，是对《诗》进行"《诗》之为诗"的解法。顾氏有时在诗的末尾借他人的观点表达自己对诗旨的看法、对诗意的准确把握。徐光启的《毛诗六帖讲意》在明代《诗经》学文学研究中成就较高。顾氏除了在声韵论方面引《六帖》外，在诗意的理解方面也多次引用其观点，这种援引本身就显示出了顾氏解《诗》的文学倾向。如在《唐风·山有枢》一诗的结尾，引徐光启的《六帖》中顾大韶语对诗的总体基调

---

① 《诗经说约》，《续修四库全书》第 60 册，第 464 下页至 465 上页。
② 《诗经说约》，《续修四库全书》第 60 册，第 400 下页。
③ 《诗经说约》，《续修四库全书》第 60 册，第 400 下页。

予以把握："此诗不可太说得高旷，恐似晋以后人语。"① 这句话确实很准确地把握住了诗的意思。钟惺对这首诗的诗旨情调这样评价："行乐之词，乃以斥苦之音出之，开后来诗人许多忧生惜日之感。末语促节，便可当一部挽歌。"② 钟惺对此诗的意思把握很准确，而顾梦麟引《六帖》"不可高旷"之意，其实恰恰是"促节"之意。可见，顾氏对诗的主旨理解很注意从细微的区别中去准确地把握。而将《山有枢》之意旨与后代晋人的"高旷"之意比较的行为本身，也首先必须是在将《诗》还原为"诗"的前提下才能进行。这种从题材与表情达意上与后世诗（如晋人诗）相比较的解《诗》路径，可以说是《诗》解中明显的反传统倾向，体现出文学解经的倾向；而从细微的区别中去准确地把握诗意，反映出了顾氏细腻的情感体验和敏锐的文学感受能力。

顾氏还能够能体会诗中的诗理之趣、立言之妙。顾氏认为诗所写不必实有其事，表达出诗的内容可以是虽"理之必无"却"情之可有"的观点。从他对《河广》的分析，可以看出这一点："苇渡及不容刀，皆无此理，盖极形容之也"③。顾氏虽然没有说出"夸张"这种修辞方式，实际上已悟出了这种意味。表明他对诗理解的不拘泥，并且看出了诗是可以有这样极尽形容的表达方法的。在《王风·扬之水》中顾氏云："室家同役本无之事，而反云然，此立言之妙，后代词人所以莫及也。"④ 这也是"《诗》之为诗"的解法，是将诗视为活物的解法。他认为"室家同役"的说法无非是排遣情感的一种托言而已。顾氏还会对用字的精妙进行分析。在《秦风·晨风》一篇中，他对"未见君子，忧心钦钦"一句中的"钦钦"一词分析道："钦钦为敬，故以状'不忘'，用字之妙。"⑤ 这里分析了"钦钦"一词对当时女子心情的准确描摹，指出其"用字之妙"。

顾氏解《诗》时能够不拘泥于字面的文字，做到了活看，能够准确地把握诗意，体会出诗意的精妙细微之处，并且能以诗理而不是以常理去理解诗，这些地方都是从"《诗》之为诗"的角度去把握《诗》，或者是体会诗虽理之

---

① 《诗经说约》，《续修四库全书》第 60 册，第 381 上页。
② 转引自陈子展《诗经直解》上册，上海：复旦大学出版社，1983 年，第 346 页。
③ 《诗经说约》，《续修四库全书》第 60 册，第 325 下页。
④ 《诗经说约》，《续修四库全书》第 60 册，第 335 上页。
⑤ 《诗经说约》，《续修四库全书》第 60 册，第 400 下页。

必无但情之可有的特点，或分析用字遣词之妙，表现出作者对《诗经》文学性特征的深刻体认。《续修四库全书总目提要》赞其"诗文雅驯，为时所宗"①，实为不虚之誉。也正是有这样深厚的文学功底，才能够敏锐地感知到《诗》的文学之美。他的文学性《诗》解内容虽是片语只言，却能让人感受到他对《诗》的文学性理解的妙悟与灵心。

顾氏对《诗》的文学性阐释还表现在他对赋比兴的阐发上。朱熹在《诗集传》中常标"兴也""比也""赋也"的字样，有时在总注中会对兴比的具体内容作具体的分析解释，但有时对何以为兴、何以为比并不作具体分析。为了帮助人们辨识诗是如何具体进行比兴的，顾氏会对此作一些更为具体的分析，分析诗章中"兴"所托之物与"兴"所引起的事物之间的意义关系，并确定"兴"起止的界限。如他在对"兴"解释时常会有"兴至某句止"之类的表达，来标明兴的起止界限，对"兴"进行更细致的分析。并且顾氏所提出的"兴比皆是后人看出"②的观点也有着深远的意义。他对"比"的认识也很深刻，认识到了"比"能使诗含蓄蕴藉，对"比"的托体与本体的关系有一定的认识。

顾氏的"兴比皆是后人看出"这一观点有着积极的立论意义。顾梦麟引《大全》中辅广对《小雅·四月》"匪鹑匪鸢，翰飞戾天；匪鳣匪鲔，潜逃于渊"一章的观点来分析兴。《大全》庆源辅氏曰："此章本亦兴体，但有所托之物，而无可兴之辞，故不可谓之兴，又有四个'匪'字，故亦不可谓之比而只得以为赋也。"③下面顾梦麟接着说道："观辅注则六义非有一定之目，皆是后人看出来，尤信。"④顾氏在这里提出了"六义皆是后人看出"的观点，认识到这一点，实际上就很有些从接受者的角度来言诗的意味。这样，在解《诗》的时候，就可以结合自己的经验去理解《诗》，从而使《诗》有了多种理解的可能。这就增强了读《诗》者的主导地位，而不是仅仅将《诗》作为经典，一字不敢有所易。主导地位的获得就为不拘泥前人之说、发挥解《诗》主体的积极作用提供了前提条件。对"兴皆是后人看出来"这一

①　《续修四库全书·经部·诗类》，第 327 页。
②　《诗经说约》，《续修四库全书》第 60 册，第 573 上页。
③　《诗经说约》，《续修四库全书》第 60 册，第 581 上页。
④　《诗经说约》，《续修四库全书》第 60 册，第 581 上页。

认识，顾氏是在不断的思考中渐渐深化的，由此可以看出他勤于思考并一以贯之的研究方法。顾氏强调"兴比皆是后人看出"的观点可以看出他对赋比兴的阐发，不是从诗歌赋比兴的发生学、赋比兴与创作的关系的角度去把握诗，更多的时候是从赋比兴在文本中的具体运用的微观层面，去探求它所呈现出来的形式上的细微特征。关于从用诗的角度对赋比兴手法进行分析，在晚明时期还有一些人很注意从这样的角度去解《诗》。朱彝尊《经义考》引黄宗羲对朱朝瑛《读诗略记》评价曰："又谓作诗有赋比兴，用诗亦有赋比兴。"[①] 姚舜牧在他的《诗经疑问》中也表达出赋比兴是后人看出之意，姚舜牧《诗经疑问》的《自序》中曰："尝读三经三纬之说，窃有疑焉。三经，风、雅、颂是已；三纬，曰赋、曰比、曰兴。盖通融取义，谓所赋之有比有兴耳，非截然谓此为赋、此为比、此为兴也。惟截然分而为三，于是求之不得其说，则将为赋而兴又比也、赋而比又兴也，而寖失其义矣。"[②] 姚舜牧指出了赋比兴之间可以"通融取义"，表明了赋比兴之间是有着一定的联系的，甚至有时是可以互相包容的，不能截然判定此为"赋"，彼为"比兴"，赋比兴之间常常可以是赋而"兴又比"，赋而"比又兴"等多种形式，其实这恰恰说明了判断比兴要根据诗的内涵及赋比兴之间的关系去具体判定，不能凭主观臆断。但是根据诗的内涵判定也是需要"后人看出的"，这种"兴比皆是后人看出"的"看"字，其实就是强调发挥读诗主体的作用，而"看"的方式、角度及结果是与每一个读《诗》者的个体实际生活经验、审美趣味、感悟能力有着密切关系的。这其实就为打破旧儒陈腐之见提供了最基本的前提，有利于调动读《诗》者的积极主动性。从这个意义上说，顾氏的"兴比皆是后人看出"的说法，很有点现代文艺理论的"接受美学"的意义；并且可以打破旧儒固守的《诗》说，如毛氏"独标兴体"带来的牵强附会的政治性理解。这种强调后人的"看"的意义，实际上就有将《诗》从"经"的地位还原为"诗"、视《诗》为普通文本的做法，改变了以往对所谓圣贤之经解奉若神明、不敢易一字的读法。可见，如果从这个角度去理解"兴比皆是后人看出"的意义，这一意义显然是十分重大的。

顾氏发挥对兴的"看"的作用的具体表现，就是注重从形式上对兴的起

---

① 《点校补正经义考》第四册，第 254 页。
② 《点校补正经义考》第四册，第 220 页。

止予以细致的划分，从赋比兴在文本中具体运用的微观层面，去探求它所呈现出来的形式上的细微特征。他很强调每一篇章中的赋比兴所包含的具体内容、起止划分。这种注重形式上的特征，实际上也有为了方便应举者从形式上识别兴与比的作用。顾氏在《诗经说约》里对"兴"的形式区分时，经常出现"第一句兴第二句""一句兴四句""两事兴一事""两句兴两句""四句兴四句""以三句兴三句""兴至四句止"等字样。下面以具体篇目为例来说明顾氏这种注重从形式上分析"兴"的做法。如"一句兴四句"的，顾氏对《采薇》"彼尔维何"章分析道："这一章与前三章一样都是兴至四句止，下四句另说，两句一连，四句一截之说更为分明也。"① 顾氏认为"鸿雁于飞，肃肃其羽。之子于征，劬劳其野"这章"两句兴两句，兴意到四句止"②。在《秦风·晨风》中，对"鴥彼晨风，郁彼北林"的兴的用法指出是"兴亦至四句止。"持论的理由如下："'未见君子，忧心钦钦'二句是言忧在我，'如何如何，忘我实多'二句是言忘在彼也。另说忘我实多，只似言忘之久。"③《陈风·泽陂》先引《六帖》张叔翘语曰："思美人而不得见则忧伤之心将如之何？是以寤寐无为，而涕泗为之滂沱也。注似与诗文气不贴。"④ 顾氏接着分析道："此诗兴亦至四句止。叔翘说最是。依坦叔似言蒲与荷美物相依而云美一人，即有人不如物之意，为反兴，亦妙。"⑤ 由这里的分析更可以看出，在解《诗》的过程中，顾氏对"兴比皆是后人看出"的观点，一以贯之。他能够根据诗意、结合诗境，合理地去理解《诗》中兴的手法，对"兴"的这种灵活不拘的理解，可以看出他并不拘于前儒"独标兴体"的观点。

再看以"三句兴三句"的情况。顾氏对《采芑》的首章分析道："上六句以三句兴三句，易明也。其下六句亦以'方叔率止'至'翼翼'自作一连说，'路车有奭'至'（钩膺）鞗革'，又作一连说，勿混。"⑥ 这是对"三句兴三句"及运用这种方法对《诗》的分截进行的具体分析。顾氏对《陈风·

① 《诗经说约》，《续修四库全书》第60册，第472上页。
② 《诗经说约》，《续修四库全书》第60册，第512下页。
③ 《诗经说约》，《续修四库全书》第60册，第400下页。
④ 《诗经说约》，《续修四库全书》第60册，第413下页。
⑤ 《诗经说约》，《续修四库全书》第60册，第413上页。
⑥ 《诗经说约》，《续修四库全书》第60册，第501下页。

月出》"月出皎兮，佼人僚兮；舒窈纠兮，劳人悄兮"章分析道："此为以第一句兴第二句，又一体。"①

对"两事兴一事"的情形，顾氏对此进行分析时还将此类比兴在不同诗篇中的运用出现的情况拿来比较。对《小雅·沔水》的"沔彼中流，朝宗于海。鴥彼飞隼，载飞载止。嗟我兄弟，邦人诸友。莫肯念乱，谁无父母"分析道："此下二章虽皆两事兴一事，然是四句兴四句。"② 接着，顾氏又将其与《南山有台》相比较，认为二者体例相同，只是《南山有台》是两事兴两事，比较整齐："与《南山有台》体例略同，但彼以两事兴两事，较整齐耳。"③ 并对《小雅·沔水》中的兴体进行了分析，认为这里的"两事兴一事，层复不已之词，所以深叹其决也"④。对《大东》"有洌汜泉"一章，他这样分析道："上下各四句，一正一反之词，此又兴一体。"⑤ 据句意分析，上四句应该是反，下四句应该是正，上四句写经寒泉浸过的薪已艾，兴劳而事人不得休息，下四句说虽是浸湿之薪，但求载而蓄之，兴人虽劳顿不已，但愿息而安之。

对兴的起止何以如此或如彼，顾氏还会作出很详细的分析，以便于理解。如对《小雅·伐木》第二章"伐木许许"的"兴"体的分析："此章亦兴至二句止。上章以伐木兴鸟鸣，而此章以伐木兴醶酒，亦如《鹿鸣》首章兴瑟笙而次章兴德音焉，不拘也。"⑥ 然后他又对"兴到二句止也"的判定作具体的解释："上章以'伐木丁丁'兴'鸟鸣嘤嘤'，而下遂因鸟论人，说到求友上，不必更牵'伐木'，故曰'兴到二句止也'；此章（伐木许许）以'伐木许许'兴'醶酒有藇'，而下即言有'肥羜'以'速诸父'，则各二句为一连，亦不必更牵'有藇'。若'酒羜'对说，而'诸父'总承，诗中岂必无此理，然语气递落必不如是。"⑦ 经顾氏的具体分析，对兴的起止的具体理解就更明晰了。

其实，这些形式上的细分正体现了顾氏作为后人对"兴"是如何具体

① 《诗经说约》，《续修四库全书》第 60 册，第 411 上页。
② 《诗经说约》，《续修四库全书》第 60 册，第 514 下页。
③ 《诗经说约》，《续修四库全书》第 60 册，第 514 下页。
④ 《诗经说约》，《续修四库全书》第 60 册，第 514 下页。
⑤ 《诗经说约》，《续修四库全书》第 60 册，第 577 上页。
⑥ 《诗经说约》，《续修四库全书》第 60 册，第 464 下页。
⑦ 《诗经说约》，《续修四库全书》第 60 册，第 465 上页。

"看"的，同时，这种十分重视区分诗的兴体在具体形式上的分类与特点的做法，显然是与这部书作为科举教材类《诗》说的写作目的紧密相连，因为这种分析方法能够让人对《诗》的兴体从形式上予以一目了然的辨析，具有很强的可操作性。

顾氏还将兴分为正兴与反兴。他指出《沔水》的第一章是反兴，第二章是正兴，① 第三章是"两句兴两句，至四句截，亦反兴也"②。对反兴解释更具体的是在《小雅·大东》第一章中。顾氏认为"有饛簋飧，有捄棘匕。周道如砥，其直如矢"是兴体中的反兴。他解释了反兴的特点："'有饛'四句亦反兴，以不平兴平，不直兴直也。"③ 接着将这一解释具体化："'饛'训'满'则不平，'捄'训'曲'则不直，今周道既平且直，未改其初而盛衰顿异，是以悲也。"④ 这就承上具体解释了如何"以不平兴平，以不直兴直"。《卫风·氓》"麟按"曰："'岸泮'之云以两句反兴四句也，《疏义》说《大明》《诗缉》本子由，然多一层矣。故曰：六义于先儒尚有未发明者，凡此类。"⑤

顾氏还对"比"从以下几方面进行了阐发。

顾氏能够认识到"比"的本质特征，甚至已认识到暗喻这种比喻形式。由他对《卫风·木瓜》中对"比"的分析可以看出这一点："报本实事，而'木瓜'以喻为物之至微，'琼琚'以喻为宝之极重，非即真以是物为投报，故不属赋属比。'非报永好'，亦各承上说，不必补正意，如暗比之例。"⑥ 作者对赋与比之区别，理解还是很深刻的，认为"木瓜""琼琚"之"投报"不是实有其事，只是以此为托借的喻体来比喻实事。其实，这种对"比"的理解已经接近到"用来比喻的事物即喻体与被比喻的事物即本体必须是两类本质上不相同的事物"这个意义层面上，可以说揭示出了比喻具有比拟而非实指的本质特征，故理解是十分深刻的。并且"暗比"之言，已是隐约认识到了"暗喻"这一"比"的更具体的类别。

---

① 《诗经说约》，《续修四库全书》第 60 册，第 514 下页。
② 《诗经说约》，《续修四库全书》第 60 册，第 515 上页。
③ 《诗经说约》，《续修四库全书》第 60 册，第 575 下页。
④ 《诗经说约》，《续修四库全书》第 60 册，第 576 上页。
⑤ 《诗经说约》，《续修四库全书》第 60 册，第 323 上页。
⑥ 《诗经说约》，《续修四库全书》第 60 册，第 328 下页。

顾氏还很注意从形式对"比"进行辨识，他认为"比""皆与下文不相照应"。① 且对"比"的判断不囿于朱注。如对《鸨羽》首章有关"比"的理解，顾氏道："此诗诸家解家皆非，盖只过信《集传》'而不得耕田以供子职'也，一'而'字遂谓比意，呼应直至'父母何怙'而止，而不知其实误也。六义有比，皆与下文不相照应，但寓正指于寄托之中，以后另自起论。如此诗起云'肃肃然之鸨羽而乃集于苞栩，不便劳苦之人而乃久从征役'，不烦更举者也，下却另言。因此遂致'不得耕田以供子职'，但取承上，而不取应上，故判首二句为比……今顾说者但于比意先从《集传》，以'征役'读住，不一气滚到'不得耕田'云云，则思已过半，无他法也。"②

"比"的使用能避免一语道破，能使诗达到含蓄蕴藉的效果。顾氏对此有一定的认识。他在对《邶风·柏舟》的诗解中表达了这一观点："《周南·螽斯》固通篇是比，《乔木》、《汉广》、《江永》下亦别无余文，然今如此等义，难直陈而托物起咏，则必取蕴藉，或事有不可言者耳。说家于所比之下动云'我之云云'，何以异此？则不如无比矣。此从来相沿，而据理即谬，欲为一概芟却也。"③ 顾氏认为使用"比"就是为了达到含蓄蕴藉的表达效果，故其对后世诗人在"比"之后再加上蛇足之笔的做法很不满意，认为即使是"从来相沿"，也应"一概芟却"，表现出对在"比"后再加上直陈之语的做法的深切痛斥。顾氏对"比"这种含蓄蕴藉的特征把握是很准确的，诗恰恰是因为借比兴之法才显得有兴象、有韵味，而议论、说理在诗中亦可以有，却不该是诗的主要特征。

顾氏还认为"说诗语"与"诗语"要判然有别。他在《邶风·柏舟》的《诗》解中曰："'泛彼柏舟，亦泛其流'，下接云'耿耿不寐，如有隐忧'，似'忧'即承那'柏舟'；'日居月诸，胡迭而微'，'绿兮衣兮，绿衣黄里'下俱接'心之忧矣'，似'忧'即承那'日月'、'绿衣'，何等可味？若又说破正意，语如嚼蜡矣。诗只要六义分明，然亦有从来未出者，必待涵泳而后得之。"④ 说明作者不主张对"比"之所指一语道破，虽然六义分明，然而对

---

① 《诗经说约》，《续修四库全书》第 60 册，第 386 上页。
② 《诗经说约》，《续修四库全书》第 60 册，第 386 上下页。
③ 《诗经说约》，《续修四库全书》第 60 册，第 269 上页。
④ 《诗经说约》，《续修四库全书》第 60 册，第 269 上下页。

于那些在六义表达上微婉隐晦的诗篇，读诗时就要注重涵泳体味，才能得到正确的诗解，否则就破坏了诗的意味，远离了诗的旨趣。对此作者又用具体的例子解释道："《集传》固曰'众妾反胜正嫡，是日月更迭而亏'，'绿衣黄里'以比贱妾尊显而正嫡幽微。然此说诗之语，而非诗语也。今诗家或咏花以喻美人，而又自曰：'美人之美，何以异此？'可谓有诗乎？观《集传》'妇人不得于其夫，故以柏舟自比'二句，自作说诗之词而言，以下既入口气，但云：'泛然水中而已。'遂以'故其隐忧之深'接之，解经正法，毕竟如此，后复变为云云者，但取理明，不复顾口气之杂，亦固例已在，前后可类推也。"① 顾氏主张"比"作为作诗的手法，作为"诗语"，应该是为了使诗含蓄蕴藉，而说诗者阐发"比"的意义时却是为了直截明白，以使人能更好地理解"比"之含义。"诗语"与"说诗语"二者在语体特点上的要求是不同的。顾氏对"说诗语"与"诗语"的区分，其实是看出了诗歌写作与诗歌批评是两种不同形式的思维方式这一特点。写诗时，运用"比"的手法，以期达到含蓄蕴藉、意在言外的效果，避免太直露而一语道尽；而"说诗语"作为一种理性的分析，为使诗理、诗意更清晰，使诗法更明了，自然不能太含蓄了，所以用语与"诗语"不同。顾氏这番话实际上是看到了诗文本与诗学批评在文体特征上的差异性，强调说诗解诗可以清楚直截明白而写诗作诗应该运用比兴之法做到言有尽而意无穷、讲究兴象蕴藉之美学效果。这样的认识确实反映出了顾氏具有敏锐的文学感悟力，他的作品不愧有"诗文雅驯"之称誉。但顾氏所持的这种观点应该说和整个明代文学的浓郁的复古气息不无关系。前后七子的"诗必盛唐"的主张，反对宋诗的以文字为诗、以议论为诗、以才学为诗，对整个明代的文学都产生着影响，并一度成为明代诗歌美学追求的主潮。顾氏的主张"比"之后不必再言"我之云云"，也应该和整个时代的这种诗歌上尊唐抑宋之风的美学风尚有着一定的关系。

当赋、比并存时，如何辨识是赋是比，顾氏亦从形式上给出了操作性很强的判别方法——"以比起，故属比也"。② 顾氏指出这种"比"的情况在《诗经》中多有用到，那就是在明言"比"所托之物之后，突然转入议论，像是赋体，然而顾氏说此"以比起，故属比也"。他对这种情况还举例进行说

---

① 《诗经说约》，《续修四库全书》第 60 册，第 269 下页。
② 《诗经说约》，《续修四库全书》第 60 册，第 269 上页。

明，如在《邶风·柏舟》中曰："此二句（指'泛彼柏舟，亦泛其流'）是'比'，'比'下却接余论，却是赋矣。然以比起，故属比也。诗中如此法者甚多。'胡迭而微'、'绿衣黄里'下竟接'心之忧矣'，亦是如此。"① 顾氏在这里实际上是将上"比"与下"赋"之间的关系进行界定，上边的比是喻体，下面的赋是本体，顾氏所分析的这种"比"是本体亦出现的"比"的另一类型——"明喻"的类型。

此外，顾氏对赋的阐发显得少些，但也偶有涉及。顾氏指出："此章（《出车》首章）亦似可作大将自言，然有两'谓'字，则是且叙且述，又一体也。"② 朱熹已标明这章是赋体，顾氏在这里强调当指赋之另一体。他还引《大全》中的说法对"赋而兴"的情况进行说明，如对《卫风·氓》"及尔偕老"章，朱熹在总注中认为是"赋而兴"，但对如何由赋而兴，未作详解。顾氏引《大全》安成刘氏观点补充曰："此章兴在赋外，他章亦有就赋其事以起兴，如《黍离》之类者，盖亦有两例也。后凡言赋而兴者，当各以其大意求之。"③ 这是顾氏引《大全》对《集传》中"赋而兴"的情况所做的具体解释补充。

总之，顾氏在赋比兴的阐发上表现出了他对诗敏锐细腻的文学感悟，是从形式上关注诗的重要表现。他不厌其烦地分析兴的起止，比兴在形式上的"有照应"与"无照应"之别，都反映出该书《诗》解内容在服务于科举方面显示出的简便明晰、易于辨识、可操作性强的特征。顾氏在《诗经说约》的《序》里就表达出了自己对比兴的深刻体会："余少贫废学，逮壮乃同子常讲诵一室，时犹不见所为《大全》、《疏义》者，往往持论比兴，辄与暗合。若句理联断，语事起止，则管豹一文，尤有微会焉。"④ 这里说出了顾氏在壮年时是对比兴有所体会，并在后来发现自己对比兴的分析与《大全》《疏义》有暗合之处，这也恰恰说明顾氏对《大全》中比兴的分析是有借鉴的。只是《大全》中对比兴说得还不是那么明晰，如对《汉广》的分析："安成刘氏曰：上四句以乔木不可休对游女不可求而言，故属兴；下四句但言汉广不可

---

① 《诗经说约》，《续修四库全书》第 60 册，第 269 上页。
② 《诗经说约》，《续修四库全书》第 60 册，第 474 上页。
③ 《诗经说约》，《续修四库全书》第 60 册，第 323 上页。
④ 《诗经说约·序》，《续修四库全书》第 60 册，第 222 上下页。

泳，江永不可方，以比贞女不复可求之意，而不说其所比之事，故属比。此其与比体制之殊备见于一章之内。后凡言兴与比者，其文意亦皆做此章云。"①再有《大全》对《邶风·凯风》的比兴手法分析道："安成刘氏曰：上章言凯风棘心，而下句无应，故属比。此意言风与棘，而下文以母与子应，故属兴。"②《大全》这些对比兴分析的地方与顾氏的"有照应为兴、无照应为比"的说法如出一辙，可以看出顾氏在阐发比兴上对《大全》的借鉴。而顾氏所说的"暗合"之处应该是包括这些地方的。只是顾氏把它说得更明晰、更确定、更具体，从而更容易辨析。尤为不同的是，顾氏把这种分析由对某首诗的比兴的界定推而广之作为一种理论性的认识，如："兴与比相似，只有照应为兴，无照应为比"，以这样的理论来作为说《诗》的指导，就能够让应举者能够做到有章可循。沙先一先生说他的这种观点"抓住了一个有无照应的特点，极易识别，亦富有操作性"③，指出了《诗经说约》作为科考教材的特征。

顾氏的"兴比皆是后人看出"的观点，表现出对说《诗》者的主体性作用的充分认识，不是在古圣先贤所定的《诗》之比兴之规定面前丧失阐发的勇气，也不是面对《诗经》这部经典表现出不敢越雷池半步的诚惶诚恐，这种解经的心态应该和明代的重创新、士人主体的觉醒意识有很大关系。顾氏对"比"的含蓄蕴藉的美学特征的把握，是与中国古代诗歌的美学追求与风尚有着内在的一致性。而对"说诗语"与"诗语"的区分，应该是对写诗与评诗作为两种不同思维形式的一种把握，虽然当时还没有现在的这些术语，顾氏不可能将这些理念说得多么专业精辟，但他确实是感性地意识到了"说诗语"与"诗语"二者之间的区别。

顾氏认还识到了《诗》"与他书不同""不宜专论事理"的特点。④ 这种认识对他的文学性《诗》解产生了很大的影响。在《秦风·驷驖》的《诗》解中，顾氏引述了徐光启关于《诗》"与他书不同"的观点。徐光启《六帖》云："大抵说《诗》固要析肌分理，但其条理脉络颇与他书不同，他书记叙古

---

① 《诗经说约》，《续修四库全书》第 60 册，第 243 下页。
② 《诗经说约》，《续修四库全书》第 60 册，第 267 下页。
③ 《顾梦麟〈诗经说约〉对朱熹〈诗集传〉的补充与纠》，《古籍研究》2002 年第 2 期。
④ 《诗经说约》，《续修四库全书》第 60 册，第 393 下页。

人议论事迹，其对待照应，言下粲然。《诗》则记古人声音，其对待分析不宜专论事理。《风》、《雅》之体大率二句为一节，惟三《颂》稍有变体，然如常为多，要其大都全要认取韵脚，审其用韵，便可得其节奏，如此诗末章'园'与'闲'叶，'镳'与'骄'叶，则上下二句断然各为一节。若将游于北园，以人作主，而下车马分对，以犬带说，此等分析在他书则可，以之说诗，决然非是。……自韵学久废，盛用吴才老叶音，虽朱子未免据此义，寥寥千古绝响矣。目前，近事至易至简，而数百年遂无知者。岂不可惜，岂不可笑，诗义不明，亦复何安足怪乎？"① 接着，顾氏又在"麟按"中曰："此等子常与麟私为独悟，而文定先之往，为文征既叹实获，今更一一拈出与天下共见，有未周者，则类而求可也。"② 以顾氏对《小雅·伐木》的分析来说明他的这一观点。"若'酒粑'对说，而'诸父'总承，诗中岂必无此理，然语气递落必不如是。"顾氏着重是从诗的语气承接是否圆转的角度去分析诗，十分注意一首诗在语气表达上的脉络连贯，而不仅是从诗的义理的意义上去分析。所以即使诗理如此，语气递落也可以不随诗理。接着他以用韵与诗意的关系为依托，对《诗经通解》的"兴"的起止分析进行了批驳："《通解》于上章亦曰兴至二句止，而此章则云兴至末，于下章则云兴至'无远'者，皆是主见不定。一篇之诗析体为三，又何足据也。但就此章则语实平对而又上下各六句为一韵，尤最晓明者。"③ 这段分析中，尤其是"语实平对而又上下各六句为一韵，尤最晓明者"的持论可以看出，顾氏十分注意诗意与诗韵之间的关系，并且很注意一首诗在形式上的前后一致性，这说明他确实是抓住诗歌的形式的整齐、《诗经》重章叠唱反复咏叹的特点，把握住了诗歌不同于他书的特点。所以他主张分析诗不能像分析他书一样着重从道理意义的角度去分析，而是必须考虑到诗的用韵、诗的形式美与诗意诗理之间的内在关系，而这种内在关系恰恰是把握住"诗"不同于"他书"在形式上表现出来的一个显著特征。他在《秦风·终南》的释文中曰："兴至四句止，下二句另说耳。《集传》言容貌、衣服称其为君，是诗解非诗理。亦如《定中》'望景观卜'之例，断不可从。如《通解》、《讲意》等皆欲以'有条有

---

① 《诗经说约》，《续修四库全书》第 60 册，第 393 下页。
② 《诗经说约》，《续修四库全书》第 60 册，第 394 上页。
③ 《诗经说约》，《续修四库全书》第 60 册，第 465 上页。

梅'兴'有服有容',则语气至五句（颜如渥丹）止，而末句总承之，此必诗无音节，章句则可耳。子由之后，仅见克升而概为芟去纂述之学，又乌可造次也。"① 顾氏在这里强调诗有自己的特点，诗意连转与音节密切相关，不同于章句，故解《诗》时应该注意按照诗的这一特点去解读。这种理解抓住了诗歌形式上的特质。

总之，顾氏认为：由于《诗》是记载古人声音，故"与他书不同"，而对其分析不能像对其他文体一样专论事理，而应该结合诗的用韵及结构特点对诗意进行分析。顾氏曾经说过："麟此编无一敢与紫阳戾，但以声韵论转折。"② 并且还在《诗经说约·序》中曰："若句理联断，语事起止，则管豹一文，尤有微会焉。"这些都体现出作者对《诗》的声韵与诗意转折关系把握的重视与学术自信，故他的《诗》"与他书不同"的理解应该说渗透着他作为个体研究者的解《诗》理念。但同时，这种解《诗》的观点在当时又有着一定的代表性。与他同时或稍前的明代其他解《诗》者，不乏持此论者，如万历年间的陆化熙、天启年间的钱天锡。陆化熙《诗通序》认为《诗》"依韵叶声，情指自见，非若他经专说道理，任后人之穷深极微以求合者也"③。钱天锡《诗牖·自序》云："情至之语謇有为謇，笑有为笑，故他经可以诂解，而诗当以声论。夫以义求者离性远，以声感者于性近，牖民孔易亦求之于性情之间而已。"④ 可见，顾氏的这种持论在当时还是具有一定的代表性，而能够认识到诗在形式上的这些特征并注重从形式与意义之间的关系上去理解《诗》，对更好地从本质上、从《诗》与他书相异的特质上去把握诗歌有着积极的意义。明代诗人最注重辨体，如许学夷有《诗源辨体》著录，王世贞的《艺苑卮言》也对辨体有一定的分析，也很注重区分诗与他体不同的特点，这一点应该与明代的注重辨体的风尚有着一定的关系。

（四）名物注疏上反对"驱经从传"

自明代定《大全》为标准的科举考试教材后，读书人于是宁可非孔孟，

---

① 《诗经说约》，《续修四库全书》第 60 册，第 398—399 页。
② 《诗经说约》，《续修四库全书》第 60 册，第 433 上页。
③ 《四库全书存目丛书·诗通序·经》，第 65 册，第 331 页。
④ 《四库存目丛书著录》卷一五，第 33 页。

不敢议程朱，朱彝尊在《道传录序》中曰："世之治举业者，以四书为先务，视六经为可缓。以言《诗》，非朱子之传义非敢道也；以言《礼》，非朱子之家礼弗敢行也。推是而言，《尚书》、《春秋》，非朱子所授，则朱子所与也。"当时为了科考制艺而作的所谓高头讲章之类的经学著作，其总体特征都是"于朱子之所有者，无余蕴；所无者，无儳入也"①。可见，他们奉朱子为圭臬，不敢越雷池半步。顾梦麟的《诗经》研究著作有试图改变这种由于株守朱学而趋于保守盲从、失去主动思考精神的学术现象，而主张"会通诸家，删除无益之说"②，故当顾梦麟的《诗经说约》出现以后，竟然取代了当时流行的经解著作，"自《说约》出，而诸书俱废。博士倚席而讲，诸生帖坐而听者，皆先生之说也。"③ 而他的"会通诸家，删除无益之说"的撰写思想确定的前提就是在思想上破除"驱经从传"的思想。④ 顾氏在对《鄘风·定之方中》篇的分析中曰："此章（升彼虚矣）注虽有望景观卜之说，不可分为四项作主，驱经从传，自戾语气。"⑤ 从这一分析可以看出，顾梦麟的解经思想是反对"驱经从传"的。这在"此亦一述朱，彼亦一述朱"的明代整体学术背景下是非常难能可贵的。他的这种依靠自己的学术见识对各种经解观点进行遴选的解《诗》方法，使人们能够破除芜杂、消除无所适从之感。并且由于《诗经说约》具有很强的可操作性和内容阐释上的明晰性，从而让人产生有所凭依之感。这应该是《诗经说约》在当时受欢迎的重要原因。他在反对"驱经从传"的思想指导下，究竟做出哪些具体的努力，下面来具体论述。

《四库全书总目·经部卷十七·诗类存目一》对明代魏浣初的《诗经》学著作《诗经脉》作了这样的总体评价："惟大致拘文牵义，钩剔字句，摹仿语气，不脱时文之习。"⑥ 而对魏浣初在考证方面的努力还是加以肯定的："如《君子偕老》章，'副笄六珈'，《毛传》云：'笄衡，盖述追师。追，衡笄之文，衡，垂于耳，笄贯于发，见于追师。'注疏甚详。浣初引以证朱得

---

① 《南雷文定后集》卷二，第 24 页。
② 蒋秋华：《〈诗经说约〉导言》，（台北）"中央研究院"、中国文哲研究所筹备处，1996 年，第 40 页。
③ 《南雷文定后集》卷二，第 24 页。
④ 《诗经说约》，《续修四库全书》第 60 册，第 306 下页。
⑤ 《诗经说约》，《续修四库全书》第 60 册，第 306 下页。
⑥ 《四库全书总目》，第 141 页。

'衡笄'一物之误,尚小有考证。"① 可以看出四库馆臣对魏浣初这种考证的肯定。若以此为标准的话,顾氏对朱熹《诗集传》及他人著述中类似于此的考辨很多,故在明代整体上疏于考证的学术风气下,顾氏的这类考辨应该具有开风气之先的作用。在明代,朱子理学是统治人们思想的国家之学,科举考试也是以朱子之说为准则的,而士人对科举考试的重视,使得《诗经说约》作为一部为适应科考而编著的《诗经》学著作,与朱熹的《诗集传》的关系既有依存的一面,如上文所述在总的诗旨理解上"无一敢与紫阳戾";而在名物训诂上,顾氏又常常援引各家,时时自出新论,并指出朱子的不妥之处而予以辨正。笔者就以朱熹的《诗集传》为参照本体,讨论顾梦麟的《诗经说约》在名物训诂上与朱熹《诗集传》之间的关系。试图通过这一关系的梳理,分析在当时的政治、文化、学术环境下,顾梦麟有着怎样的学术追求及其学术追求在当时及后来的意义,从而确定其《诗经说约》在《诗经》学史上的地位。而另一点需要说明的是,朱熹的《诗集传》以它广泛的影响力,直到今天依然是流传最广的《诗》解著作。其中的训诂有的失于简单,有的尚不够准确完善,因为《诗集传》作为宋学的代表著作,略于名物训诂,更重视义理的阐发。而不明训诂,则难明诗意,通过考辨顾梦麟对朱熹注解的补充与订正的情况,也可以让今天的人们在解读《诗经》时在正确解释名物训诂的基础上,更贴近对诗意的理解,以发挥多识草木虫鱼之"观"的作用,发挥《诗》的"兴"的作用。顾氏反对"驱经从传"的治《诗》思想,在对朱熹的注解的补充完善与错误订正上,究竟做了哪些努力,兹在下面两节里分节专论。

第三节　《诗经说约》对《诗集传》注解的补充完善

顾梦麟在《诗经说约》的《序》里曰:"(《集传》)小注未具者,则采之《尚书》、《左氏传》、《国语》、'三礼'、《尔雅》诸编,益拓其证据,庶几便稽览。"《序》表达出作者补充完善朱注以便于"稽览"的目的,下面从

---

① 《四库全书总目》,第 141 页。

微观的层面来考察顾氏对《集传》注解补充的具体情况。

一、对朱熹《诗集传》注解的再注解

为了使人更好地理解诗意，顾氏有时还会对朱熹的《诗集传》中的注解再进行一番解释。下面根据注解的不同情况，进行分类说明。

（一）字义解释的补充

在《小雅·四月》一诗中对"滔滔江汉，南国之纪。尽瘁以仕，宁莫我有"中的"有"，朱熹解释为"识有"①，顾氏为解释"识有"之意，先引《疏义》的解释："犹顾念也"②。接着又说出自己的意见："愚意只是记忆之意。"③ 朱熹的注解"识有"确实有点让人费解，经顾氏再次解释，就觉得意思好懂多了。对《小雅·北山》中"或王事鞅掌"之"鞅掌"，朱熹解释为"失容"④。顾氏又据孔《疏》所引毛《传》将其解释为"烦劳之状，故云失容"。"言事烦'鞅掌'，不暇为仪容也。"⑤ 顾氏在对朱熹《诗集传》的注解予以补充以说明不同意见时，有时不以下按语的方式而仅引他人与朱熹不同的观点，借以委婉表达自己的见解。如在《唐风·山有枢》中，朱熹注解"弗曳弗娄"的"娄"为"亦曳也"。顾氏于是引严粲的《诗缉》予以补充解释："汉文帝赞，衣不曳地。曳、娄，优游娱适之意。孔《疏》曰：曳者，衣裳在身，行必曳之也。"⑥ 顾氏又引《广韵》注曰："曳，牵也，又引也。"⑦ 顾氏认为朱子从毛《传》曰"娄亦曳"，又曰："补《传》乃曰'娄者，曳而至于弊坏也'，看作'褛裂'之'褛'。"⑧ 顾氏认为这一解释"亦为穿凿"。顾氏引严粲《诗缉》对"曳"和"娄"作了更细致的区分。《诗经大全》也经常引严粲的《诗缉》，《大全》作为科举考试的标准教材为顾氏《诗经说约》所常引，而查考《大全》并没有引严粲这条对"娄"的解释，而顾氏特

① 《诗经说约》，《续修四库全书》第 60 册，第 580 下页。
② 《诗经说约》，《续修四库全书》第 60 册，第 580 下页。
③ 《诗经说约》，《续修四库全书》第 60 册，第 580 下页。
④ 《诗经说约》，《续修四库全书》第 60 册，第 583 上页。
⑤ 《诗经说约》，《续修四库全书》第 60 册，第 583 下页。
⑥ 《诗经说约》，《续修四库全书》第 60 册，第 380 上下页。
⑦ 《诗经说约》，《续修四库全书》第 60 册，第 380 下页。
⑧ 《诗经说约》，《续修四库全书》第 60 册，第 380 下页。

为拈出，实有纠正补充朱注之意，虽然在后面的"麟按"中并没有以下按语的形式予以强调，但依然可以看出，顾氏有引他人与朱熹不相同的意见来补充完善朱注的用意。对《郑风·鸡鸣》中"既见君子，云胡不夷"的"夷"，朱熹训为"平"，在总注中又言"心悦"，顾氏指出"心悦"之解概从毛氏。对此朱熹训"夷"为"平"的解释，顾氏又引严粲语解释曰："悦则夷平，忧则郁结，故《集传》训'夷'为'平'，而总注又曰'心悦'。"① 对《大雅·公刘》"乃积乃仓，乃裹糇粮"中的"积"，《集传》训为"露积"，顾氏对"露积"又进行了解释："露积者，恐似今之露天囷，以藏谷米，与仓正同。"② 在《卫风·竹竿》中对"翟翟竹竿"中的"翟"，朱熹《集传》训为"长而杀也"。顾氏又引《辑录》对"杀"进行解释："杀，衰小之也。谓钓竿长而根大，其末渐渐而衰小。"③ 朱熹《集传》对《东门之墠》中的"墠"解释为"除地町町者"。顾氏又引《字汇》对"町"进行了解释："町，田区畦埒，'町町'当是言其塍亩整治，故曰'町町'也。"④ 朱熹对《卫风·有狐》中"之子无带"之"带"解释道："所以申束衣也"。顾氏又引朱公迁《疏义》对"申"解释："申，重也，衣已束矣，又用带以束之。"⑤ 接着又解释了带的种类："凡带有二，韦带所以加裳上，所以悬佩；大带加衣上，所以束衣为礼也。"⑥ 在《唐风·鸨羽》中对"肃肃鸨行"的"行"，朱熹解为"行列"也。顾氏引《说文》予以补充道："鸨性群居如雁，自然有行列。"⑦ 这里通过对"鸨"的习性的说明，解释了其为什么飞翔有行列，是对《集传》之解更为详尽的补充。《小雅·天保》中《集传》对"吉蠲为饎"的"蠲"训为"言斋戒涤濯之洁"。《诗经大全》安成刘氏注解"斋戒"为："七日斋、三日戒。"⑧ 对这一解释，顾梦麟又查冯复京的《六家诗名物疏》进行补充解释："《名物疏》引《礼记》曰：'七日戒，三日斋'，《疏》曰

---

① 《诗经说约》，《续修四库全书》第 60 册，第 353 下页。
② 《诗经说约》，《续修四库全书》第 60 册，第 717 下页。
③ 《诗经说约》，《续修四库全书》第 60 册，第 323 下页。
④ 《诗经说约》，《续修四库全书》第 60 册，第 353 上页。
⑤ 《诗经说约》，《续修四库全书》第 60 册，第 328 上页。
⑥ 《诗经说约》，《续修四库全书》第 60 册，第 328 下页。
⑦ 《诗经说约》，《续修四库全书》第 60 册，第 386 上页。
⑧ 《诗经说约》，《续修四库全书》第 60 册，第 469 上页。

'七日戒'者为散斋也,'三日斋'者为致斋也"。① 据查考《礼记正义·坊记》中有"子云:'七日戒,三日斋,承一人焉以为尸,过之者趋走,以教敬也'"的记载,在这段文字中,《孔疏》解释道:"'七日戒'者,谓散斋也;'三日斋'者,谓致斋也。"② 由此可知,顾梦麟据《名物疏》所引《礼记》中的解释为正确的。可见,顾氏对字义的解释也是力求准确,并且对朱子解释中认为难解之词进行解释,以使人更好地理解经义。

(二)名物疏证的补充

对《大雅·皇矣》第二章"攘之剔之,其檿其柘"一句,朱熹将"檿"训为:"山桑也,与柘皆美材,可为弓干,又可蚕也。"③ 对于"山桑"到底是怎样一种植物,很多人不是太清楚。于是顾氏又对"山桑"作进一步解释。他先援引了《诗经世本古义》中苏轼对山桑的解释:"山桑之丝,唯东莱有之,以之为缯,其坚韧异常,莱人谓之山茧。"④ 接着又引《花木考》对"山桑"进行了如下解释:"《花木考》云:'茧生山桑,不浴不饲。居民取之制为绸,久而不杀。'亦与子瞻语相发。然此产自近日始尚,价亦涌贵,鲜真者。"⑤ 顾梦麟对朱熹注解中的"山桑"进行了一番查考,使人对"山桑"的理解不再仅仅是头脑中的一个概念,并且他与现实生活相联系的解释,让人明白了山桑之产品在当时的好尚、真伪情况,这就使人能够结合生活中的经验去理解山桑"可蚕"的功能。顾梦麟的解释确实与苏轼语互为补充,故曰"亦与子瞻语相发"。他通过旁征博引,最终对"山桑"进行了更清晰的训诂。在《小雅·四月》中"隰有杞桋"中,朱熹对"桋"解释为:"赤楝也,树叶细而岐,锐皮理错戾,好丛生山中,可为车辋。"⑥ 顾氏又引《辑录》对"辋"解释道:"辋,车之牙,即輮也。《考工记》注:'輮,牙也,以为轮之周抱也'。"⑦ 顾梦麟又引《礼书·考工记》解释道:"凡揉、牙,则牙揉木为之

---

① 《诗经说约》,《续修四库全书》第 60 册,第 469 下页。

② (汉)郑玄著,(唐)孔颖达疏:《礼记正义·坊记三十》,北京:北京大学出版社,1999 年,第 1412 页。

③ 《诗经说约》,《续修四库全书》第 60 册,第 678 上页。

④ 《诗经说约》,《续修四库全书》第 60 册,第 678 下页。

⑤ 《诗经说约》,《续修四库全书》第 60 册,第 679 上页。

⑥ 《诗经说约》,《续修四库全书》第 60 册,第 581 上页。

⑦ 《诗经说约》,《续修四库全书》第 60 册,第 581 上页。

矣。六分其轮，崇其一以为之牙。围则牙围，尺一寸矣，牙亦谓之罔，亦谓之渠，亦谓之輮。行泽者以輮，行山者反輮。"① 顾氏引的这些内容对古代车轮的构造及名称予以补充，让人对"辋"有了明晰的理解。对《小雅·大东》里"东有启明，西有长庚"这句话中的"启明、长庚"，朱熹解释道："启明、长庚皆金星也"。这一解释的确容易让人误认为有可能存在两个金星的意思。对此，顾梦麟解释道："'启明、长庚皆金星者，犹云'皆谓金星'也，盖金星止一无两星耳。据孔《疏》：'启明、长庚并不是金星之名，分据两头言之，正是形容之词'。今吴俗长庚为黄昏星，启明为晓星，有晓星时无黄昏星，有黄昏星时无晓星，理为一星尤无疑。但二句实非一时，并有偶然对待言之也。"② 朱注又云："盖金、水二星常附日行，而或先或后，但金大水小，故独以金星为言也。"③ 对这一点，顾梦麟还专门予以强调解释："注兼言金、水二星者，以彼行此之词。下已云独以金星为言矣，勿疑。"④ 对这样细微的地方，顾梦麟都会解释清楚，似乎显得有些刻板，但却做到了对事物的理解切实清楚，反映出他认真求实的一面。对《鄘风·桑中》"爰采唐矣，沫之乡矣"中的"唐"，朱熹作了训释："唐：蒙菜，一名兔丝。"⑤ 顾梦麟在"按语"中又作了如下的补充："诸书唐、蒙、女萝、菟丝、王女、松萝、兔丘、兔卢、菟缕、赤纲、菟罍，亦十一名。然依《名物疏本草·草部》有兔丝，《木部》有松萝，俱名女萝，盖名同实异也。《小雅》所称之'女萝'正'松萝'，非兔丝，即与'唐'异。"⑥ 顾氏对《鄘风·桑中》中的"唐"与《小雅》中的"女萝"作了区分，认为二者非指一种草木而言。

　　以上这些对名物述训诂的补充解释，或对稀有之物旁征博引并结合现实生活的解释让人产生感性的理解，或通过进一步解释让人避免了误解，或对同名的事物予以区分，等等，总之，都进一步地补充了朱熹的注解，使人能更好地理解诗意。

---

① 《诗经说约》，《续修四库全书》第 60 册，第 581 下页。
② 《诗经说约》，《续修四库全书》第 60 册，第 578 下页。
③ 《诗经说约》，《续修四库全书》第 60 册，第 578 上页。
④ 《诗经说约》，《续修四库全书》第 60 册，第 579 上页。
⑤ 《诗经说约》，《续修四库全书》第 60 册，第 304 上页。
⑥ 《诗经说约》，《续修四库全书》第 60 册，第 304 上页。

（三）对地理名称进行补充解释

在《六月》"薄伐猃狁，至于大原"一句中的"大原"，朱熹训释道："大原，地名，亦曰大卤，今在太原府阳曲县。"① 顾氏解释曰："大原，晋地。"又引《穀梁传》云："中国曰大原，夷狄曰大卤。"② 顾氏引《穀梁传》中关于这一内容的记载所进行的必要补充，使人明白了"大原"是中原人对晋地的称谓，"大卤"是夷狄对"大原"的称谓，这一补充解释比朱熹的注解更清楚明白，可以让人避免误解，否则会让人产生"大原"本有两名、两名之一可随意称之的误解。

《小雅·车攻》中"东有甫草，驾言行狩"中，朱熹对"甫草"训曰："甫草，甫田也，后为郑地，今开封府中牟县西圃田泽是也。宣王之时，未有郑国，圃田属东都畿内，故往田也。"③ 顾氏先引孔《疏》聊备一说："河南曰豫州，其泽薮曰圃田"。④ 又引何楷《诗经世本古义》辨析道："甫草，郑云甫田之草也。郑有甫田，《尔雅》作'圃田'，十薮之一。泽无水者曰'薮'。郭璞云：'今荥阳中牟县西北七里，其泽东西五十里，南北二十六里'。或疑下章言'搏兽于敖'，与此'甫草行狩'地名互异，谓不应既猎于此，又猎于彼。"⑤ 接着又引《河南通志》："按今《河南通志》：古敖城在荥泽县西南七十里，荥泽，南至郑州界五里，郑州东至中牟县界三十五里，中牟、荥泽，在晋属荥阳郡，在金俱属郑州，我朝以荥泽属郑州，与中牟俱隶开封府，二地相去本不甚远。"⑥ 又据《郡县志》言："圃田，泽，东西长五十里，则敖地正在圃田中耳。"⑦ 又引郦道元补充道："圃田泽多麻黄草。《述征记》曰：践县境便有斯卉，穷则知逾界，《诗》所谓'东有圃草'也。"⑧ 顾氏不烦征引，对"甫草"与"甫田"的关系、"甫田"与"敖"之关系及"甫田"确切的地理位置，进行了更清晰的辨析，"敖地正在圃田中"的考证

① 《诗经说约》，《续修四库全书》第60册，第499上页。
② 《诗经说约》，《续修四库全书》第60册，第499下页。
③ 《诗经说约》，《续修四库全书》第60册，第504下页。
④ 《诗经说约》，《续修四库全书》第60册，第504下页。
⑤ 《诗经说约》，《续修四库全书》第60册，第505上页。
⑥ 《诗经说约》，《续修四库全书》第60册，第505上页。
⑦ 《诗经说约》，《续修四库全书》第60册，第505上下页。
⑧ 《诗经说约》，《续修四库全书》第60册，第505下页。

结果，会让人消除"甫田"与"敖"是两个地方的误解，证明了郭璞"地名互异"、实为一地的猜测。"甫草"即"甫田"之"麻黄草"，首章的"甫草"即是地名"甫田"之代称，这里有用该地的特征代指代地名的借代之意。了解了以上这些内容，就能更好地理解"东有甫草，驾言行狩"之"甫草"即"甫田"，下句"驾言行狩"之"甫草"与下章"搏兽于敖"的"敖"其实正是同一地方，从而避免了对"既然到'甫草'打猎，又何以于'敖'地搏兽"产生不解。由此可见，顾氏的这种对地名的考证还是很有意义的。他补充完善了朱熹注解失之简略的地方，让人消除疑惑，更容易理解诗意。

对《鄘风·桑中》"爰采唐矣，沬之乡矣"中的"沬"，朱熹作了训释："沬，卫邑也。《书》所谓妹邦者也。"① 对"沬"的解释，顾氏又引《晋书·地道记》云："朝歌城本沬邑。《书·酒诰》云：明大命于妹邦。辄'沬'与'妹'一也。"② 顾氏引《晋书》对朱熹"《书》所谓妹邦者也"这句话作了更详尽的补充说明。

在《鹤鸣》一诗中，朱熹注解了"九皋"之意："泽中水溢出所为坎，从外数至九，喻深远也。"③ 顾梦麟又补充道："据《疏》，泽者，水之所钟，故知泽中水溢出所为坎自外数至九，于时泽有然者，故作者举之以喻深远，则九皋非一定之名也。"④ 对《小雅·六月》中"张仲孝友"一句，朱熹解释道："张仲，吉甫之友也。"⑤ 顾氏又引何楷《诗经世本古义》云："张仲，诸友之一。《尔雅》李巡注云：张姓仲字。"⑥ 这一补充，让人对张仲其人又多了些了解。在《秦风·无衣》中对"与子同泽"之"泽"，朱熹解释为："泽，里衣也。以其亲肤近于垢泽，故谓之'泽'。"⑦ 顾氏引《说文》辨道："泽，袴也。亦作襗。又《释名》云：汗衣，近身受汗垢之衣也。或曰'鄙袒'，或曰'羞袒'。作用六尺载覆胸背，言羞鄙于袒而为此耳。"⑧

由于明代对朱熹《诗集传》的特殊尊崇，人们往往对《诗集传》深钻精

① 《诗经说约》，《续修四库全书》第 60 册，第 304 上页。
② 《诗经说约》，《续修四库全书》第 60 册，第 304 上页。
③ 《诗经说约》，《续修四库全书》第 60 册，第 515 上页。
④ 《诗经说约》，《续修四库全书》第 60 册，第 516 上页。
⑤ 《诗经说约》，《续修四库全书》第 60 册，第 499 上页。
⑥ 《诗经说约》，《续修四库全书》第 60 册，第 500 上页。
⑦ 《诗经说约》，《续修四库全书》第 60 册，第 401 下页。
⑧ 《诗经说约》，《续修四库全书》第 60 册，第 402 上页。

研，甚至对虚词、断句、语气等都予以细致的揣摩，所以对朱熹注解中内容常常予以再度解释，以期使《诗》更明白易解。顾氏的《诗经说约》在这方面做了不少工作。通过梳理发现，这类补充注解，对丰富完善朱熹的注解是很必要的。

二、对《诗集传》注解的补充与完善

朱熹的《集传》不以训诂名物见长，而重在阐发义理以服务于道学。故对《诗经》中有些地方不予作注或训之过于简略。通过考察顾氏《诗经说约》一书发现，对《集传》中未作注的情况，顾氏或援引或自释，予以了必要的补充。这样，会使得当时的学习者对这些地方更方便理解。而对于朱熹已经作注，但失之简略的地方，顾氏又不烦查考援引，予以更为翔实的解释以补充完善朱注。下面对这两种情况分别予以考论。

（一）对朱传未注解与朱注认为无解的注解予以解释

在《小雅·鹤鸣》中对"鱼潜在渊"之"渊"，朱熹未作解释，顾氏引多种说法对"渊"进行解释：引《说文》对"渊"的解释："渊，回水也。《列子》九渊义同。然管子云：水出地之不流者命之曰渊。李萧远云：水通之为川，塞之为渊。荀子云：积水成渊，与潜字意较合。"① 对本篇中的"鱼在于渚"之"渚"，朱子未注，顾氏又引《江有汜》中"渚"注补充了注解："小洲也，水岐成渚，即鱼游泳之处也。"②

对《大雅·皇矣》中的"不长夏以革"的"革"，朱熹认为"未详"而未作任何解释。顾氏引毛《传》解为"更"③，又引吕祖谦《读诗记》解为"变革"。④ 在《采芑》中朱熹对"约軝错衡"中之"衡"未作训解。顾氏又引《释名》进行训诂："衡，横也，横马颈上也。"⑤《卫风·河广》中"谁谓河广，跂予望之"之"跂"，朱未作解释，顾氏引《诗缉》予以解释：

① 《诗经说约》，《续修四库全书》第 60 册，第 516 上页。
② 《诗经说约》，《续修四库全书》第 60 册，第 516 上页。
③ 《诗经说约》，《续修四库全书》第 60 册，第 684 下页。
④ 《诗经说约》，《续修四库全书》第 60 册，第 685 上页。
⑤ 《诗经说约》，《续修四库全书》第 60 册，第 502 下页。

"跂，举踵也，脚跟不着地。"① 又引《稗雅》对"一苇杭之"的"苇"解道："苇，今之芦"。朱熹对《卫风·木瓜》中的"木桃""木李"未解释，顾氏引冯复京的《名物疏》解释补充道："木桃、木李，依《稗雅》似即木瓜之类，非即桃李也。《述异记》：桃之大者谓木桃，又即桃类。"② 对《卫风·东门之池》，朱熹没有对"东门之池"作具体解释，故顾氏引《水经注》补充出来："东门之池，陈城，故陈国也。东门内有池，池水东西七十步，南北八十许步。水至清洁而不耗竭，中有故台处，所谓'东门之池'也。"③ 在《陈风·泽陂》中，朱熹对"有蒲与兰"的"蒲"无解释，顾氏引何楷《诗经世本古义》中所引的《名物解》云："蒲，香草也；生于春，盛于夏，与荷同其荣枯。"④

在《唐风·蟋蟀》中，"蟋蟀在堂，役车其休"，朱熹对"役车"没有具体解释其到底为何物，只是说"庶人乘役车"。顾梦麟先引孔《疏》对役车解释曰："庶人乘役车。《春官·巾车》文也。彼注云：役车方箱，可载任器以供役。然则收纳禾稼，亦用此车。故役车休息，是农功毕，无事也。"⑤ 在"麟按"中顾氏又据冯应京《六家诗名物疏》补充了"役车"名字之由来："庶人以力役为事，故名车为'役车'"。⑥ 又据《礼书》举出另一种解释："役车，牛车也"。⑦ 参照这些解释去理解，就让"役车"这个概念更具体更容易理解了。理解了这一概念，也有利于对整首诗的意思进行理解。而今天的多数注解如程俊英的《诗经译注》、周振甫的《诗经注析》都是仅仅将其解释为"服役的车子"或"担任劳役的车子"，高亨的《诗经今译》释为"担任劳役的车"。结合诗的意思，仔细分析，这里是借指车的闲置来借代人开始休息，而有必要将这里的"役车"和与之相关的人之关系解释一下，正如郑玄所言"役车休，农工休，无事也"。⑧ 而顾梦麟引《名物疏》的解释注意从役车和人之间的关系这一点上予以解释，进而能够帮助人理解整首诗的

---

① 《诗经说约》，《续修四库全书》第 60 册，第 325 下页。
② 《诗经说约》，《续修四库全书》第 60 册，第 328 下页。
③ 《诗经说约》，《续修四库全书》第 60 册，第 408 下页。
④ 《诗经说约》，《续修四库全书》第 60 册，第 413 上页。
⑤ 《诗经说约》，《续修四库全书》第 60 册，第 379 下页。
⑥ 《诗经说约》，《续修四库全书》第 60 册，第 379 上页。
⑦ 《诗经说约》，《续修四库全书》第 60 册，第 379 上页。
⑧ 《诗经说约》，《续修四库全书》第 60 册，第 379 下页。

意思。而今天的《诗经》注本仅将"役车"解释为服役的车子，不如顾氏的解释更详明。

（二）对《诗集传》未详赡的注解予以补充完善

对《诗集传》中朱注解释失之简略的，顾氏会汇总他书的相关注疏予以解释，如对《陈风·东门之池》中"可以沤紵"的"紵"：《诗集传》解释为"麻属"，只说出了类别，显得简略概括。于是，顾氏就再引《诗经大全》陆氏之说："紵，科生，数十茎，宿根在地中，至春自生。荆、扬间一岁三收。剥去其皮之表，但得其里，绩以织布。"① 经过顾氏所引的《大全》的解释，使人明白了"紵"这一植物的习性、产地等特征，比朱熹原来的概括解释翔实明了，这样的补充对当时的考生而言，是十分必要的，他们只要看《诗经说约》，就能搜罗到《诗集传》以外所需要的内容。所以，《诗经说约》在当时很受欢迎，可能与顾氏对《诗》的注解追求翔实完整全面，满足了当时士子们的科考需求不无关系。下面我们将搜罗到的顾氏对朱熹《诗集传》之注所作的补充完善的相关内容予以汇辑。

1. 字音字义的补充

朱熹的《诗集传》对一首诗中不能确定的字音，就会对同一个字注两个音。顾梦麟会根据该字在诗中的意思来确定其确切的读音，对朱熹没有厘定的字音进行厘定。如对《小雅·大车》里的"无将大车，维尘雍兮；无思远忧，祗自重兮"中的"雍"与"重"的注音，朱熹对"雍"注为"於勇反，於容反"，对"重"注音为"直勇反，直龙反"。顾梦麟根据《吕记》的解释"凡物之行不为物所累则轻而速，为物所累则重而迟"② 认为"《集传》雍、重虽各有二音，然以去声为正"。③ 又结合俗谚解释道："俗谚谓'重'亦曰'累坠'，然语意则只如云'自累自家也'。"④ 顾氏的这一补充解释是正确的。

对《郑风·叔于田》中"洵美且异"之"美"的训解，朱熹训为"好"。顾氏引黄才伯之说解为："便捷轻利。"引徐士彰曰："无可增议。"顾氏认为

---

① 《诗经说约》，《续修四库全书》第60册，第408下页。
② 《诗经说约》，《续修四库全书》第60册，第584上页。
③ 《诗经说约》，《续修四库全书》第60册，第584上页。
④ 《诗经说约》，《续修四库全书》第60册，第584上页。

徐说"较浑而该"也。① 确实，朱熹将"美"解为"好"显得笼统模糊，而顾氏所引都比朱熹之解更切合《诗》中的"叔"的形象气质。对《鄘风·君子偕老》中"子之清扬"的"扬"，朱熹训"扬"为："扬，眉上广也"。对这一理解，顾梦麟首先指出徐光启也持同样的观点，但他认为未免有些牵强。顾氏认为只作"眉上开广"解亦可。接着他引孔《疏》道："以目视清明，因名为清。扬者，眉上之美名，因谓'眉上、眉下'皆曰'扬'，目上、目下皆曰'清'。故《野有蔓草》，《传》曰：清扬，眉目之开。《猗嗟》，《传》曰：目下为'清'。"② 最后，他觉得"观孔氏'眉上眉下'之云，盖益信训'上'为'高'非正也。"③ 他认为训"上"为"高"不正确，眉上、眉下皆为"扬"，故不将"上"训为"高"。在这里顾氏还对朱熹未注的"清"进行了补充解释。

顾梦麟还特别注意将字义训诂与诗意理解联系起来，根据诗意及上下文语境给出某字在《诗》的中的准确意义，他还常对朱子仅给以字面上的直接字义训释予以必要补充。如对《天保》中"不骞不崩"，朱熹释"骞"为"亏也"。对此，顾梦麟又进一步解释为："亏也，谓一隅；崩也，谓全体。"④ 这里，他的解释是结合诗中"南山"这个喻体去解释的，显得更为贴切而具体，最终使意思的表达更为详尽准确。要是仅将"骞"解释为"亏"的话，就不如像现在这样更能启发人的想象，给人以具体形象之感。而朱熹将"亏"的解释与"南山"这一喻体直接相联系时，也缺乏必要的联结点。因为"亏"还可以用来解释别的话题，如月亮圆亏、理亏等等。顾梦麟将字义的理解与句子相联系，将其置于语境之中，与诗的上下文语句、与被解释对象紧密结合的方法，能使人加深对原诗意思的理解。

2. 名物疏证的补充

对《陈风·泽陂》的"有蒲菡萏"的"菡萏"，朱熹训为"荷华"，顾氏又引徐锴的解释："菡，犹含也，未吐之意。"⑤ 又引陆玑的解释："未发为菡

---

① 《诗经说约》，《续修四库全书》第 60 册，第 343 下页。
② 《诗经说约》，《续修四库全书》第 60 册，第 303 下页。
③ 《诗经说约》，《续修四库全书》第 60 册，第 303 下页。
④ 《诗经说约》，《续修四库全书》第 60 册，第 470 下页。
⑤ 《诗经说约》，《续修四库全书》第 60 册，第 413 下页。

苕。"① 这一补充揭示了"菡萏"区别于荷花的特征在于它是荷花未开放时的称谓。这比朱熹简单地将其概括为"荷华"要更为准确详尽，这样的补充完善是很有必要的。

在《卫风·氓》中朱熹对"体，无咎言"之"体"解释道："兆卦之体也。"② 顾氏引严粲《诗缉》对这一概括的解释作了更详细的阐释："《春官·占人》云：'凡卜筮，君占体。'注云：'体，骨象也。'周公云：'体，王其罔言。'体，无凶咎之言，言与我宜为室家。"③ 对于名物的解释，《诗经大全》也常引《诗缉》之解，但查考《诗经大全》，没有对该问题的注解。可见，对朱子这类解释得概括简略、难解而又该解之处，顾氏就会专门将这些问题剔出，引他人之解予以解释。《卫风·木瓜》中"报之以琼瑶"之"瑶"，朱熹训为"美玉"。顾氏又引《说文》"美石"及《鲁诗诗学》"白玉"的解释予以参正补充。④《卫风·木瓜》中"报之以琼玖"的"玖"，朱熹解释为"亦玉名"。顾氏又引《孔疏》之《丘中有麻》中的解释"玖，石头，次玉，是玖非'全玉'也"来完善朱注。⑤ 接着顾氏又补充道："玉轻石重，惟取贵者，用玉以纯，故有非全玉之说。"⑥ 这比朱熹对"玖"仅仅解为玉的名称显得更为详细明白。

《卫风·芄兰》"虽则佩觿，能不我知"里的"觿"，朱子训为："锥也。以象骨为之，所以解结，成人之佩，非童子之饰也。"⑦ 顾氏又引刘向之解："治烦决乱者佩觿。"⑧ 又引《内则》注："小觿以解小结，大觿以解大结。"⑨ 顾氏援引的这些内容实际上与朱熹的"成人之佩，非童子之饰也"互为发明，恰恰反映出童子岂能"治烦决乱"、又何以佩"成人之佩"的一种怀疑与质问的态度。这一补充能够加深对诗意的理解，并与朱注互相补充发明。

对《小雅·大东》中"杼柚其空"里的"杼柚"，朱熹训"杼"为"持

---

① 《诗经说约》，《续修四库全书》第60册，第413下页。
② 《诗经说约》，《续修四库全书》第60册，第321上页。
③ 《诗经说约》，《续修四库全书》第60册，第321下页。
④ 《诗经说约》，《续修四库全书》第60册，第328下页。
⑤ 《诗经说约》，《续修四库全书》第60册，第328下页。
⑥ 《诗经说约》，《续修四库全书》第60册，第328下页。
⑦ 《诗经说约》，《续修四库全书》第60册，第324上页。
⑧ 《诗经说约》，《续修四库全书》第60册，第324上页。
⑨ 《诗经说约》，《续修四库全书》第60册，第324上页。

纬者",训"柚"为"受经者"。对"杼",顾氏引《大全》曹氏曰:"梭也。"① 又引《释文》中《说文》的解释:"盛纬器"。② 对"柚",引《诗缉》中董氏曰:"卷织者。"③ 这些补充可以与朱熹之注互为参证。对《大雅·行苇》中的"以祈黄耇"之"黄耇",朱熹训为"老人"。顾梦麟则援引诸书作了如下解释:"《尔雅》注:黄发,发落更生黄者;耇,犹耆也。《疏》舍人曰:黄发,老人发白复黄也。"④ 接着,他又引《方言》界定了这一称谓的地域特征。《方言》云:"秦、晋之交,陈、兖之会,谓'老'曰'耇';燕岱北郊称'耇'为'梨'。郭彼注曰:'梨,面色似冻梨也'。孙炎曰:'耇,面如冻梨,色如浮垢,老人寿微也'。"⑤ 顾氏通过这些旁征博引,实际是为了解释"黄耇"为什么可以训为"老人",以使人对这一训释理解起来更容易。

对"言树之背"的"背",朱熹解释为"北堂",顾氏引孔《疏》解释了"北堂"之称的来历。孔《疏》云:"背者,向北之义,故知在北;妇人所常处者,堂也,故知北堂。《古昏礼》云:'妇洗在北堂。'《有司彻》云:'致爵于主妇,主妇北堂'。房屋所居之地,总谓之堂。房半以北为北堂,房半以南为南堂。"⑥ 顾氏依照孔《疏》的解释,使朱熹的"北堂"之说意思更清晰了。他这样做的原因很大程度上其实是因为当时人们都不读古注疏,而他这些补充对朱熹的注解的理解有一定的帮助,能够让应考的士子更好地理解朱注,同时也会加深对名物、经义的理解,因而是很必要的。

在《鄘风·君子偕老》一诗中,《诗集传》释"六珈"之"珈"为:"珈之言加也,以玉加于笄而为饰也"。⑦ 顾氏又引《礼书》对"六珈"进行解释:"但据《礼书》,圆笄只是一根簪耳。六珈是以玉加于笄而为饰,笄上固无可加之地。或当因笄既玉,而又有六玉之饰,故遂云'加珈于笄'者,言笄之外又有所加,非即加于笄上也。则此句(副笄六珈)当作三项看:'副'是一项,'笄'是一项,而'六珈'又一项。'副'旁有'笄','笄'

---

① 《诗经说约》,《续修四库全书》第 60 册,第 576 下页。
② 《诗经说约》,《续修四库全书》第 60 册,第 576 下页。
③ 《诗经说约》,《续修四库全书》第 60 册,第 576 下页。
④ 《诗经说约》,《续修四库全书》第 60 册,第 707 上页。
⑤ 《诗经说约》,《续修四库全书》第 60 册,第 707 上页。
⑥ 《诗经说约》,《续修四库全书》第 60 册,第 327 上页。
⑦ 《诗经说约》,《续修四库全书》第 60 册,第 300 下页。

外有玉，以'外'字换'上'字，自明也。余即连'衡'字亦关之，勿混。"① 这里，顾梦麟的意思是说：这句话中"副""笄""六珈"是三种装束之物，"珈"为"笄"以外又一种玉饰。这样的解释，就比朱熹的解释更详明。

对《小雅·采芑》中的"有玱葱珩"中"葱"，《诗集传》释道："葱，苍色如葱者也。"② 顾梦麟引《玉藻》注辨道："黑，谓之黝，青，谓之葱。"③ 又引《雅翼》辨析曰："葱本白而未青，青色尤美。"④ 这些补充都可聊备一说。

3. 对诗意的补充发明

顾梦麟有时会对朱熹关于诗句意义的理解予以补充，以更好地发明朱子之意。如在《卫风·氓》的诗解中引郑《笺》对朱注进一步解释。在《卫风·氓》中，朱熹对"士之耽兮，犹可说也；女之耽兮，不可说也"解释道："主言妇人无外事，唯以贞信为节，一失其正，则余无足观尔。不可便谓士之耽惑实无所妨也。"⑤ 朱熹的意思是说贞信守节对妇女而言是最大的事，"饿死事小，失节事大"，但对"士之耽兮，犹可说也"，切不可理解为男子可以随意耽惑于情事而无所妨害。这里是就士也要谨信爱身、严于修己而言的，突出地体现了朱子的卫道思想。对"士之耽兮，犹可说也；女之耽兮，不可说也"的理解，顾氏又引郑《笺》对朱注所表达的上述主张作了进一步解释，强调了在"耽"于情事这一问题上的男女有别。他引郑《笺》云："士有百行，可以功过相除。至于妇人无外事，惟以贞信为节。"⑥ 实际上是表达了士如果有不检点的行为，并非无妨，但尚可以用其他方面的功劳来补救这一过失，而女子由于无外事、他事可言，故与事功无缘，唯贞节一事大如天也。顾氏所引郑《笺》的理解恰可以与朱注之理解相互发明。

---

① 《诗经说约》，《续修四库全书》第 60 册，第 301 下页。
② 《诗经说约》，《续修四库全书》第 60 册，第 502 上页。
③ 《诗经说约》，《续修四库全书》第 60 册，第 502 下页。
④ 《诗经说约》，《续修四库全书》第 60 册，第 502 下页。
⑤ 《诗经说约》，《续修四库全书》第 60 册，第 321 下页。
⑥ 《诗经说约》，《续修四库全书》第 60 册，第 321 页。

第四节　《诗经说约》对朱熹《诗集传》注误的辨正

顾氏并不是仅仅旁采博搜对朱注进行补充，而且还对朱注的错误进行了订正。下面就从微观的层面来考察顾氏对朱熹《诗集传》注解订正辨误的具体情况。

一、字义韵读的订正

《郑风·缁衣》中"缁衣之蓆兮"之"蓆"，朱熹训为"大"，又引程子之言曰："蓆有安舒之义"，顾梦麟引《字汇》证"蓆""无安舒之解"，认为"宜只主大说"。① 当今周振甫《诗经注析》、程俊英的《诗经译注》都训为"宽大"，顾氏的解释更准确。

对《小雅·白驹》中"于焉嘉客"的"嘉客"，朱熹解释为"犹逍遥也"。顾梦麟解释为"有嘉客"，似比朱子解释更晓畅明白。

顾氏韵读有不从朱《传》之处。对《小雅·车攻》"决拾既佽，弓矢既调。射夫既同，助我举柴"一章，在"麟按"里顾氏指出朱注的穿凿："《集传》'佽'与'柴'叶，'调'读如'同'，与'同'叶，此太穿凿。《六帖》'射夫既同'为散句，而'佽'、'调'、'柴'俱一韵，必《六帖》是也。然《字书》无考。"② 他又指出"调"字的本音："'调'本田聊切，一徒吊切，一职流切，又一叶徒红切。《离骚》'挚咎繇而能调'叶'求矩镬之所同'，是也，朱《传》或依《离骚》耳。然如此恐不成诗理，故不敢信。'柴'字音辨略，见《召南·采蘋》篇。古韵六御、七遇本通用，佽、柴其类也。乃到'暴、耄、诏'皆可与相叶，则'调'为去声可与'次、柴'相叶亦无疑，故吾断欲从《六帖》。"③ 这里，顾氏也看出朱熹的处处叶韵改正读音的方法不妥，所以有时不从。

对朱子读诗断句法的订正。《生民》："履帝武敏歆，朱子以'歆'字属

---

① 《诗经说约》，《续修四库全书》第 60 册，第 342 下页。
② 《诗经说约》，《续修四库全书》第 60 册，第 507 上页。
③ 《诗经说约》，《续修四库全书》第 60 册，第 507 上页。

下句，读无此法。"① 顾氏的断句法是正确的。

二、诗意理解的辨正

在《王风·黍离》一诗的结尾，朱熹《诗集传》引元成刘氏曰："常人之情，忧乐之事，初遇之，则心变焉。次遇之，则其变少衰。三遇之，则其心如常矣。至于君子忠厚之情则不然，其行役往来，固非一见也。初见稷之苗矣，又见稷之穗矣，又见稷之实矣，而所感之心，终始如一，不少变而愈深，此则诗人之意也。"②

对这一理解，顾氏又引《诗经通解》予以辨析："三章皆一时事。首言苗次言穗，又次言实，只是变文以换韵耳。以《桃夭》诗例之自见，不可以为往来非一见，而所感愈深。如此说，何为所见之'稷'每异，而所见之'黍'前后但'离离'邪？其说不得通矣。"③ 顾氏又指出《诗经通解》之解是本严粲的《诗缉》的说法。查严粲《诗缉》关于此的论述："苗、穗、实取协韵耳。旧说初见黍之苗，中见稷之穗，后见稷之实，为行役之久，前后所见使稷自苗而至于实果为行役之久，则不应黍惟言'离离'也。"④ 可知顾氏判断为确。并且他将《诗经通解》的说法置于朱氏所引"元成刘氏"之说之后，本身就是想让人们在比较中取舍，这里明显地看出他在诗意的理解上并不盲从朱熹的理解。关于这种理解的合理性，我们可以参照《续修四库全书总目提要》对杨于庭《诗经主义》的评价："又如以诗之数章一意者，不过反复歌咏，变文以叶韵，初无深浅之可言，皆较旧说为有见"。⑤ 按照这一评价标准，顾氏主张的"变文以换韵"亦应"较旧说为有见。"元代的刘玉汝《诗缵绪》对《桃夭》首章"桃之夭夭，灼灼其华。之子于归，宜其室家"解释道："月令二月桃始华，周礼仲春二月会男女，诗人因所见桃花以起兴。此专指首章言，次、末二章则因首章言华遂取实与叶以申，所咏不必皆实见矣。盖桃始华所见者也，当此之时，安有实与叶哉？《诗》之托兴多如

① 《诗经说约》，《续修四库全书》第 60 册，第 697 下页。
② 《诗经说约》，《续修四库全书》第 60 册，第 333 上页。
③ 《诗经说约》，《续修四库全书》第 60 册，第 333 上页。
④ （宋）严粲：《诗缉》，长春：吉林出版集团有限责任公司，2005 年，《钦定四库全书荟要》第 27 册，第 202 页。
⑤ 《续修四库全书总目提要》，第 320 页。

此，如《黍离》之苗、穗、实亦然，不必别为之说，盖亦一体也。"① 这些解释，都说明按照"变文以换韵"的观点去解释更合理些。

对《王风·采葛》里的"三秋"，顾氏的理解与朱熹之解不同，他提出了自己的见解。"'三秋'亦可作'三月'，亦可作'三岁'，既曰'三秋不止三月矣'，又曰'三岁不止三秋'，未圆。恐只是变文叶韵耳。"② 其实，按顾氏的"变文叶韵"理解确实是更能揭示诗的用字的特色，但却忽略了随着时间的递增思念之情层层深入的意思。将顾氏的"变文叶韵"与朱熹的解释相结合理解更好，既在结构上有变文叶韵的特点，也反映了时间的加长与情感的深化。《小雅·大东》中对"君子所履，小人所视"这句话，朱熹理解为"君子履之，而小人视焉"。③ 而顾梦麟采用的是朱公迁《疏义》中的理解："适周之道，既平且直，乃人所共履共视者。曰君子小人，互文见义耳。"④ 顾梦麟认为"君子小人互文见义"的理解优于朱熹的理解。

对《蓼莪》中"欲报之德，昊天罔极"这句诗，朱熹这样解释道："言父母之恩如此，欲报之以德，而其恩之大，如天无穷，不知所以为报也。"顾梦麟按："如《诗经世本古义》则德属父母，如朱熹注则德属子，似《古义》较胜，参之。"⑤ 顾梦麟认为何楷的解释优于朱熹的理解。其实，朱熹的注解若说"欲报父母的恩德"就能更准确地表达诗意，而顾氏引何楷《诗经世本古义》对朱注的辨析还是很有道理的。

三、名物训诂的考辨

在《鄘风·君子偕老》中，朱熹对"副笄六珈"之"笄"解释道："笄，衡笄也，垂于副之两旁之当耳，其下以丝悬瑱。"⑥ 顾氏认为："此乃释衡，非释笄也。"⑦ 又指出朱熹的辨析本于严粲，但"衡、笄二物，'衡'垂于当

---

① （元）刘玉汝：《诗缵绪》，沈阳：沈阳出版社，1998 年，《四库全书珍本初集版》第 14 册，第 7390 页。
② 《诗经说约》，《续修四库全书》第 60 册，第 339 上页。
③ 《诗经说约》，《续修四库全书》第 60 册，第 575 上页。
④ 《诗经说约》，《续修四库全书》第 60 册，第 576 上页。
⑤ 《诗经说约》，《续修四库全书》第 60 册，第 574 下页。
⑥ 《诗经说约》，《续修四库全书》第 60 册，第 300 下页。
⑦ 《诗经说约》，《续修四库全书》第 60 册，第 301 上页。

耳，'笄'横于头上。朱《传》误以衡、笄为一"①。顾氏指出了朱熹"以衡、笄为一"之误，并指出他所本何处，可以算是查考严密有据了。

在《采芑》一诗中，朱熹对"约軧错衡"的"軧"训为"毂"。顾梦麟又引《六家诗名物疏》中的《诗诂》辨之："軧，毂之旁出者。"② 顾氏的理解是正确的，"軧"是"毂"超出车轮的部分，故为"旁出"者。

《小雅·鱼丽》一诗中，朱熹对"鱼丽于罶，鲿鲨"中的"鲿"解释道："鲿，扬也，今黄颊鱼是也，似燕头，鱼身，形厚而长大，颊骨正黄，鱼之大而有力解飞者。"③ 顾氏指出朱熹的解释不妥："'似燕头'本不成句，本鱼而曰'鱼身'，亦未安也。"④ 顾氏指出这一解释在语句表达上的不妥，认为"鲿鱼似燕头"本不成句，本来就是鱼而曰"鱼身"亦不妥。然后，他又列举了朱公迁《诗经疏义》的理解："《疏义》欲以'似燕头鱼'为句，'身'字属下。然如此则'燕头鱼'当为鱼名，既无所据，且'燕头鱼身'亦见《稗雅》之文，似《疏义》为穿凿也，宁终从旧读耳。"⑤ 顾氏认为朱公迁重新断句，将"鲿"解释为"燕头鱼"也不正确，故仍从旧读。对"鲿"的解释，麟按《释文》中所引《草木疏》云："鲿，今江东呼黄鲿鱼，尾微黄，大者长尺七八寸许。"⑥ 接着他又引冯复京的说法："然《名物疏》只云'长七八寸许'，似别据善本。黄鲿，吴中常产，无尺以上者也。"⑦ 唐寅有《枯木图》诗："枯木萧疏下夕阳，漫烧飞叶煮黄鲿"。唐寅系吴县人，由此可推知吴中产黄鲿鱼，顾氏所解为确。

对《小雅·鱼丽》中的"鲨"，朱熹解道："鮀也，鱼狭而小，常张口吹沙，故又名吹沙。"⑧ 顾氏指出朱熹的解释本陆玑的说法。又引《尔雅》补充道："体圆有点纹。"⑨ 又引《广志》云："吹沙鱼大如指，沙中行，盖亦吴中

---

① 《诗经说约》，《续修四库全书》第 60 册，第 301 上页。
② 《诗经说约》，《续修四库全书》第 60 册，第 502 下页。
③ 《诗经说约》，《续修四库全书》第 60 册，第 481 上页。
④ 《诗经说约》，《续修四库全书》第 60 册，第 481 下页。
⑤ 《诗经说约》，《续修四库全书》第 60 册，第 481 下页。
⑥ 《诗经说约》，《续修四库全书》第 60 册，第 481 下页。
⑦ 《诗经说约》，《续修四库全书》第 60 册，第 481 下页。
⑧ 《诗经说约》，《续修四库全书》第 60 册，第 481 上页。
⑨ 《诗经说约》，《续修四库全书》第 60 册，第 481 下页。

常产也,但未知吹沙与否耳。"① 又引《雅翼》云:"大者不过二斤。"② "《鸟
兽考》云:巨者余二百斤,或化为虎,必是别种。"③ 顾氏补充的这些训解比
起朱熹的注释更详细,补充交代了"鲨"这种鱼的体貌特征、大小及沙中
行的特点,并与《鸟兽考》中所记载的巨型鲨相区别,告诉人们"鲨"还
有同名别种的情况。但对朱熹所说的"吹沙与否"存疑。顾氏的这些解释,
更详尽地完善了朱熹的注解,从而使人对"鲨"这种鱼有了更多的了解。

对《小雅·鱼丽》中"鳢"的解释,朱熹依毛《传》训为"鮦",又训
为"鲩"。顾梦麟补充道:"'鳢'字《本草》亦作'蠡',曰'蠡鱼'。《稗
雅》云:今玄鳢是也。"④ 顾氏又曰:"吾吴中呼为黑鱼。道家以为厌,非佳
味。"⑤ 接着指出:"'鲩',今之鲫鱼,与'鮦'非一物。"⑥ 这里顾梦麟所说
是正确的。"鳢"和"鲩"确实不是同一种鱼,"鲩"其实是今天的草鱼。查
《尔雅注疏》之解释:"鲩,今鲫鱼,似鳟而大。"⑦ 可知顾氏的解释是正确
的。顾氏还指出朱熹将"鳢"又训为"鲩",乃本舍人之解释。顾氏又引何
楷的《诗经世本古义》对"鳢鱼"作了如下补充:"诸鱼中惟鳢鱼胆甘可食,
有舌,此未验也。鳢既味甘无毒,至其胆亦甘可食,则其美可知。道家三厌:
天厌雁,地厌犬,水厌鲤。"⑧ 顾氏引何楷的观点对鳢鱼的特点作了补充解释,
指出了鳢鱼胆甘可食的独特之处。对"道家以为厌"这一点,顾氏与何楷观
点一致。

对《鱼丽》中的"鰋",《诗集传》训为"鲇"。顾梦麟依《尔雅》定
"鰋"与"鲇"为二鱼。并指出鲇鱼在"吴中亦下味,不贵也"⑨。又引严粲
《诗缉》"只当言'鰋'似'鲇'"⑩,查考《尔雅注疏》,顾说为是。

对《小雅·南有嘉鱼》一诗的"南有嘉鱼"的解释,顾梦麟指出:《集
传》先训"南有嘉鱼"的"南"为"江汉之间",此说从毛氏,《集传》后

---

① 《诗经说约》,《续修四库全书》第 60 册,第 481 下页。
② 《诗经说约》,《续修四库全书》第 60 册,第 481 下页。
③ 《诗经说约》,《续修四库全书》第 60 册,第 481 下页。
④ 《诗经说约》,《续修四库全书》第 60 册,第 481 下页。
⑤ 《诗经说约》,《续修四库全书》第 60 册,第 482 上页。
⑥ (晋)郭璞注,(宋)邢昺疏:《尔雅注疏》,北京:北京大学出版社,1999 年,第 293 页。
⑦ (晋)郭璞注,(宋)邢昺疏:《尔雅注疏》,北京:北京大学出版社,1999 年,第 293 页。
⑧ 《诗经说约》,《续修四库全书》第 60 册,第 482 上页。
⑨ 《诗经说约》,《续修四库全书》第 60 册,第 482 上页。
⑩ 《诗经说约》,《续修四库全书》第 60 册,第 482 上页。

又说是"沔南丙穴"，顾氏认为朱子是"自戾其说"。① 顾氏解释道："嘉鱼丙穴虽有故实，这里当是泛言。"② 即认为"南"应当是泛指"江汉之间"，不应确定为"沔南丙穴"。对"嘉鱼"的解释，朱熹不认为是泛指，而应具体化为某种鱼："鲤质，鳟鲭肌，出于沔南之丙穴。"③ 而顾氏认为："嘉鱼"即"善鱼""好鱼"之类，属于泛指。并引郑《笺》"南方水中有善鱼"为证。④ 又举严粲的《诗缉》对上下章结构特点的分析为据："华谷曰'下文樛木非木名，则嘉鱼亦非鱼名'，较妥耳。"⑤ 顾氏的分析很有道理。

对《小雅·白驹》"食我场藿"一句，朱熹注"藿，犹苗也"。顾梦麟据《说文》释"藿"为"菽之少也"。⑥ 顾氏的解法为胜。

《豳风·七月》中顾氏指出朱熹训诂名物的错误："狐、貉、狸三物也，而谓一物；斯螽、莎鸡、蟋蟀亦三物也，而谓一物，极是朱子草率处。且此诗先言在野、在宇、在户而后以蟋蟀句总承之。盖古人文法倒装之至妙，孔《疏》言'婉其文是也'。"⑦ 顾氏指出朱子训"狐、貉、狸"为一物、训"斯螽、莎鸡、蟋蟀"为一物不正确，顾氏的理解为是。

顾氏还常常在考证的基础上，结合诗的上下文去判断名物的具体所指，如对《伐檀》中"胡瞻尔庭有悬特兮？"中"特"的所指，朱熹训为"兽三岁曰特"⑧，毛《传》亦曰"兽三岁曰特"，朱熹当引毛《传》之说。郑玄认为毛《传》的这种说法亦当有所出。顾梦麟先据冯复京考《尔雅》曰："豕生三，豵；二，师；一，特。"⑨ 然后他又考证《尔雅》确有"豕生一，特"之文，于是认为这里的"特"应谓"豕"；他的又一个根据是诗的"上下章貆、鹑皆专指一物，不应此章乃泛言，宜从《尔雅》最是"⑩。顾氏的分析解释是正确的。

在《山有枢》中，朱熹训"榆"为"白枌"。顾梦麟对此作了辨析："榆

① 《诗经说约》，《续修四库全书》第 60 册，第 483 上页。
② 《诗经说约》，《续修四库全书》第 60 册，第 483 上页。
③ 《诗经说约》，《续修四库全书》第 60 册，第 482 下页。
④ 《诗经说约》，《续修四库全书》第 60 册，第 483 上页。
⑤ 《诗经说约》，《续修四库全书》第 60 册，第 483 上页。
⑥ 《诗经说约》，《续修四库全书》第 60 册，第 519 页。
⑦ 《诗经说约》，《续修四库全书》第 60 册，第 434 上下页。
⑧ 《诗经说约》，《续修四库全书》第 60 册，第 375 下页。
⑨ 《诗经说约》，《续修四库全书》第 60 册，第 375 下页。
⑩ 《诗经说约》，《续修四库全书》第 60 册，第 375 下页。

之类凡十余种。枢为刺榆,则榆正总名也。"① 他根据"枢为刺榆"上文的解释,推知"则榆正总名也"。又引《释木》曰:"榆,白枌。孙炎曰:榆白者名枌,枌亦榆之一种。"② 他又指出陆玑将"榆"解释为"白枌",而"《集传》因之,此读《尔雅》不熟尔"③。顾氏对"榆"与"枌"的解释是正确的,指出了朱子疏忽不当之处。

四、地理名称的辨误

《唐风·采苓》中"首阳之巅"朱熹解释为"首山之南"。④ 顾氏引《大全》安成刘氏曰:"《集传》以'首'为山名,'阳'为山之南。《春秋传》亦曰:赵宣子田于首山。然此诗下章又云:首阳之东,则似'首阳'二字同为山名。《论语集注》亦尝指'首阳'为山名矣。"⑤ 这里,顾梦麟借用《大全》的说法来指出朱熹之误,接着他又引《一统志》的说法:"首阳山,在山西平阳府蒲州东南三十里,正是晋地。"⑥ 这就证明了朱熹将"首阳"理解为"首山之南"是错误的。

当然,受自身知识的限制,顾氏的辨正也有不对的地方,如对《小雅·大东》卒章"维北有斗,西柄之揭"一句,《集传》在解释时说:"南斗柄固指西,若北斗而西柄,亦秋时也。"⑦ 朱熹前又云:"箕、斗二星以夏秋之间见于南方。云北斗者,以其在箕之北也。"⑧ 而据此结合上述内容,对于固定的一段时间若既已是在夏秋之间,就不可能是秋天,故朱熹认为后一句中"维北有斗,西柄之揭"出现的北斗应为南斗。程俊英《诗经译注》云:"南斗的柄常指西方而上扬,故言'西柄之揭'。有人认为这章的斗指北斗,这是不对的。因为北斗的柄不西指,也不上扬。"⑨ 顾梦麟对此据诗而辩说道:

---

① 《诗经说约》,《续修四库全书》第 60 册,第 380 上页。
② 《诗经说约》,《续修四库全书》第 60 册,第 380 上页。
③ 《诗经说约》,《续修四库全书》第 60 册,第 380 上页。
④ 《诗经说约》,《续修四库全书》第 60 册,第 389 上页。
⑤ 《诗经说约》,《续修四库全书》第 60 册,第 389 上下页。
⑥ 《诗经说约》,《续修四库全书》第 60 册,第 389 下页。
⑦ 《诗经说约》,《续修四库全书》第 60 册,第 579 上页。
⑧ 《诗经说约》,《续修四库全书》第 60 册,第 579 上页。
⑨ 程俊英:《诗经译注》,上海:上海古籍出版社,2004 年,第 346 页。

"北斗《集传》虽有两说，然诗既明言'维北与南'为对，不必判是南斗也。"① 顾梦麟仅根据诗的结构上下对称解释前后出现的斗星同是北斗，有些拘泥于诗本身而忽略了事实本身，故对北斗的理解有误。

顾氏分析不准确的地方还有对《行苇》中孔《疏》的批评，孔《疏》云："既言肆筵，上又设席，故曰重席也。《春官》'司几筵'注云：'筵亦席也。铺陈曰筵，藉之曰席。彼以在下为铺陈，在上人所蹈藉，此当与之同也。'"② 孔疏的解释应该是正确的。"既曰铺陈曰筵，蹈藉曰席，则筵下席上，是以远于身近于身者分别言之，非重叠布设之谓。盖铺陈者物品，蹈藉者身所藉也。"③ 这里，顾梦麟说"是以远于身近于身者分别言之"来区分筵与席是正确的，将席理解为"身所藉也"亦可，但将"筵"理解为"铺陈者物品"则不正确。对这里的"筵"与"席"的正确的理解应该是：古人席地而坐，在席上加席，使踞在席上的宾客更加舒适。据《礼记·礼器》："天子之席五重，诸侯之席三重，大夫再重。"④ 这里应该是指在筵上又铺设一层席以使蹈藉舒适之意。顾氏理解铺陈的对象为物品不对，铺陈的对象应该是"筵"，即先铺一层席为"筵"，再在筵上布设一层为"席"，这样看来，顾氏的理解有些不准确。

顾氏在宗朱氛围浓厚的学术环境下，在空疏不学的学风笼罩下，对朱注进行补充完善与辨误考证，这在当时是难能可贵的，显示出明末学术对王学末流游谈无根的学风的反思与拨正，反映出《诗经》研究回归汉学、走向征实的开始。

---

① 《诗经说约》，《续修四库全书》第 60 册，第 579 上页。
② 《诗经说约》，《续修四库全书》第 60 册，第 704 下页。
③ 《诗经说约》，《续修四库全书》第 60 册，第 705 上页。
④ 《礼记正义》，第 722 页。

第五节　《诗经说约》的成就及其对后世的影响

一、《诗经说约》的成就

（一）汉学的回归——对名物训诂的重视

冯复京《六家诗名物疏》叶向高《序》曰："诗之途有三，曰赋、曰比、曰兴，赋之体显，而比兴之体微，故诗之为比兴者，其寄情或深于赋。而比兴之物又必有其义，如关雎之配偶，棠梨之兄弟，乌罗之亲戚，蜉蝣之娱乐，鸨羽之忧劳，皆非泛然漫为之说。故善说诗者，举其物而义可知也，不辨其物而强释其义，诗之旨日微，而性情日失矣。"① 这段话表明名物的辨别对比兴的理解、对诗意的解释都是很重要的。而顾氏《诗》解中多次引冯复京的《六家诗名物疏》，上述思想也很有可能影响到顾氏的治《诗》思想。顾氏的《诗经说约》比起同类科考类著作，对于名物训诂方面的内容明显更为重视。

明代科考类的经解，往往不重视名物训诂。对此，皮锡瑞在评价明代科举对经学研究的影响时论道："案官修之书，多剿旧说，唐修《正义》，已不免此。惟唐所因者，六朝旧籍，故该洽犹可观。明所因者，元人遗书，故谫陋为尤甚。此《五经正义》至今不得不钻研，《五经大全》入后遂尽遭唾弃也。元以宋儒之书取士，《礼记》犹存郑注；明并此而去之，使学者全不睹古义，而代以陈澔之空疏固陋，《经义考》所目为兔园册子者。故经学至明为极衰时代。"② 这就使得当时的应考者常常是驱经从传，宁可非孔孟、不敢议朱子，可以说顾氏正是在这样的背景下写就的《诗经说约》。他从著书的宗旨上反对驱经从传，并且不烦考索，查考毛《诗》、郑《笺》、孔《疏》及宋、元、明诸家《诗》解，择其善者来补充朱注已注但不够详赡的方面，增补朱熹未注的内容，并且征引《国语》《左传》《尔雅》"三礼"对朱熹的注解进行辨

---

① 《点校补正经义考》第四册，第 211 页。
② 《经学历史》，第 210 页。

正考释,从字音韵读、字义训诂到地理名称、礼俗风尚、制度沿革、名物考辨,都进行了认真、翔实的考论。有时,为解释服饰、礼仪,不烦长篇援引孔《疏》的内容,如在《君子偕老》篇中对服饰的征引,表现出对名物训诂的重视。这在当时"学者全不睹古义"的时代,应该是对经学研究向征实方向的迈进起到了首开风气的作用。又由于《诗经说约》在士子中的广泛流传,必然在学术风气上影响到当时的士人,并对后来的清代经学研究的重归汉学、走向征实起到了开启风气的作用。该书不仅在当时受到士子的广泛欢迎,并且也为后世《诗》解者所重视,王夫之对顾梦麟《诗经说约》的批评恰恰表明了在明代众多《诗经》学著作中,《诗经说约》引起了他的重视。并且他的批评也仅仅是针对顾氏为方便士子科考、对诗不烦分截这方面的内容。即使在这一点上,王夫之的批评也不是全部准确的,他忽视了顾氏重视诗歌的韵读与诗意之间关系的把握,顾氏恰恰是抓住了《诗》在形式上不同于他书的特点。当然,顾氏的分截确实有时候显得烦琐机械。但不能因为这一缺点就否认他在名物训诂方面所作出的努力,并且他的这种努力在当时的学术环境下是难能可贵的。清人一向是不屑于明代的经解,这和他们作为胜朝臣子的优越感不无关系。而王夫之能关注到《诗经说约》,也可以想见这部书在当时的影响力。对科考类的《诗经》学著作的评价,既不能因为它在当时受欢迎而看不到它的弊端,因为它受欢迎与当时的时代因素有关系;但也不能因为它是科考类《诗经》学而一概目为"兔园册子""帖括塾师"① 之作而予以全面的否定。对其应该采取客观公允的态度,进行尽可能客观的分析。正像台湾地区学者蒋秋华所说:"对明代的《诗经》研究应该以客观的眼光,加以看待。尽管那些为了科考而作的书籍,也不可一概抹杀,认为毫无可取。反而需要以更超然的立场,予以考察,使其能够获得公允的评价。"② 这里指出了我们应该持有的正确态度。

顾氏的《诗》说已开始对名物训诂予以重视。洪湛侯对顾梦麟在名物考证方面的努力给予了肯定:"在名物考订方面,往往自出新论,虽未能必其全

---

① 　(清)王夫之著,舒芜校点:《姜斋诗话》卷一,北京:人民文学出版社,1961 年,第 142 页。
② 　蒋秋华:《导言〈《诗经说约》〉》,(台北)"中央研究院"、中国文哲研究所筹备处,1996 年,第 40 页。

是，却不妨为说《诗》者聊备一解。"① 这种对待明代科考类《诗经》学的态度是很客观的。《诗经说约》已由明代重义理而轻训诂转而对制度礼仪、名物训诂开始重视，这应该是明末《诗经》学汉学复兴的一个信号。

（二）文学性回归——对诗歌形式的关注

顾梦麟写作《诗经说约》的时代，已是明代末期，朱学虽然还以官学的形式发挥着它的作用，还以制度的形式吸引着人们的目光。但不得不说，它日趋空洞的说教、保守的思想对人内心已缺乏触动的力量，这必然会导致思想上的松动。晚明时期，卫道的思想已不是那么强烈，表现在生活上就是开始对世俗的享受予以肯定和重视，表现在文学上，就是文以载道的儒家文化主潮有些消歇，这使得对诗歌形式上特点的关注成为可能，于是，一些辨体的诗论开始大量出现。顾氏在《诗经说约》中也表现出了对"《诗》之为诗"的形式特点的关注，如认识到"《诗》不同于他书"的特点，这一认识贯穿于他的整个《诗》说中，具体表现为对诗歌韵读的重视，在每首诗后都标出诗的韵读。当对朱熹的《集传》所标的韵读有所怀疑时，他常常借鉴《诗经世本古义》《鲁诗世学》《毛诗六帖讲意》的合理韵读来进行订正。并且他隐隐感到朱子的叶音法似乎不是那么可靠，故有时会不从朱子的韵读。对诗层次的划分注意到与诗的韵读相结合，将韵脚的变换与诗意的转折相结合对诗进行分截。他还认识到了《诗》重章叠唱的表达形式，对各章结构相似的篇章，每一章相同位置出现的不同字的变换的情况，认为是变文叶韵，并不全是以所见以起兴，如对《桃夭》《采葛》《黍离》这些结构相似、重章叠唱的诗，他都认为是变文叶韵的结构方式。这恰恰是对《诗》不同于他书的特点从形式上予以了恰当地把握。从关注诗的形式的角度去关注诗歌，对在重道轻文的儒家文学观念影响下成长起来的文人而言，是很不容易的。何况顾氏有深厚的经学修养，他的诗被目为"儒者之诗"，这样的学养背景使得他对诗在形式上的特点之体认显得更为可贵。

对诗歌的比兴的关注其实就是对诗歌的形式关注的一个表现。顾氏的"兴比皆是后人看出"的提法，是有着一定的积极意义的。它提升了读诗主体

---

① 《诗经学史》，第 425 页。

在经典面前的主导作用。不因为《诗》是圣贤经典，就对前儒的经解不敢轻易一字。而这种"看"的主观能动性的发挥，需要与接受者自身的素质相联系。人的阅历、文化修养、美学品位的不同，也就使《诗》的"兴比"有了多种解释的可能性，这有点主张从接受美学读《诗》的意味。对"比"的含蓄蕴藉的强调可以说是揭示了诗的本质特点，也与整个明代文化上的复古情有关，与"诗必盛唐"的诗歌主张、对唐诗重兴象的手法的推崇有关。他还认识到"比"的本质特征是托言说事，不可当成实事，如《木瓜》一章的《诗》解中表现出的观点，实际上这也是认识到诗的虚拟的特质，接近了文学的虚构这一特点。在《小雅·伐木》中对"天子无酒"的《诗》解也反映出作者对诗的虚写特征的深刻认识。这种认识已经触及了《诗》的文学性本质这一重要特征。

二、正确评价《诗经说约》及其影响

一种学术现象的出现，往往不是孤立的现象，顾梦麟《诗经说约》的写定，就编写目的而言是为了当时士子们应付科举考试。但是，这部书里渗透的治《诗》思想除了反映当时场屋之学的特征，还有其他一些反映晚明《诗经》学特征的地方。通过对它的探讨，不仅可以看到当时所谓"兔园册之"的经学研究的特点，并且通过对该书其他方面的特征的分析梳理，可以透视出晚明《诗经》学的一些重要特点。以此为基点，来判定《诗经说约》在明代《诗经》学史上的地位及它对后世《诗经》学研究的影响。

（一）自身的学养与时代的影响

朱熹的《诗集传》开启了《诗经》研究的一个时代，即《诗经》学的宋学时代。而自元到明，科举考试都以朱熹的传注为标准，这就出现了经解上的绝对宗朱的现象。而考察一部《诗经》学著作对《诗集传》的态度、与《诗集传》的关系，实际上就能够洞察学术变化的新动向，从而考察出该著作与当时学术主潮的关系是因袭守旧的还是创新变化的，故本书花大量篇幅考察《诗经说约》与《诗集传》之间的补充完善、订正辨误的关系。《诗经说约》诗旨总体上对朱熹的遵从，显示出它作为科考之书的必然特点，但透过顾氏对朱熹《诗集传》的订误考辨又可以看出他的求实尚真、富于创新、独出新见的学术勇气。这种学术追求，受晚明时代学术风气的影响，也与顾梦麟作为个体研究者自身的学术素养有着密切的关系。也就是说，顾梦麟的治《诗》思想有着他作为个体的特殊性的一面。如顾梦麟为人不喜请托干谒，沉静冲淡，① 这使得他在解《诗》时有可能去做一些考证征实的工作，《诗经说约·序》对此有记述："而求之海内，卒无其书，良由俗家既沿塾本，高明者又好论精微，不乐此屑屑诠解之事，故阙如也。"② 可见，而顾梦麟之所以能够沉静下来，对《诗经》中的名物不烦考证、对各家著述之善者不烦遴选、征引，应该说与他沉静冲淡的性格是有很大关系的。但是，顾氏《诗》学思想中的融通汉宋、反对驱经从传及对《诗经》文学方面的体悟更是那个时代所出现的整体特征，也是与当时的学术在总体上呈现的特征相一致的。顾氏虽然在主要观点上尤其是诗旨上依然是遵从朱熹的《诗集传》，这应该是所有科考《诗》说的共同特征，但已能够做到兼采汉宋。这除了与他自身的学术素养有关，也和当时的士人心态变化有着密切的关系。"一般的说来，学术上的新的趋向的出现，往往与时代形势所决定的士人心态有着密切的关系。学术思想产生的时代必然是变动巨大的时代，而二者的联结点便是士人心态的变化。"③直到晚明，阳明学说所带来的士子思想上的解放与对创新求变的尊崇依然在发挥着作用，反映到对《诗经》学研究上，就是《诗经》学上新的诗歌流派、新的诗学观点不断出现，反传统的文学性解经思潮的涌现，④ 学术作为一种上层建筑，"它的发展变化，终归要由经济基础和社会存在的客观变化来说明。"⑤ 顾梦麟生活的晚明时代，科举取士的制度虽然还在发挥着它的传统力量的作用，但是气息绵惙的明王朝，毕竟无法再迸发出雄健的力量。内忧外患的侵扰，让明朝的统治已经不像太祖与成祖时的稳固与繁兴，朱学也无法呈现出它在明朝强盛时期所显示出的强大的思想统治力量。封建统治的腐朽，社会矛盾的尖锐，王学对朱学的反动、对士人心态的影响，都在破解着朱学

---

① 《南雷文定三集》卷二《顾麟士先生墓志铭》第 24 页："少为诸生，以高第廪于学校，中崇祯癸酉副榜，援例入大学，辟举令下，巡抚张国维欲以先生应招，先生力辞之……方岳贡守松郡，屡欲招致一见，不可得。及奉严旨始往，送之明州。钱肃乐来守太仓，造庐相款，遣子弟受业，然先生未尝有所干请也。"

② 《诗经说约·序》，《续修四库全书》第 60 册，第 220 下页。

③ 左东岭：《王学与中晚明士人心态》，北京：中国人民文学出版社，2000 年，第 129 页。

④ 参见刘毓庆《阳明心学与明代〈诗经〉研究》，《齐鲁学刊》2000 年第 5 期。

⑤ 《宋明经学史》，第 273 页。

独尊的局面。于是，在学术上出现了反对朱子的声音，《诗经》学也不再专宗朱子。在此前的一些经学著作已经出现了与朱《传》相异的情况，如姚舜牧《四书疑问》"立说多与朱子异"①。《诗经》学著作也出现了反对朱子的声音。郝敬《诗经原解》中钱澄之曰："京山郝氏说《诗》专依《小序》，拘定《序》说。《序》有难通者，辄为委曲生解，未免有以经就传之弊。而又立意与《集传》相反，不得其平，至于议论之精醇者，足以发明朱《传》，不可废也。"② 杨于庭，万历进士，解《诗》"兼采众说"，"亦时多新解"，说明已不专主朱子。《续修四库全书》对杨于庭评价道："其于诗也，则主孟子以意逆旨之说。……然就诗论诗，意在折衷，善能兼采众说，而衡以己意，无或曲徇，故亦时多新解。"③ 郝敬的《毛诗序说·序》曰："《诗》自朱《传》行而古《序》尘庋阁矣。朱子未改古《序》之先，讥古《序》为凿；既改古《序》之后，人疑朱《传》为猜。然讥古《序》而不求所以是，疑朱《传》而不辨所以非，人谁适从？天下义理訾量易而折衷难，两物质而后功苦见，两造具而后曲直分。余取古《序》、朱《传》参两为《毛诗说》。"④ 这里"古《序》、朱《传》参两"的做法，体现出了这一时期融通汉、宋的学术倾向。朱彝尊《经义考》引黄宗羲对朱朝瑛《读诗略记》的评价曰："先生言《小序》，观亡诗六篇仅存首句，则首句作于未亡之前，其下作于既亡之后明矣，子由独取初辞，颇为得之。谓郑氏不特辞不淫，声亦不淫也，辞正则声正，辞淫则声淫，非相离之物。"⑤ 这里主《小序》首句，与朱子的废《序》主张相左；而"郑氏不特辞不淫，声亦不淫也"的主张与朱熹主"淫诗"说亦截然相反。朱谋㙔《诗故》中黄汝亭《序》曰："郁仪说《诗》大都原本《小序》，按文、武、周公以来，春秋、左、国之事而次第其世，考其习俗，论其人而以意通之，集诸家之成，无失作者至意。"⑥ 可知，朱谋㙔会通诸家，本《小序》，已是不专宗朱子。

　　所有这些都表明：一些《诗》解家已不再专宗朱子的《诗集传》，而主

---

① 《四库全书总目提要》，第 30 页。
② 《点校补正经义考》第四册，第 224 页。
③ 《续修四库全书总目提要·经部诗类》，第 320 页。
④ 《点校补正经义考》第四册，第 315 页。
⑤ 《点校补正经义考》第四册，第 254 页。
⑥ 《点校补正经义考》第四册，第 204 页。

张汉、宋融通的治《诗》思想与方法，甚至出现了专主攻击朱《传》的情况。这是长期以来朱学独尊导致的学术上的必然反动，是学术自身发展的需要。而顾梦麟的《诗》学主张有他自身学术追求的原因，同时，也与这一时期时代的学术风气紧密相关。

(二) 能破除门户之见、兼采至善

明代学术史上门派林立，互相之间倾轧攻讦，多存门户之见。《明史·文苑传·谢榛》载："李攀龙、王世贞辈结诗社，贞为长，攀龙次之。及攀龙名大炽，榛与论生平，颇相镌责。攀龙遂贻书绝交，世贞辈右攀龙，力相排挤，削其名于七子之列。"① 即使是原属同一派别、文社的成员，也因持论不同而互相排挤打压，而不同派别之间更可想见。于此可见，明代学术上坛坫林立、互相攻讦情况之盛。而顾梦麟生当这样的时代，能够对同时代其他人的《诗经》学著作内容予以积极借鉴汲取，在《诗》解上兼采汉、宋之说，不囿于门户之见，这在当时实属难能可贵。顾氏在科考类《诗》说不敢轻议朱子的情况下，能够兼采汉宋之合理学说，敢于指出朱熹注疏的错误不妥之处，更是需要足够的勇气的。因为科考教材毕竟是奉朱熹《集传》为圭臬的。顾氏在别人不屑考证时，或引他人的《诗经》学著作，或亲自考《国语》《左传》《尔雅》"三礼"等书，在当时其他科考类教材驱经从传，不复知有注疏的学术风气下，对改变明代"束书不观"、推动学术向着征实方向的发展起到了一定的作用。

他注意搜集汉宋的《诗经》学著作，无论汉学宋学，凡有利于补充完善他的《诗》解体系的，他都尽力吸引到他的书中去，可谓做到了融通汉宋、广收约取、兼采至善。对同时代人的《诗》解著作成果也非常注意积极吸收、汲取，这种不存门户之见的做法很可贵。他在《陈风·东门之池》这章的《诗》解中谈到："何玄子先生近著世本古义也，然是书麟在壬午中夏始获见辑本，已至十七，刻本至八矣，故自九卷以下始稍增入，十八卷以下始得纂入。"② 在明代门派林立、门户之见相对深重的时代背景下，能够这样做实属不易，并且，他的汇辑并不是简单的汇总，而是对《集传》《大全》

---

① 《明史》卷二八七《文苑传·谢榛》，第 7375 页。
② 《诗经说约》，《续修四库全书》第 60 册，第 409 页上。

进行比较，对其他的《诗》解著作进行精心选择后进行汇辑，取长补短，详略结合。更为难得的是，他不仅仅是汇辑诸家的观点，当所汇辑的著作不能解决他要解决的问题时，他就亲自查考资料，引《说文》《字汇》《礼书》《水经注》《礼记》《考工记》等许多工具类书来解释一些名物制度，对其进行考证。正是这样，才使《诗经说约》成为最为受欢迎的"兔园册之"，也使得它直到今天依然有着重要的研究与参考价值。

第四章　复社文人诗话《诗经》学研究

第一节　明代诗话《诗经》学概述

明代以八股取士，使读书人将精力更多地投放在时文写作上，故对传统的诗歌、古文投入的精力不如唐宋的文人多。终有明一代，传统诗文的写作都没有超越前代之处，对以往文化胜景的怀念，让明人陷入了复古模拟的浪潮中。整个明代复古主义思潮此起彼伏，一直都在发挥着作用，反拟古主义者也不断地发出自己的声音，二者的斗争，为诗话这一文学批评形式提供了发生发展的土壤，"拟古主义者以诗话来宣传自己的文学主张，反拟古主义者也以诗话作为批判武器。""明代诗话摆脱了'时文'的羁绊，也超脱了传统的旧体文学衰落的影响，上承宋代诗话，下启清代诗话，向着文学理论批评的正确方向继续向前发展，在诗歌体制源流与作家作品研究诸方面，获得了可喜的成绩。在中国诗话史上，经过元诗话的衰落以后，明诗话的复兴，使诗话创作又出现了第二个创作高潮。"① 蔡镇楚先生这段论述概括了明代诗话高潮出现的原因。这些层出不穷的诗话著作对《诗经》又是如何阐释的呢？下面援引诗话著作中的实例予以阐释。

王世贞作为后七子的领袖人物，在他的诗话著作《艺苑卮言》中说：

> 诗不能无疵，虽《三百篇》亦有之，人自不敢摘耳。其句法有太拙者，"载戢歔骄"；有太直者，"昔也每食四簋，今也每食不饱"；有太促者，"抑罄控忌"，"既亟只且"；有太累者，"不稼不穑，胡取禾三百

---

① 蔡镇楚：《中国诗话史》，长沙：湖南文艺出版社，2001年，第153页。

廛"；有太庸者，"乃如之人也，怀昏姻也，大无信也，不知命也"；其用意有太鄙者，如前"每食四簋"之类也；也有太迫者，"宛其死矣，他人入室"；有太粗者，"人而无仪，不死何为"之类也。①

《三百篇》经圣删，然而吾断不敢以为法而拟之者，所摘前句是也。②

《三百篇》删自圣手，然旨别深浅，词有至未。今人正如目沧海，便谓无底，不知湛珊瑚者何处。③

这里可以看出王世贞改变了以往奉《诗经》为"圣经"、认为其不可怀疑不可指摘的态度，而是将它作为一部文学作品，从句法、谋篇方法、词旨等方面对其进行点评。尤其是认为《诗经》有"不敢以为法而拟之者"，"诗不能无疵，虽《三百篇》亦有之"，大胆宣告《诗经》与他诗一样亦是有可以指摘的缺点的。作为复古派的盟主，在嘉靖年间就能这样评价《诗经》，是需要很大的勇气的。王世贞的这段点评，对明代后期人们对《诗经》的文学研究产生了一定的影响。尤其是到了万历时期，出现了文学解读《诗经》的高潮，王世贞的这些批评无疑起到了开风气之先的作用。

再看后七子中的谢榛在《四溟诗话》里对《诗经》的观点：

《三百篇》直写性情，靡不高古，虽其逸诗，汉人尚不可及。今学之者，务去声律，以为高古。殊不知文随世变，且有六朝唐宋影子，有意于古，而终非古也。④

四言古诗，当法《三百篇》，不可作秦汉以下之语。⑤

谢榛首先承认诗是写性情的，这和复古派前七子重情的理论是一致的；接着所言诗之"高古"的观点，实际上是在讨论诗的格调韵味的问题，是从文学的角度探讨《诗》的韵味。并且以《诗经》之"高古"的格调作为文学的典范，认为是汉人及今人无法企及的，这里有奉《诗经》为最高典范的古

①　（明）王世贞：《艺苑卮言》，见丁福保辑《历代诗话续编》，北京：中华书局，1983 年，第964—965 页。

②　《历代诗话续编·艺苑卮言》，第965 页。

③　《历代诗话续编·艺苑卮言》，第964 页。

④　（明）谢榛：《四溟诗话》，见丁福保辑《历代诗话续编》，北京：中华书局，第1137 页。

⑤　《历代诗话续编·四溟诗话》，第1150 页。

典主义倾向，反映出他作为复古派的主张。

> 欧阳公曰："小雅雨无正之名，据《序》所言，与诗绝异。"当缺其
> 所疑。题外命意，善作者得之。不然，流于迂远矣。①
>
> 《世说新语》："谢公问诸子弟：'毛诗何句最佳？'玄曰：'昔我往
> 矣，杨柳依依。今我来思，雨雪霏霏。'"圣经若论佳句，譬诸九天而较
> 其高也。严沧浪曰："汉魏古诗，气象浑厚，难以句摘，况《三百篇》
> 乎？"沧浪知诗矣。②

在上列两则诗话中，谢榛不太注重从考证的角度去分辨《序》的是非正误问
题，对废《序》存《序》也不去发表自己的看法，而是从写作方法上去分析
《诗》题外命意的写作技巧，指出《诗》的这种题外命意的写法需要手法高
超、技艺精湛的作者才能完成，否则就会失之于"迂远"。第二则诗话主张对
《诗经》的理解要注重从整首诗的气象去把握，不要字摘句剥，并引严羽的诗
话为证。他认为对于《诗经》，若从寻章摘句的角度去评判，就像与九重天比
高一般可笑。这也是对《诗》从文学角度予以关注的具体表现。由此可以看
出，作者对《诗》关注的重点、讨论的内容已不是什么微言大义的伦理道德
意义，而是从文学的角度予以分析。诗话对《诗经》的这种阐释与解经的专
门著作是有着明显的区别的，诚如刘毓庆先生所说，诗话派的解诗"不是为
士子科考揣摸作经义八股的妙法，也不承担着传道解经的责任，他们摆脱了
功利的目的，而纯粹把它作为文学史上的经典来处理"③。这一看法，可以说
道出了诗话解《诗》的特点。

再来看陆时雍的《诗镜总论》对《诗经》的解读：

> 《三百篇》每章无多言。每有一章而三四叠用者，诗人之妙在一叹三
> 咏。其意已传，不必言之繁而绪之纷也。故曰："诗可以兴。"诗之可以
> 兴人者，以其情也，以其言之韵也。④

陆时雍是从《诗经》形式的特点去言说其"兴"的特点，《诗》因为是抒情

---

① 《历代诗话续编·四溟诗话》，第 1138 页。
② 《历代诗话续编·四溟诗话》，第 1139—1140 页。
③ 《从经学到文学——明代〈诗经〉学史论》，第 427 页。
④ 《诗镜总论》，《历代诗话续编》，第 1415 页。

之作，故能引发人的情感；《诗》因为是韵文，故有形式上的美感，有言约旨远的特点，这也是从文学角度解《诗》的。

再看胡应麟（1551—1602）在《诗薮》里对《诗经》的解读：

> 《三百篇》降而骚，骚降而汉，汉降而魏，魏降而六朝，六朝降而三唐，诗之格以代降也。上下千年，虽气运推移，文质迭尚，而异曲同工，咸臻厥美。①

> 诗《三百篇》，有一字不文乎？有一字无法乎？《离骚》风之衍也；安世，《雅》之缵也；郊祀，《颂》之阐也。皆文义蔚然，为万世法。②

> "餐秋菊之落英"，谈者穿凿附会，聚讼纷纷，不知三闾但托物寓言，如"集芙蓉以为裳，纫秋兰以为珮"，芙蓉可裳，秋兰可珮乎？然则菊虽无落英，谓有落英亦可。屈虽若误用，谓未尝误亦可。以《尔雅》、《释名》读《北山》、《云汉》，则谬以千里矣。③

胡应麟主文学代降观、文学退化观，认为《诗经》是万世的典范，每一字句都有文采之美、都讲究形式法度；《诗经》还是后世文学的渊薮。在上述第三则诗话里，他认为对屈原《离骚》的解读不能以实证的方式穿凿附会地去理解，强调要理解屈子托物寓言的表达方式，并认为这种方法同样适用于《诗经》，即不主张以穿凿附会的方法解《诗》，否则会由于不得法而对《诗》的理解"谬以千里"。总之，胡应麟也是主张从文学的角度解《诗》。

许学夷的《诗源辨体》对《诗经》的六义进行了阐发：

> 《三百篇》有六义，曰风、雅、颂、赋、比、兴。《风》、《雅》、《颂》为三经，赋、比、兴为三纬。《风》，王畿列国之诗，美刺风化者也。《雅》、《颂》者，朝廷宗庙之诗，推原王业，形容盛德者也。故《风》则比、兴为多，《雅》、《颂》赋体为众；《风》则微婉而自然，《雅》、《颂》则斋庄而严密；《风》则专发乎性情，而《雅》、《颂》则兼主乎义理：此诗之源也。④

---

① （明）胡应麟：《诗薮》，上海：上海古籍出版社，1979年，第1页。
② 《诗薮》，第3页。
③ 《诗薮》，第5页。
④ 周维德主编：《诗源辨体》，济南：齐鲁书社，2005年，见《全明诗话》第4册第3178页。

虽然这里也是将《诗经》奉为源头，但角度却是不一样的：许学夷从《风》与《雅》《颂》所呈现的不同特点，从诗歌发生学的角度来论述《诗》的源头作用。《风》本性情，《雅》《颂》更主义理。受此影响，故《风》与《雅》《颂》的风格也呈现不同的特点，《风》委婉自然，《雅》《颂》庄肃而严密；从方法论的角度而言，产生这样不同的风格，表现在使用的方法的不同，《风》多用比兴，故温婉自然；《雅》《颂》多用赋体，故齐庄严密。其实在明代七子派主张"诗必盛唐，文必秦汉"以来，唐、宋诗之辨，诗、文之辨在明代就成了一个经常被争论的话题，而这种争论也常常表现为对《诗经》中的比兴之诗与表达方式直露的诗歌的不同态度问题。许学夷在这里所传达的信息具有更为广泛的包蕴性，那就是后世诗歌无论是本性情主兴象的诗歌，如唐诗，还是主议论重义理的诗，如宋诗，都可以从《诗经》那里找到源头，主兴象的诗本于《风》，主义理的诗本于《雅》《颂》。这就以一种囊括式的、同时也是更细致的梳理方式，从更广阔的视角将《诗经》视为后世诗的源头。

管中窥豹，由以上所列的诗话，可以看出明代诗话《诗经》学的一些特点：奉《诗经》为典范，是后世诗歌的源头；注重《诗》在格调、方法上对后世的影响。从这一点上看，诗话的作者实际上已经将《诗经》放到了"诗歌"这一脉络上来，而这一前提也就决定诗话从文学的角度，诸如格调的高古、技法的一叹三咏、气象的浑厚等方面去解读《诗经》了。

第二节　复社文人诗话类著作里的《诗经》学研究

一、宋征璧与《抱真堂诗话》

宋征璧，几社人士，虽名未列《复社姓氏传略》，但与陈子龙交往甚密，几社又在崇祯三年并入复社，宋征璧也曾积极参加复社的活动，故他实为复社人士。明亡后仕清，著有《抱真堂诗话》，收入《清诗话续编》第一册。现在对《抱真堂诗话》里与《诗经》相关的论述进行分析。

　　诗家首重性情，此所谓美心也。不然即美言美貌，何益乎？①

　　陈思王其源本于《国风》，唐则太白，明则大复、大樽，其诤子哉！②

　　毛诗"行迈迟迟，中心有违"，"燕燕于飞，差池其羽"，所谓玩之有余，味之不穷。③

　　思王《赠白马王彪》一诗，忠厚悱恻，有韵之《三百篇》乎？④

由以上几则诗话可以看出宋征璧主张诗本性情，他以"玩味"的方式品读《诗经》的语句，认为其"玩之有余，味之不穷"，这恰恰是体现了他既不是从时文的功利角度、也不以训诂家凿实附会的方式去解《诗》，而是将《诗经》视为可供把玩的文学作品去品味其语言的悠远与意境的韵味。宋氏罗列了自己所推崇的诗人，如曹魏之曹植，唐之李白，明之何景明、陈子龙，认为他们为诗都本源于《国风》，并皆有《诗经》之"皆圣贤之发愤所为作也"的特点，即诗话中所言"其诤子哉"。他对曹植的《赠白马王彪》给予了"有韵之《三百篇》"的极高评价。从上边所引内容可以看出宋征璧也和明代其他诗话作家一样奉《诗经》为万世师法，是后世诗歌的源头、典范。

他还解释了楚地无《风》的原因，并指出屈原的作品与《秦风》之《蒹葭》之间的渊源关系。

　　列国各有《风》，楚何以无《风》？曰：外之耳。夫外楚又何以列《秦风》？夫视远者不能见形，听远者不能闻声，其犹愚人之心也哉！何足以知之。自屈、宋以《歌》、《辨》特张楚劲，于是乎有楚风。夫《小戎》、《板屋》，是诚秦声耳，如"蒹葭苍苍，白露为霜"，与楚风"目眇眇兮愁予"，又何异之有？⑤

宋氏认为《国风》中不列《楚风》主要是由于华夷之见，楚地地处偏远，没有纳入当时的文化圈，而秦受周之封而居雍地，故有《秦风》。对此，宋氏似略有微词。宋氏还认为屈原、宋玉以自己的诗赋成就开启了楚风，楚风与秦

---

① 郭绍虞、富寿逊：《清诗话续编·抱真堂诗话》，上海：上海古籍出版社，1983年，第123页。
② 郭绍虞、富寿逊：《清诗话续编·抱真堂诗话》，上海：上海古籍出版社，1983年，第123页。
③ 《清诗话续编·抱真堂诗话》，第125页。
④ 《清诗话续编·抱真堂诗话》，第126页。
⑤ 《清诗话续编·抱真堂诗话》，第126页。

风有相异之处，亦有相近之处，他认为"蒹葭苍苍，白露为霜"与楚风"目眇眇兮愁予"二者之间有渊源关系，这是从诗歌发展的脉络角度去看待《诗》的。宋氏认为《蒹葭》之诗的风格气象与《楚辞》"目眇眇兮愁予"的风神、气象一致，这是纯然从文学意境体会的角度去把握《诗》。宋氏能够与民族文化背景相联系去理解诗的发展变化，为人们提供了一种可资参照的视角，这一理解可能与他在明亡后降清仕清的经历有关，但他的理解还是有一定的道理。

二、徐世溥与《榆溪诗话》

徐世溥（1607—1658），字巨源，江西新建人，是明末清初的著名诗文家。父良彦，明进士，官宣大巡抚，忤阉党，削籍戍清浪。崇祯初，起大理卿，还工部侍郎。巨源年十六，补诸生，好学能诗文。自明季公安、竟陵之说盛行，文体日琐碎，世溥与同里陈宏绪、欧阳斌元辈，均能独开风气。曾与万时华等结社豫章。当时艾南英以文名，与世溥约为兄弟。江左的钱谦益、同里的万时华都对其推崇有加。虽才雄气盛，但却屡困场屋。为人有气节，不慕名利。国变后，遁居山中，绝意进取。① 所著有《榆溪集》，其中包括《榆溪诗话》。《榆溪诗话》在《全明诗话》《明诗话全编》《清诗话》《清诗话续编》里均未收入，《榆溪集》收入《豫章丛书·集部》九。

徐世溥《榆溪诗话》关于《诗经》方面的论述有以下特点：

（一）注重从意蕴情味、方法技巧上品味《诗经》，视其为典范

> 《大东》，其《离骚》之葭吹，与指叹星河俯仰，衣屦超忽陆离，非夫采撷兰杜，媒求姚宓者，不能蹑其奇踪也。《无羊》之绘事，至于降阿饮池，负糇荷笠，寝讹之异，麾升之同，诸态毕具，使韩干、戴嵩为之何以加此，昌黎得之以作《画记》，斯亦善乎能临榻者矣。②

徐世溥同样将《诗经》视为后世诗的源头，认为《诗经》中《小雅·大东》

---

① （清）孙静庵编著，赵一生标点：《明遗民录》卷二五，杭州：浙江古籍出版社，1985 年，第195 页。

② 王云五编：《唐诗谈丛·榆溪诗话·漫堂说诗》，《丛书集成初编》本，第4 页。

里的摄牵牛织女、南星北斗等星宿于笔端的浪漫写法对屈原的《离骚》的"葭吹指叹"、超忽陆离、采兰撷杜、媒求姚宓等雄奇浪漫的写法产生了影响。并认为《诗经》中的《无羊》作为绘事诗的典范，描写形态极尽穷形尽态之能事，有"诗中有画"之效果，即使后世善画马的韩幹、善画牛的戴嵩来作画，对羊群形态的刻画也不会比《无羊》一诗的描绘高明。韩愈的《画记》亦受《无羊》的影响启发方发成。可见徐世溥对《无羊》一诗绘事咏物技法评价之高。

徐氏以具体的诗句为证，在分析中让人品味《诗经》被奉为典范的原因。看下面一段诗话：

> 《十九首》无可思议矣，如"昔为倡家女，今为荡子妇。荡子行不归，空床难独守"。以此二十言较"老使我怨"四字，便觉此如嚼蜡。窦元妻"人不如故"四字简俊矣，上比"以我御穷"一言，便觉彼味悠回。学者知此，方于诗稍有入处。"愿为双鸿鹄"，"思为双飞燕"，皆源于《柏舟》之"不能奋飞"也。"南箕北有斗，迢迢牵牛星"，即出自《大东》之"簸扬""服箱"也。"不惜歌者苦，但伤知音稀"，即"岂无膏沐，谁适为容"之感念也。"过时而不采，将随秋草萎"，即《摽梅》"迨吉迨今"之情切也。"不如饮美酒，被服纨与素"，即《山枢》"他人入室"之慰遣也。故《三百篇》者，诗之昆仑，亦诗之海也，无能出其范围者，学《三百篇》庶几得《十九首》，学《十九首》得似建安足矣，从近体入者，曷由睹河源间支机石哉？①

这一段诗话表达了下面几个观点：第一，《三百篇》为"诗之昆仑""亦诗之海也"的观点。"诗之昆仑"是说《诗经》是无法企及的最高典范，"诗之海"表达《诗经》是后世诗歌的源头。所谓"无能出其范围者"，则是指《诗经》已为后世诗从各个方面提供了可资借鉴的典范与可资衍生的丰富题材与意境。第二，《诗经》在意蕴情味上有后世诗无可比拟之处。令人"无可思议"的《古诗十九首》，与《诗经》中的诗篇相比，就会有骤觉"嚼蜡"之感，《诗经》的"彼味悠回"让人顿觉《十九首》简俊味短。第三，《诗经》中的许多篇章为后世诗提供了题材与意境。第四，学诗不可从近体入，须从

---

① 《唐诗谈丛·榆溪诗话·漫堂说诗》，第15页。

古体尤其是《诗经》入，方为正途。从近体入者不能掌握诗的关节所在，只有溯源而上直达源头《诗经》，向其求法度、摄营养才是根本途径。这一主张与对明代复古的大背景的不满不无关系，复古者主张"诗必盛唐"，自然是主诗从近体入，而徐氏则主由《诗经》《十九首》入。总之，徐氏认为《诗经》在题材内容、诗意诗境、情韵格调、法度技巧等各个方面都对后世有着深远的影响。

　（二）注重对《诗经》与后世诗流变关系的考察

> 诗何莫不出于《三百篇》耶？即以声、字言之，诗有复字，有双声，有叠韵，有间叶，有换韵。试举一二则，《关雎》喈喈、萋萋、莫莫，复字也；窈窕、崔嵬、虺隤，叠韵也；参差、辗转，双声也；流之、求之，砠矣、瘏矣，间叶也；"莫莫是濩，为絺无斁"，换韵也。"悠哉悠哉"，则迥弦；"言告言归，害瀚害否"，乃急板。一开卷而得之矣。夫自骚、赋、乐府、以至近体、诗余、词曲，何莫而不范围于《三百》哉？①

徐氏并不只是泛泛地认为《诗经》是后世诗歌之源，而是认为具体到骚、赋、乐府、近体、词曲的每种体裁，都不出《三百篇》的范围，这里可以看出徐氏强烈的辨体意识。这种辨体意识与明代善于辨体有一定的关系。并且他还更具体到诗的双声、叠韵、复字（也就是叠词）及叶韵、换韵等都可以从《诗经》那里找到源头，这就把《诗经》与后世诗歌在形式上的流变关系梳理得更为细致具体。

> 明良庚歌，倡和之始也，柏梁七言，联句之始也，以外，则皆源《三百篇》矣。"我姑酌彼金罍"，何必他寻六言之始乎？"维以不永伤"，何必他寻五言之始乎？"螽斯羽，麟之趾"，何必他溯三言乎？"且往观乎洧之外"，"还予授子之粲"兮，何必他溯七言乎？"逶迤退食"，回文之嚆矢也；"坎坎伐檀"，楚些之唱于也；"关关雎鸠"，已见四平；"采采卷耳"，已具四上；"信誓旦旦"，则四去声之纯，"白石凿凿"，实四入声之备。"踊跃用兵"，"遑恤我后"，错综该四声者，不可胜数也。顺之

---

① 《唐诗谈丛·榆溪诗话·漫堂说诗》，第1页。

有"泾以渭浊"，"钟鼓既设"诸句矣；逆之有"不见子都"，"勿替引之"诸句矣。"居诸"，邶之方言；"也乎"而齐之方言也。"墙茨""玼兮"，叠也，字为文；"采唐""中谷"，重矣，字为篇，鄘卫之熟音也。《杕杜》、《采苓》之用"焉"，《敝笱》、《南山》之用"止"，齐晋之语助也。知此而后见《大招》之用"只"，已不如《招魂》之用"些"，盖不待较其文辞也。故文莫流利于风人，莫曲奥于《雅》、《颂》。①

徐氏认为除明代良庚歌开倡和之始，汉的柏梁体开联句之始，与《诗经》无关外，其他诗的形式都可以在《诗经》这里找到源头。五言、七言、三言诗都已在《诗经》中出现，以平、上、去、入字为首字的四言诗，《诗经》里都有例可循。这些地方都是从《诗经》与后世诗歌的体式变化的角度、从诗歌文体自身的发展流变规律的角度去看待《诗经》的源头作用。并且指出了《诗》中各《风》所用语助词的不同，与所处之地不同而方言有别有关联，如《邶风》之用"居诸"、《齐风》之用"也乎""止"与《唐风》之用"焉"，就是不同方言在《风》诗中运用的具体表现。他还指出《诗经》中语助词运用与后世《楚辞》中运用的变化情况。这些论述具体到诗歌文体自身的流变与《诗经》的渊源关系，方言语助词的辨识对理解诗意及《风》诗的特点有一定的启发意义，并且结合地域特点、从方言用字的变化角度去探讨《诗经》与后世诗的渊源关系，对《诗经》及后世诗的理解都有一定的意义。总之，在徐氏看来，后世诗总是能从《诗经》那里找到源头。

　　变《雅》、《颂》而为《风》者《九歌》乎？如以《楚茨》、《大田》、《祈年》之什，《清庙》、《我将》禘祫之章，降工歌而使巫舞之，优唱之也，知《骚》之改比兴而为赋也，知《九歌》之变《雅》、《颂》而为《风》也始可。②

《诗经》里《风》多用比兴，《颂》多用赋体，徐氏认为屈原一改《诗经》《雅》《颂》体之少用比兴的特点，将《风》的比兴手法用于《雅》《颂》，即在赋体的形式里加上了《风》的比兴的元素，创立了长篇巨制的"骚体

---

① 《唐诗谈丛·榆溪诗话·漫堂说诗》，第2—3页。
② 《唐诗谈丛·榆溪诗话·漫堂说诗》，第3页。

赋"这种形式，故云屈原"变雅颂而为风"。徐世溥的这种源流辨体还是非常准确地把握住了屈原赋的特点并敏锐地发觉屈原学习《诗经》之处，这种细致的考辨诗歌源流变化的做法在前代似不多见，明代许学夷之外，辨体如此详细的当推徐氏。

> 春秋以后无复采风陈诗之举，故列国享燕其乡士，亦惟歌旧什而已，未闻陈灵以后有新诗者。一变为骚，遂启赋端，而比兴忘于赋。至汉安世房中歌，居然《雅》、《颂》矣，然而非《风》也。《十九首》真得风人之旨与音矣，然出于士大夫所为而非民间之作，亦不可以为《风》也。古者之风，皆可弦歌，则非独《雅》、《颂》为乐矣。自郊祀铙歌作，而以乐府为《雅》、《颂》，于是乎《雅》、《颂》遂亡于乐府。五言作而以古诗为《风》，于是乎《风》又亡于古诗。其出自民间而为风，且入乐府者，惟子夜诸歌，而其辞淫，其声靡，又不可以为训也。诗余与曲词有朕兆于此，而古诗尽亡矣。故词曲者，风与乐府之流而合也。自士大夫为词曲而民间之歌莫采，于是乐府独流为曲，而又与风分矣。①

风变为骚，骚开启了赋体这种文体形式，而赋重铺排，于是比兴不发。《诗经》中的《风》《雅》《颂》皆是入乐的乐歌，《国风》亦非徒歌。诗因用诗的场合不同而产生了意义上的变化。《十九首》虽得风人之旨，但士大夫所为，故不能视为《风》。这里可以看出徐氏是主张《国风》为民歌，不属"士大夫发愤之所为作"之列，后面提到古诗"其出自民间而为风"亦表达了他这一看法。而五言兴起，使得那些出自民间的五言古诗为《风》，于是《风》亡于古诗；汉代以郊祀铙歌的兴起，遂以乐府代替了《雅》《颂》的功能，于是《雅》《颂》亡于乐府；而乐府诗中辞采声律淫靡绮丽不足为诗书之训者又流为词与曲子词，当词曲兴起之后，古诗又尽亡矣。他认为词曲是乐府与民间风之合流，既认为它有入乐的特点，在兴起之初又具民间传唱的特点。这种对词曲的起源的看法把握住了词曲兴起时的特点，很有见地。徐氏对风、雅、颂、骚、赋、古诗、乐府、词、曲之间流变的考辨，再次显示了明人善于对诗体源流进行考辨的特点，并且显示出他对诗歌的源流变化的深刻认识。

---

① 《唐诗谈丛·榆溪诗话·漫堂说诗》，第 8 页。

（三）认为《诗经》兼具史诗与小说之善

> 先之以《生民》，次之以《笃公刘》，又次之以《绵》，次《皇矣》，次《文王》，而配之以《大明》、《思齐》，则周之本纪内外备矣。《崧高》、《蒸民》皆世家也，《江汉》、《常武》并列传也。《谷风》之同心见怒，《氓》之信誓不思，真怨淫悔，千回万叠，更充栋小说、镂心之文，无能及其一语者。①

徐世溥认为将《诗》之《大雅》的诗篇连缀起来可以抵周本纪、世家、列传读，这虽是传统的以《诗》为史的读法，但认为可将《诗》与宏富的《史记》比，对《诗经》评价甚高。并且，他觉得《诗经》中对人物心理的描写刻画，即便是后世以描写心理见长的小说也不能匹敌，如认为《谷风》里对妇女"同心见怒"的心情刻画，《氓》里的妇女对氓"信誓旦旦"却最终抛弃自己的追悔又怨恨的心理描写，百转千回之内心变化，即使后世以汗牛充栋的小说来对此进行刻画，也不能达到《诗》表达出的效果。可见他对《诗经》的标榜与推崇。

三、贺贻孙与《诗筏》

贺贻孙生平及著述情况，见第一章。

王英志在《清人诗论研究》里的《贺贻孙诗学观管窥》一文中，对贺贻孙的诗学理论评价很高，他说："我以为其他且勿论，仅就贺贻孙的诗学观的美学价值而言，就应在中国文学理论批评史上给予一定地位，以之与清初操守高洁、民族感情强烈的黄宗羲、顾炎武等相比亦无多让。"②《诗筏》的诗学价值并未引起人们的重视，而对于《诗筏》在《诗经》方面的阐发，更是没有多少人论及。贺贻孙的《诗筏》多从文学解经的角度言《诗》，现在择其要者进行分析。

---

① 《唐诗谈丛·榆溪诗话·漫堂说诗》，第4—5页。
② 王英志：《清人诗论研究》，扬州：江苏古籍出版社，1986年，第23页。

（一）诗以言情，不以说理①

贺氏能深刻地认识到"诗本性情"的特征，并将是否有真情作为判断是否好诗的标准，他对抒发真情的民歌甚为推崇：

> 近日吴中《山歌》、《挂枝儿》，语近风谣，无理有情，为近日真诗一线所存。如汉古诗云："客从北方来，言欲到交趾。远行无他货，惟有凤凰子。"句似迂鄙，想极荒唐，而一种真朴之气，有张、蔡诸人所不能道者。晋、宋间《子夜》、《读曲》及《清商曲》亦尔。安知歌谣中遂无佳诗乎？每欲取吴讴入情者，汇为风雅别调，想知诗者不以为河汉也。②

贺氏在这里将当时明代吴中山歌及先前晋、宋时代的山歌视为"风雅别调"，认为其"语近风谣"，这一将山歌与经典视为同列的做法，可以见出贺氏对诗抒发真情的重视，对山歌的评价之高。

> 夫唐诗所以夐绝千古者，以其绝不言理耳。宋之程、朱及故明陈白沙诸公，惟其谈理，是以无诗。彼六经皆明理之书，独《毛诗》三百篇不言理，惟其不言理，所以无非理也。圣贤读"素绚"而得"礼后"，读"尚絅"而得"闇然"，读"唐棣"而得"思远"。盖圣贤事境圆明，风谣工歌，无不可以入理。若但作理解，则固陋已甚，且不能如匡鼎之解颐，又安能若西河之起予哉！③

贺氏认为《三百篇》"不言理"而"无非理也"，但解《诗》却不能作理语解，作诗更不能以理语作。他借说《三百篇》谈及了唐、宋诗之辨，认为唐诗卓绝千古正因为其不言理，而宋诗因为重言理、主议论故无诗，如宋代程朱及明代陈献章皆如是。贺氏又对孔子借诗来谈礼与理的诗教观作了解释，他认为圣贤借诗言理也是以把握住恰当时机并紧密结合诗境为前提的，强调借诗言理要有度，不能只重言理，忽视诗的抒情本质，而要抓住诗的特征，其实就是抓住诗的比兴手法等文学性的特征，方能做到"解颐"并"起予"。

---

① 《清诗话续编·诗筏》，第191页。
② 《清诗话续编·诗筏》，第153页。
③ 《清诗话续编·诗筏》，第191页。

贺氏这里对唐宋诗的理解很客观，不带门派的偏见。

（二） 对赋比兴手法的分析

> 杨升庵讥少陵《丽人行》云："《诗》刺淫乱，第曰'雝雝鸣雁，旭日始旦'而已，不必曰'慎莫近前丞相嗔'也。"盖谓少陵无含蓄耳。王元美驳之云："彼所称者，兴比耳，诗固有赋，以述情切事为快，不必尽含蓄也。"元美辨则辨矣，而未尽也。就"雝雝鸣雁"本章言之，"雉鸣求其牡"，非比兴乎，何尝含蓄？且郑、卫刺淫，至于"期我桑中"、"车来贿迁"等语，皆无含蓄。姑不必尽举。即如同一刺卫宣姜也，有直陈者，《新台》之篇所云"燕婉之求，籧篨不殄"，《墙茨》之篇所云"中冓之言，不可道也"，《鹑奔》之篇所谓"人之无良，我以为君"是已。有隐讽者，《君子偕老》一篇，但述其象翟之盛，鬒发之美，眉额之晳，至于"胡天胡帝"，而犹未已；且缀以"蒙彼绉絺，是绁袢也"，则并其亵衣之纤媚而形容之，而以"邦之媛也"四字结之。羡美中有怜惜慨叹，爱莫能助之意，略无一语及其淫乱。[①]

贺氏认为《诗经》中既有隐讽微露的比兴的写法，也有直陈"以述情切事为快"的赋之写法，即便是运用比兴的方法，也并不排斥直陈表达方式的介入。以这两种手法所成之诗皆为佳篇，并认为《诗经》已为后人创立了可供模拟学习的典范。贺氏以《诗经》中的具体篇目为例进行说明，如《郑风》的《桑中》"期我桑中"，卫风中的《氓》的"车来贿迁"等语表达爱情都是直接大胆，直陈快意；《邶风》中的《新台》，《鄘风》中的《墙茨》《鹑奔》等篇对卫宣姜及卫宣公的讽刺也都是很直接的。对卫宣姜的淫恶隐讽不露正意的诗篇有《鄘风》中的《君子偕老》一篇。可见，贺氏并不反对直陈的写法。接着，他又以《君子偕老》篇为例分析了《诗》中"略无一语及其淫乱"的含蓄隐讽的写法，并在紧接着的下文中，分析了杜甫在诗法上对《诗经》的借鉴：

> 少陵《丽人行》，全从此诗得之。首赞其态浓意远，肌理细腻，乃至

---

① 《清诗话续编·诗筏》，第166页。

头上背后足下种种殊妙，富贵气焰，无不动人，而"青鸟飞去衔红巾"，则与"蒙彼绉絺"语同一生动矣。惟《君子偕老》篇首章微露"子之不淑"四字，而后章不复补缀。少陵则末语微露"慎莫近前丞相嗔"七字，而前此全不指破，手法微换耳。彼其意以为如此人，如此事，与其直指其秽，徒令人鄙，不若悉举其美，乃令人恨也。从来美人失身，才子从逆，千古以后，供人唾骂，必甚于他人。如读汉史至刘子骏陈符命，华子鱼弑国后，每令人掷卷而起，以为在他人不足恨，以刘子骏、华子鱼为之，则深可恨也。盖以怜才慕色之诚，迫为嫉恶，其嫉恶更深，所以反复叹美如此。其用意倍苦，而其刺淫倍刻矣。盖嘲笑甚于骂詈，而怜惜尤甚于嘲笑也。吾方谓少陵含蓄太深，不为《墙茨》、《新台》而为《君子偕老》，用修乃谓其不肯含蓄乎？若其所论《毛诗》舛谬处，则人人知之矣。①

贺氏反对杨慎的观点，认为杜甫所作《丽人行》非但不失含蓄，而且从章法上是得了《诗经》的真传的，在写法上借鉴汲取了《君子偕老》篇的技巧，是含蓄诗篇的典型代表。《诗经》中《君子偕老》是在前面以"之子不淑"微微点破诗意，后面全不提及其淫乱；杜甫的《丽人行》则在后章以"慎莫近前丞相嗔"点出正意，前面丝毫未露诗旨。可见杜甫对《诗经》章法结构上的借鉴及其变化运用。贺氏还指出这样反讽写法的妙处并分析了其深层的心理原因：那就是人们对才子从逆、美人淫逸的唾骂必盛于对普通人，故《君子偕老》与《丽人行》在写法上一改骂詈为嘲笑，改嘲笑为怜惜，恰恰是能让人在超越熟悉与惯性思维后产生一种更为新奇的美学效果，这是含蓄微讽超越直陈的手法的高妙之处，不陈其丑，只赞其美，此间形成的巨大张力让人更在反差中体会诗用意之深。贺氏将杜甫的《丽人行》与《诗经》中《君子偕老》篇章进行比较阅读，关注到了杜甫对《诗经》手法的借鉴，这些评价都是将《诗经》放置到诗歌这一文学体裁的发展脉络中、从视其为文学作品的角度去谈论《诗》的。

（三）注重对《诗经》艺术技巧进行分析

"温柔敦厚"在古代既有美学上的含义，也是一个道德人格的范畴。古人

---

① 《清诗话续编·诗筏》，第166—167页。

更多时候是从道德角度去理解它。贺氏在《诗筏》中从含蓄蕴藉的审美意义上给予了它更多的关注。如对《东山》的分析：

> 每章着"零雨其蒙"四字，便尔悲凉。思家遇雨，别有一番无聊，不必终篇，已觉黯然魂销矣。末后只描写鹳鸣果实，蟏蛸熠耀，户庭寥落，雨景惨淡而已，此外不赘一语，愈觉悲绝。《三百篇》中，有比兴赋互用者，有赋事在前，比兴在后者，皆以末后不注破为妙，不独此诗也。及读古诗《十五从军征》篇"兔从狗窦入，雉从梁上飞。中庭生旅谷，井上生旅葵"四句，写景奇绝。虽"羹饭一时熟，不知贻阿谁"二语，注破太明，不如《东山》之浑妙，但汉末乱离光景，不嫌直露。倘自此便止，尚是一首极悲澹诗，只可惜又添"出门东向望，泪落沾我衣"十字，反觉全首味薄矣。此汉人所以不及《三百篇》也。①

贺氏认为《东山》每章都以"零雨其蒙"开篇，用雨境烘托出了征人思家的无聊与黯然销魂的氛围，而后面的"鹳鸣果实，蟏蛸熠耀"亦只是一味写景，只将"户庭寥落，雨景惨淡"情形一一展示而已，其间无一语涉及议论感慨、抒情告哀，恰恰是这种"此外不赘一语"的写法，却增加了悲剧的气氛，让诗有种蕴味无穷之感。贺氏又将《东山》的写法与汉人之诗《十五从军征》进行比较，认为汉诗由于"注破太明"不若《东山》之"浑妙"，而结尾的"出门东向望，泪落沾我衣"的直接抒情反而使诗显得"味薄"，故认为"汉人所以不及《三百篇》也"。贺氏对汉诗直露特点的认识，能够结合汉诗的写作时代去理解，如汉正处于乱离之世的时代特征决定了其诗情迫而辞直的特征。这里可以看出贺氏对诗反映现实的儒家传统诗教功能的关注。总之，贺氏对温柔敦厚的美学风格的推崇，更多是从诗的蕴味、美学效果去分析的，属于文学解《诗》的角度。

> "东城高且长"篇，以"燕赵多佳人"一段，足"荡涤放情志，何为自结束"二句之意，犹《伐木》章以"有酒湑我，无酒酤我。坎坎鼓我，蹲蹲舞我。迨我暇矣，饮此湑矣"六句，足"民之失德，干糇以愆"之意也。无此一段，便不淋漓。若其脉理断续，无迹可寻，则子由所谓

———————
① 《清诗话续编·诗筏》，第152—153页。

"如千金战马，注坡蓦涧，如履平地"也。熟读此诗，自悟古人章法之妙。世人以《十九首》为二十首，且谓后人误合此二首为一首。前辈曾有别白者，余特引《毛诗》以畅其旨。①

借《诗经·伐木》的结构章法来谈《古诗十九首·东城高且长》的结构特点，指出其"脉理断续，无迹可寻"的章法之妙，认为"东城高且长"篇有借鉴《诗经》之处，这里还是有将《诗经》视为后世诗的典范之意。并且贺氏借对《诗经》中《伐木》与《东城高且长》章法的比较分析作为依据，证明前人认为《东城高且长》篇自"燕赵多佳人"为限前后分属二首诗的说法有误。贺氏认为《东城高且长》一诗以"燕赵多佳人"一段，足"荡涤放情志，何为自结束"二句之意，如《诗经》以"有酒湑我"六句足"民之失德，干糇以愆"之意，故《东城高且长》前后浑然一体，不可断为二首，《古诗十九首》亦不可能为"二十首"明矣。贺氏这种通过对《诗经》与后世诗章法分析比较来作佐证，得出《东城高且长》篇原本一首诗不可分为二首的结论的做法很可取，能给人在类似问题的判断上提供方法论上的启示。

> 诗家有一种至情，写未及半，忽插数语，代他人诘问，更觉情致淋漓。最妙在不作答语，一答便无味矣。如《园有桃》章云："不知我者，谓我士也骄。彼人是哉，子曰何其。"三句三折，跌宕甚妙。接以"心之忧矣"，只为不知者代嘲，绝无一语解嘲，无聊极矣。又《陟岵》章云："父曰嗟，予子行役，夙夜无已。尚慎旃哉，犹来无止。"四句中有怜爱语，有叮咛语，有慰望语，低徊宛转，似只代父母作思子诗而已，绝不说思父母，较他人作思父思母语，更为凄凉。汉、魏以来，此法不传久矣。维唐岑参"昨日山有信"一首，末四句只代杜陵叟说话便止，全不说别弟及还东谿语，深得古人之意。但彼为忧乱行役而作，而此则寻常别弟语，情景较浅耳，然在唐诗中未多靓也。②

贺氏很强调诗的抒情特质，并且推崇对情的表达要讲究含而不露、深具蕴涵，不能直白浅薄；结构上要跌宕起伏，不平铺直叙。对诗家至情的抒发不主一

---

① 《清诗话续编·诗筏》，第146—147页。
② 《清诗话续编·诗筏》，第174页。

味直抒胸臆，《园有桃》写"心忧"未尽之时，插入他人"彼人是哉，子曰何其"的诘责，下文也不作解嘲语，这样使诗一波三折，结构上富于变化，显示出章法跌宕之妙。《陟岵》一诗在登高望远、远望当归的描写中，亦不直接抒发征人如何思家，而是插入父母兄弟的问询，作"代父母思子"语，这种写法能带来"更为凄凉"的艺术效果，也能使诗的结构显得不单调呆板。贺氏还将唐岑参"昨日山有信"一首与《陟岵》一诗相比较，指出了《陟岵》因在乱离行役中所作，岑参诗是平常的别离诗，故前诗在表达感情上会更厚重深沉。以上所述都是对《诗经》写法上高妙之处的精辟分析，是对《诗》进行的精当的文学解读。

> "生年不满百，常怀千岁忧。昼短苦夜长，何不秉烛游？为乐当及时，何能待来兹？愚者爱惜费，但为后人嗤。仙人王子乔，难可与等期。"一首十句，皆辑乐府《西门行》中警语成之，全不易一字，然读之只似《十九首》语，不似乐府语。在乐府中每觉此语奇崛，在《十九首》中又觉此语平淡，犹"青青子衿"、"鼓瑟吹笙"等语，在《毛诗》中但见和雅，入曹公诗中乃见豪放。笔墨转移之妙，非深于诗者不能知。①

贺氏借运用乐府诗成句入《十九首》、嵌《诗经》成句入曹操诗导致诗呈现出格调气韵有所不同的特点，说明了诗的整体气韵格调决定着诗句作用具体发挥的道理，表达出"笔墨转移之妙，非深于诗者不能知"的个中滋味。

（四）借说《诗》以言志

下面这段诗话借导扬古人正道直行之语，表达出对今人褊狭、阿谀丑态的厌恶，有借解《诗》浇自己胸中块垒之意。

> 《巷伯》之卒章曰："寺人孟子，作为此诗。"《节南山》之卒章曰："家父作诵，以究王讻。"是刺人者不讳其名也。《崧高》之卒章曰："吉甫作诵，穆如清风。"《蒸民》之卒章曰："吉甫作诵，其诗孔硕。"是美人者不讳其名也。三代之民，直道而行，毁不避怒，誉不求喜，今则为

---

① 《清诗话续编·诗筏》，第147页。

匿名谣帖、连名德政碑矣。偶触褊心，则丑语丛生，惟恐其知；忽焉摇
尾，则谀词泉涌，惟恐其不知也。至于赠答应酬，无非溢词；庆问通赆，
皆陈颂语。人心如此，安得有诗乎？①

贺氏在这则诗话中表达出对三代之诗的赞赏：三代之民，因胸怀坦荡，故其
所作之诗，无论美刺，都没有忸怩作态的丑陋。对比今人，因丧失文人的气
节与操守，应酬诗与颂诗都是一味地赞颂溢美之词，缺乏真情坦诚。贺氏借
说《诗》表现了对当时的世道人心及其导致的文风的不满。

《诗筏》中涉及《诗经》的内容，更多是从文学角度、从对后世诗写法
的影响角度而言的，体现出贺氏以文学解《诗》的特点。

四、方以智与《通雅·诗说》

方以智，字密之，号鹿起，安徽桐城人。崇祯进士，官翰林院检讨，与
冒襄、陈贞慧、侯方域被称为"明季四公子"。与复社人士杨廷枢、陈子龙、
夏允彝相友善，其名在杜登春的《社事始末》、陆世仪《复社纪事》卷一复
社成员姓氏里均有记载，在吴嘉山的《复社姓氏传略》中也载有方以智的姓
名。明亡，以智出家为僧，名弘智，字无可，又自号"浮山愚者"，人称"药
地和尚"。清兵尝物色得之，令曰："易服则生，否则死。袍服在左，白刃在
右。"乃辞左而受右。清帅起谢之，为之解缚，听其以僧终。② 论诗既反对七
子的复古拟古，又反对公安、竟陵的卑俗纤弱，主张"究当互取，宁可执一"
的态度。著有《通雅》《浮山集》《物理小识》《药地炮庄》。《通雅》里有专
门论诗的诗话著作《诗说》。梳理《诗说》中涉及《诗经》的观点，论述
如下。

（一）主情论与感物说

法娴矣，词赡矣，无复怀抱，使人兴感，是平熟之土偶耳；仿唐溯
汉，作相似语，似优孟之衣冠耳。③

---

① 《清诗话续编·诗筏》，第 170 页。
② 《明遗民录》卷五，第 35 页。
③ 吴文治主编：《明诗话全编·通雅诗说》，南京：江苏古籍出版社，1997 年，第 10586 页。

> 诗以言志，言之不足，故长言之；长言之不足，故咏叹之；咏叹之
> 不足，故不知手之舞之，足之蹈之，一石一叶，性情毕具，谁非舞蹈毫
> 端者乎？①

方以智认为写诗仅有技法的娴熟、语词的丰赡是不够的，内心必须有可抒发
的真情怀抱，然后以怀抱情感作为写诗的内在驱动，若只是一味地在格调、
技法上揣摩、模拟汉唐之作，就如同见惯不惊之木偶、优孟之衣冠一般，徒
有形似而已。他还强调感物说，认为人不会无端地生情，一石一叶这样的细
微之物都是有性有情的，是"性"与"情"的统一体。人受其触发而生发情
感，于是就会形诸舞蹈，发为歌咏。"一石一叶，性情毕具"的观点，是将万
事万物都看作是与自己平等的对象，是像人一样具有"性"与"情"的二者
统一体。可以看出，这里方以智的持论有受道家庄子的"天地与我并生，而
万物与我为一"影响的迹象，同时也与明代盛行的尊情论不无关系。

（二）诗随世变观

> 各体虽异，蕴藉则同。起《三百》之人于今，安知其不七言而长律
> 乎？声依永，律和声，以乐通诗，则近体之叶律定格，谓为补前人之未
> 备也可。愚者曰，一菀一枯，一正一变，一约一放，天之寒暑也。过甚
> 则偏，矫之又偏，神之听之，惟和且平。是其人，不欺其志，皆许之矣。
> 穷则变，变则通，通则久，使人继声，继其志也。诗不必尽论，论亦
> 因时。②

这则诗话可以看出方以智主诗随时势变化而变化的观点。他认为即使是《诗
三百》的作者生于当今之世，也会作七言诗写长律。诗与乐通，诗必会随着
音韵格调的变化而变化，今人所创的"近体之叶律定格"，恰恰是随顺时代的
发展、适应现实之需要的结果，是对前人诗体格调的补充，也自然是对整体
诗体形式的完善。诗随时代变化就像天气有寒暑一样天经地义，但变化一定
要讲究度，超过了一定的"度"，就会失之于偏；变也要合乎"时"的要求。

---

① 吴文治主编：《明诗话全编·通雅诗说》，南京：江苏古籍出版社，1997 年，第 10586 页。
② 《明诗话全编·通雅诗说》，第 10592—10593 页。

"时"与"度",在方氏看来,即"神之听之,惟和且平"之意,这里应该含有遵循诗歌发展自身规律之意。诗虽体式不同,但蕴藉之美却相同,"和且平"则同。方以智的这种诗论观反映出他反对写诗盲目模仿、拘牵守旧、重形似而无真情实感的做法,他的这一主张与当时复古派一味强调形式上的模拟、强调形似的做法相比,无疑是进步的。同时,他看出了诗的发展有其"一菀一枯,一正一变,一约一放"的自身规律的,这一规律"矫之又偏",不以人为的改变而改变,故论诗也要主"因时"而异的变化观,遵循诗歌发展的内部规律。

(三) 重比兴的阐发

方氏对比兴的理解是很深刻的。下面这则诗话表明他已能够从多个层面论述比兴之义。

> 诗者,志之所之也。反复之,引触之,比兴而已矣。世亦有知比者,未可以言兴也,兴之为比深矣,赋之为比兴更深矣。数千年之汗青蠹简,奇情冤苦,犹之草木鸟兽之名,供我之谷呼击节耳。何谓不可引故事?何谓不可入议论?何谓不可称物当名?何谓不可逍遥吞吐、指东画西、自问答、自慰解耶?故曰"兴于诗""何莫学夫诗",诗之广大配天地,变通配四时。惜乎日用而不知,虽兴者亦未必知也。水不澄不能清,郁闭不流亦不能清。发乎情,止乎礼义。诗以宣人,即以节人。老泉曰:"穷于礼而通于诗。"立礼成乐,皆于诗乎端之。春秋律易,言之者无罪,闻之者足以戒,皆于诗乎感之。道不可言,性情逼真于此矣。言为心苗,有不可思议者,谁知兴乎?知《易》为大譬喻,尽古今皆譬喻也,尽古今皆比兴也,尽古今皆诗也。存乎其人,乃为妙叶,何用多谈!①

分析这则诗话,方氏首先指出诗言志抒情可资依赖的方式是比兴手法,但是了解"比"这种艺术手法却未必就深谙"兴"之妙义。方氏同时又认为赋这种方法有比比兴更能打动人之处,诗不仅讲蕴藉含蓄,也可以用典使事、议论说理、直抒胸臆,要之皆是"兴于诗"的表现。方氏从创作论的角度谈诗"发乎情,止乎礼义"的作用。人的情感就像水流一样,沉静才能积蓄沉淀,

---

① 《明诗话全编·通雅诗说》,第 10587 页。

疏导它才能够不郁结，而方氏认为疏导情感的方式之一就是写诗。"诗者，志之所之也"，"诗以宣人，即以节人"就是从这个意义上说的。诗有释放郁结之情、发抒不平之气的作用，作诗能使内心郁结的怨尤之情通过一个缓冲的作用得到净化，从而使愤怒不平之情感得到节制。当诗以文本的形式完成以后，作者内心的郁结之气也已经复归平静，使诗人的性情又复归于性情之正。方氏从创作论的角度谈论了诗"发乎情，止乎礼义"的特点。他还从读诗的角度谈比兴的作用。诗是通过比兴来言志的，"言为心苗"，理解了言中的比兴之义，也就理解了诗。千载之上的那些奇情冤苦，以草木鸟兽之名比兴之，直到今天读这些古书中的事情，还能感发人的情志，使人为之"谷呼击节"。从诗教的角度言比兴之用，具体表现为从诗之比兴与礼乐的关系角度分析比兴之作用。"兴于诗，立于礼，成于乐"之境界的最终达成首先是以诗感发人的意志为发端的，而诗的比兴之言"言之者无罪，闻之者足以戒"的主文谲谏的形式，能够使人的性情在温柔敦厚的诗教中得以感发，得归性情之正。诗教作用的发挥有赖于"诗乎感之"的作用，而这种"感"即是"兴"的作用。方氏还指出比兴作为一种思维方式的特点。他根据《易》"立象以尽意"的思维形式，指出"《易》为大譬喻"，"大譬喻"即"比兴"也，那么，天下一切都无不可以比兴言之。从比兴为诗的创作论谈到比兴对人情志的感发作用，最后由《易》的"譬喻"的思维形式谈及天下万事万物无不可以比兴言之。而前边所云"诗之广大配天地，变通配四时。惜乎日用而不知，虽兴者亦未必知也"即是指诗的内容包蕴广泛、诗的变化随时代而变通，而比兴的方式虽"日用而不知"，"虽兴者亦未必知也"，即使平时经常使用却不自觉。这说明它已成为我们民族的一种思维方式，以浑然不觉的形式融入人们日常的思考、生活与诗歌写作中。可见，方以智是将比兴视为一种思维方式去言说的。对比兴有这样的认识，在当时实属难得。对这一点，方锡球先生在《论方以智诗学思想的文化美学特色》一文中曾指出："把比兴作为思维，是他的一个创识。"[①] 这一评价说明方以智对比兴思维特点认识之深刻，定位非常准确。

　　方氏还提出比兴外之比兴的说法：

---

① 方锡球：《论方以智诗学思想的文化美学特色》，《文学评论》2005 年第 1 期。

> 虚舟子曰："'青青河畔草'，绝不是青青河畔草，但可曰'青青河畔草'。"知此比兴外之比兴否？一气叙至他乡异县，忽然曰"枯桑知天风，海水知天寒"，拘者必谓针线不续矣。乃以双鱼曲折，收以"上言加餐食，下言长相忆"，知此格否？①

方氏这里所说的比兴不单单是一种修辞的方法，更是指向文章写法上的似断实连的结构特征，这种理解其实扩大了比兴的外延。这也是和上面将比兴视为一种思维方式的观点密切相关的理解。

方以智认为诗也可以说理，但说理之诗不是诗的上乘之作。诗的胜境应该是以比兴言之之作。他通过对《诗》《书》不同特点的比较，强调诗应主比兴。

> 诗未尝不可以析理，析理之诗，非诗之胜地也。"手无斧柯，奈龟山何！"今问夫子曰："手有斧柯，奈龟山何？"夫子岂再答乎？"利剑不在掌，结友何须多。"以何为剑，以何为斧乎？曰心曰性，曰静曰理，《诗归》望见，必极赏之。或以为禅，此禅家之醯鸡耳，况老将不谈兵耶？圣人之教，书叙正语，诗以兴之。苟知兴之，侧语反语皆是矣。礼以制节，乐以和之，苟知和之，有声无声皆是矣。②

明代复古与反拟古的斗争贯穿了整个时代，与之相应的关于唐宋诗之辨、诗文之辨的声音也不绝于耳。方氏认为诗不能空谈心性道理，"诗以兴之"说明比兴是作诗的根本之法。如果真正掌握了这一方法，语言运用就会游刃有余、随心所欲，即当法内化于心时，法已不重要。当"有声无声皆是"时，已然达到无法之法的境界，正如"老将不谈兵"，兵法已烂熟于心耳。其实，方以智强调写诗要遵循比兴之法，但更要超越于法之上而不受其拘牵，才能达到"自由"的境界。他的这种主张有针对七子与公安、竟陵之意。因为七子、竟陵过于受法的拘牵反失去了性灵，而公安派又由于反对七子的拘牵而矫枉过正，由不主张讲法而最终流于俚俗，故方氏主张既讲法又强调超越于法。在"诗文之辨"的问题上，他认为于诗而言，比兴之作方可达诗之胜地，诗虽可

---

① 《明诗话全编·通雅诗说》，第 10590—10591 页。
② 《明诗话全编·通雅诗说》，第 10593 页。

以说理议论，要之，诗非文，不以说理胜。《诗》《书》之别是"书叙正语"，"诗以兴之"，所谓正语，即质言直言之，直露正意而已；"诗以兴之"，即"比兴"言之，则强调诗要含蓄蕴藉不可太直露。方氏借《诗》《书》之别，所谈的恰恰就是"诗文之辨"，而诗不以"析理"为"胜地"、应以"比兴"为上乘的主张，也包含着对唐宋诗之辨的态度。

与诗说理相联系的是诗与才、学的关系，对此，方氏也有论及：

> 读书深，识力厚，才大笔老，乃能驱使古今，吞吐始妙。……才各有限，学必深造，然后自用所长，岂必执一以相訾耶？①

严羽《沧浪诗话》"诗有别材，非关书也；诗有别趣，非关理也"② 的观点提出，为不学之士提供了口实。而明代前后七子主"诗必盛唐"说，强调在格调字句上模拟唐诗而陷入片面的形式主义追求的窠臼。有感于此，方以智强调读书厚学而"不执一"，应根据自己所长去作诗，而不求千篇一律地模拟他人。"读书深，识力厚"，方可驱遣古今，厚积薄发，做到抒情言志游刃有余。人的才情不同，有长于此而屈于彼的，但都需要学习来使得才情学识达到深厚博大的境界。这种主张对反拨当时的空疏学风及复古模拟之风，都是有积极意义的。对以才学为诗的肯定，可以看出在唐宋诗之辨的态度上，方以智也不是绝对反对宋诗的，这些主张反映出了方以智通脱的诗论观。

（四）倡导温柔敦厚的诗教

> 《经解》曰："温柔敦厚而不愚，深于诗者也。"孤臣孽子，贞女高士，发其菀结，音贯金石，愤懑感慨，无非中和，故曰怨乃以兴。犹夫冬之春、贞之元也。五至而终于哀，三无而终于丧，志气塞乎天地，曾知之乎？此深于温柔敦厚，而愚即不愚者也。苦此心之难平，困以必不能而消之，塞以不可解而置之，顿引寥阔以旷之，息诸濛汜以冥之，亦壎篪之牖耳。至人无情，无不近情，必貌此冒语以为至语，以为至语而忌讳一切，以则永言谕志之正叶乎？时而述事，时而游览，时而咏物，

---

① 《明诗话全编·通雅诗说》，第 10589—10590 页。
② （宋）严羽著，郭绍虞校释：《沧浪诗话校释》，北京：人民文学出版社，1983 年，第 26 页。

神在其中，各有不得已者存焉，不用相强，果一真乎，无汝回避处。①

方氏以为孤臣孽子、贞女高士的愤恚感慨之情感通过"诗可以怨"的方式，可以使志意情感得以抒发泄导，进而达到内心情感的中正和平，这是"不愚"的表现，故深于以"温柔敦厚"的诗教、以"中和"之美来疏导情感、涵泳性情就是不愚的人。而通过写诗来疏导那些难平的情感，就像"壎篪"有"牖"才能使气振荡而发声一样自然，写诗能使郁结之情发为旷达之感。至人的情感通过"中和"而达到"温柔敦厚"，中正和平，似乎无情，实际上恰恰是"无不近情"。而这些郁结难平之气由于是不得已而发的情感，发而为"温柔敦厚"之诗，因其"不用相强"，故更为真实自然。方氏解释了"温柔敦厚"何以不愚的原因，强调了真情在诗的写作中的作用，反对无情矫饰之作。

> 姑分体裁而言之，古诗直而曲，近而远，质淡而不酽，追琢而不刿。或以数句为一句，或分章以为篇，或平衍而突立别峰，或激起而旁数历落，或中断以为回环，或琐屑而寓冷指。转折之法，如作古文，奇矫屈诘，尝类谣谚，殊非黯浅所能梦见也。人不能反复于《三百》、楚辞、汉魏乐府，乌有能蕴藉温雅者乎？②

方氏认为，古诗无论在风格气韵上还是在艺术形式上，都能给后世诗提供可资借鉴之处，不深入揣摩则难以领会其中的妙处。要想学到古诗温柔敦厚的风格，必须反复于《三百》、楚词、汉魏乐府而使性情上达到和平静雅，然后再于方法上不断品鉴涵泳，方能达到蕴藉含蓄、温柔敦厚的风格。这里亦是将《诗三百》奉为学诗的门径而言的。

（五）对《诗经》的具体篇章句法分析

> 格莫奇于《三百》。牛羊之章，先叙饮讫之状，忽曰"牧人乃梦，众鱼众旗，从而占之"，何其幻乎？《采绿》忆远，忽而作计，此后永不相离。"薄言观者"，冷缀便收。至于《正月》、《小弁》、《雨无》之沉

---

① 《明诗话全编·通雅诗说》，第 10586—10587 页。
② 《明诗话全编·通雅诗说》，第 10588 页。

悼，《蓁菲》、《彼何人斯》之激怒，章法次第，最称神品，皆非后人所
能仿佛也。……其指远矣。①

方以智对《无羊》先实景描摹，忽转接"牧人之梦"这种富于章法变换的幻
化之美很是赞叹。对《采绿》原本忆远、"忽而作计"，忽然作转而曰"薄言
归沐"的结构方法，方氏看出这似乎无端而起的情思背后其实恰恰是思妇念
远之情迫却无处寄托、无法释怀，故脑海眼前常常出现真幻交织、似梦似真
的感觉，仿佛感到远人就要归来，而突然"作计""归沐"。这种心理描写非
常恰当地反映出思妇敏感多变的心情，方氏可谓深谙此法之妙。对相聚后生
活之想象展望更无半点议论，只将心中渴望企慕之景展望而已，唯其不议论，
故更有"此时无声胜有声"之妙。最后骤然结以"薄言观者"，言有尽而意
无穷，余韵悠长，思念之深切已尽在不言中，故曰"冷缀便收"，章法之妙让
人钦叹。他还认为《小弁》《雨无》情感深沉哀伤，《巷伯》《彼何人斯》的
情感愤激直露，都堪称章法结构上的神品，后人无法企及。由对寺人孟子所
作的《巷伯》之诗的赞赏，可以看出方氏在诗法上虽标比兴，但对情感直陈
的写法亦不排斥，体现出他对诗法写作认识上的通脱达观。

五、陈宏绪与《寒夜录》

陈宏绪（1597—1665），明末清初人，字士业，号石庄，江西新建人。明
兵部尚书陈道亨之子。少补诸生，与同里万时华、徐世溥结社豫章。明崇祯
中，荐授晋州知州，后谪湖州经历，寻改知舒城。入清，免归，屡荐不起。
清人李晚邨指出："吾乡古文，明末国初为盛。明末之盛，以有艾千子为之主
张；国初之盛，以有魏叔子为之职志；而参于其间，上掩艾而下启魏者，则
有陈石庄先生。"② 陈宏绪著述颇丰，但很多已经散佚。其《陈士业全集》十
六卷于乾隆四十年被收禁。今存《荷锄杂记》《南昌郡志》等，《寒夜录》收
入《豫章丛书》子部二中。《寒夜录》由二百九十七则笔记组成，虽不以诗
话命名，但内容却"以诗话文评居多"③，故在这里将其与复社其他诗话著作

---

① 《明诗话全编·通雅诗说》，第 10593 页。
② 陶福履、胡思敬编：《豫章丛书》子部二集《寒夜录点校说明〈石庄先生文选序〉》，南昌：
江西教育出版社，2002 年，第 171 页。
③ 《豫章丛书》子部二集《寒夜录点校说明〈石庄先生文选序〉》，第 171 页。

列为一类，来考察其对《诗经》的解读情况。

在《寒夜录》里，陈宏绪赞同孟子的"以意逆志"说，并主张悟诗之道要抓住其为歌的特点，并引陆子静高徒林亦之即纲山先生语云："《诗》不歌，《易》不画，无悟入处。"① 这是他从总的方面谈解《诗》的观点。对《寒夜录》关于《诗经》解读的其他特色，经分析梳理，归纳为以下几个方面。

（一）对朱注的批判

在明代宗朱之风盛行的情况下，陈宏绪却能够时时提出与朱《传》相左的意见，显示出其学术求真的勇气。下面列举几则：

> 《四月》之什："先祖非人，胡宁忍予！"朱《传》："我先祖岂非人乎？何忍使我遭此祸！"殊非怨诽不怒之旨。刘原父云："言我之先祖，匪以人恩畜我乎？何为忍使我当此乱世而生！"刘说为当。②
>
> "载猃歇骄"，王雪山、严华谷、戴岷隐三家俱以为"田毕而游园，载猃于辎车，以歇其骄逸"，应从之。朱《传》以"犬之长喙为猃，短喙为歇骄"，似出意度，无据。③
>
> "不瑕有害"，朱《传》："瑕，何也。"然易其字为"不何有害"，文理欠通。宋黄东发曰："瑕，过也。归卫未过，有害也。何为而不可乎？"此说较长。④

这些地方表现出对字句的理解上与朱熹不同的意见，理解比较合理。

> 《既醉》："其类维何？室家之壶。"类者，不忝前哲；壶者，广裕民人。《国语》已有明训。朱子以"宫中之巷"释"壶"，恐于上句不协。且前章"其告维何？笾豆静嘉"，"壶"义正与"静嘉"之旨相应。⑤

上述引文可以看出，陈宏绪能够在解《诗》时结合上下文，并且征引《国语》为证，指出朱熹解释的不妥，表现出不盲从先圣的勇气和注重考证、征

---

① 《豫章丛书》子部二集《寒夜录》，第 187 页。
② 《豫章丛书》子部二集《寒夜录》，第 238—239 页。
③ 《豫章丛书》子部二集《寒夜录》，第 237 页。
④ 《豫章丛书》子部二集《寒夜录》，第 237 页。
⑤ 《豫章丛书》子部二集《寒夜录》，第 235 页。

实求真的学术追求。

> 《小序》《雨无正》篇："雨自上下者也。众多如雨，而非所以为政也。"正释脱简八字，与《韩诗》合。朱子致疑其说，谓："第一、二章本皆十句，今遽增之，则长短不齐，非《诗》之类。"予按，《阕宫》前五章，其四皆十七句，而中杂一章则十六句。古人作诗，不必层层拘牵。今朱子于应有脱简者反而致疑，至《阕宫》语气完足，乃强指为中有脱句，诚不知其何见也！①

陈氏结合《序》说并与韩诗的内容进行比对，又从篇章结构的前后差异上讨论《雨无正》原诗的脱简问题；又根据《阕宫》之诗的语气内容判断其并无脱简，反对朱熹以句式章法的整齐为依据而强以为脱简的观点。以上观点都可备一说。由此可以看出陈氏注意考证并且不盲从时解的解《诗》倾向。

（二）以"贵于博览"、群经互证的方法解《诗》

陈宏绪在《寒夜录》中云："穷经之士，贵乎博览耳"②，故他在字词的阐释与句意的理解上主张群经互证、博览贯通的方法，这也反映出了复社文人"不通五经，亦不能解一经"的学术指导思想。他的这种解经思想在下面一段话中可以看出来：

> 经传之文，有因百家书而发明者。《周南》云"肃肃兔罝"，墨子称"文王举《大颠》、《闳夭》于罝网之中"，是此诗为《大颠》、《闳夭》而作矣。《小雅》"浩浩昊天，不骏其德"，题云《雨无正》；《韩诗》则首有"雨无其极，伤我稼穑"，《毛诗》失之而存其目也。又《汝坟》云"惄如调饥"，《韩诗》则云"惄如朝饥"，《小雅》云"兴雨祁祁"，《吕览》引《诗》作"兴云祁祁"。……《周南》云"吁嗟乎，驺虞"，文王圃名也。他如引《表记》、《缁衣》、《坊记》、及《墨子》、《荀子》所引《诗》、《书》，文多同异，不及一一指证。是故穷经之士，贵于博览耳。③

---

① 《豫章丛书》子部二集《寒夜录》，第235—236页。
② 《豫章丛书》子部二集《寒夜录》，第179页。
③ 《豫章丛书》子部二集《寒夜录》，第179页。

这种对照韩诗与毛诗的不同、将诸子引《诗》及其他书籍所记载的《诗》之内容与《诗》本文进行比对、根据其异同力图恢复确定《诗》的原貌的解《诗》方法，包含有"辑佚"的思想成分在里边。可见，后世王先谦的《诗三家义集疏》出现之前，陈宏绪就有这种治学思路，只是没有进行进一步的深研细掘，形成完整的体系进而成为一门专门的学问罢了。

陈宏绪在《寒夜录》中，时有以《易》解诗之处，列举如下：

> "深则厉，浅则揭。"厉者，危殆之义，《易》所谓"过涉灭顶"也。诗意若曰：深则有厉，当见险而止。非如浅而可摄衣而涉也。注"以衣涉水曰厉"固已语滞，解者便欲"以衣涉深"，几为河滨丈人所笑矣！①

陈氏认为根据《易》，对"厉"解释为"过涉灭顶"，有危殆之义，这一解释与朱子及其他解释都不相同，虽未必为确解，但可备一说。至少，他这种结合《易经》解读《诗经》，运用群经相互参验的方法解读经典的做法是可资借鉴的。

> 孔子论中庸之圣，只"遁世不见知而不悔"。他日，赞《乾》"初九"乃析为二语，曰"遁世无闷，不见是而无闷"。遁世，自我而言；不见是，自人而言；遁世，尚有"独寤寐言，永矢勿谖"之乐；至于不见是，则所谓"一国非之"、"天下非之"。②

这则诗话是借《易》与《诗》来解《中庸》的例子，《中庸》中视"遁世不见之而不悔"为一句，陈宏绪氏据《易》而析为"遁世，自我而言"与"不见是，自人而言"两项去理解，并以《诗》之"独寐寤言，永矢勿谖"的隐者之乐来解释"遁世"之意。这种分《中庸》之语中原来一项作二项之解的解法亦别具启发之意。

陈氏以他书解《诗》的例子也很常见：

> 《曲礼》云："为天子削瓜，副之。"又《吕氏春秋》："舜殛鲧于羽渊，副之以吴刀。"又《归藏》云："大副之吴刀。"皆音普遍反，析也。

---

① 《豫章丛书》子部二集《寒夜录》，第 179 页。
② 《豫章丛书》子部二集《寒夜录》，第 217 页。

寻此，即古逼字之省文。《诗》云："不折不副。"皆其义也。①

为证明"副"之读音、意义，陈氏引《礼记·曲礼》《归藏》《吕氏春秋》《诗》四种书来解"副"字的意思，可谓"贵于博览"。

下面这则诗话，通过对《论语·公冶长》"宰予昼寝"之"昼寝"的解释，让人更好地理解了《大雅·荡》中的"俾昼作夜"蕴藏的深意。

> 予家有刘原父《七经小传》，解"昼寝"云："学者多疑宰我之过轻而仲尼贬之重，此勿深考之蔽也。古者君子不昼居于内，昼居于内则问其疾，所以异男女之节、厉人伦也。如使宰予废法纵欲，昼居于内，所谓乱男女之节，'俾昼作夜'，《大雅》刺幽、厉是也，仲尼安得不深贬之？然则寝当读内寝之寝，而说者误为眠寝之寝。"窃意"朽木""粪土"之词，正因其怠惰而致责。若以为非眠寝之寝，则引类为不伦矣。宰我此一端，既已致"胡行乱走"之疑，又复来纵淫之诋，不意擅言语者而招口业如许！予又安可少子由之辨？②

上面引文可以看出，《七经小传》的作者刘原父将宰我"昼寝"理解为白日纵欲，"乱男女之节"，与《大雅·荡》里"俾昼作夜"之意相同。但陈氏并不完全同意刘原父的说法，他认为"俾昼作夜"理解为"纵欲"可，而宰我之"昼寝"若也这样理解的话，从上下文关系上说不通，他认为孔子之所以斥责宰我为"朽木""粪土"是因为宰予"昼寝"的懒怠懒惰。这里可以看出陈氏博览群经、相互参证的治经方法正与复社其他文人相同。

（三）解《诗》的道德倾向

> 李公又云：宣王封申伯，而吉甫作诗美之，极称其德业，一则曰"维周之翰"，一则曰"周邦咸喜，戎有良翰"，一则曰"不显申伯"，"文武是宪"，皆溢美也。何以见之？幽王废申后，申伯乃以犬戎灭周而弑君，其罪通于天矣，前之所谓"蕃"、"宣"、"良翰"而操此万邦者又

---

① 《豫章丛书》子部二集《寒夜录》，第234页。
② 《豫章丛书》子部二集《寒夜录》，第212页。

安有哉?①

　　"色斯举矣，翔而后集"，鸟之惧也。"瞻彼中林，甡甡其鹿"，兽之惧也；"鱼在于沼，亦非克乐。潜虽伏矣，亦孔之昭。"昆虫之惧也。故曰："其道甚大，百物不废。"②

　　命不应绝，虽不复暴如虎狼，犹能为之庇护，以曲全其生，不独"牛羊腓字之"已也，堕地自有安排。何用劳心计较。③

在前两则诗话里可以看出陈氏内心对传统的道德伦理观念的倚重、对传统的"道"之推崇，后一则诗话里则某种程度上受佛家的宿命论意识的影响了。

　　陈氏有时会对《诗经》中的篇章、句子予以分析。如："《猗嗟》，指事之甚深者也。《鹤鸣》，言理之甚微者也。语意俱在字句之外。"④ 这是就《诗》含蓄的美学风格而言。"'彼黍离离，彼稷之苗。'《韩诗传》云：'诗人求亡不得，忧闷不识于物，视"彼黍离离"然，忧甚之时，反以为黍之苗，乃知其忧之甚也。'此《传》殊胜晦翁。"⑤ 这里所引《韩诗外传》的《诗》解，能深入人物内心体会诗人的情感。对这首诗的理解，当从变文叶韵的角度理解似乎更好，但陈氏所引韩诗之解也颇能给人以启发。再如结合具体历史背景解《诗》的："《匪风》、《下泉》，皆思王室之诗。此诗作于曹、桧者，房喜所谓'大国恶有天子，而小国利之也'。不特'征发之烦、供亿之困'，'小国偏受其害'，诸侯强大而王政不行，将有并吞之祸矣。"⑥ 这里是借"大国恶有天子，而小国利之也"的背景来解《诗》。

　　陈宏绪的《寒夜录》涉及《诗经》的解释，零星散乱，显得有些庞杂不一，但其渗透出的解经思想却很有意义。

　　总之，明代诗话的繁兴，诗话对《诗经》的评价也比以前显得多样而丰富，深入而细致。但诗话作为作者灵心秀口的泼洒，不是那么成体系，其渗透出来的《诗》解观点往往由于不太受拘束而呈现出通脱性灵的一面，不用像解经那么严肃。复社文人诗话是明代诗话的一个组成部分，对其中渗透的

---

① 《豫章丛书》子部二集《寒夜录》，第236页。
② 《豫章丛书》子部二集《寒夜录》，第238页。
③ 《豫章丛书》子部二集《寒夜录》，第188页。
④ 《豫章丛书》子部二集《寒夜录》，第236页。
⑤ 《豫章丛书》子部二集《寒夜录》，第235页。
⑥ 《豫章丛书》子部二集《寒夜录》，第236页。

《诗经》学内容的梳理，无疑丰富了明代的诗话《诗经》学以至整个明代《诗经》学的内容。它所呈现出的文学的解经思想、视《诗经》为本源的特点、强调辨体的特点及主张群经贯通、贵在博览的解经思想，无疑对清代的《诗经》学也产生了一定的影响。

第三节 散见复社文人于文章中的诗话《诗经》学研究
——以陈子龙、张溥为中心考察

张溥是复社的领袖，陈子龙是几社的领袖、复社的魁首，他们虽然没有专门的诗话著作，但散见于他们的各类文章中的诗话里渗透着《诗经》学的内容。尤其是在晚明那个动荡的时代，他们强调发挥儒家诗教干预现实的作用，是复社"务为有用"学术追求的具体体现，对当时的社会有着一定的积极意义。下面就对其诗话中渗透的《诗经》学内容进行梳理，以期勾勒出二人的《诗经》学特征。

一、陈子龙的诗话《诗经》学研究

陈子龙（1608—1647），字卧子，松江华亭人。生有异才，工举子业，兼治诗赋古文，取法魏、晋，骈体尤精妙。对他国变后的诗歌，朱东润先生给予很高的评价："隆武以后，他从志士更进一步而成为在民族危亡当中的战士，他的诗歌发展了，表现他那在艰难困苦当中苦斗的精神。这是鲁阳的挥戈，是刑天的干戚，是国殇的长剑秦宫。明代的诗歌到子龙末年已经达到最高的阶段。"[1] 陈子龙是崇祯十年（1637）进士，选绍兴推官。平乱有功，擢兵科给事中，令刚下北京失守，于是事福王于南京。[2] 曾与夏允彝等人组成几社，后加入复社，与李雯、宋征舆编选《皇明诗选》，并编辑《皇明经世文编》，还将《农政全书》付梓刊印。著有《白云草》《湘真阁稿》《安雅堂稿》，乾隆时由王昶编辑为《陈忠裕公全集》。陈子龙自幼生母去世，由继母

---

① 朱东润：《陈子龙及其时代》，上海：东方出版中心，1999年，第246页。
② 《明史》卷二七七《陈子龙传》，第7096—7097页。

和祖母抚养教育成人，祖母去世后参加了吴兆胜的反清计划，事败被捕，解往南京的路上乘捕役不备，投水而死。身为几社领袖、复社魁首，陈子龙有"振起东林之绪"的志向，而陈子龙的座师黄道周即为东林党人，东林党关心时政的思想也影响着陈子龙，再加上他自身从小就关心时政的特点，"予自幼读书，不好章句，喜论当世之故，时从父老谈名公伟人之迹，至于忘寝。"①陈子龙的诗学观点，呈现出对儒家诗教关注现实的功用倚重的特点，这也与上述经历有关。

陈子龙是复社的重要领袖，故有必要对他的《诗经》学思想作一番梳理。

（一）诗言志与诗言情

受明代尊情论的影响，陈子龙虽然也主张诗言志，但他所说的志不是传统的道，而是偏近于情志一类的概念，并且更多的时候，他更主张诗言情。从他下面的表述中可以看出这一点："夫诗以言志，喜怒之情郁结而不能已，则发而为诗，其托辞触类不能不及于当世之务，万物之情状，此其所以为本末也。自孔子列《诗》为经，而后之说诗者，言人人殊，大要儒者守其义，文人尚其辞而已。……至于作诗则不然，用意必周，而取象必肖，然后可以感人而动物。"②虽然陈氏延续"诗以言志"的儒家传统诗教的说法，但是从他的具体论述中可以看出，他还是主张诗是用来抒发喜怒哀乐之情的，只是这里的情与现实联系得更紧密罢了。并且在这里陈氏对儒者与文人对诗的不同态度作了区分，从中可以看出他能认识到《诗》是可以从"尚其辞"的角度去解读的，也就是对《诗经》的文学性有一定的认识。从下面对宋诗的评价中，亦可以看出陈氏是主张诗应为言情而不是为说理而作："宋人不知诗而强作诗，其为诗也，言理而不言情，故终宋之世无诗焉。然宋人亦不免于有情也，故凡其欢娱愁怨之致，动于中而不能抑者，类发于诗余……"③陈子龙主张的"言志"带有情志之意，不是说理、议论之类，"诗余"即词，是宋人抒情的主要形式。陈子龙所说的情带有他自己独具特色的理解："诗者，非

---

① （明）陈子龙著，王英志辑校：《陈子龙全集》卷二六《〈经世编〉序》，北京：人民文学出版社，2011 年，第 812 页。

② 《明诗话全编·安雅堂稿》卷三《诗经类考序》，第 10522 页。

③ 《明诗话全编·安雅堂稿》卷三《王介人诗余序》，第 10522 页。

仅以适己，将以施诸远也。"① 相较于怡情悦性的适己之情，陈氏所强调的情更主要的是有关社稷苍生、君臣朋友之义的情，而不是缠绵悱恻的男女之情。陈氏对诗的内容还要求要"及于当世之务"，表现了对现实政治、国家社会的关心。

对于"诗言情"的"情"的规定，陈氏更主张诗要抒发真情，而不是应酬倡和的矫饰之情。他曾这样说："歌颂献酬之作，应乎人者也，应乎人者其言饰。忧愁感慨之文，生乎志者也，生乎志者其言切。故善观世变者，于其忧愁感慨之文可以见矣。"② 这里他指出了只有抒发出自内心深处的"忧愁感慨"之情的诗，才可以发挥诗的"兴观群怨"的"观"的作用。这种主张与明代重真情、主张绝假纯真的尊情论有一致之处。陈氏也是主张复古的，但他的复古却是和抒发内心的真情相联系，不徒求形似，他认为诗文应奉"情以独至为真，文以范古为美"为准则。③

（二）将《诗经》视为本源与典范的古典审美思想

陈子龙在文学思想上是复古的，这从他"文以范古为美""生于后世，规古近雅，创格易鄙"④ 的表述中可以看出来。廖可斌在《明代文学复古运动研究》一书中，对陈子龙等复社文人的复古思想进行了这样的评价："他们的文学创作之所以取得辉煌成绩，主要原因不在于他们'抛弃'了复古主义的文学主张，而恰恰在于他们继承和发展了这种主张。"⑤ 陈氏在复古思想上遵从七子，如果说七子强调"诗必盛唐，文必秦汉"的话，那么陈子龙在复古的道路上则比七子走得更远，他对七子的绍述最后总是归结到对《诗经》的皈依上来。"夫吟咏之道，以《三百》为宗。"⑥ "诗自两汉而后，至陈思王而一变。当其和平淳至，温丽奇逸，足以追风雅而蹑苏、牧。……今之为诗者，类多俚浅仄谲，求其涉笔于初盛唐者已不可得，何况窥魏晋之藩哉。"⑦ 从这些论述可以看出他以《诗经》作为追步对象的古典审美理想。他在《七录斋

① 《明诗话全编·陈忠裕公全集》卷二六《白云草自序》，第 10526 页。
② 《明诗话全编·陈忠裕公全集》卷二五《方密之流寓草序》，第 10525 页。
③ 《明诗话全编·陈忠裕公全集》卷二五《佩月堂诗稿序》，第 10526 页。
④ 《陈子龙全集·安雅堂稿》卷二《青阳何生诗稿序》，第 1061 页。
⑤ 廖可斌：《明代文学复古运动研究》，北京：商务印书馆，2008 年，第 403 页。
⑥ 《明诗话全编·安雅堂稿》卷三《左伯子古诗序》，第 10522 页。
⑦ 《明诗话全编·安雅堂稿》卷二《宣城蔡大美古诗序》，第 10519—10520 页。

集序》里说："敬皇帝时，李献吉起北地为盛；肃皇帝时，王元美起吴又盛。今五六十年矣。有能继大雅，修微言，绍明古绪，意在斯乎？"① 陈子龙对张溥文章的评价标准是以其能继承《诗经》的古典传统、承继大雅风尚为准绳的，他认为张溥的文章唯其符合这一标准，故值得推崇。"自《三百篇》以后，可以寄风雅之旨，宣悼畅郁，适性情而寄志趣者，莫良于古诗。"② 陈氏虽然推崇古诗，但更推崇《三百篇》。陈氏在与李雯、宋征舆选编《皇明诗选》时，对于所推崇的诗歌作品，也常常是以"雅"来作为评语，如陈子龙对李梦阳《七夕宜城野泊逢立秋》的评价，"卧子曰雅"③，对其《繁台饯客》的评价，"卧子曰气浑词雅"④。宋征舆对何景明的《中秋夜集吕给事宅》评价曰："辕文曰结意可见，然亦安雅。"⑤ 可见，"雅"的美学风尚时常用来作为评判诗歌的一个标准，而"雅"的范畴的使用无疑是将《诗经》视为诗歌评价的最高典范的具体表现。

（三）风雅正变与盛世元音论

陈子龙的复古与七子比起来，之所以更进步一些，是因为他不仅主张在形式上学习古代，更主要的是汲取《诗经》反映现实的精神，强调诗歌要传达时代的声音。

陈子龙八岁业《诗》，对儒家诗教应该是从小就耳濡目染，谙熟于心。"盛世之音安而乐，其政和；乱世之音哀以思，其民困"的思想，影响着他对文学与现实关系的看法。应该说，从理性上，陈子龙明白时代世运对诗歌的影响作用，故在《三子诗选序》里他如是说："夫鸟非鸣春，而春之声以和；虫非吟秋，而秋之响以悲。时乎为之，物不能自主也。当五六年之间，天下兵大起，破军杀将，无日不见告，故其诗多忧愤念乱之言焉。……又多恻隐望治之旨焉。念乱，则其言切而多思；望治，故其辞深而不迫。斯则三子之所为诗也。"⑥ "时乎为之，物不能自主"说明了时代气运对诗的风格内容有

---

① 《陈子龙全集·七录斋集序》，第782—783页。
② 《明诗话全编·安雅堂稿》卷一《李舒章古诗序》，第10518页。
③ （明）陈子龙等选编：《皇明诗选》，上海：华东师范大学出版社，1991年，第428页。
④ 《皇明诗选》，第431页。
⑤ 《皇明诗选》，第457页。
⑥ 《明诗话全编·陈忠裕公全集》卷二五《三子诗选序》，第10527页。

重要的影响作用，时代治乱对诗的影响就是"念乱，则其言切而多思；望治，故其辞深而不迫"。对时代与诗歌关系的这种看法，导致他对盛衰之际的诗歌非常关注，他甚至认为诗与时代有某种感应的关系。这一点，从下面的论述中可以看出来："建安中，海内兵起，孔璋托身于河朔，仲宣投足于荆楚，其词哀伤而婉，不离雅也，此霸图之启也。梁、陈丧乱弘多，其君子纤以荒，无忧世之心焉，微矣。天宝之末，诗莫盛于李、杜。方是时也，栖甫于岷峨之巅，放白江湖之上，然李之词愤而扬，杜之词悲而思，不离乎风也。王业之再造也。大中之后，其诗弱以野，西归之音渺焉不假，王泽竭矣。夫建安、天宝之间，诗人欲肆其感悼无聊之志何所不至，而齐、梁、大中以后，岂其人皆无忠爱凄恻之旨乎？故曰：'时为之也'。"① 作者之所以如此关注时代与文学的关系，应该与晚明社会衰败、政治黑暗带给他的思想影响有很大关系。无独有偶，当时从文学与世运的关系角度关注诗歌的还有钱谦益，他在《施愚山诗集序》中就表达了同样的思想："昔者隆平之世，东风入律，青云干吕，士大夫得斯世太和元气吹息而为诗。欧阳子称圣俞之诗哆然似春，凄然似秋，与乐府同其苗裔者，此当有宋之初盛，运会使然，而非人之所能为也。兵兴以来，海内之诗弥盛，要皆角声多，宫声寡；阴律多，阳律寡；噍杀恚怒之音多，顺成啴缓之音寡。繁声入破，君子有余忧焉。……诗人之志在救世，归本于温柔敦厚，一也。"② 钱谦益借评价梅尧臣的诗表达了盛世世运与诗之间的关系，接着又论及晚明衰世与诗歌的关系，而"噍杀恚怒之音"无疑是对竟陵诗风的批评；他主张士有振起世风的责任，要求诗人用"温柔敦厚"的诗歌来救人心，变世风。这与陈子龙的主张应该是如出一辙，反映出了有责任感的士大夫在当时对传统儒家诗教干预现实作用的价值期待。

作为传统的文人，陈氏对诗"上以风化下，下以风刺上"的上下沟通的功能很看重："子长有言：《大雅》言王公大人而德逮黎庶，《小雅》讥小己得失其流及上。"③ 这种深刻的认识与功能期待，再加上他作为士大夫的责任意识，都影响着他对《诗经》风雅正变的看法，他在《诗问略》里表达了其

---

① 《明诗话全编·陈忠裕公全集》卷二五《方密之流寓草序》，第 10525 页。

② （清）钱谦益：《牧斋有学集释》卷一七《愚山诗集序》，上海：上海古籍出版社，1996 年，第 760—761 页。

③ 《明诗话全编·安雅堂稿》卷一《文用昭雅似堂诗稿序》，第 10519 页。

《风》《雅》正变观：

> "变风"、"变雅"之目，宋儒本于郑康成。独郑夹漈曰："此不出于夫子，未足信也。"《小雅·节南山》、《大雅·民劳》，谓"变雅"可也。《鸿雁》、《庭燎》、《崧高》、《蒸民》之美宣王，谓"变雅"可乎？《诗》首文、武、成、康，厉王继成王后，宣王继厉王后，幽王继宣王后，皆顺其序。《国风》亦然，断断无正变之说。此夹漈定识也。夫世有升降，治有盛衰，诗岂有正变乎？即或声调、节奏之殊，庸有之，未可以正变分也。召穆之赋《荡》与《民劳》，凡伯之赋《板》与《瞻仰》、《召旻》，芮良夫赋《桑柔》，卫武公赋《抑》，皆茕志献替，安得为"变雅"而少之？《淇奥》美武公，《缁衣》美郑伯，秦襄同仇之烈，卫文楚宫之营，安得为"变风"而少之？如厉、平以下为"变雅"，则周穆以降为"变《书》"乎？朱子不主汉儒，而独用其正变之说，所斥为淫诗者，多本夹漈，而于此何独异焉？①

从这段话可以看出，陈氏确定诗是"正"是"变"，不是按照传统的观点即以时序的先后来判定，而是更强调从作诗者的主观动机上、从诗本身所传达出的内容信息等方面去作判断。陈氏认为上述被传统视为"变诗"的那些作者，都是古仁人志士，竭忠尽智的忠臣，他们所作之诗，不应该以"变雅"与"变风"而"少之"。其实"变风""变雅"的说法由来已久，而陈氏之所以对变风变雅之诗持"即或声调、节奏之殊，庸有之，未可以正变分也"的观点，是因为变风变雅所作的时代已是衰世，"至于王道衰，礼义废，政教失，国异政，家殊俗，而变风变雅作矣。"陈氏不愿意承认《诗》有正变，是与他认为诗要反映盛世气象、发出盛世元音的价值期待有密切关系的。他希望人们虽身处衰世，也要发挥文学振起人心的作用，努力去发出盛世之音来振奋时代的精神、鼓舞社会人心。在当时持这种文学救世思想的不仅是陈子龙一人，复社的陈宏绪就认为："黼黻太平，固须著作之材；至于国步艰难，军书旁午，尤恃文字感动人心，更不应草草付托。"② 这些主张反映出有责任感的士大夫关心社会现实的精神。他们主张即使是在衰世，仍然要力争有所

---

① 《陈子龙全集·诗问略》，第 1556 页。
② 《豫章丛书》子部二集《寒夜录》，第 178 页。

作为，发挥儒家传统诗教思想的作用，用教化来感动人心，干预社会现实。其实陈子龙等之所以强调在衰世也要努力发出盛世元音来鼓舞人们的精神，首先是因为他能够清醒地认识到文学与时代的关系："近世以来，浅陋靡薄，浸淫于衰乱矣。……世之盛也，君子忠爱以事上，敦厚以取友，是以温柔之音作，而长育之气油然于中。文章足以动耳，音节足以竦神。王者乘之，以致其治。其衰也，非辟之心生，而亢厉微末之声著，粗者可逆，细者可没，而兵戈之象见矣。"① 更是因为他主观上早已感受到那种末世情绪的笼罩及这种衰世倾向带给文学的肃杀之气："至万历之季，士大夫偷安逸乐，百事堕坏，而文人墨客所为诗歌，非祖述长庆，以绳枢瓮牖之谈为清真，则学步香奁，以残膏剩粉之资为芳泽。是举天下之人，非迂朴若老儒，则柔媚若妇人也。是以士气日靡，士志日陋，而文武之业不显。贵乡钟、谭两君者，少知扫除，极意空谈，似乎前二者之失，可少去矣。然举古人所为温厚之旨，高亮之格，虚响沉实之工，珠联璧合之体，感时托讽之心，援古证今之法，皆弃不道，而又高自标置。……夫居荐绅之位，而为乡鄙之音；立倡明之朝，而作衰飒之语。此《洪范》所为言之不从，而可为世运大忧者也。弟慨然欲廓而清之，学既荒浅，地又卑博，不能为乘高之唱，一返正始。"② 陈子龙与李雯等人编选《皇明经世诗选》，就是为了弘扬一种盛世精神，他清晰地表达了借选诗来弘扬盛世元音的宗旨："子龙不敏，悼元音之寂寥，仰先民之忠厚，与同郡李子、宋子，网罗百家，衡量古昔，攘其芜秽，存其精英……诗由人心生也，发于哀乐而止于礼义，故王者以观风俗，知得失，自考正也。"③ 陈子龙编辑《皇明经世诗选》之际，明王朝正处于危机四伏之时，作为忧国忧民的士大夫，陈氏对竟陵派沉迷于抒发个人幽情单绪、孤峭情怀的诗风表示出不满。他以儒家诗教为标准去匡正诗风，故对竟陵派的诗歌一首不选，借选诗来表明自己倡导盛世元音的诗学观点。何景明、李梦阳的诗入选很多，是想借七子的复古观点来试图来改变士人浸淫于竟陵诗风的状况。复古其实并不是目的，陈子龙关注的焦点所在实际上是现实的要求。这时的复古并不同于七子为追慕汉唐盛世文化的恢宏的复古，而是借复古以疗救现实的弊病，

---

① 《明诗话全编·陈忠裕公全集》卷二五《皇明诗选序》，第 10524—10525 页。
② 《明诗话全编·安雅堂稿》卷一四《答胡学博》，第 10524 页。
③ 《陈子龙全集·陈忠裕全集》卷二五《皇明诗选序》，第 779 页。

故陈子龙对诗的审定、选辑显示出了极强的现实针对性。"在陈子龙生活的晚明时节，这样的审音已经不仅仅是学术问题，而是关乎时变，关乎国家兴亡的政治问题。衰世也可以作盛世之音，在陈子龙看来，这是士人不可推卸的社会责任。"① 这种评价，准确道出了陈子龙借诗来传达盛世元音、挽救社会人心的价值期待。明白这一点，也就很容易明白陈子龙为什么不主诗有"正变"之分了。

（四）对赋比兴与温柔敦厚诗教的观点

陈子龙对古典美学理想的追求，决定了他必然推崇温柔敦厚的诗教思想与美学风格，故陈子龙是将温柔敦厚的诗歌作品作为基本审美典范的。他要求作诗应达到"微而章、直而和。痛而不乱，瑰丽诘曲而不诡于正。其远者刺当时之失，抒忠爱之旨；其近者迫于忧谗畏讥之怀，而其要归不失于和平婉顺"的境界。② "若乃荡轶而不失其贞，颓怨而不失其厚，寓意远而比物近，发词浅而蓄旨深，其在志气之间乎？"③ 对这一风格的追求，决定了他在六义上重比兴的观点。"夫深永之致皆在比兴，感慨之衷丽于物色。"④ "托象连类，本出于诗人；寓言体物，极于骚雅。故嘤嘤写玄蝉之音，趯趯传阜螽之状，蜩螗刺政，青蝇喻谗，凡愉悼感激之怀，皆造端于触发，比兴所以独长，风流所以不坠也。"⑤ 这些地方，都可以看出其对比兴的推崇。陈子龙非常推崇屈原的作品，认为屈子的骚赋善于运用比兴之法来传达美刺之意，是内容与形式的很好的统一："然自风雅而后，必以屈平为称首，此非独平之工于怨，而亦平之工于辞也。君子之修辞也，正言之不足，故反言之。独言之不足，故比物连类言之。是以六义并存，而莫深于比兴之际。夫平之为书，上言天人之理，中托鬼神之事，下依寓于山川人物草木鸟兽以自广其意，盖欲世之明者哀其志，而昧者勿以为罪也。"⑥ 陈氏认为屈原不仅"工于怨"，且正因其"工于辞"，才能够使得这种"怨"得以恰当表达，达到"世之明

---

① 张文恒：《从〈皇明诗选〉的选编看陈子龙〈诗论〉中的风雅之旨》，《江南大学学报》（人文社会科学版）2009 年第 8 期。

② 《陈子龙全集·安雅堂稿》卷二《文用昭〈雅似堂诗稿〉序》，第 1057 页。

③ 《陈子龙全集·陈忠裕公全集》卷二五《佩月堂诗稿序》，第 790 页。

④ 《明诗话全编·安雅堂稿》卷一《李舒章古诗序》，第 10518 页。

⑤ 《明诗话全编·安雅堂稿》卷二《谭子雕虫序》，第 10521 页。

⑥ 《明诗话全编·安雅堂稿》卷一《文用昭雅似堂诗稿序》，第 10519 页。

者哀其志,而昧者勿以为罪也"的效果。

陈氏之所以主张比兴的方式,与当时时代的险恶有关。晚明时期,无论赞扬与讥刺都缺乏显言直陈的环境,故陈子龙主张比兴言之。陈氏面对晚明的世情险恶有言曰:"呜呼,三代以后,文章之士不亦难乎? 欲称引盛德,赞宜显人,虽典颂衰雅乎,即何得非谄? 其或慷慨陈,讥切当世,朝脱于口,暮婴其戮。呜呼! 当今之世,其可以有言者鲜矣。"① 陈氏认为,在这种情况下为诗理应比兴言之,以免直言之祸。但陈氏又有感于下面情况的存在:"后之儒者,则曰忠厚,又曰居下位不言上之非,以自文其缩。然自儒者之言出,而小人以文章杀人也日益甚。"② 作为一个有责任感的士大夫,陈子龙强烈反对临危险之势却做噤若寒蝉的小人儒,他主张要发挥诗干预现实的美刺作用,"夫作诗不足以导扬盛美、刺讥当时,托物联类而见其志;则是《风》不必列十五国,而《雅》不必分大小也。虽工而余不好也。"③ 这里,可以看出陈氏虽然赞赏内容与形式上统一而具温柔敦厚之美的作品,但更重视诗的"导扬盛美、刺讥当时"的现实主义精神。他还认为在衰世之时,美颂之诗皆可作刺诗看待。"我观于《诗》,虽颂皆刺也,时衰而思古之盛王。《崧高》之美申,《生民》之誉甫,皆宣王之衰也。"④ 在衰世作颂诗,是以美为刺,是用对"古之盛王"的思慕来表达对当世的不满。

而当温柔蕴藉的比兴之法不足以来唤醒世人,他更主张以赋之直露的方式来表达感情。陈氏认为:"夫吟咏之道,以《三百》为宗。六义之中,赋居其一。则是敷陈事实,不以托物为工;标指得失,不以诡词为讽。亦古人所不废耳。郑康成曰:'论功颂德,所以将顺其美;刺过讥失,所以匡救其恶。'抒意各党,摛辞亦异,源其浅深,可得言焉。盖君子之立言缓急,微显不一,其绪因乎时者也。当夫蘖芽始生,风会将变,其君子深思而不迫,为之念旧俗、追盛王,以寄其忾叹,如《彼都人士》、《楚茨》诸作是也。洎乎势当流极,运际板荡,其君子忧愤而思大谏,若震聋不择曼声,拯溺不取缓步,如《召旻》、《雨无正》之篇,何其刻急,鲜优游之度耶。乃知少陵遇安史之变,

① 《陈子龙全集·陈忠裕公全集》卷二一《诗论》,第690页。
② 《陈子龙全集·陈忠裕公全集》卷二一《诗论》,第691页。
③ 《陈子龙全集·陈忠裕公全集》卷二五《六子诗序》,第786页。
④ 《陈子龙全集·陈忠裕公全集》卷二一《诗论》,第690页。

不胜其忠君爱国之心，维音哓哓，亦无倍于风人之义者也。"① 这段话反映出当危殆刻急之时，陈氏主张以愤激直陈的方式来抒发感情，即使有违温柔敦厚之旨，然究诗人茛忠爱国之心，亦无悖于"风人之义"。

陈子龙既主张温柔敦厚的诗教精神，以比兴为高致，又对赋直陈情感的形式表示出推崇，这是否显得有些矛盾？其实，这恰恰是统一于诗干预现实的儒家诗教精神这一宗旨上。这一看似矛盾的主张其实正与他的文学为社会政治服务、强调发挥诗歌的现实主义传统来挽救衰颓的现实，以期振起疲弱的人心的宗旨不可分割，所以，从这一点上说又是不矛盾的。在国家面临覆灭之际，儒家诗教的重事功轻审美、重国家政治的关怀而轻个人情感表达的倾向，常常会被刻意强调。

陈子龙也在他的文章中对《诗经》形式的特点做过分析，如关注到《诗经》的对仗问题："律诗之作何昉乎，自爻画之兴，一必生二，奇必配偶，文字相错，然后成章。……故风雅之篇或二辽骈连，或四言遥匹，不可胜数。如《柏舟》之'觏闵既多，受侮不少'，《旱麓》之'鸢飞戾天，鱼跃于渊'，《抑》之'訏谟定命，远犹辰告'，《雕》之'有来雕雕，至止肃肃'。两语正对者，可得而指也。"②

但在散见于他的《序》《论》等文章中的诗话《诗经》学观点主要还是主张温柔敦厚的诗教及赋比兴手法的辩证看待与对风雅正变的分析、盛世元音的强调。要之，就是要发挥儒家诗教发挥政治教化的现实干预作用。

二、张溥的诗话《诗经》学研究

张溥（1602—1641），字乾度，改字天如，号西铭，又被学者称为天如先生，江苏太仓人。崇祯四年（1631）进士，改庶吉士，入翰林院不久即借葬亲之名还归乡里。

张溥集郡中名士创立复社，宗旨为"兴复古学，务为有用"。张溥刻苦勤学，《明史·文苑四·张溥、张采传》记载："溥幼嗜学，所读书必手抄，抄已朗诵一过，即焚之，又抄，如是者六七始已。右手握管处，指掌成茧。冬日手

---

① 《明诗话全编·安雅堂稿》卷三《左伯子古诗序》，第10522—10523页。
② 《明诗话全编·安雅堂稿》卷一《熊伯初盛唐律诗选序》，第10518页。

靫，日沃汤数次。后名读书之斋曰'七录'，以此也。与同里张采共学齐名，号'娄东二张'。"① 溥诗文敏捷。四方征索者，不起草，对客挥毫，俄顷立就，以故名高一时。卒时，年止四十。②

张溥诗文集有《七录斋集》十二卷，今收入《四库全书禁毁书丛刊》，有《七录斋集》六卷，《论略》一卷，为文集，据崇祯吴门童润吾刻本影印。张溥学术著作及经史著作有：收入《四库全书存目丛书》中的有《诗经注疏大全合纂》三十四卷，《春秋三书》三十二卷，《历代史论二编》十卷，《汉魏六朝一百三家集》一百一十八卷；《千顷堂书目》载有的儒家经学及其他著作有：《四书纂注大全》三十七卷，《明经济书》二十二卷，《古文五删》五十二卷。《明史》载溥去世后，崇祯帝下令征召张溥遗书，"有司先后录上三千余卷"③，"帝悉浏览"。张溥一生勤于治学，于此可见一斑。

今将散见于张溥文集中的有关《诗经》学的诗话内容搜罗汇总，梳理其《诗经》学观点，从以下几点作一论述。

（一）视《诗经》为最高典范

从散见于张溥文章中对他人诗作文章所作的序说或评价，可以看出张溥是视《诗经》为诗歌的最高典范的。张溥在《汉魏六朝百三家集·题辞》评价王粲条曰："孟德阴贼，好杀贤士，仲宣咏史，托讽《黄鸟》，披文下涕，几《秦风》矣。"④ 张溥对王粲咏"三良"的《咏史诗》的评价是以《秦风》即《诗经》作为最高标准的，认为王粲的《咏史诗》接近《秦风》，这一评价可以看出张溥对《诗经》典范作用的推崇。在对阮籍的诗进行评价时曰："正言感人，尚愈寺人孟子之诗乎？"⑤ 张溥认为阮籍的诗"婉而善讽"⑥，使司马氏"豺狼震怒，亦无所加"。⑦ 阮籍之诗辞微旨正，可与《诗经》的《巷伯》中"寺人孟子"相媲美，可见其对阮籍诗歌之评价是以《诗经》作为可资参照的最高典范。而对《孙廷尉集》中《表哀诗》评价曰："哀号罔极，

① 《明史·文苑四·张溥、张采传》，第7404页。
② 《明史·文苑四·张溥、张采传》，第7405页。
③ 《明史·文苑四·张溥、张采传》，第7405页。
④ 《明诗话全编·王侍中集·〈汉魏六朝百三家集·题辞〉》，第10292页。
⑤ 《明诗话全编·阮步兵集·〈汉魏六朝百三家集·题辞〉》，第10293页。
⑥ 《明诗话全编·阮步兵集·〈汉魏六朝百三家集·题辞〉》，第10293页。
⑦ 《明诗话全编·阮步兵集·〈汉魏六朝百三家集·题辞〉》，第10293页。

欲继《蓼莪》。"①《蓼莪》是《诗经》中行役之人悼念父母的诗，内容极其感人。张溥认为《表哀诗》之感人，可继《蓼莪》，这也是将《诗经》作为参比的最高典范的表现。对陶渊明的诗文评价曰："陶文雅兼众体，岂独以诗绝哉！真西山云：'渊明之作，宜自为一编，附《三百篇》、《楚词》之后，为诗根本准则。'是最得之。"②张溥首先是将《三百篇》作为诗的根本准则，而对真西山将陶诗附《诗经》《楚辞》之后，置于诗之渊薮地位表示认同，可见，其对陶诗评价之高是视《诗经》《离骚》为准绳的。以上所述内容足见张溥视《三百篇》为作诗的圭臬，为诗歌写作应遵循的最高典范。

（二）诗本性情说

终明一代，尊情说都占有重要的地位。明代七子的格调论强调诗要本性情，公安派主"独抒性灵、不拘格套"的性灵论③，竟陵派强调得"古人真诗"、求"古人精神"的求真理论，李贽的"童心说"强调"绝假纯真"的真情，汤显祖曰："世总为情，情生诗歌，而行于神。……其诗之传者，神情合至。"④ 这些都是尊情论的具体体现。可见，整个明代对"情"的肯定与推崇。这种诗本性情的理论，对张溥的诗学观也产生了一定的影响。散见于他文章中的关于诗源于情的论述时有可见。"周诗上续《白华》，志犹束皙补亡，安仁诵之，亦赋家风，友朋具尔，殆文以情生乎？"⑤ 这里可以看出作者主"文以情生"的观点。在《司马文园集题辞》里，他特别赞赏司马相如以"心"为赋投入的真情感作赋方式："《美人赋》风诗之尤，上掩宋玉，盖长卿风流放诞，深于论色，即其所自叙传。琴心善感，好女夜亡，史迁形状，安能及此？他人之赋，赋才也；长卿，赋心也。"⑥ 这是对赋本心即本情的认识。在《张草臣诗序》中又云："且诗本性情，'无邪'之旨形于《三百》，而后之论者比于饮酒，言各有别，于是'细草'、'夭虫'之属，'缁衣'、

---

① 《明诗话全编·孙廷尉集·〈汉魏六朝百三家集·题辞〉》，第 10297 页。

② 《明诗话全编·陶彭泽集〈汉魏六朝百三家集·题辞〉》，第 10297 页。

③ （明）袁宏道著，钱伯城笺校：《袁宏道集笺校》卷四《叙小修》诗，上海：上海古籍出版社，1981 年，第 187 页。

④ 《明诗话全编·汤显祖集》卷三一《而伯麻姑游诗序》，第 5399 页。

⑤ （明）张溥著，殷孟伦注：《汉魏六朝百三家题辞注·夏侯常侍集》，北京：中华书局，2007 年，第 157 页。

⑥ 《汉魏六朝百三家题辞注·司马文园集题词》，第 5 页。

'妇人'之流，尽其骄宕，亦安在有文武之意、周召之思哉?"① 在《合集·天保治内采薇治外解》中又云："诗之为言，依人性情"，这是张溥对诗本性情的认识。张溥还分析了"情深"与"言工"的关系："集中文字，亦维文学辞笺，西府赠诗，两篇独绝，盖中情深者为言益工也。"② 在此他认为"情深"是"言工"的前提。张溥关于"诗主情论"的观点还表现在他对无情之人与无情之文的态度上。他认为无情之人不懂诗之内容深致："夫无才之人不可与言诗，恶其无文也；无情之人不可与言诗，恶其非质也。虽然才至矣非学不行，情至矣非诗不立。"③ 情必须借诗以表达，才必须靠学方可充实。在《阮元瑜集·题辞》中，他在评论阮瑀为曹操撰写的书檄《为曹操题孙权檄文》一文时，可以看出其对无情之文的鄙夷："余观彼书，润泽发扬，善辨若毂。独叙赤壁之败，流汗发惭，口重语塞。固知无情之言，即悬幡击鼓，无能助其威灵也。"④ 可见，张溥对矫情为文的否定，对"为情造文"的推崇。"言诗而动以今文加之，远矣，必于人之性情观焉，然后其诗可志也。是以作诗有广不取外，约不简物，因其意近而包有其事，要于称己而足则已矣。"⑤ 这里指出了诗有"称己"即抒发一己之情志的作用。

（三）以《诗》为史、以史解《诗》

张溥在《汉魏六朝百三家集·题辞》之《甫里三节母合传》曾云："或曰《诗》、《春秋》之作，年历五百，国遍天下，盛衰之指，与世推移。共姜、伯姬而下，妇人之行，罕见特书，岂史官失传耶？何圣人称道者寥寥也。"⑥ 从这段文字可以看出，张溥是将《诗》中写共姜、伯姬的诗篇当成历史去读的，认为自共姜、伯姬之后，史书对有圣德懿行的"妇人之行"没有进行大书特书，可能是史官对这方面的内容疏于记载。这里可以看出张溥是将《诗》视为史去解读的。

张溥还专门作《小雅中兴策》来论宣王之世的《诗》，可见对宣王中兴

---

① 《明诗话全编·七录斋诗文合集·存稿》卷三《张草臣诗序》，第 10309 页。
② 《汉魏六朝百三家题辞注·谢宣城集题词》，第 251 页。
③ 《明诗话全编·七录斋诗文合集·近稿》卷三《宣明诗经文征序》，第 10307 页。
④ 《汉魏六朝百三家题辞注·阮元瑜集题词》，第 105 页
⑤ 《明诗话全编·七录斋诗文合集·存稿》卷三《王载微诗稿序》，第 10310 页。
⑥ 《明诗话全编·七录斋诗文合集·近稿·甫里三节母合传》，第 10306 页。

这段历史的重视。

> 《小雅》之诗言宣王者十四篇，《大雅》之诗言宣王者六篇。以文观
> 之，《大雅》之辞同，《小雅》之辞异。何则？《云汉》作于仍叔，《崧
> 高》、《蒸民》、《韩奕》、《江汉》，作于尹吉甫，《常武》作于召穆公。
> 《序》者之说，无乎不美，所谓同也。《小雅》则不然，《六月》、《采
> 芑》、《车攻》、《吉日》、《鸿雁》、《庭燎》为美，《沔水》为规，《鹤鸣》
> 为诲，《祈父》、《白驹》、《黄鸟》、《我行其野》为刺，《斯干》之考室，
> 《无羊》之考牧。或且以为《祈父》以下宣德日衰，不宜有此，则宜为
> 成王作洛，周公所赋。所谓异也。①

张溥认为《大雅》中写宣王的诗正是宣王德业兴盛之时，故皆美诗所以同；
而《小雅》中宣王德业日衰，则有美有规有刺，所以异也。可以看出，张溥
对诗旨的理解，是结合宣王时的历史去阐说的。张溥之所以如此重视宣王中
兴时的《诗》，与他对当时时代的期许是有关系的，他希望当时的崇祯帝能够
像历史上的中兴之帝一样建立一番大业，挽救晚明的危机形势，他对《小雅
中兴策》内容的阐发，应该是寄寓着明季中兴的理想的。

（四）雅正的《诗》学观

1. 以雅正作为诗文的评价标准

面对明末社会的动荡与危机，张溥从有所作为的动机出发，主张文学的
复古主义来挽救世风、改变社会危机四伏的状况。而从文学内部的发展看，
复古思潮的兴起与反对竟陵派的孤峭幽深，反对王学末流的不务实学的空疏
学风、好清谈的士风也是有关系的。陈子龙评价张溥的文章"正不掩文，逸
不逾道，彬彬乎释争午之道，取则当世"②。张溥主张借雅正的文学观以"乘
时鼓运"③，呼唤盛世元音，振起人心。明代士大夫的"气矜""躁进"④，社
会上流俗甚至是恶俗的泛滥，使得"标举'雅正'的美学趣味，将明代诗学

---

① 《明诗话全编·七录斋诗文合集·馆课》卷一《小雅中兴策》，第 10311—10312 页。
② 《陈子龙全集·陈忠裕公全集》卷二五《七录斋集序》，第 782 页。
③ 《陈子龙全集·陈忠裕公全集》卷二五《七录斋集序》，第 782 页。
④ 参见赵园《明清之际士大夫研究》，北京：北京大学出版社 1999 年，第 4 页。

重新引向诗教的传统"①,已成为时代的一种要求。于是张溥主张温柔敦厚的诗教,主张雅正的诗学观,不仅有对传统继承的一面,也有力矫时弊的诉求,故这种追求雅正的诗学思想在张溥诗文评中多次表现出来。张溥时常用"雅"来作为评价诗文的一个重要的标准。他对西晋张华的诗歌评价道:"诗歌八十余……然观其壮健顿挫,类非司空温丽之素。余诗平雅。"② 这里是奉"平雅"为标准的。对任文昇的诗进行评价时是奉"尔雅"为标准的:"居今之世,为今之言,违时抗往,则声华不立,投俗取妍,则尔雅中绝。求其丽体行文,无伤逸气者,江文通、任彦昇,庶几近之。"③ 张溥对人物的评价也以"雅"为高标,他对西晋夏侯湛就以"文雅"评价之:"《离亲咏》有云:'苟违亲以从利兮,非曾闵之攸宝。'余为三复泣下。孝弟文雅,盛名得全者此尔。"④ 从上述"平雅""尔雅""文雅"这些评语可以看出张溥对雅正美学风尚的推崇。

2. 主张"温柔敦厚"的诗教观

温柔敦厚在古代常常既是审美意义上的美学风格的体现,也是对道德性情的一个要求,在张溥所主张的温柔敦厚的内容里,更强调其道德人格、伦理性情的一面。

下面这段话集中表现了张溥主张温柔敦厚的诗教观:

> 时贤以一概托于太师采风,弗遗众国之义,要本温柔敦厚为训。如郑有《缁衣》,秦有《小戎》、《驷骥》,美君子之德,变而正者则庶几矣。且诗之六体,随篇求之,有兼备,有偏得,故《国风》之格常包《雅》、《颂》。今详受先所哀次,音不外乡土,人不出列国。其上铺张动德,辞严声节,可告神明;次则言天下之事,形四方之风;余虽浅近易见,悉不失乎主文谲谏,可谓全矣。《河广》言"苇航",《大车》言"室穴",解者犹以为民知自防,能完中人之善。⑤

张溥主张"温柔敦厚"的诗教,并且他更强调"温柔敦厚而不愚"的境界,

---

① 朱易安:《中国诗学史》(明代卷),厦门:鹭江出版社,2002 年,第 33 页。
② 《汉魏六朝百三家辞注·张茂先集题词》,第 142 页。
③ 《汉魏六朝百三家集题辞·任彦昇集》,第 293 页。
④ 《汉魏六朝百三家题辞注·夏侯常侍集》,第 157 页。
⑤ 《明诗话全编·七录斋诗文合集·存稿》卷一《试牍正风序》,第 10308 页。

实际上是对温柔敦厚提出了更高的要求。这从他对屈原的推崇中可以看出来。"以予观之,《三百篇》之后,作诗而不愚者独屈大夫耳。下此拘音病者愚于法,工体貌者愚于理,唐人之失愚而野,宋人之失愚而谚。愚而野,才士所或累也;愚而谚,虽儒者不免焉。夫谚可以为诗,则天下无非诗人矣,是以诗道大穷,以至于今。"① 明代由复古派提出"诗必盛唐"的口号,认为"宋无诗",反拟古者则主宋诗,故在明代的文坛上,唐宋诗之争是一个长期存在的问题,并且由尊唐尊宋的观点的不同也可以反映出主张者对文学的一些基本观点。而张溥在这里对唐、宋诗表达了自己的观点,认为唐诗失之"愚而野",宋诗失之"愚而谚"。对"野"的含义,有些学者把它解释为放纵,如陆岩军博士在其博士学位论文《张溥研究》中认为:"所谓'野'、'谚'也即是放纵、俚俗之义"②,将"谚"解释为通俗、俚俗是正确的,它正反映了宋诗由于说理而明白如话的特征,"野"要是放纵之义,又怎么会为"才士所累"呢,放纵不正可以一任才思情感恣肆喷洒吗?故"野"在这里应该是"分野"的"野",即"界限"之义,引申为"限制""拘牵",这样就和上文的"唐诗拘于音病而失之拘牵,宋诗追求说理而流于俗白"相应了。这样理解的话,张溥对唐诗与宋诗的评价还是非常客观而准确的,抓住了它们最本质的特点。

再看这段对风雅正变的阐发:

> 详哉昔人之辨《国风》也,至正、变犹反复焉。诸侯无正风,风之作由于天下无王,《周南》二十五篇之诗,在周不得为变,在商不得为正。又以歌各从国,正者属美,变者为刺,间称"二南"大概美诗,亦有刺诗,则与十三国无异。且《关雎》一章,人更百世,南更万奏,不失为文乐。而说诗者泥于"佩玉""晏鸣"之叹,疑始诸周道缺失,见几而作,至言衰世公子近达事变,怀旧俗之思。甚有谓《南》、《雅》、《颂》为乐诗,诸国诗为徒诗。古止"二南"无国风,乃归咎于左氏、荀况创风名之误。若是乎,言家不一,厥指难顺也。③

---

① 《明诗话全编·七录斋诗文合集·近稿》卷四《宋九青诗序》,第10307—10308页。
② 陆严军:《张溥研究》,复旦大学2008年博士学位论文,第106页。
③ 《明诗话全编·七录斋诗文合集·存稿》卷一《试牍正风序》,第10308页。

他认为各国的《风》都是入乐的，"二南"里有美诗也有刺诗，对《周南》之诗"在周不得为变，在商不得为正"的观点，显然受传统观点的影响，并与他强调诗要发挥干预现实作用的诗学观有关。

（五）注重从用诗的角度说《诗》

作为有责任感、渴望致君泽民的士大夫，张溥面对晚明的社会乱象，自然要主张发挥诗歌的救世作用，在《合集·房稿香玉序》里他清楚地表达了这一诉求："昔之学者随其酬览，发为篇咏，即山水亭榭之间，草木兴植之类，莫不念盛衰之理。而慨然于国家之所存亡，则谓称文引墨，而不一察于当世之治乱，非人情也。"张溥认为古人作诗都是要"念盛衰之理"，关心"国家之所存亡"，察"当世之治乱"，发挥诗的"自考正，知得失"的作用，不这样的话，就是不合人情。接着他又对后世诗人淡化诗的政治教化作用的情形作了分析："夫后世之诗，抚事引情，各言所遇，上不系帝德，下不究人心，一有乖缺，众流讥失，如莅狱然，穷法而止。"① 这是从作诗的角度去谈要发挥诗的政治教化的作用，而体现在说《诗》上，就是张溥尤其重视从用《诗》角度去谈《诗》，这和他的兴复古学的"务为有用"的经世思想相关，也和他想建立一个"比隆三代"的社会的政治理想有关。

首先是强调诗对政治的作用。张溥很重视诗的讽谏作用。在对司马相如赋的评价中可以看出来他对《诗》的讽谏作用之重视："太史公曰：'长卿赋多虚词滥说，要归节俭，与《诗》讽谏何异？'余读之良然。"② 可以看出，为突出司马相如赋的讽谏意义，张溥借用司马迁的观点，以《诗》的讽谏作用来与司马相如的赋作比，足见张溥对《诗》的讽谏作用的看重。同时也可以看出张溥从用《诗》的角度说《诗》的倾向。张溥还很重视诗在礼乐政治中的作用。这一点从下面对时调反拨的这段话可以看出来：

> 近有妄人轻议周、孔不能诗，闻者笑之。周公之诗见于《三百篇》中，孔子《龟山》、《临河》诸操，学者讽焉。其较然者不具论。若以质言之，古今之善作诗者，未有如周、孔者也。周公相成王，制礼作乐，

---

① 《七录斋诗文合集·古文近稿》之卷三，第 283 页。
② 《明诗话全编·〈汉魏六朝百三家集〉题辞·司马文园集》，第 10289 页。

首以诗为端。平王之时，时教绝矣，孔子续以《春秋》。夫治世之具莫大于礼乐，一以诗尽之。①

张溥首先指出了周公、孔子不仅写作了具体的诗篇，以此来反驳人们认为周、孔不能作诗的愚见，接着他强调了正是周公制礼作乐才奠定了中国古代让人景仰的礼乐政治的模式，而这种礼乐政治决定下的传统诗教这种用诗方式，要比写具体的诗篇更为重要，因为礼乐政治一直是中国传统文人向往的理想政治，张溥所追求的政治理想也就是想建立一个"比隆三代"的社会。他认为忽视了这一点的人，就是忽视了根本，故称之为"妄人"。可见，张溥对诗在礼乐政治中作用发挥的重视，而这可能与当时动荡的时局、社会正处于"礼崩乐坏"的无秩序状态有很大关系。在对孔子删诗的问题上，张溥也是从诗与礼义的关系去理解的。"则未闻孔子删《诗》乎？古者之诗三千余篇，而可施礼义者仅三百五篇。当夫删正之时，有更十君取一篇者矣，又有更二十余君取一篇者矣，孔子行之而不疑，而后世之不闻病之以为过。"② 首先，张溥主孔子删诗的观点，他认为孔子将三千余篇删正至三百五篇，并认为孔子删诗的目的是为了使《诗》可"施于礼义"。这一点仍是是从《诗》之用的角度去言诗的。

注重发挥《诗》的经世之用。

> 释诗之道，贵治而不贵乱，贵道而不贵邪。《天保》以上之诗，有《鹿鸣》、《四牡》、《皇华》、《棠棣》、《伐木》焉。《采薇》以下之诗有《出车》与《有杕之杜》焉。《鹿鸣》诸章不终以《天保》，则君臣不和；《出车》诸章不终之以《采薇》，则上下不睦。君子于此观王事焉。故谨志之以为可以治内，可以治外也。③

张溥认为释诗要于《诗》中观君臣上下之义，阐发《诗》中蕴含的"治"与"道"来借以"治内治外"，注重发挥《诗》对政治的经世之用。在治内、治外的问题上，张溥尤为重视发挥《诗》的治内作用。在对匡衡说诗的评价中

---

① 《明诗话全编·七录斋诗文合集·近稿》卷四《宋九青诗序》，第10307页。
② 《七录斋诗文合集·存稿》卷五《诗经应社再序（代宋登岚)》，第1052—1053页。
③ 《明诗话全编·七录斋诗文合集·馆课》卷一《〈天保治内〉、〈采薇〉治外解》，第10312—10313页。

可以看出来。"匡衡，汉之善说诗者也。委婉论谏，切劘人主，其引诗数端，兴言于怀幽民而念大王之仁，观《秦风》而思穆公之勇。意于内外二指若有近焉。虽然不正于内而好言治外，亦非学者所尚也。"① 张溥强调要发挥诗的正于内的"治内"作用，总之，张溥对发挥《诗》的经世之用是很重视的。

与用诗相联系，张溥强调说《诗》"要先辨体"：

> 予虽旷于《诗》，窃闻子常、麟士、大士、大力之言矣。子常、麟士之言曰："《诗》之有六义，文字之所出也，《风》系于列国，《颂》告于神明，而《小雅》、《大雅》，宴飨献纳，多言君臣之事。学者习之而不能辨，则非所以为教也。且兴不与比乱，比不与赋乱，作诗者各有其义，概弃之而务于纂组之说，则君子之所恶也。故说诗莫先于辨体，体之不存则声变意改，极其能事有礼崩乐坏之忧矣。"而大士、大力则曰："论《诗》之方不一其辙，自后观前，断制以意，要使一文之出，足天下之用。拘墟之议，非所闻也。"夫由子常、麟士之言，则依法而不迁，人奋欲其聪明，而有所不予。由大士、大力之言，则弘人之才，放于远际，以文法常之，而有所不可。②

杨彝与顾梦麟强调的说诗辨体更多是从古代诗与礼乐政治相联系的角度而言的。在古代礼乐的运用是有着严格的规定的，在古代诗、乐、舞三位一体，对什么时候奏什么乐，诵什么诗，是有着严格规定的，明白了这一点，就会明白孔子何以对季氏"八佾舞于庭"，发出"是可忍也，孰不可忍也"的愤慨之声。"孔子曰：'天下有道，则礼乐征伐自天子出；天下无道，则礼乐征伐自诸侯出。'"③ 礼乐政治与诗体的辨识有着重要的关系，而明白了诗体才能更恰当地辨识诗之用，从而更好地发挥诗教的作用。不明诗之辨体小至闹出笑话，大至有"礼崩乐坏之忧"的产生。而陈际泰、章世纯主张灵活用诗，只要"足天下之用"就行，但不论是杨彝、顾梦麟的讲究"辨体"，还是陈际泰与章世纯的"方不一其辙"，都是从用诗的角度去说诗的。张溥这里对上述两种说法进行的大段援引，恰恰表明其对"用诗"的重视。

---

① 《明诗话全编·七录斋诗文合集·馆课》卷一《〈天保治内〉、〈采薇〉治外解》，第 10313 页。
② 《明诗话全编·七录斋诗文合集·存稿》卷五《诗经应社序》，第 10310—10311 页。
③ （三国·魏）何晏注，（宋）邢昺疏：《论语注疏·季氏》，北京大学出版社，1999 年，《十三经注疏》第 224 页。

　　总之，无论是张溥的"诗本性情"说，还是他在《小雅中兴论》中表现出的对中兴的看重及对雅正诗学思想的推崇，对用诗的格外重视，都与生当明季这样的时代对他的影响有关系，也与他作为复社领袖，注重发挥儒家诗教的作用，渴望清明的政治、渴望盛世在明代重现的价值期待有关系。

结　语

历史上对明代《诗经》学的评价，往往以负面评价为主。今人的《诗经》学著作，囿于历史的视角，也多视明代《诗经》学为空疏固陋。分析这种负面评价产生的深层原因，有以下几点。一方面是由于明代阳明心学末流的确有造成明代学术空疏的一面，这成为后人评说明代学术空疏的口实。明亡后，顾炎武等大儒，痛定思痛，将亡国的原因归结为有明一代清谈误国、学术空疏所致。这种观点与儒家学者寄望于学术救国的价值期待有着直接的关系。他们视经学为儒术，往往渴求从经学研究中寻求救国之术。这一价值期待是有着深厚的历史渊源的。可以远溯到汉代的以《春秋》断狱、以《禹贡》治河、以《诗经》作谏书的历史上去。可实际上，将儒学作为救国之术的基点本身就有问题，这导致在这样的逻辑前提下推出的明亡由于学术的空疏固陋就很值得商榷，而明代的学术是否应该仅仅以空疏一语括之也就值得考量。再者，对明代《诗经》学的另一负面评价来自四库馆臣。四库馆臣作为胜朝的臣子，对明代学术因为心理上的优越感而存有贬斥的态度，成为他们对明代《诗经》学作否定评价的一个重要原因。而从另一角度而言，清朝作为少数民族取代明朝而建立的政权，它对自己的学术正统地位又不免有犹疑之处，为了强调自身的学术正统转而对明朝学术予以有意的贬斥，这就使得他们对明代《诗经》学多持贬斥否定的态度。再有四库馆臣对明代《诗经》学评价的标准是按照传统的视《诗经》为经的标准，强调解《诗》在义理上必须符合道义的阐发，强调以圣人的思想为标准解读《诗经》，并且相较义理的阐发，更偏重于名物训诂的考证。而明代在特殊的时代背景下，对《诗经》的解读理路恰恰有悖于这些传统标准。如受尊情文化思潮的影响，受阳明心学带来的思想解放与创新意识的影响，市民阶层的崛起、商品经济的发展带来的士的个体精神的苏醒，八股取士从经学内部对经学的瓦解作用，所有这些综合起来反映在《诗经》学上就是出现了反传统的研究——即《诗经》的文学研究开始出现了高潮。而四库馆臣对这样反传统的经学研究一概斥为"竟陵门径""《诗归》贻害",认为其不符合传统的价值标准而予以否定。其实,准确地说,宋明以来,文学解经一脉一直存在,只是由于为主流话语所忽略而未得到重视。明代在经学研究上,重宋学而轻汉学,这也是明代《诗经》学研究不为四库馆臣所重的原因之一。

以上梳理了明代《诗经》学不受重视的深层原因,明了了这一原因,正确评价复社文人《诗经》学上所取得的成就才成为可能。

首先,复社文人在《诗经》文学研究方面取得了很高的成就。无论是汉代的美刺观,还是宋代"此诗之为经,所以人事浃于下,天道备于上,而无一理之不具也"① 的伦理的套子,都不是对《诗经》的文学的解读。传统文人被经学的套子束缚久了,不免对《诗》的文学性研究有些失语。万时华《诗经偶笺》的解《诗》体例,反映出晚明解《诗》者的强烈的个体意识,他本着"以意逆志"的方法,从个人内心的情感出发,深入诗人的心灵,还原诗境,给诗以"同情"的理解,颇"得诗人之情"。万时华的解《诗》体现出晚明文学解经的特点:重个体认识的表达,不太关注所谓义理、不甚关乎所谓教化,这就不是那么符合当时社会的标准、有悖于传统的解经方式,故常被四库馆臣称为"于经义了不相关""遁入竟陵之门"等,而四库馆臣所谓的经义就是伦理政治教化,重社会之道义、道德之精微的阐释,是基于传统解经的视角。而文学性的经解常常是渗透着性灵的、个体的、审美的理解而不是经义的理解。晚明这种文学解经的兴盛恰恰是晚明时期个性张扬、推崇创新思想、高标性灵旗帜、自我意识增强在学术上的一个必然反映。万时华作为传统的文人,他的文学性解经能达到这样高的水平,可以说是《诗经》学史上的一份宝贵的财富,但他确实也有援引他人观点不予标出的暗袭现象,"《蟋蟀》……须不可说得太高旷,似晋以后人语。"② 应是源出徐光启语,但并未标出,这些地方反映出明代抄袭的陋习,影响到他的《诗经》学成就的独立性。尽管如此,他的文学性研究《诗经》的水平依然可以说代表了明代的最高水平,值得今人好好研读。

---

① （宋）朱熹:《诗集传·诗经传序》,第2页。
② （清）贺贻孙:《诗触》,《续修四库全书》本,济南:齐鲁书社,1997年,第177下页。

贺贻孙的《诗触》亦是复社文人文学解读《诗经》的代表著作。贺氏不拘守门户之见，能够吸收同代及前人的见解，尤其是受竟陵派诗学观的影响，对钟惺评点之学多有继承，对万时华的观点多有采纳。这在当时人们对竟陵派诋毁不止之时，能够正确评价竟陵派的观点，并对其合理之处予以采纳吸收，确有可贵之处。贺氏评价竟陵派曰："今人贬剥《诗归》，寻毛锻骨，不遗余力。以余平心而论之，诸家评诗，皆取声响，惟钟、谭所选，特标性灵。其眼光所射，能令不学诗者诵之勃然乌可已，又能令老作诗者诵之爽然自失，扫荡腐秽，其功自不可诬。……增长狂慧，流入空疏，是其疵病。然瑕瑜功过，自不相掩，何至如时论之苛也"①。贺氏能够看到竟陵派吸引人学诗的激情，对钟、谭标举性灵的肯定，评价中肯，同时也说明他受到这些观点的影响。由他的"厚"的美学范畴说诗，标举性情、真情，亦可以看出这一点来。

贺贻孙解《诗》尊《序》首句，这放在明代大的学术环境下去理解，有汉宋融通的意义。具体表现在实际的解《诗》过程中，就是常能使朱《传》和《小序》互相发明。作为传统的文人，根深蒂固的解经传统依然会影响到他对《诗经》的文学性解读，但他对《诗经》的文学性解读依然是其主要成就。其《诗经》文学性解读，受明代大环境的影响，这一切能够促使他更深刻地认识到诗本性情的道理。由他对山歌"真诗一线犹存"的感慨中可以看出他对"诗本性情"的看重。他在《诗筏》中明言："诗以言情，不以说理。"② 正是基于这样的理论上的认识，决定了他在《诗触》研究中的解经视角。同时，他的文学解《诗》倾向，也是与他作为研究者个体的自身经历、学识不无关系。贺贻孙的文学创作成就很高，九岁被目为神童，后来刊刻的时文被称颂一时，《诗触·序》对其文学成就论曰："史论出，识者拟之苏氏；《激书》出，论者比之庄子；《诗骚筏》出，推为《风》之功臣；诗古文出，上匹唐宋大家。"这种个人天赋的聪慧决定了其文学感悟的敏感度。明亡后为"逃名"而退居山野带给他思想上更多的与世无争，而山居的苦乐，与自然的亲近，都会对他的文学解《诗》有一定的促进作用。他的才气与文学上的造诣，常常让他超越传统的牢笼，用诗人的眼光对《诗经》的文学性进行深刻体认，对《诗》做出反传统的文学性解释。《四库全书总目》评价《诗触》

---

① 《清诗话续编·诗筏》，第197页。
② 《清诗话续编·诗筏》，第191页。

云："每曲求言外之旨，故颇胜诸儒之拘腐。而其所从入，乃在钟惺《诗》评。故亦往往以后人诗法，诂先圣之经，不免失之佻巧。""盖迂儒解《诗》，患其视与后世之诗太远，贻孙解《诗》，又患其视与后世之诗太近耳。"① 四库馆臣对贺氏的批评是以传统解经的标准为参照的，而传统的解经视文学性经解为对《圣经》的降格，是他们所反对的，故四库馆臣对贺氏的批评其实恰恰就是点明他从文学角度解读《诗经》的一面，也正是他打破传统的具体表现。贺氏的解经在复社文人甚至在整个清代的文学性解读《诗经》的行列里占有重要的位置。贺氏作为传统的文人，有重儒家诗教的教化并且有欲以文学救世的想法，故会在解《诗》的过程中重视诗之所用，这对有气节的传统文人而言，是很正常的。但他最主要的《诗经》学成就还是他的文学性解读。夏传才先生在《诗经研究史概要》中曾说过王夫之（1619—1692）"是清代第一个把《诗经》作为文学作品来研究的人"②，由此看来，这一说法还有待商榷，贺贻孙非常可能是更早的在清代以遗民身份从文学角度解读《诗经》的学者。

儒家传统主张"文以载道"的文论思想，强调将《诗经》作为"经"去阐发它的经义；传统文人自幼所受的四书、五经的教育也是从经学的角度去接受《诗经》，去言说它的微言大义，只偶尔涉及它的言情特征罢了。基于这样的"前理解"，往往使得从文学角度解读《诗经》成为思想上一个绕不过去的槛，文学解《诗》是有损严肃的，是为传统和主流所不能接纳的。正是在这个意义上说，后世的经学研究者才对朱熹的"淫诗"说给予那样高的评价，认为他把握了《诗经》文学抒情的一面，因为朱熹的"淫诗"说实际上是看到了《诗经》中的《国风》作为里巷歌谣各言其情、反映男女爱情的诗歌本质，认识到了《诗》抒情的本质特征，其实就是从某种程度上发现了《诗经》作为"诗"的文学性特征的一面，但封建卫道思想又不可能使他把这种认识贯穿到底，所以他反过来又斥这些书写爱情的诗为"淫诗"，从而导致《诗》的文学性一面又被朱熹以道学的外衣掩盖了。朱熹也只能是在《诗经》的文学性发现上探进了一步，而这一步是因为《诗经》本身具有的文学性特征及朱熹的涵泳的读诗法相结合的结果。而对于将明代《诗经》文学研究推

---

① 《四库全书总目》，第 143 页。
② 《诗经研究史概要》，第 140 页。

向了高潮，并对后世产生了一定影响的万时华和贺贻孙的《诗经》文学研究，打破主流意识形态的拘牵，从文学的角度解《诗》，更应该在《诗经》学史上占有一席之地。不能按照传统的观点将明代经学研究目为空疏而一概斥之，不加辨别。作为真正从文学角度研究《诗经》的学者，万时华和贺贻孙对《诗经》的解读，远绍魏晋南北朝经学衰颓时文学解经的一脉，近开清代方玉润、姚际恒、崔述的研究风气。直到今天，他们对《诗经》进行的文学性分析所包括的许多元素，依然有一种激发读者想读《诗经》的力量，让人产生怦然心动、灵犀闪现的感觉。万时华与贺贻孙的《诗经》文学性研究都是应该受到充分肯定的，是明末清初《诗经》文学研究的集成之作。

复社的科考类的《诗经》学著作很多，顾梦麟的《诗经说约》在当时备受欢迎，笔者以它为对象进行考察，得出以下结论。在科举考试、八股制义作为取士制度的大环境的影响下，顾梦麟的《诗经说约》在诗旨上"一无敢与紫阳戾"，表现出对朱子《集传》的株守，这与科考教材的特点是紧密相关的。但他却在可能的范围内，在名物注疏上对朱熹的《诗集传》进行补充与订正，表现出学术上向《诗经》汉学的过渡的倾向。《诗经说约》的广泛流传，又使顾氏的学术思想得以影响他人，这一意义不容忽视。沙先一先生对顾氏的《诗经说约》的局限及影响作出了比较公正的评价："从某种意义上讲，宗朱《传》乃科考应举之需，而企欲创新乃其时尚真求实、挑战独尊的学术风气以及顾氏自己的学术追求使然，从中亦可见顾氏的一番苦心。"[1] 顾氏之苦心表现在，作为社会中的人，作为封建社会的"士"，他必然要趋从国家社会的召唤，表现出对制度规定下的国家之学的遵从，追求一种社会的认同，正如黄宗羲所言"海内有文名之士，皆思立功于时艺"[2]。所以顾梦麟才编写这部服务于科考的经学教材《诗经说约》，表现出了对社会理想的追步。然而朱学作为国家之学随着明王朝的没落，不得不走向衰落的事实，又让他企图打破朱学独尊的学术沉寂局面，以尚真求实的学术风气开辟出经学研究的新路，这种矛盾的诉求可以看出他的良苦用心。在国家之学的要求与自身学术追求的张力之间，他只能在科考教材的限制与自身及学术要求之间做着

---

① 沙先一：《顾梦麟的〈诗经说约〉与明代诗经学》（《明代文学与地域文化研究》），合肥：黄山书社，2005 年，第 480 页。

② 《南雷文定后集》卷二，第 24 页。

最艰难的游移，在一定的范围内挑战朱子独尊的局面。黄宗羲对此评价道："惟先生之传久而不衰，奈何世不说学，摘先生之书，存其二三，仍以先生之名书者，附注《四书》之上。此如推历者，不通算学，而以歌括定分至闰朔耳。家有其书，人习其传，竟不知此外更有何物。不特经史之学亡，而先生之学亦亡矣。"① 该如何来理解黄宗羲对顾氏《诗经说约》的评价呢？其实，他并非想抹杀顾氏的这种苦心与努力。只是表明了一个道理：学术的发展、繁兴需要时代大环境、一定的文化土壤与制度保障等共同作用来实现。如果整个学术缺乏一种趋于良性的机制的督导与规范，要使学术趋于良性的发展是不可能的，即使是有些人在这个过程中力矫时弊，也会因为势单力薄而归于寂灭。但这样的努力作用依然不容抹杀，因为学术的转向总是需要一些人去首开风气——即便是在矫正时弊的过程中依然不免囿于时弊的影响。顾梦麟这种为了扭转学术风气所做的最初的努力，对明末清初整个学术背离空疏、回归征实而言，是一个不可缺少的环节。虽然它还不可能在最初的时候就显现出立竿见影的效果，但作为一种开风气之先者，他的努力依然是有着不可或缺的作用。尤其是在国家的制度以它的僵化钳制了思想的发展、学术的进步时，学术追求自由发展的要求必然与社会的驱动之间产生某种紧张的张力，在这种张力下顾氏所进行的努力更是必要的。他对征实学风的追求，求实尚真的为学治经的勇气，为经学向着清代朴学的发展起了重要的过渡作用。王夫之所以批评《诗经说约》本身就是对其重视的一种表现。顾梦麟《诗经说约》精辟的文学解经理念及对名物训诂不烦征引、考证的做法，为经学向清代朴学过渡有肇启之功，这决定了它理应在明代《诗经》学史上占有一席之地。

　　复社文人的诗话《诗经》学是明代《诗经》学内容的重要组成部分。通过对复社文人的诗话专著及散见于各类文章中的诗话中所蕴含的《诗经》学观点的梳理，发现受明代尊情思潮的影响，研究主体都深刻认识到诗言情的性质，专门的诗话著作体现出了对《诗经》章法技巧的分析，注重溯源《诗经》在诗歌发生学脉络里的本源地位，并视《诗经》为诗歌创作的最高典范，注重从更细致的角度去发掘《诗经》的源头作用，如认为各种诗体都可以从

---

① 《南雷文定后集》卷二，第 24 页。

《诗经》那里找到源头。受万历以来的《诗经》文学研究高潮的影响。又由于诗话这种体裁自身不负有传经讲道的责任，故诗话中多有对《诗经》文学性的阐发。对比兴手法的分析方面，有超越前人的地方，如方以智将比兴视为一种思维方式，视为一种写诗的结构方法的看法就堪称创见。由于张溥、陈子龙复社领袖地位的作用，再加上他们自身对诗的价值期待的原因，他们对《诗经》的解读更多的是从传统诗教的政治与教化、美刺等方面去关注诗，这种关注，与晚明危机四伏的时代特征对他们思想的影响有很大关系。总之，复社文人的诗话《诗经》学也是构成整个明代《诗经》学的一个重要组成部分，理应受到应有的重视。

复社的经学研究走向征实，是明代学术理路的必然结果，是明代晚期学术自身发展的要求。"学术上由实返虚、由虚返实的转化过程有其必然之势。孙奇逢说：'门宗分裂，使人知反而求之事物之际，晦翁之功也。然晦翁殁，而天下之实病不可不泄。词章繁兴，使人知反而求之心性之中，阳明之功也。然阳明殁，而天下之虚病不可不补。'朱子之学偏于实，实极则病，须以虚泄之，因而为阳明心学所取代。阳明之学偏于虚，虚极亦病，须以实补之，于是实学代兴，此就宋明理学演变而言。"① 上述内容虽就宋明理学而言，实际也适用于经学的发展规律。孙奇峰所谓的"朱子之学偏于实"的概括是相对而言的。事实上，与汉学相较，朱学就经学发展的脉络而言，自宋代以来疑古惑今思潮下的"改经、删经、移易经文以就己说"② 的宋学，是常被人讥为缺乏实学考据的精神被目为"虚"的。这里的"实""需要泄"，更主要的是指朱学在明代作为立国思想、作为官方意识形态的单一化与强制化带给士人心理空间的挤压，并使学术由于独尊朱学而趋于僵化，并非指朱学本身就是实学。此时王学的兴起的确起到了泄导士人情感、调整士人心态的作用，并在学术上使学者由于发现自身的主体价值而给研究注入了活力，此一点前面已经述及。总之，阳明心学是对趋于僵化的朱学的反动，而明末清初的实学思潮的勃兴又是对王学末流逐渐遁入空疏风气的一个回应。而复社兴起的古学研究，反对朱学独尊、反对王学的空疏，实际上是学术发展到这一时期的一个必然的要求，这决定了它应在明代学术史以至《诗经》学史上占有重

---

① 陈伯海主编：《近四百年中国文学思潮史》，上海：东方出版中心，1997年，第59页。
② 《经学历史》，北京：中华书局，2004年，第189页。

要地位。

　　祖述六经、复兴古学为旗帜，复社文人着力于经学研究，并最终在古经的研究上留下了大量的著作，他们研究理路的转变昭示了明代学术从理学向经学的转变、由宋学向汉学的过渡。顾炎武的"舍经学无理学"口号的提出，则更使得明代的学术最终完成由理学到经学的过渡有了清晰的理论归结。在而对复社的考据实学方面的成就还有待以后深入研究，如对顾炎武的《诗本音》、陈子龙的《诗经人物备考》、方以智的《通雅》里的小学方面的研究。这些研究的深入，将使得明代《诗经》学研究更加凸显出其对清代朴学的过渡作用。

参考文献

图书文献古籍部分

（清）陈宏绪：《寒夜录》，见陶福履、胡思敬编《豫章丛书》子部二集，江西教育出版社 2002 年版。

（明）陈子龙：《皇明诗选》，华东师范大学出版社 1991 年版。

（明）陈子龙：《诗问略》，齐鲁书社 1997 年版。

（明）陈子龙：《陈子龙诗集》，上海古籍出版社 2006 年版。

（明）陈子龙著，王英志辑校：《陈子龙全集》，人民文学出版社 2011 年版。

（明）陈组绶：《诗经副墨》，复旦大学图书馆藏明末光启堂刻本，齐鲁书社 1997 年版。

（清）方玉润撰，李先耕点校：《诗经原始》，中华书局 1986 年版。

（明）顾梦麟：《诗经说约》，上海古籍出版社 1996 年版。

（清）顾炎武撰，黄汝成集释：《日知录集释》，上海古籍出版社 2006 年版。

（明）归有光：《震川集》，（台北）商务印书馆 1986 年影印文渊阁《四库全书》本。

（晋）郭璞注，（宋）邢昺疏：《尔雅注疏》（十三经注疏标点本），北京大学出版社 1999 年版。

（明）何良俊：《四友斋丛说》，中华书局 1959 年版。

（三国·魏）何晏注，（宋）邢昺疏：《论语注疏》，北京大学出版社 1999 年版。

（清）贺贻孙：《诗触》，《续修四库全书》本，齐鲁书社 1997 年版。

（明）胡应麟：《诗薮》，上海古籍出版社 1979 年版。

（清）黄宗羲：《南雷文定前集·后集·三集》，《丛书集成初编》本。

（清）黄宗羲：《明儒学案》，中华书局 1985 年版。

（清）江藩：《国朝汉学师承记》，中华书局 1983 年版。

（明）蒋平阶：《东林始末·复社纪事·社事始末》，《学海类编》本，中华书局 1991 年版。

（明）李梦阳：《李空同全集》，明万历浙江思山堂本。

（南朝·宋）刘义庆撰，（南朝·梁）刘孝标注，余嘉锡等整理：《世说新语笺疏》，中华书局 1980 年版。

（元）刘玉汝：《诗赞绪》，沈阳出版社 1998 年版。

（晋）陆机著，张少康集释：《文赋集释》，人民文学出版社 2002 年版。

（明）陆时雍：《诗境总论》，见丁福保辑《历代诗话续编》，中华书局 1983 年版。

（清）陆世仪：《复社纪略》，全国图书馆文献缩微中心 2003 年版。

（清）皮锡瑞：《经学历史》，中华书局 2004 年版。

（清）钱谦益：《牧斋初学集》，上海古籍出版社 1985 年版。

（清）钱谦益：《牧斋有学集》，上海古籍出版社 1996 年版。

（明）沈德符：《万历野获编》，中华书局 1997 年版。

（清）孙静庵：《明遗民录》，浙江古籍出版社 1985 年版。

（明）谭元春著，陈杏珍点校：《谭元春集》，上海古籍出版社 1998 年版。

（明）万时华：《诗经偶笺》，齐鲁书社 1997 年版。

（明）王鏊：《姑苏志》卷一三《风俗》，（台北）商务印书馆影印文渊阁《四库全书》本。

（清）王夫之：《姜斋诗话》，人民文学出版社 1981 年版。

（明）王世贞：《艺苑卮言》，见丁福保辑《历代诗话续编》，中华书局 1983 年版。

（明）王守仁：《王阳明全集》，上海古籍出版社 1992 年版。

（明）王阳明著，于民雄注，顾久译：《传习录全译》，贵州人民出版社 1998 年版。

（清）王应奎：《柳南随笔续笔》，中华书局 1983 年版。

（清）吴山嘉：《复社姓氏传略》，中国书店 1990 年版。

（清）吴伟业：《吴梅村全集》，上海古籍出版社 1990 年版。

（清）吴应箕：《楼山堂集》，《丛书集成初编》本。

（明）谢榛：《四溟诗话》，见丁福保辑《历代诗话续编》，中华书局 1983 年版。

（唐）严羽著，郭绍虞校释：《沧浪诗话校释》，人民文学出版社 1983 年版。

（清）姚际恒：《诗经通论》，中华书局 1958 年版。

（清）永瑢等：《四库全书总目》，中华书局 1965 年影印本。

（明）张溥：《七录斋诗文合集》，伟文图书出版社有限公司 1978 年版。

（明）张溥著，殷孟伦注：《汉魏六朝百三家题辞注》，中华书局 2007 年版。

（清）张廷玉等：《明史》，中华书局 1974 年版。

（南朝·梁）钟嵘著，周振甫译注：《诗品译注》，中华书局 1998 年版。

（明）钟惺等：《诗归》，湖北出版社 1985 年版。

（汉）郑玄著，（唐）孔颖达疏：《礼记正义》（十三经注疏标点本），北京大学出版社

1999 年版。

（宋）朱熹：《朱子全书》，上海古籍出版社、安徽教育出版社 2002 年版。

（宋）朱熹：《诗集传》，凤凰出版社 2007 年版。

（清）朱彝尊：《静志居诗话》，人民文学出版社 1990 年版。

（清）朱彝尊著，林庆彰、杨晋龙等编审：《点校补正经义考》，（台北）"中央研究院"、中国文哲研究所筹备处 1997 年版。

图书文献论著部分

蔡镇楚：《中国诗话史》，湖南文艺出版社 2001 年版。

陈伯海：《近四百年中国文学思潮史》，东方出版中心 1997 年版。

陈江：《明代中后期的江南社会与社会生活》，上海社会科学院出版社 2006 年版。

陈子展：《诗经直解》，复旦大学出版社 1983 年版。

程俊英：《诗经译注》，上海古籍出版社 2004 年版。

程俊英等：《诗经注析》，中华书局 2008 年版。

高亨：《诗经今注》，上海古籍出版社 1980 年版。

龚鹏程：《清代诗话论〈诗经〉资料辑录》，《诗经研究丛刊》（第十辑），学苑出版社 2006 年版。

郭绍虞等：《清诗话续编·抱真堂诗话》，上海古籍出版社 1983 年版。

郭绍虞编撰，富寿荪校点：《清诗话续编·诗筏》，上海古籍出版社 1983 年版。

何宗美：《明末清初文人结社研究续编》，南开大学出版社 2003 年版。

何宗美：《明末清初文人结社研究》，中华书局 2006 年版。

洪湛侯：《诗经学史》，中华书局 2002 年版。

侯外庐：《宋明理学史》，人民出版社 1987 年版。

胡朴安：《诗经学》，岳麓书社 2010 年版。

嵇文甫：《晚明思想史论》，东方出版社 1996 年版。

蒋逸雪：《张溥年谱》，齐鲁书社 1982 年版。

李泽厚：《中国古代思想史论》，人民出版社 1985 年版

梁启超：《中国近三百年学术史》，东方出版社 1996 年版。

廖可斌：《明代文学复古运动研究》，上海古籍出版社 1994 年版。

林庆彰：《明代经学研究论集》，文史哲出版社 1995 年版。

林庆彰：《吕柟〈毛诗说序〉研究》，《诗经研究丛刊》（第十四辑），学苑出版社 2008 年版。

刘师培：《刘申叔遗书》（影印民国二十五年本），江苏古籍出版社 2009 年版。

刘毓庆：《从经学到文学——明代〈诗经〉学史论》，商务印书馆 2003 年版。

刘毓庆：《历代诗经著述考》（明代卷），中华书局 2008 年版。

鲁洪生：《诗经学概论》，辽海出版社 1998 年版。

伦明等：《续修四库全书》，中华书局 1993 年版。

马宗霍：《中国经学史》，商务印书馆 1998 年版。

钱伯城：《袁宏道集笺校》，上海古籍出版社 1979 年版。

钱茂伟：《国家、科举与社会》，北京图书馆出版社 2004 年版。

钱穆：《中国近三百年学术》，商务印书馆 1997 年版。

孙立：《明末清初诗论研究》，广东高等教育出版社 2011 年版。

陶福履等：《豫章丛书子部二集·寒夜录》，江西教育出版社 2002 年版。

王恩俊：《复社与明末清初政治学术流变》，辽宁人民出版社 2013 年版。

王守谦等：《诗经评注》，东北师范大学出版社 1989 年版。

王英志：《清人诗论研究》，江苏古籍出版社 1986 年版。

王云五主编：《唐诗谈丛·榆溪诗话·漫堂说诗》，《丛书集成初编》本，商务印书馆
1937 年发行。

吴文治主编：《明诗话全编》，江苏古籍出版社 1997 年版。

吴雁南：《中国经学史》，福建人民出版社 2001 年版。

夏传才：《诗经研究概论》，清华大学出版社 2007 年版。

徐道彬编：《明代文学与地域文化研究》，黄山书社 2005 年版。

袁济喜：《新编中国文学批评史》，中国人民大学出版社 2006 年版。

袁震宇等：《中国文学批评通史（明代卷）》，上海古籍出版社 1996 年版。

章权才：《宋明经学史》，广东人民出版 1999 年版。

赵园：《明清之际士大夫研究》，北京大学出版社 1999 年版。

宗白华：《美学散步》，上海人民出版社 1981 年版。

中国历史研究社编：《东林始末·复社纪略》，上海书店出版社 1982 年版。

中国诗经学会编：《第一届诗经国际学术研讨会论文集》，河北大学出版社 1994 年版。

中国诗经学会编：《第二届诗经国际学术研讨会论文集》，语文出版社 1996 年版。

中国诗经学会编：《第四届诗经国际学术研讨会论文集》，学苑出版社 1998 年版。

中国诗经学会编：《第六届诗经国际学术研讨会论文集》，学苑出版社 2005 年版。

周维德主编：《诗源辨体》，见《全明诗话》第 4 册，齐鲁书社 2005 年版。

周振甫：《诗经译注》，中华书局 2002 年版。

周振甫：《文心雕龙今译》，中华书局 2007 年版。

朱东润：《朱东润传记作品全集·陈子龙及其时代》，东方出版中心 1999 年版。

朱易安:《中国诗学史》,鹭江出版社 2002 年版。

左东岭:《王学与中晚明士人心态》,人民文学出版社 2000 年版。

期刊文章

方锡球:《论方以智诗学思想的文化美学特色》,《文学评论》2005 年第 1 期。

费振刚、钱华:《明代反传统的〈诗经〉研究》,《学术研究》1993 年第 6 期。

郭万金:《明代古学思维与诗学逻辑》,《中国文化研究》2008 年冬之卷

何宗美:《论复社的思想和学术》,载袁行霈主编《国学研究》(第 13 卷),北京大学出版社 2004 年版。

蒋秋华:《〈诗经说约〉导言》,见(台北)"中央研究院"1996 年版。

刘毓庆:《阳明心学与明代〈诗经〉研究》,《齐鲁学刊》2000 年第 5 期。

沙先一:《顾梦麟〈诗经说约〉对朱熹〈诗集传〉的补充与纠正》,《古籍研究》2002 年第 2 期。

张启成:《明代〈诗经〉学的新气象》,《贵州社会科学》1997 年第 5 期。

张文恒:《从〈皇明诗选〉的选编看陈子龙〈诗论〉中的风雅之旨》,《江南大学学报》(人文社会科学版)2009 年第 8 期

学位论文

林庆彰:《明代考据学研究》,东吴大学 1984 年博士学位论文。

陆严军:《张溥研究》,复旦大学 2008 年博士学位论文。

王恩俊:《复社研究》,东北师范大学 2007 年博士学位论文。

徐茂雯:《陈子龙诗学思想研究》,兰州大学 2001 年硕士学位论文。

曾肖:《复社与文学新探》,南京大学 2005 年博士学位论文。

张洪海:《诗经评点研究》,复旦大学 2008 年博士学位论文。

后　记

想着书稿即将付梓，此刻，如烟的往事不禁在脑海中弥漫成一幅长卷，徐徐展开……

也许是不想过那种一眼就看到边的日子，也许是喜欢那种"在路上"的感觉，也许是一直相信奋斗的脚步是最美的……在不惑之年，我又踏上求学之路。"不知我者，谓我何求？"我的读博选择，在许多人看来，都甚为不解。我完全可以活得很安逸、很优游，何必这样苦苦地读书、艰辛地写作。此刻，我望着窗外的万家灯火，如水的月光，在内心不禁又一次问自己：为什么？只为了喜欢大学的那种氛围，喜欢享受图书馆里静静品读的惬意；喜欢看朝气蓬勃的学生们将简单的衣饰装点成美丽，与他们在一起，也会沾染上年轻的气息；喜欢听白发先生讲着古老的故事，把美丽诗篇忘情地吟哦；喜欢每年博士论文答辩时，有机会看到那些平时只能在书中见到的作者，听他们睿智的讲学，不凡的谈吐，享受生命中的这一刻；喜欢静静的读书与思考带来的喜悦感觉，喜欢古代文学带给我的生命之根的稳妥，印上这样的民族指纹，我才不会在让人眼花缭乱的世界中迷失自己。

写作的过程，真的是有太多艰辛值得我去纪念，有太多感动值得我永远收藏。我珍惜生命中的一点一滴，享受幸福，也感恩苦难。忘不了选题时，我像是在黑暗的隧道里艰难地前行，看不到一丝丝光亮，是导师的点拨，让我开始定向爆破，找到了我要的矿藏；而发掘的过程中，不时遇到的困难带来的焦虑与无奈的感觉，至今依然清晰如昨。这时候，又是导师的鼓励，让我增加了探索的勇气；是导师耐心的开导、行之有效的指引，让我找到了突破瓶颈的方法。我的导师李金善老师工作繁忙，但我每一次求助，他总是竭力帮我排解困难。导师深厚的学养使得他的每一次点拨，都让我豁然开朗，受益匪浅，相形之下，更慨叹自己的无知。在内心暗暗以老师为榜样，去追求治学的严谨、为人的坦荡。正是在心中对老师的这种景仰，成了我努力学习的动力。我深知，我的每一点进步与成绩都凝聚着恩师的心血，我愿意将这份感激永远珍藏。三年来，田建民老师严格的要求、治学的严谨，都深深地影响着我，田老师所写的那一篇篇厚重硬实的学报论文，让我明白没有谁能随随便便成功，让我不敢懈怠；是那样羡慕姜剑云老师从容的表达、幽默的谈吐，爱听他讲魏晋的风度与才情，更感谢他的鼓励与帮助；很欣赏白贵老师收放自如的教学，还想听他讲文学的传播，听他唱那首"父亲的草原母亲的河"；时永乐老师扎实的学问、谦和的为人、认真的态度，值得我永远学习……

"独学而无友，则孤陋而寡闻。"同学间的交流，给了我很多帮助；学友间的鼓励，给了我无限力量。感谢樊兰给我的无私帮助与真诚的鼓励，让我走出迷惘的低谷。感谢丁合林的关心与信息上的互通有无，让我不至于茫然不知所措；感谢宋史中心的史泠歌，一次次地为我鼓劲，让我不再惶惑，战胜了自我，最终完成了博士论文。感谢家人、朋友的鼎力支持，那些怕打扰我连电话都不敢给我打的体谅与理解，让我深深感动。

从毕业到现在又是六载时光过去了，书稿重新修订的过程中，多次与刘占彦、李刚老师商讨修改，字斟句酌，承蒙相助，在此，一并谢过。

时光太匆匆，"逝者如斯"的不单是时光，还有生命。杨柳黄了，有再青的时候；花儿谢了，有再开的时候。我知道，明年的春天还会有万紫千红，还会有满树繁花，但对于每一朵花而言，它注定不再是今春的这一朵。我们真的是不可能两次踏进同一条河流，我们永远不会拥有同一个春天。想到这一点，让人不免生"只争朝夕"之感；也正是明白了这一点，我才愿意重新修改书稿将其付梓。我深深懂得，这部书稿的完成，对于治学而言，只是刚刚迈进了门槛，离登堂入室之境界还差得很远，走过这段距离，无他，只能用一如既往的勤奋与执着去踏平坎坷。我希望永葆这份追求的激情，也许最终也不能登堂入室，"虽不能至，而心向往之"，这也就够了。

2017 年 12 月

责任编辑：邵永忠
封面设计：黄桂月
责任校对：吕　飞

图书在版编目（CIP）数据

复社文人的《诗经》学研究 / 受志敏，刘占彦著 . —
　北京：人民出版社，2018.8
ISBN 978 - 7 - 01 - 019701 - 2

Ⅰ. ①复…　Ⅱ. ①受…　②刘…　Ⅲ. ①《诗经》—诗歌研究　Ⅳ. ①I207.222

中国版本图书馆 CIP 数据核字（2018）第 193570 号

复社文人的《诗经》学研究
FUSHE WENREN DE SHIJINGXUE YANJIU

受志敏　刘占彦　著
人 民 出 版 社 出版发行
（100706　北京市东城区隆福寺街 99 号）

北京中科印刷有限公司印刷　新华书店经销
2018 年 8 月第 1 版　2018 年 8 月北京第 1 次印刷
开本：710 毫米 × 1000 毫米 1/16　印张：16
字数：260 千字

ISBN 978 - 7 - 01 - 019701 - 2　定价：48.00 元

邮购地址　100706　北京市东城区隆福寺街 99 号
人民东方图书销售中心　电话（010）65250042　65289539